Catherine Ryan Hyde
Der Klang der Pferdehufe

AF196707

## Das Buch

Gerade erst in eine Kleinstadt gezogen, haben sich Jackie und Paula ein ruhiges Leben für ihre Kinder vorgestellt, den kleinen Adoptivsohn und die zwei Pflegekinder im Teenageralter. Jedoch kommt es recht bald zu einem Zusammenstoß mit ihrer Nachbarin Clementine, die Jackies und Paulas Lebensstil ablehnend gegenübersteht und es nicht gerne sieht, dass sich das problematische Nachbarskind Star mit ihrem temperamentvollen Pferd Comet anfreundet. Als Star mit dem Pferd verschwindet, bringt dieses Ereignis die Nachbarn zusammen ... mehr als ihnen lieb ist. Doch während die Suche nach dem Mädchen und dem Pferd voranschreitet, müssen beide Familien lernen, ihre Feindschaft beiseitezulegen und sich ihren Entscheidungen und deren Konsequenzen zu stellen.

## Die Autorin

Die mehrfach ausgezeichnete amerikanische Autorin Catherine Ryan Hyde hat bislang knapp dreißig Bücher veröffentlicht. Auf Deutsch von ihr erschienen sind neben weiteren Titeln »Wir kommen mit«, »Als ich dich fand« und »Ich bleibe hier«.

Ihr bekanntester Roman »Das Wunder der Unschuld« wurde in mehr als 23 Sprachen übersetzt und unter dem Titel »Das Glücksprinzip« mit Kevin Spacey und Helen Hunt verfilmt.

Neben dem Schreiben ist Catherine Ryan Hyde auch als Referentin tätig und stand bereits dreimal zusammen mit Bill Clinton als Rednerin auf dem Podium.

Catherine Ryan Hyde unternimmt gerne Wanderungen und Reisen und ist eine große Hobbyfotografin.

CATHERINE RYAN HYDE

# Der Klang der Pferdehufe

ROMAN

Aus dem Amerikanischen von Marion Plath

Die Originalausgabe erschien 2014 unter dem Titel
»The Language of Hoofbeats« bei Lake Union Publishing, Seattle.


Deutsche Erstveröffentlichung bei
Tinte & Feder, Amazon Media EU S.à r.l
5 Rue Plaetis, L-2338, Luxembourg
Januar 2016
Copyright © der Originalausgabe 2014
By Catherine Ryan Hyde
All rights reserved.
Copyright © der deutschsprachigen Ausgabe 2016
By Marion Plath

Die Übersetzung dieses Buches wurde durch AmazonCrossing ermöglicht.

Umschlaggestaltung: bürosüd° München, www.buerosued.de
Umschlagmotiv: © www.buerosued.de; © RunPhoto / Getty Images
Lektorat: Joern Rauser
Satz: Monika Daimer, www.buch-macher.de
Printed in Germany
By Amazon Distribution GmbH
Amazonstraße 1
04347 Leipzig, Germany

ISBN: 978-1-477-84983-5


www.tinte-feder.de

# 1. Jackie

Wir hatten mehr als die Hälfte des Weges zu dieser neuen Stadt zurückgelegt, deren Namen ich schon wieder vergessen hatte, als sich im hinteren Teil des Lieferwagens etwas zusammenbraute. Es waren nicht die Kinder. Es kam von den Tieren, was wahrscheinlich das kleinere Übel war.

Zuerst versuchte ich, den Konflikt zu ignorieren, doch es handelte sich eindeutig um eine Eskalation, die von kleineren Feindseligkeiten ausging. Die Katzen waren alle in einzelnen Transportboxen untergebracht, aber die Hunde konnten sich frei bewegen. Und keine Transportbox konnte Peppy, den jüngsten Hund, davon abbringen, die Katzen zu belästigen. Nichts brachte das fertig, außer vielleicht einer räumlichen Entfernung von mehreren hundert Kilometern.

Ich blickte zu Paula, die auf dem Fahrersitz saß, und sah ihre schmalen Gesichtszüge und die feine, ebenmäßige Nase im Profil. Sie starrte auf die Straße vor uns und schien nichts mitbekommen zu haben. Vielleicht war sie tief in Gedanken versunken. Es wäre nicht das erste Mal.

Ich schaute über meine Schulter zu den Kindern.

»Quinn«, sagte ich, »kannst du Peppy davon abhalten, die Katzen zu ärgern?«

Bevor er sich auf seine Aufgabe stürzen konnte – und bei Quinn geschah das ohne Verzögerung – sagte Paula: »Er sollte seinen Gurt nicht losmachen, während wir fahren.«

Ich muss zugeben, es verschaffte mir ein wohliges Gefühl zu wissen, dass Paula also doch geistig bei uns hier im Lieferwagen war und wir uns im Bereich ihrer bewussten Wahrnehmung befanden.

»Peppy!«, herrschte Quinn den Hund an. Es war amüsant, wie dieser für sein Alter so winzige Achtjährige versuchte, seine Stimme autoritär klingen zu lassen. Aber natürlich wollte ich ihn nicht kränken und sagte lieber nichts. »Komm! Sofort!«

Peppy sprang auf Quinns Schoß, und eine himmlische Ruhe stellte sich im Lieferwagen ein. Quinn schlang die Arme fest um den kleinen Unruhe stiftenden Beagle-Mischling und ließ sicherheitshalber noch seinen Finger unter das Halsband des Hundes gleiten.

»Gut gemacht, Quinn«, sagte ich.

»Danke, J-Mom«, antwortete er.

Das Mädchen, Star, warf mir einen dieser tödlichen Blicke voller Ekel zu, die für Teenager so typisch sind. Armando schaute weiter durch das Autofenster. Er hatte eine intensive Ausstrahlung, vielleicht noch intensiver als sonst, was möglicherweise seine Niedergeschlagenheit anzeigte. Aber bei Mando war das schwer zu sagen.

In meinem Sitz drehte ich mich wieder nach vorn und fühlte mich erleichtert, die Probleme im Lieferwagen wortwörtlich hinter mir lassen zu können, selbst wenn es nur für einen kurzen Moment war.

»Wie weit ist es noch?«, fragte ich Paula. »Wir müssten doch allmählich in der Nähe sein.«

»Ich weiß nicht genau. Schau mal auf die Karte.«

Ich durchstöberte das Handschuhfach, fand die Karte und faltete sie auf. Aber wie ich wahrscheinlich bereits erwähnt habe, hatte ich schon wieder den Namen dieser Kleinstadt vergessen. Also suchte ich mit dem Finger in einem breiten Umkreis östlich der San Francisco Bay Area und hoffte, mich an den Namen zu erinnern, wenn ich darauf stieß. Doch das funktionierte nicht.

»Wie heißt dieser verdammte Ort noch mal?«

Paula runzelte die Stirn, sagte aber nichts.

»Sorry, ich meine, dieser Ort. Dieser sehr nette Ort.«

»Ich schwöre, du hast eine mentale Blockade.«

»Gut möglich. Aber ich komm schon drüber weg. Kannst du mich bitte noch mal an den Namen erinnern?«

»Easley. Ganz einfach, wie *easy*.«

»Ganz einfach zu vergessen, meinst du.«

Als der Feigling, der ich bin, blickte ich von der Karte nicht auf. Ich machte mir nicht die Mühe, zu ihr rüberzublicken, um zu sehen, ob Paula jetzt verärgert war. Selbstverständlich war sie es. Oder vielleicht wäre ›verletzt‹ ein besserer Begriff dafür.

»Tut mir leid«, sagte ich – ungefähr zum zehnten Mal in den letzten Tagen. »Zumindest kann ich mich jetzt, wo ich eine Eselsbrücke habe, an den Namen erinnern.«

Ich fand die gefürchtete Stadt Easley auf der Karte. Bevor ich es mir verkneifen konnte, rief ich: »Meine Güte, das ist vielleicht ein weiter Weg!« Es war nicht so, dass ich nicht gewusst hätte, wo die Stadt lag. Oder nie zuvor dort hingefahren wäre. Ich war schon mal dort gewesen. Aber nun wurde es mir wieder schlagartig klar, auf eine andere Art. Es war viel realistischer.

»Von wo?«, fragte Paula.

»Was meinst du?«

»Von wo ist es ein weiter Weg?«

»Von dort, wo wir wohnen. Gewohnt haben.«

»Ja. Ich weiß. Aber ich versuche dir klarzumachen, dass wir jetzt nicht mehr dort wohnen. Also vielleicht kannst du deinen Kilometerzähler mal zurücksetzen. Den in deinem Kopf. Damit du Entfernungen nicht länger von einem Ort aus misst, der nicht mehr relevant ist.«

Ich verstummte.

Ich würde gern behaupten können, dass ich an mir arbeitete, wie Paula es vorgeschlagen hatte. Stattdessen überkam mich einen Moment lang ein Gefühl der Trauer. Davor war mir nicht bewusst gewesen, dass Napa County nun nicht länger relevant war.

*  *  *

Wir standen in dem höhlenartigen Wohnzimmer unseres neuen Mietshauses. Der Fußboden war Parkett, die Wände waren mit Holz verkleidet und der massive Kamin bestand aus Stein. Unsere Worte hallten im Raum wider. Die Kinder und die Haustiere liefen woanders herum und erkundeten ihre neue Umgebung. Abgesehen von Paula war niemand hier, und ich spürte, dass auch sie gleich aufbrechen würde. Sie hatte eine Tierarztpraxis, um die sie sich kümmern musste. Es war ja nicht so, dass es nicht ein paar Minuten warten könnte. Aber ich kannte sie. Sie wollte dort sein und Neues entdecken.

»Ich gehe in die Stadt, um mir die Klinik anzuschauen«, sagte sie. »Hoffentlich kommt der Möbelwagen an, während ich weg bin. Tut mir leid, dass ich dich mit all dem alleinlassen muss. Pack noch nichts aus. Tu einfach nichts, bei dem ich helfen sollte. Ich komme zurück, sobald ich kann, und dann machen wir uns gemeinsam an die Arbeit.«

»Wo ist Star?«, fragte ich. »Ich hab sie schon seit einer Weile nicht mehr gesehen.«

»Ist sie nicht in ihrem neuen Zimmer?«

»Sie war nicht da, als ich das letzte Mal nach ihr geschaut habe. Ich kann aber nochmal nachsehen.«

»Nein, ist in Ordnung. Ich versuche, sie zu finden, bevor ich gehe.«

Paula trabte die mit einem Teppich belegte Treppe hoch, und ihre Stiefel gaben bei jedem Schritt einen gedämpften Klang von sich.

Quinn kam ins Wohnzimmer getrottet, gefolgt von dreien der vier Hunde – Cecil und Jocko, die schwarzen labradorartigen Hunde, und Wendy, der Pudelmischling.

»Mir gefällt es«, sagte Quinn.

Mir wurde ganz warm ums Herz, wie jedes Mal, wenn Quinn so war … wie er immer war. Wenn er einfach Quinn war.

Ich wollte ihn fragen, ob er mit mir zusammensitzen mochte, damit ich ihn an mich heranziehen und einen Arm um ihn legen konnte. Aber es gab nichts zum Draufsitzen. Ich streckte trotzdem einen Arm aus, und er kam näher und schmiegte sich an mich. Von Nähe konnte Quinn nie genug bekommen.

»Es macht dir nichts aus, dass du dir ein Zimmer mit Mando teilen musst?«

»Nein. Aber ich glaube, ihm macht es was aus. Vielleicht könnten wir die große Scheune für ihn leer räumen.«

»Hat er denn gesagt, dass es ihm was ausmacht?«

»Nein. Aber ich glaube es trotzdem. Du weißt doch, er würde so was nie sagen.«

»Die Scheune. Hm. Vielleicht. Mal sehen. Lass uns fürs Erste das Zimmer nehmen.«

Paula kam kopfschüttelnd die Treppe herunter und verschwand durch die Haustür. Ein Hitzeschwall strömte herein und verursachte, dass ich mich plötzlich schwach und müde fühlte.

»Hast du Star gesehen?«, fragte ich Quinn und sah in sein kleines Gesicht. Er hatte rotes, nicht zu bändigendes Haar. Es war kein leuchtendes Rot, sondern die Farbe von dunklem Kupfer. Seine Haut war so mit Sommersprossen übersät, dass es schon fast skurril war. Man konnte ihn kaum ansehen, ohne lächeln zu müssen. »Wir wissen nicht, wo sie ist.«

»Glaubst du, sie ist wieder weggerannt?«

»Nein. Daran habe ich überhaupt nicht gedacht.«

»Ich kann auch die Katzen nicht finden«, sagte Quinn. »Keine einzige. Es ist komisch. Als wären Außerirdische gekommen oder so.«

»Die Katzen sind in unserem Schlafzimmer. Damit sie in dem Durcheinander nicht durch die Tür schlüpfen können.«

»Sie können hier nicht raus?«

»Nicht gleich jedenfalls. Du musst sie an einem neuen Ort erst eine Weile im Haus lassen, bis sie verstehen, dass es ihr Zuhause ist.«

»Oh«, sagte er, »das wusste ich nicht.«

Quinn hatte keine Haustiere gehabt, bevor er zu uns gekommen war, und bis jetzt waren wir immer am selben Ort geblieben.

Die Haustür wurde wieder geöffnet, und ein weiterer Hitzeschwall drang ein. Paula kam herein, ihr feines, blondes Haar war vom Wind zerzaust, aber es sah gut aus. Paula sah immer gut aus, auch wenn sie sich keine Mühe gab.

»Ich habe sie nicht gesehen«, sagte sie. »Aber das ist kein Grund, nervös zu werden. Es ist ein großes Grundstück. Viele Stellen, an denen sie sein könnte. Und ich hab nicht viel Zeit. Dass ich sie nicht innerhalb von etwa dreißig Sekunden finden konnte, bedeutet also nicht, dass sie wieder weggerannt ist.«

»Ich hab mir auch keine Sorgen gemacht, dass sie wieder weggerannt sein könnte.«

»Warum wolltest du dann, dass ich sie suche?«

»Oh. Weil … ich mir doch Sorgen gemacht habe, dass sie wieder weggerannt sein könnte.«

Paula warf mir ein schiefes, etwas betrübtes Lächeln zu. Reflexhaft schob sie ihre Brille auf dem Nasenrücken höher. Sie erinnerte mich immer an diese Teenagerfilme, in denen sich das streberhafte Mädchen am Ende des Films in eine Schönheit verwandelt – einfach, indem es seine Brille abnimmt. Paula war allerdings auch *mit* Brille schön. Aber das galt wiederum genauso für die Mädchen in den Filmen.

Sie ging und zog die Tür hinter sich zu.

»Soll ich Star suchen gehen, J-Mom?«, fragte Quinn mit eifriger, hoffnungsvoller Miene.

»Wenn du willst. Das wäre super.«

Er rannte zur Tür, gefolgt von der kleinen, trottenden Hundeherde. Von allen Hunden, bis auf Peppy. Ich wagte die Vermutung, dass ich Peppy vor der geschlossenen Schlafzimmertür finden könnte, wenn ich nachsehen würde.

Quinn hielt die Hand wie ein Stoppschild hoch und die Hunde kamen schlitternd zum Stehen.

»Ihr bleibt hier!«, sagte er streng, die winzige Imitation eines autoritären Erwachsenen. »Bis ihr versteht, dass dies euer Zuhause ist.«

Er rannte nach draußen und schlug die Haustür hinter sich zu.

Ich schaute mich im Wohnzimmer um, als könnten dort plötzlich attraktivere Alternativen auftauchen. Die Hitze, die Leere, das schier monumentale Ausmaß der Aufgabe, wieder einmal von Anfang an einen Haushalt aufzubauen, die Furcht vor der extremen Sichtbarkeit, die in einer Kleinstadt so unvermeidlich war … das alles kam plötzlich über mich. Ich wollte mich einfach nur auf eine Couch plumpsen lassen, oder auf ein Bett. Aber das war nicht möglich. Also ließ ich mich in einer Ecke des riesigen Zimmers zu Boden sinken und vergrub mein Gesicht in den Händen.

Die Hunde ließen sich um mich herum nieder, was sich tröstlich anfühlte.

Ein paar Minuten später öffnete sich knarrend die Haustür, und ich nahm die Hände von meinem Gesicht. Vom Druck meiner Handballen sah ich vor meinen Augen schwarze Punkte schwimmen.

Quinn wirkte erleichtert, was auch mich etwas erleichterte.

»Alles in Ordnung, J-Mom?«

»Mir geht es gut, mein Liebling. Mir ist nur heiß und ich bin müde.«

»Star ist nicht weggerannt. Ich hab sie gefunden.«

»Kommt sie nach Hause?«

»Ich weiß nicht. Vielleicht etwas später.«

»Wo ist sie?«

»Auf der anderen Straßenseite, sie redet mit einem Pferd.«

## 2. Clementine

Den Vorhang mit einer Hand zurückhaltend, stand ich am Wohnzimmerfenster und war beunruhigt, weil ich jemanden auf unserem Grundstück sah. Ich hatte niemandem die Erlaubnis gegeben hierherzukommen. Es handelte sich zwar nur um ein junges Mädchen, aber darum ging es nicht. Es ging schlicht um Eigentumsrecht. Wäre das Mädchen gut erzogen worden, dann hätte es gewusst, dass man so etwas ohne eine ausdrückliche Genehmigung nicht tat.

Und insbesondere hatte sie kein Recht, auch nur in die Nähe von Comets Gehege zu gehen.

»Vernon, wer ist das?«, fragte ich.

Vernon saß wie üblich am Wohnzimmertisch, eine Handfläche gegen seine Schläfe gestützt, las die Zeitung und ignorierte mich. Oder er hörte mich nicht richtig. Ich konnte es nie genau sagen. Und ich war mir nie sicher, was das Schlimmere war: ob er mich völlig ausblenden konnte oder ob er sich meiner Worte zwar völlig bewusst war, mir aber nicht antworten wollte.

»Vernon!«

Immer noch keine Antwort.

In der Hoffnung, das Mädchen verscheuchen zu können, klopfte ich an das Glas. Keine Reaktion.

Es schien mein Leben lang zu meinem Los zu gehören, dass ich mich fragte, ob ich für die Leute um mich herum unsichtbar war oder nur ein Ärgernis, das sie lieber ignorieren wollten.

»Vernon, da ist jemand auf unserem Grundstück, und ich will wissen, wer es ist. Und ich höre nicht auf, darüber zu reden, bis du von deiner Zeitung aufschaust und für die Tatsache, dass ich existiere, Verantwortung übernimmst.«

Er seufzte tief und als er aufsah, begegneten sich unsere Blicke. Einen kurzen Augenblick lang wünschte ich, ich hätte ihn nicht gedrängt. Dann sah er wieder weg.

»Du bist doch diejenige, die am Fenster steht«, sagte er, »also weißt du es eher als ich.«

»Ich hab es dir schon gesagt. Es ist niemand, den ich kenne.«

»Wenn du die Person nicht kennst, dann werde ich sie wahrscheinlich auch nicht kennen.«

Jetzt war es an mir zu seufzen. Aber mein Seufzen klang weniger resigniert als vielmehr gereizt. Ich war ziemlich frustriert und auch nicht in der Stimmung, es zu verheimlichen.

»Du treibst mich noch in den Wahnsinn«, murmelte ich leise, weil ich ihn diese Bemerkung nicht hören lassen wollte.

Ich öffnete die Haustür, und die Hitze des Tages blies mir ins Gesicht. Ich trat aus dem herrlich klimatisierten Haus in die sommerliche Hitze hinaus.

»Du da drüben!«, rief ich.

Das Mädchen warf mir über die Schulter einen Blick zu und blieb weiterhin an das hölzerne Geländer des Pferdegeheges gelehnt stehen.

Ich konnte nicht einschätzen, wie alt sie war. Das kann ich oft nicht mehr gut. Je älter ich werde, desto mehr sehen in meinen Augen alle wie Kinder aus. Sie hätte erst dreizehn sein können oder auch schon sechzehn. Ihr schlaff herunterhängendes, braunes Haar war lang und vorn zu einem Pony geschnitten, der jedoch ungepflegt war und bis über ihre Augen hing. Ihre Haut war schlecht und durch Unreinheiten verunstaltet.

Genauso wie Tinas Haut in diesem Alter gewesen war.

Ich schob das innere Bild von mir weg und schlug die symbolische Tür so fest ich konnte zu.

Dann wandte das freche Mädchen einfach den Blick ab und schaute wieder zu dem Pferd. Sie streckte eine Hand aus, und Comet ging auf sie zu, was mich aus Gründen, die ich nicht ganz verstand, wirklich wütend machte.

Ich stürmte zu dem Gehege.

»Jetzt hör mir mal zu. Dies ist ein privates Gelände, und das Pferd gehört zu dieser Familie, nicht zu dir. Ich würde es begrüßen, wenn du nie wieder deinen Fuß auf das Grundstück von anderen Leuten setzen würdest, ohne dir vorher ihre Einwilligung zu holen.«

Sie hielt immer noch ihre Hand zu Comet hin ausgestreckt, der an ihrer Handfläche schnupperte.

Ich sah rot.

»Hörst du mir überhaupt zu? Kannst du mich verstehen? Dieses Pferd ist sehr nervös, und es ist gefährlich, in seiner Nähe zu sein. Ich werde nicht für deine Arztrechnung aufkommen, wenn etwas schiefgeht, ich hab dich schließlich nicht eingeladen.«

Ich hörte die Stimme eines kleinen Jungen, der etwas rief.

»Star!«

Das war es, was der Junge rief. Ich hatte keine Ahnung, wer der Junge war, oder warum er dieses Wort rief. Es klang jedenfalls nicht wie ein Name.

Er joggte auf uns zu.

»Star, J-Mom sucht nach dir. Ich glaube, sie will, dass du heimkommst.«

Zu diesem Zeitpunkt versuchte ich mich an den Gedanken zu gewöhnen, dass Star der alberne Name des Mädchens sein könnte, aber ich war mir immer noch nicht sicher.

Das Mädchen ignorierte ihn.

»Ist das deine Schwester?«, fragte ich den kleinen Jungen. Es schien offensichtlich zu sein, aber die beiden sahen sich kein bisschen ähnlich. Vielleicht eine dieser modernen Familien, in der jedes Kind aus einer anderen Ehe kommt.

»So in etwa«, sagte er, was mir bedeutungslos erschien.

»Und wer bist du?«, fragte ich ihn.

Er zeigte über die Straße hinweg auf das große, weitläufige Grundstück mit dem leeren, hölzernen Bauernhaus, das zu vermieten war. »Wir ziehen gerade ein. Da drüben. Ich heiße Quinn Archer-Cummings. Das ist Star.«

»Warum in aller Welt weiß ich nicht, dass dieses Haus wieder vermietet worden ist? Glaubt der Makler denn nicht, dass ich das wissen will? Wie kann jemand überhaupt eine Sache wie diese in einer Stadt, die so klein ist wie Easley, geheim halten?« Aber im hinteren Teil meines Gehirns registrierte ich, dass wir in der Gegend einen neuen Tierarzt für große Tiere bekommen sollten – und dass Tierärzte, genau wie alle anderen Leute, schließlich auch irgendwo wohnen mussten.

Natürlich waren meine Worte keine richtigen Fragen an den kleinen Jungen, aber er schien das nicht zu merken.

»Ich weiß nicht«, sagte er mit einem Achselzucken. »Ich bin erst hier angekommen. Star, kommst du oder nicht? Was soll ich J-Mom sagen?«

»Sag ihr, ich bin beschäftigt«, antwortete das Mädchen.

Der kleine Junge blieb einen Augenblick stehen und schaute auf seine Füße, als fasziniere es ihn zu sehen, wie er da auf der Erde stand. Dann schüttelte er den Kopf und ging davon.

»Kleiner Junge«, sagte ich, da ich seinen Namen wieder vergessen hatte. Ich wusste nur noch, dass es ein seltsamer Name war.

Er blieb stehen und drehte sich wieder zu mir um. Endlich schien jemand zu bemerken, dass ich existierte.

»Warum nennst du deine Mutter ›J-Mom‹?«

Ich nehme an, es ging mich nichts an, aber ich war neugierig. Und er war vielleicht zu jung, um zu wissen, dass es mich nichts anging, also würde ich wahrscheinlich eine Antwort bekommen.

»Das ›J‹ steht für Jackie«, sagte er.

»Aber warum nennst du sie nicht einfach Mom?«

»Oh. Damit ich sie nicht mit meiner anderen Mom verwechsle. P-Mom. Das ›P‹ steht für Paula«.

»Wie interessant«, sagte ich.

Einen Moment lang schien er darauf zu warten, dass ich sagte, warum ich es so interessant fand. Dann überquerte er die Straße und verschwand in dem neu vermieteten Haus.

Ich sah wieder zu dem Mädchen hinüber. Natürlich erwiderte sie meinen Blick nicht.

»Ich würde es begrüßen, wenn du jetzt nach Hause gehst«, sagte ich.

»Warum sind all diese Kletten in seinem Fell? Bürsten Sie ihn denn nie?« Sie hatte eine dünne, hohe Stimme. Unbedeutend. Als würde sie ihr Recht zu sprechen anzweifeln. »Und das Fell in seiner Mähne und seinem Schwanz ist ganz verknotet. Sieht aus, als sei er ein Jahr lang nicht mehr gebürstet worden.«

»Ich habe es dir schon mal gesagt. Er ist sehr nervös, und es ist gefährlich … nein, warte. Warum beantworte ich das überhaupt? Das Fell von dem Pferd ist nicht dein Problem. Also, ich habe dich aufgefordert, dieses Grundstück zu verlassen. Tust du das jetzt oder nicht?«

Sie wandte ihren Blick kein einziges Mal von Comet ab und ließ eine Hand über seinen grauen Hals gleiten, unter die dunklere Mähne, als fühlte sie die glatten Muskeln, um ihn besser zu verstehen. Jedes Mal, wenn sie auf eine Klette stieß, nahm sie sie ab und ließ sie außerhalb des Geheges zu ihren Füßen fallen.

Ich entschied, dass es nun Zeit war, dass Vernon dies regelte. Nicht ich. Schließlich war er ein großer, kräftiger Mann, wenn auch nicht mehr gerade jung, und wenn es Ärger gab, sollte ich nicht allein damit zu tun haben müssen.

Ich stampfte ins Haus zurück.

Die kühle Luft der Klimaanlage traf mich so unvermittelt, dass ich stehen blieb und einen Seufzer ausstieß. Die Luft floss über mich hinweg wie frisches Wasser, als wäre ich an einem schwülen Tag gerade in einen Swimmingpool eingetaucht. Die Unverschämtheit der Eindringlinge – na gut, dieses einen Eindringlings, der Junge schien ganz höflich zu sein – hatte mich so abgelenkt, dass ich nicht bemerkt hatte, wie sehr mich die heiße Sonne meiner Energie beraubt hatte.

Als ich mich wieder gesammelt hatte, ging ich zum Wohnzimmertisch und zog Vern die Zeitung aus den Händen.

»Was?«, fragte er.

»Sie geht einfach nicht. Ich glaube, du kümmerst dich besser darum.«

»Sie?«

»Ja. Sie.«

»Klingt nicht sehr gefährlich.«

»Es geht nicht um Gefahr. Es geht darum, ob sie das Recht hat, hier zu sein.« Und als nachträglichen Gedanken fügte ich hinzu: »Und es geht um die gesetzliche Haftung. Was, wenn sie Comet zu nahe kommt und sich verletzt? Als die Grundstückseigentümer würde man uns dafür verantwortlich machen.« Dann wünschte ich, ich hätte mit diesem

Aspekt begonnen, denn es klang besser und brachte die Sache wirklich viel mehr auf den Punkt. »Selbst ihr kleiner Bruder konnte sie nicht zum Gehen bewegen. Das sind also schon zwei, die uneingeladen auf unser Grundstück gekommen sind, obwohl der Junge zumindest einigermaßen höflich zu sein scheint. Aber das Mädchen! Das Mädchen ist alles andere als höflich.«

Vernon seufzte und stand auf, wobei er sich mit den Händen am Tisch abstützte. So war er nie aufgestanden, als wir noch jünger waren.

Ich beobachtete das Geschehen vom Wohnzimmerfenster aus.

Er ging nach draußen und zu dem kleinen Gehege hinüber. Comet schnaubte und warf seinen Kopf ein paarmal zurück, wie er es immer machte, wenn man sich ihm näherte. Bei dem Mädchen hatte er das nicht getan, und darüber hätte ich wahrscheinlich nur verblüfft sein sollen. Aber es wühlte noch viele andere Emotionen in mir auf.

Etwa dreißig Sekunden lang gab es zwischen Vernon und dem Mädchen einen Wortwechsel, und dann ging das Mädchen über die Straße, dorthin, wo es hingehörte.

*Was hatte ich falsch gemacht?*

Vernon kam wieder rein und ging an mir vorbei, als sei nichts geschehen. Als sei es nicht nötig, etwas zu sagen.

»Warte. Willst du mir nicht erzählen, was passiert ist?«

Er zuckte mit den Schultern. »Da gibt's nicht viel zu erzählen. Sie ist nach Hause gegangen.«

»Aber sie ist nicht nach Hause gegangen, als *ich* sie dazu aufgefordert habe. Ich will wissen, warum sie nicht gegangen ist, als ich sie gefragt habe, dann aber doch, nachdem du mit ihr gesprochen hast.«

Vernon zuckte wieder mit den Schultern und ging in Richtung Wohnzimmer.

»Warte!«, sagte ich, und er blieb stehen, obwohl ich merkte, dass er nicht gerade erfreut darüber war. »Ich möchte es wirklich wissen.«

Eine Pause trat ein. Ich dachte, er würde sie niemals ausfüllen.

Dann sagte er schließlich: »Vielleicht, weil ich sie freundlich gefragt habe.«

Er ließ sich wieder am Wohnzimmertisch nieder und nahm seine Zeitung.

Ich setzte mich ihm gegenüber hin. »Ich habe gerade etwas Interessantes erfahren«, sagte ich.

Keine Reaktion.

»Es ist ziemlich amüsant.«

Immer noch nichts.

»Willst du nicht wissen, was es ist?«

»Sicher«, sagte er, aber klang nicht sehr überzeugend.

»Diese Kinder im Haus gegenüber haben zwei Mamis.«

Keine Antwort.

»Fällt dir dazu nichts ein?«

»Eigentlich nicht.«

»Findest du es nicht lustig?«

»Es ist mir egal. Es ist mir egal, was die Nachbarn machen. Es ist ihre Sache und geht mich nichts an. Du bist diejenige, die alles über jeden wissen will. Solange sie für sich bleiben, ist es mir gleich.«

»Bisher haben sie das Für-sich-Bleiben noch nicht sehr gut im Griff.«

»Wenn du sie freundlich fragst, machen sie es.«

Ich begriff, dass es mit ihm wie immer zu nichts führte, und entschied mich, unsere Unterhaltung zu beenden und stattdessen ein Gespräch mit diesen neuen Nachbarn zu führen.

# 3. Jackie

Star kreuzte zur gleichen Zeit auf wie der Möbelwagen. Die Möbelpacker standen direkt hinter ihr, und einer von ihnen tappte ungeduldig mit den Füßen, als ich ihr die Haare aus den Augen strich und sie fragte, wie es ihr ging.

Ruckartig zog sie ihren Kopf von mir weg. Vor Publikum.

»Mir geht's gut«, sagte sie, »aber ich glaube nicht, dass sie sich gut um das Pferd kümmern.« Ihre Stimme klang fester als sonst, daran war ich nicht gewöhnt. Na ja, bei ihr war ich generell nicht an Worte gewöhnt. »Ich finde, du solltest Paula fragen, ob sie sich das Pferd ansehen kann«, fügte sie hinzu. »Um sicherzustellen, dass es gesund ist.«

»Also, sie kann das nicht ohne die Erlaubnis der Besitzer tun, mein Liebling.«

Tapp. Tapp. Tapp.

Dies ist das Problem einer großen Familie mit mehreren Kindern. Sie wollen immer etwas, aber alles passiert immer zur gleichen Zeit. Man weiß, dass sie einen brauchen, aber es steht nie viel Zeit zur Verfügung, um etwas ganz auszuführen. Und trotzdem bin ich diejenige gewesen, die die große Familie gewollt hatte. Den Trubel eines großen Haushalts. Weil ich selber ein Einzelkind war, von Eltern aufgezogen, die kaum gesprochen hatten, weder miteinander noch mit mir. Daher liebte ich den Tumult. Paula wäre auch nur mit Quinn glücklich gewesen, aber um mich zu unterstützen, hatte sie zugestimmt, Mando und Star aufzunehmen. Und ich hatte den vier Hunden und fünf Katzen zugestimmt, um sie zu unterstützen. Ich mag Tiere, aber ich bin mir nicht sicher, ob ich gleich neun davon gebraucht hätte. Es war Paula, die jedes Tier aufnehmen musste, das ein Zuhause brauchte.

Jedenfalls verstand ich in Augenblicken wie diesen, weshalb meine Eltern nach mir keine weiteren Kinder mehr bekommen hatten.

»Alles klar«, sagte Star. »In Ordnung. Ich wusste, dass du überhaupt keine Hilfe sein würdest.«

Sie drängte sich an mir vorbei ins Haus und stieß gegen meine Schulter.

Ich sah zu den Möbelpackern hinüber.

»Tut mir leid. Familienprobleme.«

Kommentarlos reichte mir der Möbelpacker, der mit dem Fuß getappt hatte, ein Klemmbrett mit einem Formular zum Unterzeichnen.

\* \* \*

Bevor auch nur ein einziges Möbelstück seinen Weg in das neue Haus finden konnte, kreuzte die Frau vom Haus gegenüber vor unserer Tür auf. Sie klopfte an, obwohl die Tür weit offen stand.

»Ja«, sagte ich. »Kann ich Ihnen helfen?«

Sie war in mittleren Jahren oder älter. Man könnte sagen, sie war von einem unbestimmten Alter. Sie hätte fünfzig sein können oder siebzig, schwer zu sagen. Dem Stil ihrer Frisur zufolge war sie in den Fünfzigern stecken geblieben, jedes

Haar saß akkurat. Dies schien mir in dieser ländlichen Umgebung ungewöhnlich, obwohl ich mir nicht darüber im Klaren war, weshalb. Sie war schon fast außerordentlich klein und dazu etwas dicklich. Ihr Körper wirkte formlos und weich, was vom Alter kam und, wie ich glaubte, auch von einem Mangel an Bewegung.

»Ich bin Clementine D'Antonio. Meinem Mann und mir gehört das Haus gegenüber.«

Ich ging zur Tür und stand ihr Auge in Auge gegenüber, so weit das bei jemandem, der zwei Köpfe kleiner ist, möglich sein kann. Paula und ich sind beide etwa einen Meter achtzig groß, daher bin ich daran gewöhnt, auf manche Leute herabzublicken. Aber üblicherweise nicht ganz so tief. Ich wollte sie ins Haus bitten, aber ich wusste, dass es da noch keine Sitzgelegenheiten gab.

»Jackie Archer-Cummings«, sagte ich.

Ich streckte meine Hand aus, aber sie nahm sie nicht. Es war ein unangenehmer Augenblick. Und ein Hinweis auf ihren Charakter – wäre ich nur hellwach und in der Lage gewesen, es aufzunehmen.

»Sie sind nicht die neue Tierärztin«, sagte sie. Es klang nicht wie eine Frage.

»Nein. Ich nicht. Das ist Paula. Meine Frau.«

In meinem Kopf gab es eine kurze Pause vor dem Wort ›Frau‹, bevor ich es ausstoßen musste. Es fiel mir immer ein wenig schwer mit neuen Leuten, auch wenn es in Napa viel weniger schwer gewesen war. Trotzdem, wir würden uns auf keinen Fall verstecken. Und selbst wenn wir dazu geneigt hätten, gäbe es die Möglichkeit dazu gar nicht.

In Wirklichkeit, nahm ich an, war die Pause nicht wahrnehmbar.

Sie gab keine Antwort. Ich konnte ihrer Miene nichts ablesen und begann, mich unbehaglich zu fühlen.

»Ich würde sie hereinbitten, aber wir haben wirklich noch keine Möbel.«

Zwei Möbelpacker kamen auf dem Weg hinter ihr in unsere Richtung, jeder hielt eines der Enden unserer Couch, die mit einer Plastikfolie umhüllt und mit einem Klebeband umwickelt war. Wir mussten zur Seite treten, um sie vorbeizulassen, und ich war über die Ablenkung erleichtert. Dann realisierte ich, dass es damit immerhin eine Sitzgelegenheit gab, falls ich die Nachbarin doch hereinbitten wollte. Aber ich wollte es nicht. Das war mir zu diesem Zeitpunkt definitiv klar geworden.

»Nun, es war nett von Ihnen, dass Sie vorbeigekommen sind, um uns zu begrüßen«, sagte ich und sah sie an. Es ist schwierig zu definieren, was ich sah, aber mein Herz sank. Sie sprach immer noch nicht. »Oh. Ich verstehe. Sie sind überhaupt nicht deshalb hier.«

Ich seufzte tief. Es war wegen der weit geöffneten Tür heißer geworden. Das Haus war ziemlich kühl geblieben, als die Tür geschlossen gewesen war, aber jetzt machte mich die Hitze etwas wackelig auf den Beinen.

»Ich nehme an, Sie kommen dann besser herein«, sagte ich.

Am Ton meiner Stimme war wahrscheinlich deutlich zu hören, dass mich diese Aussicht wenig begeisterte. Aber es war einer dieser Momente im Leben, in denen einem keine andere Option zur Verfügung stand.

Mit kurzen, engen Schritten kam sie herein, als würden sich ihre Muskeln nicht weit dehnen. Sie schaute sich um, machte eine Bestandsaufnahme von dem Ort, was bei einem leeren Haus merkwürdig ist. Ich fragte mich, ob sie schon vorher mal im Haus gewesen war.

Wir setzten uns auf die noch umhüllte Couch, und das Plastik knisterte unangenehm unter uns. Meine nackten

Beine unter der kurzen Hose schwitzten sofort und blieben an dem Plastik kleben. Wie ein Vogel, der auf einer Sitzstange balancierte, saß Clementine auf der äußersten Kante und berührte die Couch kaum. Einen unangenehmen Augenblick lang sprach niemand von uns.

»Ich verstehe, dass Mädchen im Teenageralter von Pferden angezogen sind«, sagte sie und klang, als würde sie so etwas ganz und gar nicht verstehen. Als verstünde sie überhaupt nichts. »Aber dieses Pferd ist sehr nervös, und jemand könnte sich schnell verletzen, wenn er dem Pferd zu nahe kommt. Daher denke ich, ist es am besten, wenn Sie Ihre Tochter hier auf dieser Seite der Straße lassen, da, wo sie hingehört. Ich hoffe, Sie verstehen mich. Ich möchte nicht übermäßig streng klingen, aber es geht um Haftung. Ich will nicht, dass sich jemand auf unserem Grundstück verletzt.«

»Natürlich«, sagte ich. »Natürlich verstehe ich das.« Unterdessen drehte es sich in meinem Kopf bei der Frage, wie ich Star dazu bekommen sollte, etwas zu tun – oder zu unterlassen. »Ich werde es auf jeden Fall versuchen.«

Clementines Kopf ruckte zurück. »Das ist eine seltsame Antwort. Sie haben doch die Kontrolle über Ihre eigene Tochter, oder nicht?«

Ich nahm einen tiefen Atemzug. Einen Augenblick, in dem ich mir zurechtlegen konnte, was ich sagte, wie viel ich sagte.

»Das Problem ist ... wir kennen Star eigentlich nicht so gut. Noch nicht. Sie ist erst seit drei Wochen bei uns.«

»Seit drei Wochen?«

»Ja«, sagte ich und dachte, diese Frau sollte mit den Fragen aufhören und jetzt lieber gehen. »Seit drei Wochen.«

»Sie ist also nicht Ihre Tochter?«

»Wir ziehen sie auf. Wir haben Pflegekinder bei uns. Zwei unserer Kinder sind Pflegekinder, und den Kleinen, Quinn, hatten wir zwei Jahre lang auch zur Pflege, aber jetzt haben wir ihn rechtlich adoptiert.«

Sofort wünschte ich, ich hätte ihr weniger erzählt. Nicht, weil etwas daran falsch gewesen wäre, was ich ihr gesagt hatte, aber weil sie das nicht verdiente. Ich spürte, dass ich innerlich in Deckung ging und mich und meine Familie dadurch schützen wollte, dass ich sie so wenig wie möglich über uns erfahren ließ.

»Oh«, sagte sie und dehnte das kurze Wort, als hätten ihr ein Dutzend weiterer Fragen auf der Zunge gelegen, die jetzt alle beantwortet wären. »Natürlich. Ich hätte das wissen sollen. Natürlich würden Sie nicht Ihre eigenen Kinder haben.«

»Wie bitte?« Ich war jetzt wütend und wünschte, Paula wäre bei mir. Sie war in solchen Situationen besser als ich, gewandter und liebenswürdiger. Wenn mich jemand ärgerte, feuerte ich sofort zurück.

»Ich habe nur gemeint …«

»Ich weiß genau, was Sie gemeint haben. Und wir könnten durchaus unsere eigenen Kinder haben. Paula und ich sind beide sehr gut in der Lage, Kinder zu gebären, und wir hätten diesen Weg auch einschlagen können. Aber wir nehmen Kinder in Pflege und adoptieren sie, weil wir glauben, dass es zu viele Kinder gibt, die keiner haben will. Ohne, dass es ihre Schuld ist. Und sie tun uns leid. Es ist einfach etwas, das wir machen wollten.«

»Tut mir leid, wenn Sie das gekränkt hat.«

Aber es klang nicht wirklich aufrichtig. Allein die Formulierung legte nahe, dass es ihr überhaupt nicht leidtat. Ihr Satz war nicht annähernd so gut wie zu sagen: ›Es tut mir leid. Ich sehe jetzt, dass es beleidigend war, was ich gesagt habe.‹ Ihre Aussage schien fast mir die Schuld daran zu geben. Als sei ich zu sensibel.

Ich sah Mando im Eingangsbereich des Wohnzimmers in der Nähe der Treppe stehen. Er hatte offensichtlich die Spannung gespürt und war dort still stehen geblieben.

»Entschuldigung, Ma'am«, sagte er, als es klar war, dass ich ihn gesehen hatte.

»Ich?«, fragte Clementine.

»Nein, er spricht mit mir«, sagte ich. »Gib mir nur noch zwei Minuten mit unserer neuen Nachbarin, Mando.«

»Ja, Ma'am. Ich habe mich nur gefragt, ob ich mir die Scheune anschauen könnte.«

»Natürlich kannst du das. Du kannst dir alles anschauen, was du willst.«

»Danke«, sagte er und verschwand.

Ich hoffte, die Nachbarin hätte keine weiteren Fragen mehr, doch gleichzeitig wusste ich, dass ich dieses Glück nicht haben würde.

»Ma'am?«, fragte sie.

»Armando hat eine Mutter, und er fühlt sich ihr gegenüber verpflichtet, daher denkt er von uns nicht als von seinen Eltern.«

»Aber sie muss ihn misshandelt oder vernachlässigt haben, sonst wäre er nicht hier.«

Ich atmete wieder tief durch, bevor ich antwortete. Ich stand kurz davor, diese schwierige Person aus meinem neuen Haus zu werfen.

»Nein. Das hat sie nicht. Ganz und gar nicht. Sie …« Aber dann kam mir in den Sinn, dass es Clementine nichts anging, was Mandos Mutter getan hatte. Nichts auf dieser Seite der Straße ging sie überhaupt etwas an. »… kann sich zurzeit einfach nicht um ihn kümmern. Wenn Sie mich jetzt entschuldigen würden, es gibt hier gerade ziemlich viel zu tun, mit den Möbelpackern und so.« Ich stand auf. »Also muss ich mich verabschieden.«

»Wir haben das Grundproblem nicht richtig gelöst«, sagte sie. »Mit Ihrer … Pflegetochter. Die dem Pferd zu nahe kommt.«

»Warum lassen Sie das nicht unser Problem sein?«

»Na gut«, sagte sie und stand steif auf. »Aber ich möchte daran erinnern, dass Sie sich dann darauf einstellen sollten, Ihre Arztrechnungen selbst zu zahlen, falls sich jemand aus Ihrer Familie verletzt, wenn er oder sie sich ohne Erlaubnis auf unserem Grundstück aufhält.«

»In Ordnung«, sagte ich und wollte nur noch das Gespräch zu Ende bringen.

Sie blieb kurz stehen. Innerlich drängte ich sie zu gehen. Gerade als ich kurz davor war, sie mit Worten zum Gehen aufzufordern, stampfte sie über das Parkett und zur Haustür hinaus und verursachte, dass zwei Möbelpacker, die je zwei Lampen in den Händen hielten, schnell zur Seite sprangen.

Ich drehte mich um und merkte, dass Quinn von der Treppe aus zugeschaut hatte.

»Alles in Ordnung, J-Mom?«

»Ich glaube«, sagte ich.

Er kam zu mir, und wir setzten uns zusammen auf die Couch.

»Ich habe die Hunde ins Schlafzimmer gebracht«, sagte er. »Damit sie nicht aus Versehen rauskommen.«

»Dank dir, mein Liebling. Das war sehr schlau. Siehst du, du denkst weiter als ich. Ich habe mich überhaupt nicht gefragt, wo sie sind.«

»Und ich habe eine Schüssel mit Wasser ins Schlafzimmer gestellt, damit es ihnen nicht zu heiß wird. Ich meine, damit sie nicht zu durstig werden. Weil es so heiß ist.«

»Gut gemacht. Du denkst sehr gut mit.«

»Du solltest dich wegen dieser Frau nicht schlecht fühlen«, sagte er. »Ich glaube, sie ist einfach kein sehr netter Mensch.«

Ich lächelte, und es fühlte sich an, als sei es seit langer Zeit mein erstes Lächeln. Ich strich ihm seine wuscheligen Haare aus der Stirn. »Ich glaube, damit hast du recht, mein Liebling. Du kannst Leute ziemlich gut einschätzen.«

\* \* \*

Ich ging zu Mando, der in der Scheune auf einem alten, ausgeblichenen Strohballen saß.

»Furchtbar heiß hier«, sagte ich.

»Das würde mir aber nichts ausmachen.«

Ich hatte nur über den jetzigen Moment gesprochen, aber seine Gedanken waren offenbar mehr auf die Zukunft gerichtet. Er schien in einer Art Planungsphase zu sein.

Ich setzte mich neben ihn, und er rückte zur Seite, um mir Platz zu machen.

»Du würdest lieber allein hier draußen sein, oder?«

Er drehte sich zu mir und sah mich mit einer hoffnungsvollen und vielleicht auch etwas ängstlichen Miene an. Seine pechschwarzen Haare waren so kurz, dass sie abstanden, wenn er sie nicht vorsichtig glättete, wenn sie nass waren. Und er hatte geschwitzt, also standen sie jetzt ab. Er trug Jeans, Flip-Flops und ein einfaches, weißes T-Shirt. Der Umfang seiner Oberarme war weiter als Quinns Taille. Er war ein großer, kräftiger Junge, und man konnte sich kaum vorstellen, dass er gerade erst dreizehn war.

»Ja, Ma'am.«

»Jackie, bitte.«

»Jackie. Ich weiß, du sagst das immer. Aber es fühlt sich nicht richtig an. Es ist nicht respektvoll.«

»Es ist aber respektvoll, wenn es das ist, was ich will. Bitte versuche, ob du dich daran gewöhnen kannst.«

»Ich könnte es versuchen. Ich will niemanden von der Familie beleidigen, weißt du. Damit, dass ich hier draußen sein will.«

»Kein Problem. Ich weiß, dass dir deine Privatsphäre wichtig ist.«

»Ja, Ma'am. Jackie, meine ich.«

»Du bist mir auf der Herfahrt etwas traurig vorgekommen.«

»Es ist einfach seltsam, kennst du das? Einen Ort zu verlassen, an dem du dein ganzes Leben lang gewohnt hast.«

Ich stieß ein sarkastisches Lachen aus. »Wem sagst du das. Aber wir werden uns hier schon eingewöhnen.«

Ich stand auf, streckte mich und schaute mich um.

Sie war alt und heruntergekommen, diese Scheune. Durch die Wandbretter fielen Lichtstreifen ein, und die Ecken des hohen Daches wurden von Vogelnestern und Spinnweben dekoriert.

»Es wird eine Menge Arbeit nötig sein, bis das hier bewohnbar ist.«

»Ich kann die Arbeit machen.«

»Lass uns darüber reden, wenn Paula nach Hause kommt.«

Mando stieß einen tiefen Seufzer aus. Einen glücklichen Seuzer, zumindest für seine Verhältnisse. »Danke«, sagte er.

Ich lächelte und beugte mich zu ihm. Dann legte ich eine Hand in seinen Nacken, zog seinen Kopf an mich heran und küsste ihn auf die Stirn. Als ich ihn wieder losließ, schien er etwas schüchtern und verlegen zu sein, aber nicht besonders unzufrieden.

# 4. Clementine

Als ich in die Sicherheit meines eigenen Hauses zurückgekehrt war, saß Vern in seinem Polstersessel vor dem Fernseher und schaute eine dieser Sendungen über Seebarsch-Angeln. Er tat das hin und wieder, und es kam mir immer seltsam vor. Ich kann gut verstehen, warum Leute angeln gehen, obwohl ich es selbst nicht tun würde. Aber Angeln im Fernsehen anschauen? Es eignet sich wohl kaum als typischer Zuschauersport. Ich habe schon immer gedacht, dass man anderen Leuten bei Sachen zuschauen sollte, die man niemals selbst tun könnte oder nicht tun würde. Stierkampf. Fallschirmspringen. Rugby. Solche Sachen. Aber wenn man es problemlos selbst tun könnte, sollte man es doch einfach machen. Meiner Meinung nach.

Vern war früher immer angeln gegangen. Damals, vor unserer gemeinsamen Zeit. Vor all dem Kummer, wie er sagt. Mittlerweile hat er seine Aktivitäten heruntergekurbelt und liest meistens Zeitung, schaut fern und nimmt gelegentlich ein langes heißes Bad.

Ich setzte mich auf den Stuhl neben ihn.

»Ich muss dir etwas ganz Merkwürdiges erzählen«, sagte ich.

»Okay«, antwortete er, ohne seinen Blick vom Bildschirm abzuwenden.

»Eine der Frauen, die gerade gegenüber eingezogen sind, ist die neue Tierärztin. Du weißt doch, die die Praxis von Dr Raymond übernimmt, der jetzt in Rente gegangen ist.«

»Was ist daran merkwürdig?«

»Das ist nicht die merkwürdige Sache. Na ja, es ist schon merkwürdig, wenn man sich vorstellt, dass sich eine kleine Frau um all diese Rinder und Pferde kümmert.«

»Hast du sie getroffen?«

»Noch nicht.«

»Woher weißt du dann, dass sie klein ist?«

Es ging mir auf die Nerven, den Anglern im Fernsehen zuzuhören, während wir versuchten zu reden. Am liebsten hätte ich die Fernbedienung genommen und das Programm ausgeschaltet, aber Vernon reagierte auf solche Dinge schnell gereizt.

»Weil sie eine Frau ist und Frauen im Vergleich zu Männern klein sind. Wegen dir komme ich völlig vom Thema ab. Ich wollte dir doch nur erzählen, was so merkwürdig war. Die Frau, mit der ich gerade gesprochen habe – nicht die Tierärztin, die andere – bezeichnet die Tierärztin als *ihre Frau*.« Es war still, bis auf das Gerede der Angler im Fernsehen. »Du sagst überhaupt nichts.«

»Ich warte auf das, was so merkwürdig war. Ist das alles?«

»Natürlich ist das alles. Machst du das absichtlich, um mich zu ärgern? Sie nennt die andere Frau *ihre Frau*. Als wären sie verheiratet.«

»Das sind sie wahrscheinlich auch. Weißt du, das ist in diesem Staat jetzt legal.«

Ich spürte, wie ich wütend wurde. Ich war wütend auf Vern, weil er diese merkwürdige Sache nicht merkwürdig fand, ich war wütend auf den kalifornischen Staat, weil er alles änderte, und ich war wütend auf den Obersten Gerichtshof der Vereinigten Staaten, weil er das zuließ. Und ich war wütend auf die Angler, weil sie uns übertönten und mir das Denken erschwerten. Das ganze Leben ging mir plötzlich unter die Haut.

»Ich mag es einfach nicht«, sagte ich. »Ich mag es kein bisschen. Dies war immer eine nette Stadt. Und jetzt sind plötzlich diese Leute direkt auf der Straße gegenüber, und ich mag nicht, wie sie darüber reden, verheiratet zu sein, als sei daran überhaupt nichts verkehrt. Als würde ich nicht mal mit der Wimper zucken. Und ich mag nicht, wie dieses freche Mädchen einfach herkommt und sich an das Gehege lehnt und Comet die Hand entgegenstreckt, ohne überhaupt zu fragen, ob es unser Grundstück betreten darf. Und dieser Junge ...«

»Du hast gesagt, der Junge sei höflich gewesen«, unterbrach mich Vern.

»Nicht *dieser* Junge. Wie sich herausgestellt hat, gibt es da zwei Jungen. Einen kleinen und einen großen. Und der große Junge ist wirklich groß. So groß, dass sogar du vor ihm Angst haben könntest. Und ich glaube nicht, dass er Amerikaner ist. Er heißt ... oh verdammt, ich kann mich jetzt nicht an seinen Namen erinnern, aber er endet mit einem ›o‹, und ich glaube, er ist Mexikaner oder Spanier oder so was. Und ich mag einfach nicht, dass all das direkt vor meinem Haus passiert, wo es zu einem Teil von meinem Leben wird. Und ich kann nichts dagegen tun.«

Vernon schaltete plötzlich den Fernseher aus, was mich überraschte. Nach all diesen Geräuschen war die Stille geradezu überwältigend, aber sie brachte trotzdem keine Erleichterung, denn es lag etwas Unangenehmes in der Luft zwischen uns. Ich begegnete Verns starrem Blick. Er sagte kein Wort und sah nicht wütend aus, aber es war ein merkwürdiges Starren. Ich konnte mich nicht entsinnen, dass ich in dreiundreißig Jahren Ehe jemals diesen Blick bei ihm gesehen hätte. Er schien fast so, als wäre er neugierig auf etwas, das er in mir finden könnte – und wenn er den Blick fester auf mich richtete, könnte er die Antwort finden.

Er kratzte sich am Haaransatz, und ein paar Strähnen seines dünnen, sandfarbenen Haares legten sich auf seine Stirn, was er nicht zu bemerken schien. Ich wollte sie wieder zurück an ihre Stelle streichen, aber ich hielt mich zurück.

Ein paar Sekunden vergingen, und schließlich konnte ich es nicht mehr länger aushalten.

»Warum starrst du mich mit diesem komischen Blick an?«, fragte ich ihn.

Und ich bekam die folgende Antwort: »Was magst du überhaupt, Clem?«

»Das ist eine sehr merkwürdige Frage«, sagte ich und hoffte, die Sache damit zu erledigen.

»Ich glaube nicht. Du hast immer Sachen gemocht, genau wie alle anderen. Weißt du, bevor alles so schlimm wurde.«

Er sagte nichts über Tina, erwähnte ihren Namen nicht, aber ich könnte schwören, dass ich ihn so klar hören konnte, als hätte er ihn ausgesprochen. Als er zu Ende geredet hatte, konnte ich das Echo ihres Namens hören. Es hing in der Stille wie der Klang einer Kirchenglocke, der noch lange in der Luft bleibt, nachdem die Hand, die sie geläutet hat, schon verschwunden ist. Nur mit dem Unterschied, dass diese Glocke niemand geläutet hatte.

Ich wusste nicht, was ich sagen sollte. Die Worte steckten in meiner Kehle fest.

Also sprach er weiter.

»Wir schauen jeden Tag die Nachrichten, und du erzählst mir, was du an der Welt alles nicht magst. Und du triffst neue Leute und erzählst mir, was du an ihnen alles nicht magst.

Aber was magst du? Ich weiß es gar nicht mehr. Ich weiß, dass du denkst, ich sei sarkastisch oder ich würde das alles sagen, um dich zu kritisieren, aber das stimmt nicht. Ich will es nur wirklich wissen.«

Das schien meine Sprachfähigkeit wieder zu wecken.

»Dies ist eine völlig lächerliche Frage. Und ich weigere mich, sie überhaupt mit einer Antwort zu würdigen.«

»Bist du sicher, dass es nicht daran liegt, dass du die Antwort auch nicht weißt?«

Ich sprang auf und klopfte die Vorderseite meines Kleides ab, als sei es von dieser Unterhaltung besudelt worden und ich könnte mich so einfach darüber hinwegsetzen.

»Ich höre dem keine Minute länger zu«, sagte ich.

Ich ging in die Küche, um den Schweinebraten für das Abendessen vorzubereiten.

Nach ein paar stillen Minuten hörte ich, wie er den Fernseher wieder einschaltete. Die Angler hatten etwas gefangen. Ich nehme an, die Sendung würde auch nicht lange interessant sein, wenn sie niemals etwas fingen.

\* \* \*

In den frühen Morgenstunden wachte ich auf und wusste bereits, dass etwas nicht stimmte, ohne dass es einen Anhaltspunkt dafür gab. Es erinnerte mich an die Zeit, in der Tina noch klein war und ich mit einem Gedanken in meinem Kopf aufwachte – na gut, einer Mischung aus einem Gedanken und einer Stimme. Der Gedanke sagte mir, ich solle nach ihr sehen. Und als ich dann in ihrem Zimmer war, hatte sie tatsächlich Fieber oder eine so verstopfte Nase, dass ihr das Atmen schwerfiel.

Eine Mutter weiß diese Sachen.

Aber ich war nicht mal mehr eine Mutter. Oder doch? Ist man immer noch eine Mutter, wenn man nur ein Kind hatte und dieses Kind nicht mehr da ist? Vielleicht. Ich weiß es nicht.

Ich öffnete die Augen.

Vern saß völlig angekleidet auf der Bettkante. Er hatte die dünne Jacke an, die er üblicherweise bei Kirchenbesuchen trug. Er bewegte sich nicht und saß nur da, mit dem Rücken zu mir, und die zusammengesackte Haltung seiner Wirbelsäule und seiner Schultern erzählte eine Geschichte, die ich nicht hören wollte.

Ich hob den Kopf, um besser sehen zu können, aber mein Nachthemd hatte sich unter mir verfangen, und zusammengeknäult hielt es mich an der Kehle fest – ein Bild davon, wie gefangen ich mich plötzlich fühlte. Ich wollte mich nicht aufstützen, um das Nachthemd neu zu arrangieren, weil er nicht wissen sollte, dass ich wach war. Eine schlechte Nachricht stand bevor, und ich war überzeugt, sie würde eintreffen, sobald ich erkennen ließ, dass ich wach war.

Als sich meine Augen an das Licht gewöhnt hatten, erblickte ich Verns großen alten Lederkoffer auf der Truhe mit den Decken am Fuß unseres Bettes – der Koffer, den er immer mit zu der Berghütte genommen hatte, wenn er für eine Jagdwoche dort hingefahren war. Das war eine weitere Sache, die er früher gemacht hatte, aber heute nicht mehr. Noch ein Abschnitt des vergangenen Lebens, das jetzt verloren war.

Ich schwöre, dass ich mich weder bewegte noch ein Geräusch machte, aber er wandte den Kopf. Nur ein wenig, dann drehte er sich wieder zurück.

»Du bist wach«, sagte er, und ich konnte nicht sagen, ob er erleichtert oder enttäuscht klang.

»Warum bist *du* wach?«, fragte ich und wünschte sofort, ich hätte nicht gefragt, denn ich wusste, dass er mir antworten würde.

»Ich gehe.«

»Auf die Jagd?«, fragte ich hoffnungsvoll.

»Nein.«

»Wo gehst du dann hin?«

»Ich weiß es nicht.«

Diese Antwort hing eine Weile zwischen uns, während ich mein Nachthemd neu ordnete, damit wenigstens dies nicht etwas war, das beabsichtigte, mich zu erwürgen.

Ich dachte, er würde von sich aus mehr sagen, aber ich hatte falschgelegen.

»Wie kannst du weggehen, wenn du noch nicht mal weißt, wohin?«

»Wahrscheinlich miete ich irgendwo ein Zimmer.«

Das war der Augenblick, in dem das Zittern begann. In meinen Beinen und in meinen Händen und irgendwo tief in meiner Kehle. Das war mir noch nie zuvor passiert.

»Warum?«, fragte ich. Ich musste das fragen. Ich wollte nicht wirklich, aber es musste gemacht werden. Er antwortete nicht. Und ich wartete lange, weiter zitternd. »Gestern hast du mir eine Frage gestellt, Vern, und als ich dir keine Antwort geben konnte, hast du mir vorgeworfen, ich wüsste die Antwort nicht.«

»Ich weiß die Antwort«, sagte er.

»Warum sagst du sie dann nicht?«

»Ich sitze nur hier und überlege, wie ich es formulieren kann, damit es nicht unnötig grausam klingt. Und ich bin mir immer noch nicht sicher, dass das möglich ist.«

Seine Worte hallten in meinem Magen wider … wie eine Art Echo, als bewegten sich die Worte tatsächlich durch mein Inneres. Mein Mund war trocken, und mein Hirn wurde abgekoppelt, als wäre ich gerade dabei einzuschlafen und könnte meine Umgebung nicht mehr richtig wahrnehmen. Es ersetzte nicht das Zittern, das noch zusätzlich dazu kam.

»Jetzt, da du mit einer Sache wie dieser herausgerückt bist«, sagte ich, »musst du sie auch zu Ende bringen.« Meine Stimme klang zwar ruhig, jedoch nicht wie meine eigene. Zumindest nicht in meinen Ohren.

»Ich glaube, ich weiß nicht mehr, wer du bist. Es ist, als wärst du zu jemand anderem geworden. Weißt du, seit … dem ganzen Kummer.«

Wie immer erwähnte er niemals Tinas Namen. Ich hatte ihm sagen wollen, dass er es einfach tun und den Namen aussprechen sollte, da ich ihn sowieso immer hörte. Aber zu dem Zeitpunkt schien es zu spät zu sein.

»Das hat uns beide verändert«, sagte ich.

»Aber die Person, die du jetzt bist … das ist der schwierige Teil. Ich will nicht grausam sein. Die Person, zu der du geworden bist … ich mag sie nicht. Ich will nicht mehr mit ihr zusammenleben.«

In meinem Inneren ließ ich von der Vorstellung, dass alles in Ordnung sei, ab. Normalerweise klammere ich mich sehr fest an diese Vorstellung, aber manchmal gleitet sie zu weit weg, und dann ist es leichter, einfach aufzugeben.

»Geht es darum, was ich gestern gesagt habe? Dass ich diese neuen Leute nicht mag? Würdest du es mir ernsthaft übel nehmen, wenn ich diese Leute lieber nicht in der Nähe hätte?«

»Nein.« Er hatte sich immer noch nicht umgedreht und mir zugewendet. »Das ist es nicht. Oder nicht nur das. Es geht nicht darum, dass du sie nicht magst. Es geht darum, dass du niemanden magst. Oder nichts. Und ich bin einfach nicht glücklich. Wir bekommen nur ein Leben, und ich verstehe nicht, warum ich hier tagein, tagaus sitze und zusehe, wie mein Leben verrinnt, wenn ich doch weiß, dass ich nicht glücklich bin. Wir sind nicht glücklich miteinander, Clem. Kannst du aufrichtig etwas anderes sagen?«

»Wir sind nur so, wie wir immer gewesen sind«, sagte ich.

»Genau«, sagte er. »Das ist genau das, was ich meine.«

Ich antwortete nicht. Oder ich konnte nicht antworten. Inzwischen war es zu schwierig geworden, das alles zu klären.

Dann, nach einer ungewissen Pause, fragte er: »*Willst* du nicht mal etwas mögen?«

»Oh, Vern. Bitte. Nur weil ich die Frage nicht beantwortet habe, bedeutet das nicht, dass ich nichts mag oder nicht wenigstens etwas mögen will. Du hattest mir nur keine Zeit zum Überlegen gegeben.«

Er warf mir einen kurzen Blick über die Schulter zu, als könne er flüchtig einen Funken Hoffnung sehen. »Okay. Nimm dir all die Zeit, die du brauchst. Denk nach. Was magst du?«

Wir blieben schrecklich lange unbeweglich sitzen. Ich weiß wirklich nicht, wie lange es gewesen sein mag, aber es zog sich hin. Obwohl ich die Antwort schon von Anfang an wusste.

Ich mochte nichts. Keine einzige verdammte Sache.

Nach einer Weile stand er auf und nahm seinen Koffer, der offenbar schon gepackt war, und sagte mir, er werde sich melden, wenn er wüsste, wo er sich niederlassen würde.

Und das war's.

Dreiunddreißig Jahre Ehe. Einfach so vorbei.

\* \* \*

Ich konnte nicht wieder einschlafen. Ich versuchte es nicht mal.

Ich machte mir eine Tasse Tee, setzte mich an den Küchentisch und spürte mein Zittern. Der Vollmond schien und badete das Pferdegehege in Licht. Comet bewegte sich unruhig hin und her. Ich wusste, dass das Gehege für ihn zu klein war. Ich beobachtete, wie er von einem Ende zum anderen trabte und viel zu früh die Gangart wechseln musste.

Ich fragte mich, ob er das jede Nacht tat und ich es sonst nur nicht bemerkte.

Und ich überlegte, wer von uns aufgebrachter war und wer mir mehr leidtat – das Pferd oder ich.

# 5. Jackie

»Es wäre schön, wenn du mitkommen könntest«, sagte Paula zu mir. »Um mir mit dem Pferd zu helfen.«

»Falls sie dich überhaupt in die Nähe des Pferdes lässt.«

Zu fünft saßen wir am Frühstückstisch und aßen Waffeln mit frischen Erdbeeren aus der Region. Star sagte nichts. Sie hielt den Kopf über ihren Teller gesenkt, die Haare fielen ihr über das Gesicht. Trotzdem nahm ich an – oder spürte –, dass sie an jedem einzelnen unserer Worte hing.

»Ich denke, wir sollten dort rübergehen und das Pferd untersuchen«, sagte Paula. »Wir sollten nicht zögern. Manche Leute sorgen nicht ausreichend für ihre Tiere, weil sie es vergessen oder es sich nicht leisten können. Aber nur wenige Tierhalter sind so grausam, dass sie Nein sagen, wenn ihnen jemand anbietet, nach ihrem Tier zu schauen. Insbesondere, wenn dabei für sie keine Kosten entstehen.«

»Du hast diese Frau noch nicht getroffen«, warf ich ein.

»Ich denke trotzdem, dass wir davon ausgehen sollten, dass sie Ja sagt. Wenn sie es ablehnt, gehen wir einfach wieder nach Hause. Wir können nichts verlieren. Aber wie wir an die Situation herangehen, das könnte einen großen Unterschied machen.«

»Hm«, sagte ich. »Ich habe kein Problem, ein Pferd am Führstrick zu halten. Aber wäre es nicht besser, das Pferd in der Scheune anzubinden?«

»Möglicherweise. Falls sie es uns aus dem Gehege führen lässt. *Falls*.«

»Ich kann euch mit dem Pferd helfen«, sagte Star. »Bei mir ist es immer ruhig. Es mag mich.«

Paula schüttelte den Kopf. »Ich glaube nicht, dass das eine gute Idee ist, meine Kleine. Ich sage nicht, dass du es nicht könntest ... oder nicht sogar am besten könntest. Aber dass du auf das Grundstück gegangen bist, hat schon Spannung verursacht, darum solltest du jetzt besser hierbleiben.«

»Ich gehe mit euch dorthin.«

Ich wollte sehen, wie Paula reagierte. Paula war schon immer eine gute Erzieherin gewesen. Weil nichts sie aus der Ruhe brachte, mit einer Ausnahme: wenn jemand ein Tier vernachlässigte oder aussetzte. Wie sollten wir denn sonst zu so vielen Tieren gekommen sein? Aber wenn es nicht gerade um Tierquälerei ging, hatte sie diese erstaunliche Gelassenheit an sich, die ich nun schon seit neun Jahren an ihr beobachtete und noch immer nicht ganz verstand. Sie sagte einfach nur, was gesagt werden musste, ohne die Situation mit ihren eigenen Vorstellungen zu verschleiern. Sie ließ ihre Wut außen vor. Trotzdem, von den Kindern ließ sie sich weniger bieten als ich. Also gut, von Star. Die anderen Kinder machten sowieso nur selten Ärger.

»Es ist in Ordnung, wenn du nahe genug herankommen willst, um mir bei der Untersuchung zuzuschauen«, sagte Paula. »Aber ich muss darauf bestehen, dass du außerhalb des Grundstücks bleibst.«

Star schmollte daraufhin ein bisschen, sagte aber kein Wort.

* * *

»Lass mich anklopfen«, sagte Paula.

Ich war mehr als froh darüber, mit Paulas großer Doktortasche auf dem Boden zu meinen Füßen ein paar Schritte hinter ihr bleiben zu können.

Energisch klopfte sie ein paarmal an die Tür, und dann warteten wir. Ich blickte mich zu Star um, die an der Ecke der Straße auf der Seite der D'Antonios stand und wünschte plötzlich, sie wäre nicht mitgekommen und lieber im Haus geblieben. Ich wusste, dass es Clementine aufbringen würde, Star auch nur dort zu sehen. Aber jetzt war es zu spät, um etwas an der Situation zu ändern.

Paula drehte sich zu mir um und fragte mich mit einem Blick, ob wir die Hoffnung aufgeben sollten, dass jemand die Tür öffnen würde. Ich zuckte mit den Achseln.

Genau in diesem Augenblick wurde die Tür geöffnet.

Die winzige Clementine stand in ihrem Nachthemd vor uns, ihre Frisur ein schreckliches Durcheinander. Sie blinzelte ins Licht, als öffnete sie ihre Augen zum ersten Mal an diesem Tag.

»Es tut mir leid, dass wir Sie aufgeweckt haben«, sagte Paula.

»Sie haben mich nicht aufgeweckt«, antwortete Clementine.

Dann standen wir alle einen Augenblick da, und keiner sagte etwas. Ich erinnere mich daran, dass ich dachte: *Sag nicht, ich hätte dich nicht gewarnt, Paula.*

Paula unterbrach die Pattsituation. »Paula Archer-Cummings«, sagte sie und streckte Clementine ihre Hand entgegen. »Ich bin die neue Tierärztin.«

»Ja«, sagte Clementine und starrte Paulas Hand an, als hätte sie nie zuvor eine Hand gesehen. »Das weiß ich.«

Zumindest für mich war es keine Überraschung, dass sie die ihr angebotene Hand nicht schüttelte, und nach einem Moment zog Paula ihre Hand wieder zurück.

»Ich dachte, als Ihre Nachbarin könnte ich Ihnen vielleicht anbieten, mir kurz Ihr Pferd anzuschauen. Kostenfrei. Nur ein Angebot unter Nachbarn.«

Clementines Augen zogen sich zu engen Schlitzen zusammen. »Das ist nicht das, was Sie gedacht haben«, sagte sie. Sie drehte den Kopf in Richtung Star, die verlegen auf dem Bürgersteig stand. »Dieses Mädchen hat Ihnen erzählt, dass ich mich nicht richtig um das Pferd kümmere, oder?«

Ich spürte, wie ich die Backenzähne aufeinanderbiss. Aber Paula lächelte nur. »Nur ein Angebot unter Nachbarn«, wiederholte sie. »Es sei denn, Sie sagen, das Pferd wäre erst kürzlich untersucht worden.«

»Nun«, sagte die alte Frau und hielt inne. Sie schien Zeit schinden zu wollen, um nach Ausreden zu suchen. »Ich glaube, es ist schon eine Weile her.«

»Und wann genau? Können Sie sich daran erinnern?«

»Nun, es ist das Pferd meiner Tochter. Sie hat sich sehr um das Pferd gekümmert. Zu viel, dachte ich immer. Ständig hatten wir den Tierarzt oder Hufschmied da. Als würde es vom Erdboden verschluckt werden, wenn sie sich mal nicht so sehr um es sorgte.«

»Ah«, sagte Paula. »Ich verstehe. Und jetzt ist Ihre Tochter auf dem College ...«

Clementines Augen zogen sich wieder zusammen, und es trat eine lange, unangenehme Stille ein. »Nein«, sagte sie schließlich.

Wir warteten und dachten, sie würde weitersprechen, aber sie sagte nichts mehr.

»Na gut, ich fange dann schon mal an«, sagte Paula. »Können wir ihn aus diesem kleinen Gehege holen und in der Scheune anbinden? Das würde die Sache einfacher machen.«

»Nein. Holen Sie ihn da nicht raus. Er ist zu schwer in den Griff zu kriegen. Was, wenn er sich losreißt?«

»Okay. Dann machen wir die Untersuchung im Gehege. Ich brauche nur seinen Halfter und Strick.«

»Die hängen im Stall.«

»Vielleicht könnten Sie uns das bringen, wenn Sie nichts dagegen hätten, und dann verspreche ich Ihnen, dass wir Sie den ganzen Morgen lang nicht mehr behelligen.«

»Aber ich hätte etwas dagegen«, sagte Clementine, und ihr Gesicht glich einer undurchdringlichen Maske. Ich hatte keine Vorstellung davon, was sie dachte oder fühlte, aber unter dieser ganzen Härte lag etwas verborgen, das sie uns offenbar nicht sehen lassen wollte. »Ich hätte sogar sehr viel dagegen. Ich gehe nicht in den Stall.«

»Okay«, sagte Paula. »Kein Problem.« Doch natürlich war es sehr wohl ein Problem. Paula drehte sich zu mir um und fragte: »Jackie, kannst du bitte nachsehen, ob du die Sachen findest?«

»Sie wird sie leicht finden«, sagte Clementine. Es klang wie eine Beschwerde, aber so klang alles, was sie sagte. »Sie hängen an einem Haken an der Wand gleich neben der Stalltür.«

Dann schlug sie die Haustür zu und ließ uns stehen.

Paula sah mich an, und wir zuckten beide mit den Schultern. Obwohl Paula mich gebeten hatte, die Sachen zu holen, gingen wir gemeinsam zum Stall. Sie hatte wahrscheinlich angenommen, sie müsste bei der Nachbarin bleiben und sich die ganze Zeit mit ihr unterhalten. Dass sich Clementine mit einem Türenknall wieder in ihr Haus zurückgezogen hatte, schien die Situation verändert zu haben.

»Ich hab dir doch gesagt, dass sie eine furchtbare Frau ist.«

»Ich halte sie gar nicht für so furchtbar.«

»Wirklich? Was ist sie dann?«

»Ich glaube, sie scheint irgendwie … ängstlich zu sein. Und traurig.«

»Hab ich dir schon gesagt, dass du eine absolute Heilige bist, Paula?«

»Du sagst es mir mehr als drei Mal die Woche«, antwortete sie.

Aber es ging nicht wirklich um Heiligkeit. Das war nur die netteste Art, es zu formulieren. So war Paula einfach gepolt: ausgeglichen, im Gegensatz zu mir. Ihre Ausgeglichenheit war generell eine gute Sache, hatte aber wie alles seine Vor- und Nachteile. Der Vorteil war, dass sie nicht so leicht gereizt wurde wie ich. Der Nachteil war, dass sie aber nicht so enthusiastisch war wie ich.

Wir fanden Halfter und Führstrick am Haken an der Wand neben der Stalltür. Paula nahm sie herunter und blies auf den obersten Riemen des Halfters und die Rolle mit dem Strick. Eine dicke Staubwolke waberte im Lichtstrahl der frühen Morgensonne umher, die schräg durch die Tür einfiel.

»Was glaubst du, wie lange es her ist, dass jemand diese Sachen genommen hat?«

»Wenn ich wetten müsste«, antwortete Paula, »würde ich sagen, mehr als ein Jahr.«

\* \* \*

Paula schob sich durch das Geländer hindurch und schlüpfte in das Gehege. Das Pferd warf den Kopf erst nach hinten und dann mit seinem muskulösen Hals vor und zurück, als nicke es. Ich sah, wie sich die Nüstern des Pferdes weiteten. Ich traute Paula zu, dass sie fast alles in den Griff bekam, aber trotzdem machte sich ein nervöses Kribbeln in meiner Magengegend breit.

Sie ging auf das Pferd zu, mit dem Strick in der einen und dem Halfter in der anderen Hand. Das Pferd drehte sich auf seinen Hinterhufen um und wollte dann wegtraben. Paula hielt es auf, indem sie sich mit ausgebreiteten Armen direkt vor es stellte und in weich klingenden Silben in einer Art Pferdesprache mit ihm redete. Nachdem das Pferd zehn- oder elfmal kurz innegehalten hatte, blieb es zögernd stehen und ließ sich den Strick um den Nacken legen. Das Pferd zu halftern war zunächst einfach, aber als sie es in meine Richtung führte, wo ich außerhalb des Geheges wartete, blieb es stehen und bäumte sich auf. Paula hielt den Strick fest in ihren behandschuhten Händen, stellte sich vor das Pferd und sprach wieder mit ihm.

Es waren ein paar weitere Versuche nötig, bis sie es zu mir führen konnte. Ich hatte allmählich die Hoffnung gehabt, dass das Pferd nie zu mir kommen würde.

»Nimm ein Paar Handschuhe aus meiner Tasche«, sagte sie. »Damit du dir an dem Strick nicht die Hände aufreißt.«

»Das macht mich etwas nervös. Ich bin mit großen Tieren nicht so geschickt wie du.«

Tatsächlich war ich mit keinem Tier so geschickt wie sie. Wer könnte das schon? Die Hälfte der Zeit war selbst der kleine Peppy zu viel für mich. Ich liebte die Hunde wie verrückt, aber sie dazu zu bringen, sich hinzusetzen und zu benehmen, war ein ganz anderes Thema.

»Sei nicht nervös. Das spürt er.«

»Gibt es zu diesem Tipp auch eine Schritt-für-Schritt-Anleitung?«

Sie verzog den Mund und schüttelte den Witz ab. »Gib dein Bestes. Bitte. Das ist Star wichtig.«

Ich seufzte und zog ein Paar Lederhandschuhe aus der Tasche. »Wäre es nicht besser, ihn ans Geländer zu binden?«

»Nicht unbedingt. Kommt ganz auf das Pferd an. Manche werden panisch, wenn sie an das Ende des Stricks gelangen. Ich habe lieber jemanden am Kopf des Pferdes.«

»Wie mich!«, rief Star von der Straße aus.

Ich hatte nicht gewusst, dass sie uns hören konnte. *Gute Ohren,* dachte ich.

Paula wischte Stars Vorschlag beiseite und wandte wieder mir ihre Aufmerksamkeit zu.

»Halt den Strick gut fest, aber lass los, wenn du merkst, dass du weggezogen wirst. Ich gehe ihm dann nach und nehme den Strick. Ich habe das Gefühl, dieser Junge verhält sich vielleicht besser, wenn er nicht mit dem Rücken zur Wand steht.«

Aber das Pferd zog mich sofort von der Stelle und in den Zaun. Fast jedes Mal. Es blieb ruhig, als Paula seine Augen und Ohren betrachtete. Aber das rektale Temperaturmessen war ein Reinfall. Und sie brachte es nur ein Mal fertig, einen seiner Hufe anzusehen, und das auch nur kurz. Es war gerade lang genug gewesen, um zu wissen, dass seine Hufe eine Untersuchung dringend nötig hatten.

∗ ∗ ∗

»Sie mag mich nicht«, sagte ich, als sich Paula wieder aus dem Gehege geschlängelt hatte. »Ich finde, du solltest fragen.«

»Es kam mir nicht so vor, als könnte sie mich besser leiden. Sei einfach höflich. Lass deine Gefühle über sie nicht die Oberhand gewinnen.«

Als ich über die lockere, hellbraune Erde zu Clementines Haustür ging, bemerkte ich, dass sie uns durchs Fenster beobachtete, ein wenig hinter dem Vorhang versteckt. Sobald ich sie erblickt hatte, sprang sie zur Seite, als wolle sie sich nicht anmerken lassen, dass sie sich immerhin so viel um das Pferd sorgte, dass sie uns zuschaute.

Bevor ich auch nur anklopfen konnte, öffnete sie die Tür. Sie trug nun ein geblümtes Hauskleid, und ihr Haar war sorgfältig frisiert.

»Was jetzt?«, fragte sie. Als wäre ich ihr bereits den ganzen Morgen lang auf die Nerven gefallen, obwohl wir uns gerade zum ersten Mal an diesem Tag direkt gegenüberstanden.

Ich trat näher und senkte die Stimme. Ich wusste, dass ich nicht so mit ihr umgehen konnte wie Paula, daher wollte ich nicht, dass mich jemand hörte.

»Okay Lady«, sagte ich. »Sie werden sich freuen, dass Sie recht hatten. Wir haben Schwierigkeiten, das Pferd zu bändigen. Aber das wussten Sie schon, oder? Weil Sie uns die ganze Zeit vom Fenster aus beobachtet haben. Und ich bin sicher, dass es Ihnen großes Vergnügen gemacht hat zu sehen, dass es uns nicht gelungen ist. Paula ist eine gute Tierärztin, aber Sie gewähren ihr nicht, was sie braucht, wenn Sie darauf bestehen, das Pferd nicht an einen Ort zu bringen, wo sie es unter Kontrolle halten kann. Es ist zwar nicht unmöglich, aber das Pferd ist nervös, und sie muss irgendwie an seine Hufe kommen. Das ist doch keine Prellung oder einen gebrochenen Fuß wert. Also schlage ich vor, dass wir Star hierherkommen lassen, sodass sie bei dem Pferd stehen kann. Sie ist sich sicher, dass sie es beruhigen könnte. Glauben Sie nicht, dass ich nicht längst weiß, dass allein schon diese Vorstellung Sie wütend macht. Aber entweder kümmern Sie sich um das Pferd oder nicht. Paula glaubt, dass es ein paar Probleme mit seinen Hufen gibt. Sie sind überwachsen. Aber sie schneiden sich nicht von selbst. Außerdem glaubt sie, das Pferd könnte eine leichte Pilzerkrankung haben. Die jetzt wahrscheinlich noch nicht so schwerwiegend ist, wenn es überhaupt eine hat, aber die Krankheit kann schwerwiegend werden, wenn Sie sich nicht darum kümmern. Also, was wollen Sie tun?«

Clementine starrte an mir vorbei und schattete ihre Augen gegen die schräg fallende Morgensonne ab. »Mein Mann, Vernon, hat einen Rechen mit einem langen Stiel, und er mistet zwei oder drei Mal am Tag aus, damit wir diese Probleme nicht bekommen.«

»Na ja, aber Sie haben nun mal trotzdem diese Probleme. Pferdehufe benötigen viel Pflege. Also, was wollen Sie machen?«

»Sie wissen, dass ich dieses Mädchen nicht auf meinem Grundstück haben will.«

»Ja, das hatten wir schon. Ohne Ihre Erlaubnis, das haben Sie gesagt. Sie wollen also nicht, dass sie ohne Ihre Erlaubnis auf Ihr Grundstück kommt. Und wie Sie sehen können, steht sie sehr respektvoll auf dem Bürgersteig, weil Sie ihr noch nicht die Erlaubnis gegeben haben. Aber ich frage Sie jetzt danach. Dem Pferd zuliebe.«

»Sein Name ist Comet.«

»Und?«

»Das ist alles. Sie nennen ihn immer ›das Pferd‹, als hätte er keinen Namen. Er hat aber einen Namen. Comet.«

»Gut. Werden Sie Comet zuliebe Star in seine Nähe lassen?«

Clementine schnalzte mit der Zunge und gab keine Antwort.

Ich entschied mich dafür, stärkere Geschütze aufzufahren.

»Es sei denn, Sie wollen es tun.«

Ich hatte eine Beobachtung gemacht. Es schien sie nicht so sehr zu ärgern, dass Star auf ihr Grundstück trat, obwohl dies vielleicht auch einen Teil ihrer Wut ausmachte – es schien sie vor allem zu ärgern, dass das Pferd das Mädchen offensichtlich mochte und sich in ihrer Nähe beruhigte. Ich nahm an, dass Comet sich bei Star besser verhielt als bei seiner Besitzerin. Andererseits war Clementine nicht wirklich seine Besitzerin. Das Pferd gehörte einer mysteriösen, abwesenden

Tochter. Auf jeden Fall schien es so, als könnte diese Frau das Pferd auch nicht kontrollieren. Auf diese Theorie hätte ich alles gesetzt.

Ihr Gesichtsausdruck verfinsterte sich kurz. »Tun Sie von mir aus, was Sie müssen.«

Dann schlug sie die Tür wieder zu.

Ich gab Star mit einer weiten Handbewegung ein Zeichen, und sie kam schnell an das Gehege heran. Comet hielt seine graue Schnauze nah an ihr Gesicht, und sie blies leicht in seine Nüstern. Comet machte ein weiches, brummendes, fast wieherndes Geräusch tief in seinem Hals, das ich nur als äußerst kommunikativ und überraschend zufrieden klingend beschreiben konnte. Mit einem hörbar schnüffelnden Ton blies er zurück.

»Sprich weiter mit ihm«, sagte Paula. »Behalte seine Aufmerksamkeit.«

Sie schob sich durch das Geländer in das Gehege und ließ ihre Hand über sein Sprunggelenk gleiten. Er trippelte wieder weg, aber Star flüsterte weiter in sein Ohr, und als Paula zum dritten Mal seinen Huf anfasste, ließ er es zu.

Als ich aufschaute, sah ich, dass Clementine uns wieder vom Fenster aus beobachtete. Sie hielt eine kobaltblaue Kaffeetasse in der Hand, und ihr Gesichtsausdruck war unzufrieden und düster.

# 6. Clementine

Die Tierärztin kam wieder an die Tür und klopfte an, aber dieses Mal wurde ich nicht davon überrascht, da ich sie vom Fenster aus beobachtet hatte. Ich hatte sie kommen sehen.

Als ich aufstand, spürte ich wieder dieses Zittern, vor allem in meinen Schenkeln. Ich glaube nicht, dass es in der Zwischenzeit verschwunden gewesen war. Nicht ganz. Ich hatte mich wahrscheinlich einfach nur daran gewöhnt und mich so gut wie möglich auf andere Dinge konzentriert. Mein Verstand fühlte sich ohnehin wie ein Ballon an, der eine Meile über meinem Kopf schwebte, was alles weit entfernt und unwirklich erscheinen ließ. Aber jedes Mal, wenn meine zittrigen Beine mich aufrecht halten mussten, war es schwer, dieses Gefühl zu verleugnen.

Ich öffnete die Tür.

Hinter der Tierärztin auf meiner Türschwelle waren das Mädchen und ›die Ehefrau‹, die Lederhandschuhe und ein Stethoskop einpackte und noch ein paar andere Instrumente, die ich nicht identifizieren konnte. Das Mädchen nahm den Halfter und machte sich in Richtung Stall auf, und ich dachte: *Nein. Nein, lass sie das nicht tun. Lass sie nicht in den Stall gehen, als würde ihr das hier alles gehören. Eine von euch Erwachsenen soll das machen.* Aber ich sagte es nicht. Ich war auch nicht direkt höflich. Es hätte einfach mehr Energie bedurft, als ich aufbringen konnte.

»Wie geht es ihm?«, fragte ich.

»Er scheint im Allgemeinen guter Gesundheit zu sein. Aber ich würde auf jeden Fall empfehlen, dass Sie einen Termin mit einem Hufschmied vereinbaren. Und wenn er sagt, dass er Comet in den Stall führen und anbinden muss, würde ich vorschlagen, dass Sie ihn das tun lassen. Selbst wenn ich das Pferd vorher ruhigstellen muss. Seine Hufe müssen behandelt werden. Sie müssen behauen und die Strahlen müssen zurückgeschnitten und gereinigt werden. Und dann müssen sie vielleicht ein oder zwei Mal täglich gut ausgekratzt werden, abhängig davon, was der Hufschmied findet, wenn er sie zurückschneidet.«

»Hat er einen Pilz oder nicht?«

»Es ist kein schlimmer Fall. Zwei Stellen haben verdächtig ausgesehen, aber ich habe heute kein Hufschmiedwerkzeug bei mir. Ich habe Werkzeug in der Klinik, aber nicht in meiner Bereitschaftstasche. Daher kann ich die Hufe nicht gut genug ansehen, um eine richtige Diagnose stellen zu können.«

»Seine Hufe sind also vielleicht doch in Ordnung.«

»Nein, das sind sie nicht. Ein Pferd kann lahm werden, wenn seine Hufe so überwachsen sind. Es ändert die Art, wie es steht. Ich habe Pferde gesehen, die wochenlang gelahmt haben, nachdem ihre Hufe ordentlich beschlagen worden sind, weil sie plötzlich alle Muskeln anders nutzen mussten, auch wenn es die richtige Art war, sie zu nutzen. Hören Sie mir bitte gut zu. Ich bin gerade auf dem Weg zur Klinik und treffe heute Nachmittag John Parno, den Hufschmied, den Doktor Raymond empfohlen hat. Ich lasse mir eine Visitenkarte von ihm geben, und Jackie kann sie Ihnen rüberbringen. Oder Star.«

»Nein!«, sagte ich, sogar noch heftiger, als ich vorgehabt hatte. »Schicken Sie nicht das Mädchen. Sie oder Ihre … die andere Frau. Eine Erwachsene. Bitte.«

Ich weiß nicht, warum ich mich mit diesem Affentheater überhaupt abgab. Ich kannte Johnnie. Ich hatte Johnnies Nummer, wenn ich sie brauchte. Es war alles nur ein großer Teich, in den ich nicht hineintauchen wollte.

»Okay«, sagte sie. Ich dachte, das sei ihr Schlusswort, und sie würde jetzt gehen. Und ich wollte, dass sie ging. Aber stattdessen fragte sie: »Wie oft kommt er dort raus?«

Einen unangenehmen Augenblick lang sagte ich nichts. Mein Gesicht fühlte sich etwas heiß an, und es war mir peinlich. Ich konnte nur hoffen, dass es nicht sichtbar war.

»Das gehört zu den Aufgaben meines Ehemanns«, sagte ich schließlich.

»Oh. Okay. Könnte ich mit ihm sprechen?«

»Nein, das können Sie nicht.« Weil sie mich merkwürdig ansah, fügte ich hinzu: »Er ist nicht da.«

»Oh«, sagte sie. »Ich verstehe.«

»Außerdem habe ich Sie nicht gebeten, hierherzukommen und mir zu sagen, wie viel Auslauf ich ihm geben soll. Genau genommen habe ich Sie überhaupt nicht gebeten hierherzukommen. Das sollte nur eine Gesundheitsprüfung sein. Sie sind eine Tierärztin, keine Fitnesstrainerin. Es sollte um seine Gesundheit gehen.«

»Das ist ein ziemlich wichtiger Faktor für seine Gesundheit. Und auch der Grund dafür, dass seine Hufe überwachsen sind. Sie nutzen sich nicht von selbst ab.«

Ich schaute an ihr vorbei und bemerkte, dass das schreckliche Mädchen aus dem Stall zurückgekehrt war und mich mit seinem Blick erdolchte.

»Danke, dass Sie sich ihn angesehen haben«, sagte ich und schloss eilig die Tür.

Ich dachte, ich könnte alles, was ich an der Unterhaltung nicht mochte, draußen vor der Tür lassen. Weiß der Himmel, ich habe es in den letzten fast zwei Jahren gut genug geschafft, Situationen draußen zu lassen. Ich wusste, dass Comet dort rauskommen musste. Ich wusste, dass er mehr Bewegung brauchte. Aber Tag für Tag schaffte ich es, mir von früh bis spät solche Gedanken vom Leib zu halten. Ich nahm an, dass ich es jetzt auch wieder tun konnte.

Aber ich hatte mich geirrt.

Es ist nicht dasselbe, wenn ein anderer es sieht und es einem laut und deutlich sagt. Ebenso wie es nicht dasselbe gewesen war, als Vernon gesagt hatte, er sei nicht glücklich. Hätte ich mich das vor der letzten Nacht gefragt, hätte ich zwar vielleicht gedacht, dass er nicht glücklich war, aber es ist etwas anderes, wenn jemand es ausspricht.

Der Gedanke an Vernon erschwerte mir das Atmen, also wollte ich diesen Gedanken auch vor die Tür schieben. Doch der nötige Druck war nicht da, zumindest nicht so wie früher.

Ich schaute aus dem Fenster, um sicherzustellen, dass sie alle weg waren. Als sie wieder zurück in ihr Haus gegangen waren, konnte ich etwas besser atmen. Aber es war nicht genug, auch nicht annähernd genug.

\* \* \*

Meine Hände zitterten, als ich die Nummer wählte. Es war nicht dieses intensive innerliche Beben, sondern ein gewaltiges Schütteln, das es mir fast unmöglich machte, die richtigen Nummern zu treffen. Ich wusste, dass auch meine Stimme zittern würde, wenn ich sprach, und ich hasste den Gedanken daran und auch das Gefühl. Inzwischen klingelte das Telefon bereits, und Emmy besaß eine Anruferkennung, also war es zu spät, um aufzulegen.

Einen kurzen Moment lang überlegte ich, ob ich jemals eine so tiefe Angst verspürt hatte. Aber natürlich hatte ich diese Angst schon erlebt und erinnerte mich sofort daran, wann das gewesen war. Das machte es nur noch schwerer, als sie den Hörer abnahm.

»Clementine?«, fragte sie statt eines ›Hallo?‹.

»Ja«, sagte ich, denn ich dachte, dass kurze und nur sehr wenige Worte mein Zittern geheim halten könnten.

Aber dann trat eine Stille ein. Eine lange Stille. Und sie schien die Stille nicht ausfüllen zu wollen. Ich fragte mich, warum ich angenommen hatte, dass sie sprechen würde oder dass sie es überhaupt könnte. Schließlich war sie nicht diejenige, die den Grund für meinen Anruf kannte.

»Ich habe mich gefragt, ob du mit Vernon gesprochen hast«, sagte ich. Ich wusste, dass sie hören konnte, in was für einer zittrigen Verfassung ich war, aber was konnte ich daran ändern?

Ich hörte sie seufzen.

Emmy war nie sehr begeistert von mir gewesen, aber wir kamen immerhin miteinander aus. Ich glaube, sie mochte mich lieber als Vernons andere Schwester, aber diese Sachen kann man nicht so einfach wissen, wenn man nicht fragt. Wir hatten keine Probleme miteinander und gingen uns nicht auf die Nerven oder tratschten übereinander. Wir standen uns eben nur nicht sehr nahe.

»Du musst ihm Zeit geben«, sagte Emmy.

»Also hast du mit ihm gesprochen.«

»Wäre denn etwas dabei?«

»Ich muss mit ihm reden, Emmy. Ich muss wissen, wo er ist.«

In der folgenden Stille, die ganz sicher nur eine oder zwei Sekunden dauerte, starrte ich auf diesen Fleck auf dem Herd, und es traf mich wie ein Blitz. *Ich weiß nicht, wo er ist. Er ist weg, und ich weiß nicht, wohin er gegangen ist.* Es war ein Gefühl der größten Panik, als hätte sich die Erdoberfläche geöffnet, oder ich wäre durch sie hindurchgebrochen und hätte keinen Boden unter den Füßen. Nichts, das mir mehr einen Halt geben könnte. Ich wusste nicht, an was ich mich klammern sollte. Ich fühlte mich, als würde ich fallen, aber ich saß auf einem Stuhl neben dem Telefon, also hatte ich keine Ahnung, wie ich mich abstützen konnte, um den Fall aufzuhalten.

»Er wird dir sagen, wo er ist, wenn er weiß, wo er bleiben wird«, sagte Emmy. »Und wenn er bereit ist, es dir zu sagen.«

»Aber es ist ein Notfall.«

»Was für ein Notfall?«, fragte sie mehr als misstrauisch.

»Ich bin hier ganz allein mit Comet, und er muss raus und sich bewegen, aber ich kann nicht mit ihm umgehen.«

»Oh, Clementine«, sagte sie, und die Art, wie sie es sagte, klang entmutigend. »Dieses Pferd muss doch schon raus und sich bewegen seit dem Tag, als Tina … gestorben ist. Und heute ist es plötzlich ein Notfall?«

Ich wollte ihr von den neugierigen Nachbarn erzählen und wie es schwerer wurde, wenn man es aussprach. Aber ich dachte, sie würde es ohnehin nicht verstehen. Und außerdem hätte mich die Erklärung zu viel Energie gekostet. Also sagte ich nur: »Ich weiß nicht mal, wie Vern dieses Gehege ausgemistet hat.«

»Du weißt nicht, wie man mit einem Rechen Mist von einer Stelle zur anderen bewegt?«

Ich fühlte mich so gedemütigt wie schon seit Langem nicht mehr, und alles, was ich sagen konnte, war: »Aber …«

»Es tut mir leid«, sagte sie. »Aber das ist sein Wunsch.«

Und sehr sanft legte sie auf.

Ich versuchte, nicht wieder zum Herd zu schauen, da ich vorhin fast von der Erde verschluckt worden wäre, als ich in diese Richtung gesehen hatte. Ich hielt nur weiter meinen Blick auf das Telefon gerichtet und rief Emmys Mann Arthur auf der Arbeit an. Er war ein Unternehmer, der selbstständig arbeitete und während der Arbeitszeit Anrufe auf seinem Handy entgegennehmen konnte. Daher dachte ich, ich würde ihn nicht stören.

»Hier ist Clementine«, sagte ich drei Mal, denn an seinem Ende war eine laute Geräuschkulisse. »Ich habe mich nur gefragt, ob du etwas von Vern gehört hast.«

»Nein«, sagte er. »Warum?«

Also wusste er nicht, was passiert war.

»Ich versuche nur, ihn zu finden«, sagte ich und wollte so beiläufig wie möglich klingen. Aber ich zweifelte daran, dass ich überzeugend war. Außerdem hatte ich in mehr als dreißig Jahren Arthur auch nicht ein Mal zuvor angerufen, um Vern zu finden.

»Frag Emmy«, sagte er. »Wenn es jemand weiß, dann sie.«

Das war alles.

Na ja, nicht ganz. Ich rief auch Verns andere Schwester Amelia an, aber niemand nahm ab.

Also ging ich schließlich ins Schlafzimmer und legte mich aufs Bett.

Sollte sich die Erde wieder unter mir öffnen, wäre ich auf diese Weise wenigstens in der Horizontalen und vielleicht eher in der Lage, mit dem Fallen umzugehen. Sollte es etwas anderes geben, das man in einer Situation wie dieser tun konnte, wusste ich es wirklich nicht. Hätte ich jemals so etwas wissen müssen, dann hätte ich wahrscheinlich Vern gefragt.

# 7. Jackie

»Er ist ziemlich problematisch«, sagte ich, als wir wieder gemeinsam die Straße überquerten.

Star hatte sich inzwischen schon längst in ihr Zimmer zurückgezogen.

»Ich glaube nicht, dass mit ihm etwas nicht stimmt«, sagte Paula.

»Ich meinte sein Temperament.«

»Ich auch. Er ist feurig. Im Grenzbereich von normal, würde ich sagen. Ich glaube, er benimmt sich so, wie es die meisten ziemlich jungen Pferde tun würden, wenn sie nie Bewegung bekommen.«

»Woher weißt du, dass er nie Bewegung bekommt?«

»Zum Beispiel sieht man es am Staub auf dem Halfter.«

»Vielleicht zäumen sie ihn und gehen mit ihm raus.«

»In dem Fall hätten sich seine Hufe von selbst abgenutzt. Sie sehen aber wie die Hufe eines Pferdes aus, das nie die Möglichkeit bekommt, sie abzulaufen. Und dann gibt es einen weiteren Hinweis, der sogar noch deutlicher ist. Hast du das Gatter bemerkt?«

»Das Gatter des Geheges?«

»Genau.«

»Nein. Was ist damit?«

»Es ist zugenagelt.«

»Du machst Witze. Wie nagelt man ein Gatter zu?«

»Quer über dem Gatter sind drei Holzbretter angebracht. Und sie sind festgenagelt.«

»Wow. Ob Star das bemerkt hat?«

»Keine Ahnung. Aber ich würde sie lieber nicht darauf hinweisen. Sie macht sich schon genug Sorgen um das Pferd.«

»Und es ist nach wie vor das Pferd von jemand anderem«, fügte ich hinzu.

»Eben«, sagte Paula.

* * *

Paula hatte nach der Arbeit von einem der wenigen Schnellimbisse in der Stadt Hähnchen und Gebäck mitgebracht. Ich bemerkte, dass es überraschend gut war, als ich mir in der Küche heimlich etwas davon nahm, bevor ich die Kinder zum Essen rief. Es war nett von ihr, dass sie mindestens jeden zweiten Abend etwas mitbrachte, denn wenn ich – insbesondere in den Schulferien – den ganzen Tag mit den drei Kindern zu Hause war und mich mit meiner Kunst beschäftigte, konnte es viel Arbeit bedeuten, Essen auf den Tisch zu bekommen.

Mando deckte den Tisch, und Quinn wusch seine Hände sorgfältig, wobei er sogar mit einer Bürste seine Nägel säuberte, um anschließend das Essen auf Serviertellern anzuordnen. Es war die Zeit des Tages, die ich am liebsten mochte, und selbst Star, die lustlos am Tisch saß, das Kinn in die Handfläche gestützt, ihre Haare über den Augen hängend, konnte mir das nicht verderben.

»Was habt ihr Kinder den ganzen Tag gemacht?«, fragte Paula, als sie sich am Tisch niederließ.

»Ich bin kein Kind«, sagte Star.

»Ich bringe den Hunden Tricks bei«, antwortete Quinn.

»Was für Tricks?«, fragte ich.

»Kann ich dir nicht sagen. Es ist eine Überraschung. Wenn sie die Tricks können, führen wir euch eine große Show vor.«

»Alle Hunde?«, fragte Paula.

»Nein. Nicht Peppy. Peppy sitzt nur vor eurer Schlafzimmertür und wartet darauf, dass die Katzen rauskommen. Ich bin auch auf dem Grundstück rumgegangen, den ganzen Weg zu jedem Zaun. Wusstet ihr, dass hier ein großer Bach durchfließt? Ich dachte, dass es dort vielleicht Fische gibt. Aber ich hab keine Angelrute. Glaubt ihr, es gibt dort Fische?«

»Kann sein«, sagte Paula. »Wir können dir eine Angelrute besorgen, und du kannst es selbst herausfinden.«

»Ich weiß nicht, wie man angelt.«

»Du hast den ganzen Sommer Zeit, es zu lernen. Was ist mit dir, Mando?«

Mando riss den Kopf hoch, als wäre er gerade aus dem Schlaf gerissen worden. »Was? Ich? Oh. Hm. Ich hab grad angefangen, diese Scheune sauber zu machen.«

Paula runzelte die Stirn wie immer, wenn sie versuchte, etwas zu verstehen. »Warum willst du die Scheune sauber machen?«

Mando warf mir einen verletzten Blick zu, und ich fühlte mich sofort schuldig, sehr schuldig.

»Oh Mando, tut mir leid. Es war die ganze Aufregung um das Pferd, und ich habe vergessen, mit ihr darüber zu reden. Tut mir wirklich leid.«

Er warf Star einen kurzen Blick zu, und nur für den Bruchteil einer Sekunde glaubte ich sehen zu können, was er dachte. Dass wir für Star Zeit aufbrachten, die gleichmäßig auf alle verteilt werden sollte. Und er hatte recht. Ich bin nicht sicher, ob es sich vermeiden ließ, aber es stimmte.

Paula kaute schneller, schluckte und legte ihre Gabel hin. »Worüber wolltest du mit mir reden?«

»Mando will die alte Scheune zu seinem Zimmer machen.«

»Wirklich? Warum?«

Ich wandte mich zu Mando, um zu sehen, ob er es selbst sagen wollte. Aber er wirkte wie ein Schauspieler, der erstarrt auf der Bühne stand und verzweifelt in die Lichter schaute, weil er seinen Text vergessen hatte.

»Er braucht mehr Zeit für sich als wir«, sagte ich und bemerkte, dass er erleichtert ausatmete.

»Gibt es dort Strom?«

»Es gibt einen Anschluss vom Strommast«, sagte Mando. »Aber das Licht funktioniert nicht. Ich habe versucht, die Glühbirne auszuwechseln. Vielleicht ist es nur eine schlechte Sicherung oder ein abgebrochener Trennschalter oder so was.«

»Weißt du, wie man das prüft?«

»Ja«, sagte Mando. »Die Trennschalter scheinen in Ordnung zu sein. Aber irgendetwas funktioniert nicht.«

»Wir könnten einen Elektriker bestellen, der sich das mal ansieht«, sagte Paula.

Ich sah von ihr zu Mando, und schlagartig wurde mir wieder mal klar, warum ich sie liebte. Warum ich sie beide liebte.

»Danke, Ma'am … Paula.«

»Es gibt da aber kein Badezimmer«, fügte Paula hinzu.

»Nein, Ma'am. Aber das macht mir nichts aus. Ich gehe ins Bad, bevor ich ins Bett gehe. Ich muss nachts sowieso nicht raus.«

Paula biss in eine Keule und kaute einige Augenblicke. Ich wusste, dass sie in einer nachdenklichen Stimmung war. »Mein einziges Problem ist: Ich möchte nicht, dass jemand denkt, wir hätten dich in eine zugige, alte Scheune gesteckt, obwohl wir vorhatten, dir ein Zimmer im Haus zu geben.

Aber wenn wir die Scheune so in Ordnung bringen können, dass deine Sozialarbeiterin damit einverstanden ist und du daran denkst, ihr zu sagen, dass es deine Idee war und du es so lieber hast ...«

»Es könnte da draußen wirklich schön sein«, sagte er.

Und dann war eine kurze Stille am Tisch.

»Star«, sagte Paula. Es war laut genug, um das Mädchen aufschrecken zu lassen, aber sie zuckte nicht mal. »Was hast du den ganzen Tag gemacht?«

Star zuckte nur mit den Schultern und aß weiter.

»Du weißt es nicht?«, fragte Paula. »Du warst da, oder?«

Ich fragte mich, ob sie auf subtile Weise erfahren wollte, ob Star zu dem Pferd zurückgegangen war, aber ich mischte mich nicht ein.

»Ich habe nichts gemacht«, sprach sie mit immer noch vollem Mund. »Ich habe in meinem Zimmer gesessen und nichts gemacht.«

»Wie kannst du den ganzen Tag lang nichts machen?«

»Es ist ganz einfach.«

»Quinn und Mando haben viel gefunden, das sie tun konnten.«

Bei dieser Bemerkung meldete sich Quinn, der mehr als jeder andere Spannung hasste, wieder zu Wort. »Das, was ich euch erzählt habe, war nicht mal alles. Ich habe einen Drachen gebaut. Aber er ist nicht geflogen. Und er ist kaputtgegangen. Und dann habe ich meine Stunde ferngesehen.«

»Jackie hat immer schöne handgemalte Drachen gebaut«, sagte Paula zu ihm. »Vielleicht könnte sie es dir beibringen.«

»Konnten sie fliegen?«, fragte er und wandte mir seine volle Aufmerksamkeit zu. »Oder war es nur Kunst?«

»Sie waren beides«, sagte ich. »Fliegende Kunst. Ich habe sie immer über eine der Weinkellereien in Napa verkauft. Aber das war noch in der Zeit, bevor wir dich gekannt haben.«

»Kannst du es mir beibringen?«

»Natürlich.«

»Versprochen?«

»Versprochen.«

Ich hatte das Gefühl, zu wenig mit Star zu sprechen. Ich war kein Naturtalent, wenn es um Familienkommunikation ging. Es lag mir einfach nicht im Blut, und ich machte mir immer Vorwürfe, es nicht richtig hinzubekommen.

»Hast du deine Stunde ferngesehen, Star?«, fragte ich. Sie vermied noch immer den Augenkontakt mit uns.

»Nein«, sagte sie und klang, als hätte man ihr die dümmste Frage der Welt gestellt. »Es läuft nichts, was ich sehen will. Ich werde mir nicht mit Quinn eine Stunde lang Zeichentrickfilme anschauen.«

»Du weißt, dass du zu einer anderen Zeit fernsehen kannst.«

»Es läuft aber nichts, was ich sehen will. Nie.«

Daraufhin aßen wir alle einen qualvoll langen Moment schweigend weiter, bis Star plötzlich sagte: »Ich glaube nicht, dass das Pferd jemals rauskommt, um zu rennen. Es muss aber rennen. Das Pferd hat mir das erzählt.«

Quinn brach in ein prustendes Lachen aus. Star hob eine Hand, aber bevor sie ihm eine Ohrfeige geben konnte, begegnete sie meinem Blick und hielt inne.

»Untersteh dich!«, sagte ich.

Sie ließ ihre Hand sinken. »Aber er hat über mich gelacht.«

»Du hast gesagt, das Pferd hätte dir etwas erzählt«, sagte Quinn. »Pferde können nicht reden.«

»Es hat das auch nicht mit Worten gesagt, du Dummkopf.«

»Wie hat es das denn dann gesagt?«, fragte Quinn, überraschend mutig für einen Jungen, der gerade einer Ohrfeige seiner Schwester entgangen war.

Star blickte zu Paula. Ich sah in Stars Augen etwas, nach dem ich gesucht hatte, seit wir sie kannten. Etwas, das immer gefehlt hatte. Es ist schwierig, das richtige Wort dafür zu finden, aber es hatte etwas mit Engagement zu tun. Es war das völlige Gegenteil von absoluter Gleichgültigkeit.

»Paula, wenn ein Pferd krank ist oder verletzt oder wenn es etwas braucht, kannst du das nicht sehen?«

»Ja, normalerweise«, sagte Paula. »Manchmal kann ich es mit meinen Augen sehen. Manchmal würde ich sagen ja, das Pferd kann ganz ohne Worte Schmerzen mitteilen. Ich kann nicht immer genau sagen, wie.«

»Genau«, sagte Star. »Das Pferd muss da rauskommen.«

»Star«, sagte ich, »es gehört uns nicht.«

»Ich finde, du solltest den Tierschutzverein anrufen«, sagte Star, jetzt sichtlich aufgewühlt. »Sie können das Pferd abholen.«

Paula schüttelte den Kopf. »Sie werden diesen Leuten nicht das Pferd wegnehmen.«

»Das kannst du nicht wissen, wenn du nicht anrufst.«

»Ich weiß es, Star. Ich bin seit zwölf Jahren Tierärztin. Ich kenne die rechtlichen Anforderungen, was die Haltung von Tieren betrifft. Sie sind sehr gering. Nur gerade das, was das Tier zum Überleben braucht, ist nötig. Futter und Wasser. Einen kleinen Unterschlupf für manche Tiere, wie Hunde. Das kann auch nur ein überhängendes Dach sein, um die Tiere vor Regen zu schützen. Das Mindestmaß ist nicht das, was sie brauchen, um sich wohlzufühlen und glücklich zu sein.«

»Das ist zum Kotzen!«

Star sprang plötzlich auf, ihre Serviette fiel hinunter, als sie gegen den Tisch stieß, und ich hielt mein Glas Eistee fest. Quinn und Mando zuckten beide zusammen.

»Star«, sagte Paula ruhig. »Setz dich hin und iss zu Ende.«

»Ich setze mich aber nicht hin!«, schrie Star.

»Star«, sagte ich. »Paula hat sich heute Morgen viel Zeit genommen, um sich das Pferd anzusehen. Du solltest nicht mit uns reden, als würde es uns nicht kümmern.«

»Das ist nicht genug!«, brüllte sie, aufgebracht in ihrer tosenden Teenagerwut, die ihre ganz eigene, unverwüstliche Dynamik hatte. »Ihr kümmert euch nicht *genug!*«

Sie stürmte weg und ließ den größten Teil ihres Essens auf dem Teller zurück. Wir zuckten alle zusammen, als ihre Zimmertür zuknallte.

»Sollten wir zu ihr gehen?«, fragte ich Paula.

»Ich glaube nicht«, antwortete sie. »Ich glaube, wir sollten warten, bis sie sich abgekühlt hat. Jetzt würde sowieso nichts, was wir sagen, einen Unterschied machen.«

Ich sah zu den beiden Jungs, und sie lächelten schwach, bevor sie ihre Blicke wieder abwendeten. Nur einen kurzen Moment lang kam mir der Gedanke, wie glücklich unsere Familie gewesen war, bevor wir Star aufgenommen hatten. Es war das erste von vielen Malen, in denen ich mich fragte, ob es ihnen gegenüber fair gewesen war, Star zu einem Teil unserer Familie zu machen.

* * *

Nach dem Abendessen drückte mir Paula eine Visitenkarte in die Hand. »Tu mir einen Gefallen und bring das zum Haus gegenüber.«

»Iiih«, sagte ich, »ich hasse es, mit vollem Bauch mit ihr zu reden.«

»Du musst nicht mit ihr reden. Schieb die Karte einfach unter der Tür durch oder wirf sie in den Briefkasten.«

Also zog ich meine Schuhe an und ging über die Straße.

Die Abenddämmerung hatte eingesetzt, und das Licht war von einer trüben Beschaffenheit. Ich betrachtete die Landschaft und wurde sofort daran erinnert, dass es hier nichts zu sehen gab. Nur flache, braune Flächen. Die Hitze des Tages war abgeklungen und ließ eine Luft zurück, die weder heiß noch kühl war.

Es schien kein Licht im Haus gegenüber. Der Laster, der am Tag unseres Einzugs vor der Tür geparkt hatte, war nicht zu sehen. Es gab keine Bewegungen oder Lebenszeichen.

Außer von dem Pferd.

Das Pferd wandte keinen Moment seinen Blick von mir. Es warf seinen Kopf zurück, schnaubte und starrte mich bei jedem meiner Schritte auf dem Weg zur Tür an.

Bevor ich zur Straße zurückkehrte, wagte ich mich aus mir unverständlichen Gründen näher an das Gehege heran. Es war ein schönes Pferd, mit einer langen Mähne, die von einem dunkleren Grau war als sein gesprenkeltes Fell. Eine dunkle Stirnlocke hing über seinem Auge. Man konnte kaum von ihm wegschauen.

Ich stand einen Augenblick lang am Geländer, und wir sahen uns an. Das Pferd benahm sich nicht nervös, schien aber auch nicht entspannt zu sein. Es war nur auf mich fixiert, als müsse es mir etwas sagen.

»O mein Gott«, flüsterte ich. »Star hat recht. Du musst hier raus.«

* * *

Im Haus machte sich Paula schon bettfertig, als ich die Treppe hochkam. Paula ging früh schlafen, weil sie bereits vor der Morgendämmerung aufstehen musste. Sie stand vor dem Spiegel, bürstete ihr Haar, und unsere Blicke begegneten sich im Spiegelbild.

»Der Typ, dessen Karte du gerade abgegeben hast«, sagte sie, »John Parno, der Schmied ... er und seine Frau wollen mit uns Abendessen gehen.«

»Mit uns beiden?«

»Ja.«

»Wäre es nicht besser, ich bliebe mit den Kindern zu Hause?«

»Er muss sich daran gewöhnen, Jackie. Er muss es einfach. Nicht wegen uns, sondern für sich selbst. Quinn wird nur akzeptieren können, dass wir weggehen, wenn wir das oft genug machen, damit er merkt, dass wir immer wieder nach Hause zurückkommen.«

»Wir haben keinen Babysitter.«

»Doch. John hat mir einen Babysitter empfohlen, der jahrelang auf die Kinder seiner Familie aufgepasst hat.«

»Werden sie den Babysitter dann nicht selbst brauchen, wenn wir zum Abendessen ausgehen?«

»Das glaube ich nicht. John und seine Frau haben keine Kinder. Seine Eltern hatten den Babysitter für ihn angestellt, als John selbst noch ein Kind war.«

Ich atmete mehrmals bewusst ein und spürte, wie sich in meinem Magen ein ängstliches Gefühl ausbreitete – wegen Quinn. Aber Paula hatte recht. Wir konnten nicht nur einzeln ausgehen, bis er in zehn Jahren achtzehn war und für sich selbst sorgen konnte.

»Okay«, sagte ich und merkte, dass es nicht sehr zuversichtlich klang. Ich ließ mich auf das Bett sinken. »Vielleicht verkauft sie uns das Pferd.«

»Wie kommst du jetzt darauf?«

»Ich glaube, es tut mir auch leid.«

»Sie hat aber gesagt, dass es ihrer Tochter gehört.«

»Also geht es um die Frage, ob ihre Tochter zurückkommt oder nicht. Ich will sie das wirklich nicht fragen. Sie will anscheinend nicht darüber reden. Und weil mit ihr zu reden ungefähr so viel Spaß macht wie eine Wurzelbehandlung beim Zahnarzt. Nur ohne Betäubungsmittel.«

Paula warf mir im Spiegelbild ein schiefes Lächeln zu. »Wir wohnen in einer Kleinstadt. Es sollte nicht allzu schwierig sein, das herauszufinden.«

# 8. Clementine

Ich wachte mitten in der Nacht auf, weil Comet rastlos war. Er wieherte, und ich konnte das Trappeln seiner Hufe hören. Es klang nicht, als renne er. Er konnte in dem kleinen Gehege ohnehin nicht die Triebkraft zum Rennen aufbauen. Es klang eher so, als würde er aufstampfen oder sich aufbäumen und mit vollem Gewicht runterkommen.

Es störte mich, und ich nahm an, dass es auch die Nachbarn stören würde.

»Vern!«, sagte ich also.

Nichts. Aber andererseits schlief Vern wie ein Stein. Schon immer, seit ich ihn kannte.

Ich rollte mich hinüber und schlug leicht mit der Hand nach unten, um ihn am Arm zu treffen, aber da war nichts. Als meine Hand gegen die Matratze auf der anderen Seite traf, hatte ich mein Schultergelenk so verdreht, dass ich vor Schmerz aufjaulte.

Ich setzte mich im Halbdunkel auf und rieb die schmerzende Stelle.

Der Mond war voll und völlig rund in dieser Nacht, und das Mondlicht schien durch die Gardinen, die ins Zimmer wehten und so hauchdünn wie ein Gespenst erschienen. Ich ließ im Sommer wegen der Hitze nachts die Fenster geöffnet, da ich die Klimaanlage während des Schlafens nicht mochte. Außerdem ist das zu teuer.

Etwa eine Minute lang starrte ich einfach nur auf die geöffnete Badezimmertür. Ich nahm an, dass ich noch im Halbschlaf war, denn es dauerte länger, als es sollte, bis ich realisierte, dass Vernon nicht bei mir war.

Und dann erinnerte ich mich.

Mich überkam ein Gefühl der Furcht, das ich wahrscheinlich noch nicht mal beschreiben konnte. Genau in diesem Moment wurde mir schlagartig klar, dass dies real war und vielleicht immer so bleiben würde.

Als Vern gegangen war, hatte es sich zunächst nicht wirklich angefühlt. Ich hatte angenommen, er würde bei Einbruch der Dunkelheit wieder zurück sein, mit seinem Hut in der Hand, und mir sagen, dass sich gewisse Dinge ändern müssten, damit wir es noch mal versuchen könnten. Und ich hätte versprochen, es besser zu machen, und ich schwöre, ich hätte es auch wirklich versucht.

Aber als ich aufrecht im Bett saß und das Mondlicht seinen Weg durch diese wehenden Gardinen fand, war mir plötzlich deutlich bewusst, dass ich vielleicht nie diese Chance erhalten würde.

Dabei war es nicht das Gefühl, das ich vorher beschrieben habe, dieses Fallen. Das war es ganz und gar nicht. Eher eine Leere. Ein Nichts. Etwas, das nicht mal einen Sinn ergab. Ich hatte so wenig darüber gewusst, wie es sich anfühlen oder sein würde, und so war es wie etwas, das unmöglich existieren konnte.

\* \* \*

Ich zog meinen Bademantel an, schlüpfte in meine flauschigen Hausschuhe und trat aus dem Haus, um nach Comet zu schauen.

Es war nicht offensichtlich, dass etwas nicht stimmte. Es waren keine Menschen oder Tiere da, und kein merkwürdiger Geruch lag in der Luft.

Er bemerkte mich sofort. Er hörte mit dem Lärmen auf, blieb stocksteif stehen und sah mich einfach an. Er stand so still da, dass mir ein kleiner Schauer über den Rücken lief.

Dann hob er einen Vorderhuf und begann, damit zu scharren.

Er hatte das immer bei Tina getan, wenn sie ihn an die Pferdestange neben dem Stall gebunden hatte. Wenn sie ihn gesattelt hatte, um ihn auszureiten, hatte er dagestanden und gescharrt und gescharrt. Sie hatte gesagt, dass es in der Pferdesprache »Mach schnell und lass uns endlich gehen« bedeutete.

Aber wir konnten nirgendwohin gehen.

Ich tat etwas, das ich seit sehr langer Zeit nicht mehr gemacht hatte. Ich kann mich überhaupt nicht daran erinnern. Ich ging zu dem Gehege, legte meine Hände auf das Geländer, und er blieb wieder stocksteif stehen, dann scharrte er noch ein oder zwei Mal mit den Hufen. Nur einen Moment lang. Ich hatte dieses geistige Bild von mir als einem Matador und Comet als einem Stier, der bereit ist, auf mich zuzustürmen, aber er tat nichts dergleichen ... er fixierte nur seinen Blick auf mich und wartete ab, um zu sehen, was ich vorhatte.

»Wann genau sind wir zu Feinden geworden?«, fragte ich ihn.

Es schien ihm seltsam vorzukommen, meine Stimme zu hören. Als wäre er überrascht, dass ich mit ihm redete. Er hatte keine Antwort für mich ... und ich hatte auch keine erwartet. Aber allein die Art, wie er nicht von der Stelle wich, machte deutlich, dass ich mit dem Wort ›Feinde‹ nicht völlig falschlag.

Andererseits hatte ich vielleicht unrecht, denn schon eine Minute später kam er im Passgang an das Geländer, als wollte er mich besuchen, und ich schwöre, dass mir das sogar noch mehr Furcht einjagte als die Nummer mit dem angreifenden Stier.

Ich eilte zurück ins Haus und legte mich wieder ins Bett. Jedoch konnte ich in dieser Nacht nicht wieder einschlafen.

\* \* \*

Am Morgen ging ich wieder nach draußen, um herauszufinden, wo Vern den Rechen mit dem extralangen Stiel aufbewahrte. Das meiste, was Comet fallen ließ, konnte man erwischen, ohne überhaupt hineingehen zu müssen – es sei denn, er machte sein Geschäft direkt in der Mitte des Geheges.

Sobald ich in die kühle Morgenluft getreten war, kam Tommy Smith auf seinem Fahrrad vorbei und warf eine Zeitung genau auf den Treppenabsatz in der Nähe meiner Füße, wo sie fast neben der letzten Morgenzeitung landete. Die Zeitung glitt ein Stück hinunter, bis sie gegen ihre Zwillingsschwester stieß und liegen blieb. Tommy trug schon seit Jahren Zeitungen aus und konnte gut zielen. Er winkte mir beim Weiterfahren zu.

Ich warf einen Blick auf die Zeitungen und dachte: *Warum bringst du mir das? Ich lese keine Zeitung.* Ich dachte daran, das Zeitungsbüro anzurufen und ihnen zu sagen, dass sie die Lieferungen einstellen sollten. Aber das hing davon ab, ob Vern zurückkommen würde, also machte ich einfach einen Schritt über die Zeitungen hinweg.

Ich suchte im Geräteschuppen und überall draußen nach diesem Rechen, aber ich fand ihn nicht. Das konnte nur bedeuten, dass er im Stall war.

Ich dachte, dass ich wahrscheinlich mein Auto aus der Garage holen musste, falls das alte Ding überhaupt noch ansprang, um in einem Gartencenter einen neuen Rechen zu besorgen. Ich fuhr nicht viel, also war die Batterie vielleicht nicht mehr aufgeladen. Ohne Vernon, der die Einkäufe und Besorgungen erledigt hatte, würde es bald an der Zeit sein, es herauszufinden.

Ich stand ein paar Meter von dem Gehege entfernt und als ich Comet ansah, bekam ich ein merkwürdiges Gefühl. Er war es zwar, aber zur gleichen Zeit auch nicht. Er sah aus wie in einer Erinnerung, was einfach nur albern war, denn da gab es nichts zu erinnern. Er ist immer genau dort. Ich war müde von meinem Schlafmangel und einen Sekundenbruchteil lang konnte ich es nicht verstehen.

Dann wurde es mir plötzlich klar. Er wirkte wie früher, als Tina noch hier gewesen war. An ihn hatte ich mich erinnert, an sein altes Selbst.

»Du siehst heute Morgen ungewöhnlich stattlich aus«, sagte ich zu ihm.

Ich teilte einen Ballen von dem guten Alfalfa-Heu und kippte es über den Zaun in seinen Futtertrog. Während ich das tat, bemerkte ich, dass seine Wassertränke etwas algenverschmutzt war. Ich hatte keine Ahnung, was man tun musste, wenn das passierte. Dies war eine der Sachen, die Vernon für uns beide wusste.

Eine der vielen Sachen.

Ich blickte wieder zu Comet hinüber, der seine weich wirkenden Nüstern in den Futtertrog steckte. Schließlich fügte sich alles zusammen, und ich fragte mich, was mit mir nicht stimmte, dass ich so lange gebraucht hatte, um es zu verstehen.

Sein Fell war vollkommen glatt. Keine Kletten. Keine Knoten. Keine Klumpen von altem Fell, das noch nicht von allein ausgefallen war. Tatsächlich konnte man die kleinen Furchen, die ein Striegel hinterlassen hatte, darin sehen. Und seine Mähne und sein Schwanz waren nicht verzottelt. Jedes einzelne Haar fiel sauber getrennt mit dem restlichen Haar perfekt an seine Stelle.

Ich sah zum Haus gegenüber, aber dort bewegte sich nichts.

»Du kleines …«, begann ich, aber verstummte dann, da ich nicht gern fluchte. Falls ich jedoch jemals eine Ausnahme machen würde, wäre es für dieses freche Mädchen.

Ich wollte dort rübergehen, an die Tür klopfen und sie zur Rede stellen, aber ich hatte Probleme, mir zu überlegen, was ich sagen sollte. Sollte ich etwa sagen: »Wie kannst du es wagen, mein Pferd wieder in den guten Zustand zu bringen, in dem es früher war?«

Außerdem war ich immer noch zittrig und müde. Und es fiel wesentlich leichter, einen weiten Bogen um die Zeitungen zu machen, hineinzugehen, einen Kaffee zu trinken und alles einfach an mir vorbeiziehen zu lassen.

# 9. Jackie

Ich verließ kurz Quinns Zimmer und klopfte an Stars Tür, um sicherzugehen, dass sie zu Hause war.

»*Was?*«, rief sie durch die Tür.

Ich muss zugeben, dass ich erleichtert war. Sehr erleichtert. Ich konnte hören, wie Paula den Babysitter hereinließ. So gab es keine Zeit für Star zu verschwinden. Also war das natürlich der Augenblick, in dem es am wahrscheinlichsten war, dass dies passierte.

»Ich wollte dir nur sagen, dass wir gehen.«

»Und?«

»Ich wollte es dir nur sagen, das ist alles.«

»Dass ihr geht.«

»Genau.«

»Also geht.«

Ich seufzte und kehrte in Quinns Zimmer zurück. Er lag auf dem Rücken auf seinem Bett, blickte auf die Sternenaufkleber an seiner Zimmerdecke, und es liefen Tränen über seine Schläfen. Alle vier Hunde hatten sich zu ihm auf das Bett gezwängt, und er hatte je eine Hand auf die Rücken von Cecil und Jocko gelegt, den beiden größten Hunden.

»Wie geht es dir, mein Liebling?«

»Könntet ihr nicht zwei Autos nehmen?«, fragte er mit gepresster Stimme und klang etwas weinerlich.

Ich setzte mich dicht neben ihn auf das Bett, schob die Hunde aus dem Weg und strich ihm sein wildes, kupferfarbenes Haar aus der Stirn. »Schatz, wir haben unser zweites Auto doch noch nicht hier. Wir sind alle zusammen mit dem Lieferwagen hergekommen, weißt du noch?«

»Oh. Stimmt. Aber ich habe vergessen, wie wir jemals das Auto wiederkriegen sollen.«

»Marcie und Fran kommen uns dieses Wochenende besuchen, und sie fahren das Auto hierher.«

»Und wie kommen sie dann wieder nach Hause?«

»Sie kommen mit zwei Autos her. Und fahren dann zusammen heim.«

»Oh«, sagte er.

Ich zog ein Papiertaschentuch aus einer Box neben seinem Bett und wischte seine Tränen weg. Dann hielt ich das Taschentuch an seine sommersprossige Nase und er blies hinein.

»Könnte nicht eine von euch in ihrem Auto mitfahren? Nicht in dem von Marcie und Fran. Ich meine die Leute, mit denen ihr zum Abendessen geht. Könnte nicht eine von euch in ihrem Auto mitfahren?«

»Ich weiß, was du gemeint hast. Aber sie treffen uns im Restaurant, weil sie weit entfernt von hier wohnen.«

»Oh.« Sein Brustkorb zog sich durch die kleinen Schluchzer zusammen, die wie ein Schluckauf waren.

»Möchtest du, dass ich es noch mal durchgehe?«

»J-Mom«, sagte er mit einem strafenden Blick, »ich kann es längst auswendig.«

»Na, dann schieß mal los. Es wird dir guttun.«

Er seufzte tief, aber es war ein gepresstes Seufzen. »Mein Dings, mein unteres Bewusstsein ist ein komischer Ort, denn es denkt immer, dass etwas wieder passiert, weil es schon mal passiert ist. Aber in Wirklichkeit ist das nicht so. Tatsächlich ist die Chance, dass es einem Kind mit zwei verschiedenen Eltern in einem Leben passiert, praktisch ... ich weiß das Wort nicht mehr. Aber es bedeutet, dass es wohl nicht passiert.«

»Sehr gut.«

»Aber ich mag dabei das Wort ›praktisch‹ nicht. Du kannst es mir nicht völlig versprechen.«

»Nein«, sagte ich. »Da hast du recht. Ich kann es nicht völlig versprechen. So läuft das Leben nicht. Aber ich kann dir völlig versprechen, dass wir sehr, sehr sicher fahren.«

Ich schaute auf, und die Babysitterin stand in der Tür, eine rundliche Frau um die sechzig, mit dünnem, farblosem Haar. Die wedelnden Schwänze der Hunde klopften auf das Betttuch.

»Clara Bowe«, sagte sie, »wie das erste It-Girl. Keine Witze bitte, ich hab sie schon alle gehört. Was ist mit diesem kleinen Kerl? Wird er traurig, wenn Sie ausgehen?«

»Kommen Sie doch bitte herein«, sagte ich. »Schön, Sie kennenzulernen.« Dann sagte ich zu Quinn: »Willst du es ihr erzählen oder soll ich?«

»Du«, sagte er.

»Setzen Sie sich doch«, sagte ich und klopfte auf Mandos Bett, das von Mando nicht benutzt wurde. Ich vermutete, dass er seit Tagen nicht darin gelegen hatte. Sie ließ ihren massigen Körper vorsichtig auf das Bett sinken, als würden ihre Knochen schmerzen. »Das ist Quinn. Quinn wurde von einem sehr schweren Schicksalsschlag getroffen. Als er im Kindergarten war, hatten ihn seine Eltern für drei Wochen mit einem Kindermädchen zurückgelassen, um Urlaub in Südafrika zu machen. Dann sind sie beide bei einem Busunfall in den Bergen ums Leben gekommen. Also ist Quinn jetzt bei uns, wo es ihm gut gefällt. Aber er mag es nicht, wenn wir zusammen ausgehen. Er hat keine Probleme damit, wenn wir einzeln ausgehen oder zwei Autos nehmen. Aber es macht ihm viel Angst, wenn wir beide im selben Auto zusammen wegfahren.«

Clara schnalzte mit der Zunge. »Armer kleiner Kerl.« Sie reichte ihre Hand zum Bett hin und ließ ihren Finger über sein Kinn gleiten. Er zuckte zusammen, nur ein wenig, weil er es nicht hatte kommen sehen. »Wir werden gut miteinander auskommen. Und deine …«, eine unangenehme Pause trat ein, als sie wahrscheinlich überlegte, ob sie uns als seine Eltern bezeichnen sollte, »… sie werden zurückkommen.«

»Ich habe gedacht, Sie könnten bei ihm bleiben und mit ihm reden, bis er schlafen geht. Er mag Buchstabenspiele und Ratespiele. Sie helfen ihm, sich abzulenken.«

»Natürlich. Na klar, das mache ich, kein Problem. Und die anderen Kinder?«

»Ich glaube, Armando ist draußen in der Scheune. Vielleicht sehen Sie ihn, vielleicht aber auch nicht. Aber machen Sie sich um ihn keine Sorgen. Er ist dreizehn und sehr eigenständig. Und was Star angeht, kann ich nahezu garantieren, dass Sie sie nicht sehen werden. Und Ihretwegen hoffe ich auch, dass ich recht habe. Sie braucht definitiv keinen Babysitter, sie ist fünfzehn.«

»Du meine Güte!«, sagte Clara. »Sie ist alt genug, um auf die anderen beiden aufzupassen.«

Quinn rollte übertrieben mit den Augen und machte ein Geräusch, als würde er stranguliert. »Neiiin! Lasst mich niemals mit Star allein!«

Ich lächelte, vielleicht ein wenig traurig, und strich ihm die Haare aus der Stirn. »Star ist kein Babysittertyp«, erklärte ich Clara. »Sie ist … etwas unberechenbar.«

Ich stand auf, und Quinns Panik steigerte sich um drei oder vier Stufen. Ich wusste es so genau, weil ich jede Stufe selbst in meiner Magengegend spürte.

»Gehst du?«

»Ja, mein Kleiner. Mach dir aber keine Sorgen. Und wenn du dir trotzdem Sorgen machst, sag es Clara. Sie wird dir helfen.«

Ich küsste ihn auf die Wange und ging. Es ist am besten, sich in diesem Moment nicht lange aufzuhalten. Sonst könnten sich seine Angst und meine Angst infolge seiner Angst vermengen, zu einem sehr großen Monster entwickeln und übermächtig werden.

Ich schaute mich im Haus kurz nach Mando um, obwohl ich sehr gut wusste, dass ich ihn in der Scheune suchen sollte ... wo ich ihn dann schließlich auch fand.

Er saß auf einem Schlafsack unter einer kleinen Lampe lesend in der Ecke. Er hatte sich in seiner unverkennbar intensiven Art über das Buch gelehnt und sah oder hörte mich nicht sofort. Ich schaute mich in dem Raum um. Nirgendwo war mehr Heu oder Stroh. Ein ganz sauberer Betonboden. Mando hatte die Wände sogar mit Folie ausgekleidet, um sie zu isolieren. Es war etwa zu einem Drittel fertig.

»Hi«, sagte er. »Fahrt ihr zwei los?«

»Ja.«

»Wie geht's Quinn?«

»Er ist weinerlich, aber nicht panisch.«

»Soll ich mal nach ihm schauen, wenn ihr weg seid?«

»Darüber würde er sich bestimmt freuen. Das wäre nett. Ich glaube, die Babysitterin wird ihn gut beschäftigen, aber ...«

Eine Bewegung oben in einer Ecke der Scheune weckte meine Aufmerksamkeit. Als ich aufblickte, sah ich ein schreckenerregendes Gespenst. Eine weißliche Masse starrte mich intensiv mit gefährlich aussehenden, glühenden Augen aus dem Halbdunkel an. Ich zuckte erschrocken zusammen und stieß unwillkürlich ein ersticktes Geräusch aus.

»Flipp nicht aus«, sagte Mando. »Es ist okay. Sie ist okay. Hab keine Angst vor ihr, es ist nur eine Schleiereule.«

»Wir haben eine Schleiereule in der Scheune?« Es war mir peinlich, dass meine Stimme atemlos klang und ich immer noch ängstlich die Hand vor meine Brust hielt. Diese Eule hatte mich wirklich erschreckt. Ich sah genauer hin und erkannte, warum sie mir zunächst nicht wie ein Vogel erschienen war. Es lag daran, dass die Federn auf ihrem Gesicht den Schnabel verdeckten. Zum Teil war es natürlich auch das Licht. Der Strom funktionierte jetzt in der Scheune, aber Mando benutzte nicht das große Deckenlicht. Außerdem sind Schleiereulen einfach unheimlich.

»Ja«, sagte er und klang nicht so, als halte er das für etwas Schlechtes.

»Wir müssen uns wohl erkundigen, wie man Schleiereulen umsiedeln kann. Vielleicht weiß Paula etwas.«

»Nein! Bitte lass sie hier. Ich mag sie. Und sie … na ja … ich will nicht sagen, dass sie mich mag. Ich weiß nicht, ob Eulen überhaupt jemanden mögen. Und ich will mich nicht so anhören wie Star. Aber sie ist … in meiner Gegenwart okay. Wir haben eine Art gegenseitiges Einvernehmen.«

Ich blickte wieder zu der Eule hoch, und sie starrte zurück, was mich immer noch verunsicherte. »Gut, ich würde sicher nicht wollen, dass sie mich so anstarrt, wenn ich schlafe. Aber wenn du sie magst …«

»Sie ist eigentlich meistens draußen auf der Jagd, wenn ich schlafe.«

»Also hast du hier draußen schon geschlafen.«

Er sah auf den olivgrünen Schlafsack und sagte nichts. Es schien ihm fast peinlich zu sein.

»Es ist okay. Kein Problem, ich war nur neugierig. Also bis später.«

»Ma'am? Ich meine, Jackie? Wann kommen deine Freunde mit dem anderen Auto?«

»Was für ein Zufall, ich habe gerade mit Quinn darüber gesprochen. An diesem Wochenende.«

»Oh. Okay. Gut.«

»Machst du dir Sorgen wegen der Anhörung?«

»Ein wenig. Ich weiß, du sagst, ich soll mir keine Sorgen machen …«

»Genau. Mach dir keine Sorgen. Ich bring dich hin, auch wenn ich das einzige Auto nehmen muss, das wir haben. Oder wenn ich ein Auto mieten muss. Und selbst wenn wir ein Taxi für den ganzen Weg dorthin nehmen müssten, ich lasse nicht zu, dass du diese Anhörung verpasst. Ich habe es versprochen.«

Er nickte ein paarmal. »Ich weiß nicht, warum ich mir über Dinge Sorgen mache, über die ich mir keine Sorgen machen sollte.«

»Das machen alle.«

»Wirklich?« Unsere Blicke trafen sich. Vielleicht wollte er diese Verbindung zwischen dem, was in seinem Kopf vorging und den anderen Menschen fühlen. Dann verzog sich sein Mundwinkel zu etwas, das fast einem Lächeln gleichkam. »Ich wette, alle außer Paula.«

Bei der Bemerkung musste ich selbst lächeln. »Okay, vielleicht sind es nicht alle. Aber ich wette, dass mehr als die Hälfte aller Menschen auf der Welt sich genau in diesem Moment grundlos Sorgen machen.«

\* \* \*

Kaum war ich ins Haus zurückgekehrt, sagte Paula zu mir: »*Da* bist du. Wo warst du so lange? Wir verspäten uns noch.«

»Ich habe nur nach Mando gesehen«, antwortete ich und dachte: *Oh, schau an, du bist genau wie alle anderen. Du machst dir grundlos Sorgen.* Stattdessen sagte ich: »Ich habe nur vergessen, dass ich Clara noch etwas sagen wollte.«

»Okay, aber beeil dich bitte. Ich will nicht zu spät kommen.«

»Was wollten Sie mir noch sagen?«, fragte Clara und schaute gerade durch die geöffnete Wohnzimmertür.

»Unsere Handynummern liegen neben dem Kühlschrank. Können Sie mir einen Gefallen tun und das Haus gegenüber im Auge behalten? Star sollte nicht dort hingehen und das Pferd besuchen, aber ich glaube, sie hat sich schon vorhin weggeschlichen. Wenn Sie sie dort sehen, sagen Sie ihr bitte, dass sie nach Hause kommen soll. Aber streiten Sie sich nicht mit ihr, wenn sie sich weigert. Rufen Sie dann einfach uns an.«

Wir konnten uns gerade noch verabschieden, bevor Paula mich am Ellenbogen griff und aus der Tür zog.

\* \* \*

John und seine Frau Mary Jo waren jünger, als ich erwartet hatte. Jünger als wir. Ich weiß nicht, warum ich etwas anderes gedacht hatte, und die Sache mit dem Babysitter hätte mir einen Hinweis auf Johns Alter geben können. Aber die ländliche Umgebung und die harte Arbeit des Beschlagens von Pferdehufen schien einfach besser zu älteren und erfahreneren Männern zu passen. Albern von mir.

Eine Weile lang sprachen Paula und John über die Arbeit, bis John plötzlich zu mir sagte: »Entschuldigung, das muss Sie zu Tode langweilen.« Er hatte ein nettes Gesicht, das in seiner Ebenmäßigkeit attraktiv war. Eine Narbe an seinem Kiefer gab mir zu denken, und ich fragte mich, ob sie von einem

Pferdetritt stammte und ob so etwas auch Star zustoßen könnte. Vielleicht sogar in dieser Nacht, während wir nicht zu Hause waren und uns nicht um sie kümmern konnten.

»Ich bin daran gewöhnt«, antwortete ich.

»Ich bin auch daran gewöhnt, aber es langweilt mich wirklich zu Tode«, sagte Mary Jo. Sie hatte feine Gesichtszüge, braunes Haar, das ihr bis zum Po reichte, und trug Make-up, für das sie Stunden gebraucht haben musste. »Sie wollen sicher etwas über die Stadt erfahren. Oder über die Leute. Sie müssen schon auf den hiesigen Klatsch und Tratsch gespannt sein.«

Sie warf mir ein strahlendes Lächeln zu, und ich versuchte zurückzulächeln, aber ich fühlte mich bei ihrer Bemerkung ein wenig mulmig. Denn jeder, der mit uns Klatschgeschichten teilte, würde auch über uns Klatschgeschichten verbreiten. Ich versuchte, tief einzuatmen und normal weiterzureden. Ich öffnete den Mund, ohne zu wissen, was ich sagen würde und fragte schließlich: »Was wissen Sie über das Pferd, das zum Haus gegenüber von uns gehört?«

Das Lächeln schwand sofort aus ihrem Gesicht. Sie wechselte einen Blick mit ihrem Mann. »Das Pferd? Oder die Leute?«

»Beides, nehme ich an.«

John schüttelte den Kopf. »Eine wirklich tragische Geschichte. Sehr schlimm. Das Schlimmste, was hier in der Gegend passiert ist, seit ich am Leben bin.«

Ich sah zu Paula, die die Speisekarte las, dann zu John und Mary Jo mir gegenüber. Sie warteten einfach ab, als würde ich gleich meine Gedanken über die Tragödie ausdrücken, aber ich hatte keine Ahnung, worum es eigentlich ging.

Schließlich sagte John: »Sie kennt die Geschichte nicht, Schatz.«

»Wie kann sie sie nicht kennen?«

»Schatz, sie wohnen hier erst seit kaum einer Woche.«

»Oh, das stimmt.«

Wieder trat eine Gesprächspause ein, und Paula legte ihre Speisekarte auf den Tisch. Sie schien sich nicht an der Konversation beteiligen zu wollen, sondern sich nur entschieden zu haben, was sie essen wollte. Ehrlich gesagt bezweifelte ich, dass sie überhaupt zugehört hatte. Ihre Aufmerksamkeit ist üblicherweise auf nur eine Sache konzentriert. Da sie die Speisekarte gelesen hatte, war es sehr wahrscheinlich, dass alles andere um sie herum an ihr vorbeigezogen war.

John und Mary Jo wechselten einen Blick, und ich konnte sehen, wie sie geistig eine Münze warfen, um unter sich auszumachen, wer die Geschichte erzählen sollte. Dann sah Mary Jo auf den Tisch, John seufzte, und ich wusste, dass er beim Münzenwerfen verloren hatte.

»Vern und Clem hatten eine Tochter. Sie hatten nur dieses eine Kind, obwohl sie sehr gern mehr Kinder gehabt hätten. Ich glaube, sie hätten am liebsten eine ganze Herde gehabt, aber sie hatten es jahrelang versucht, und nichts war passiert. Und dann wurde Clem mit Tina schwanger. Es passierte genau um die Zeit, als die Leute ihnen sagten, dass sie vielleicht Kinder adoptieren müssten. Ich weiß, dass sie versucht haben, noch ein weiteres Kind zu bekommen, aber Clem war schon fast vierzig und hatte viele Fehlgeburten gehabt, was für alle sehr schmerzlich gewesen war. Also war es nur Tina. Ich habe Tina auch gekannt, ziemlich gut sogar«, sagte er. »Wir waren in der Schule nur zwei Jahre auseinander gewesen. Wir haben sie beide gekannt.«

»Sie war ein etwas sonderbares Mädchen«, fügte Mary Jo hinzu. »Aber nett. Ich will nicht sagen, sie sei nicht in Ordnung gewesen. Man redet nicht schlecht über die Toten.«

»Oh, sie ist gestorben«, sagte ich. Irgendwie hatte ich bisher noch nicht an diese Möglichkeit gedacht. Das beantwortete also die Frage. Sie würde nicht zu dem Pferd zurückkommen. Ich will nicht gefühllos klingen, ich hatte wirklich Mitleid mit meiner unangenehmen Nachbarin. Ich war in diesem Augenblick sogar davon überrascht, wie starkes Mitleid ich empfand.

»Ja, vor zwei Jahren«, sagte John. »Vielleicht etwas weniger.«

»Wie ist sie gestorben?«

Die beiden tauschten weitere unbehagliche Blicke aus.

»Ich glaube, sie hatte emotionale Probleme«, sagte Mary Jo, lehnte sich vor und senkte die Stimme. »Sie war ... irgendwie anders. Alle wussten es. Es war einfach eine dieser Sachen, die man so hinnimmt.«

»Als sie einundzwanzig wurde, hatten sie ihr zum Geburtstag das Pferd geschenkt«, sagte John. Sie hatte sich nie einen Job gesucht und war auch nicht von zu Hause ausgezogen. Ich weiß nicht, ob sie es jemals getan hätte. Ich glaube, sie hatten gedacht, das Pferd würde sie beruhigen. Ihr etwas zu tun geben, wissen Sie. Etwas, das dem Leben ...«

»... einen Sinn gibt«, brachte Mary Jo den Satz zu Ende.

Ich hatte eine ungute Ahnung, wo dies hinführen würde. Und so baute es sich in meiner Magengegend auf wie eine unangenehme Vorstufe von Übelkeit.

»Und es hat anscheinend auch ein paar Jahre lang funktioniert«, fügte John hinzu. »Aber ...« Er zögerte weiterzusprechen.

»Sie hat sich umgebracht?«, fragte ich.

Sie wollten es nicht aussprechen, obwohl ich es hören musste.

»Ich fürchte, ja. Sie hat sich in der Scheune erhängt. Und Clem hat sie gefunden. Ich kann Ihnen sagen, seitdem ist sie nicht mehr dieselbe wie früher. Sie war zwar nie die Fröhlichkeit in Person, aber an diesem Tag wurde es noch schlimmer.«

Plötzlich bemerkte ich, dass ich mir die Hand vor den Mund hielt. »O Gott. Deshalb geht sie nicht in den Stall!«

»Immer noch nicht?«, fragte Mary Jo. »Nach dieser ganzen Zeit?«

»Sie hat zu uns gesagt, sie würde nicht in den Stall gehen.«

Wir schwiegen, und in diesem Augenblick kam die Bedienung, um unsere Bestellung aufzunehmen. Ich hatte die Speisekarte nur kurz überflogen, als wir uns gesetzt hatten, sodass ich mich nicht mehr daran erinnern konnte, was ich gelesen hatte. Also gab ich Paula zu verstehen, dass sie zuerst bestellen sollte. Sie bestellte gebratene Putenbrust mit Kartoffeln, und ich nahm dasselbe. Die Parnos hatten sich beide für Steak entschieden.

Als die Bedienung gegangen war, sagte Paula zu mir: »Siehst du, Jackie? Es ist, wie ich es dir immer sage.« Zu dem anderen Paar gewandt fügte sie hinzu: »Ich sage es immer zu Jackie, und wir versuchen, es auch den Kindern beizubringen: Wenn man jemanden trifft, den man nicht mag oder der einen nicht gut behandelt, dann sollte man sich trotzdem mit einem Urteil zurückhalten, denn man weiß nicht, was diese Person gerade durchmacht, und es hat wahrscheinlich gar nicht so viel mit einem selbst zu tun.«

»Das ist eine gute Einstellung«, sagte Mary Jo und nickte etwas zu oft.

»Also …«, wandte ich mich an John, um die Unterhaltung wieder auf den richtigen Kurs zu bringen. Oder jedenfalls auf meinen Kurs. Ich konnte den Verlust von Clementines Tochter nicht einfach ausblenden und wollte ihn mit Sicherheit nicht herabsetzen. Aber in diesem Moment machte ich mir vor allem Sorgen um meine eigene Pflegetochter. »… haben Sie schon mal die Hufe von diesem Pferd beschlagen?«

»O ja, mehrmals. Tina hat mich immer ganz präzise vier Mal im Jahr bestellt. Und das war zu der Zeit, als Comet eine

Menge Auslauf bekommen hat, immer geritten wurde und seine Hufe mindestens zwei Mal täglich ausgekratzt wurden. Also wurde ich eigentlich nicht so sehr gebraucht, aber sie hat mich trotzdem immer bestellt.«

»Gab es Probleme, das Pferd zu behandeln?«

»Kein bisschen. Nie. Es ist alles in Ordnung mit Comet. Es hat sich nur viel in ihm aufgestaut. Er muss mal rauskommen und richtig Dampf ablassen.«

»Wir haben Ihre Karte unter ihrer Tür durchgeschoben«, sagte ich.

»Oh, sie kennt meine Nummer, wenn sie anrufen will. Sie ruft nur einfach nicht an.«

»Vielleicht ruft ihr Mann an.«

Wieder gab es einen kurzen Blickwechsel zwischen den beiden.

»Oh, das wissen Sie auch nicht«, sagte Mary Jo. »Vern hat sie verlassen. Genau zu der Zeit, als Sie eingezogen sind.«

»Für immer?«

»Schwer zu sagen«, fügte John hinzu. »Ich habe gehört, dass er in einem dieser Langzeitmotels in Franklin County untergeschlüpft ist, die Kochnischen im Zimmer haben. Man weiß nie, wie sich diese Dinge entwickeln.«

Ich blickte Paula an und fragte mich, ob sie wieder sagen würde, dass wir uns immer mit Urteilen zurückhalten sollten. Sie sagte nichts, und ich nahm an, dass das mittlerweile selbstverständlich war.

»Ich glaube, das interessiert mich am meisten«, sagte ich, vor allem an John gewandt. »Sie benimmt sich, als liege ihr nichts an dem Pferd. Ich meine, sie behandelt das Pferd, wie man ein Tier behandelt, das einem völlig egal ist.«

»Ich weiß«, sagte Mary Jo. »Es ist jammerschade.«

»Ein schönes Pferd«, sagte John. »Hat sie einen Haufen Geld gekostet. Es ist schade, zu sehen, dass es so verkommt.«

»Also … was glauben Sie?«

Beide starrten mich nur an.

»Worüber?«

»Glauben Sie, ihr liegt etwas an dem Pferd?«

Sie grübelten einen Moment darüber nach. Wahrscheinlich war es eine schwierige Frage.

»Ich frage, weil unsere Pflegetochter dieses Pferd sehr in ihr Herz geschlossen hat. Sie hat eine Art Verbindung zu dem Tier aufgebaut. Und so wie es scheint, würde sie dem Pferd guttun – und umgekehrt. Aber ich habe keine Ahnung, ob Clementine sich je von dem Pferd trennen würde.«

»Das bezweifle ich«, sagte Mary Jo.

Diese Antwort entmutigte mich. Denn es hätte alles lösen können, zumindest hatte ich es mir so ausgemalt. Ich hatte in dieser unbeschwerten, vorübergehenden Phase gelebt, in der nur diese losen Enden miteinander verbunden werden mussten, um Star zu einem glücklichen und ganz normalen Mädchen zu machen. Es war nicht klar, ob das die reale Welt war oder nicht – wahrscheinlich nicht, denn die Dinge sind selten so einfach.

»Also glauben Sie, ihr liegt etwas an dem Pferd.«

»Schwer zu sagen«, antwortete John. »Ich bin nicht sicher. Das ist eine sehr gute Frage. Nun … meine Expertin in Sachen Menschenkenntnis sitzt genau hier.« Er zeigte auf Mary Jo. »Was sagst du, Schatz?«

»Ich glaube, Tina war ihr wichtiger als alles andere auf der Welt. Und jetzt denke ich … ich denke, sie hat irgendwie Probleme … diese zwei Dinge auseinanderzuhalten.«

Das war so einleuchtend, dass mich der Gedanke im Hinblick auf unsere schreckliche Nachbarin schmerzte. Half es in Clementines Fall, dass sie ihre Gründe dafür hatte, sich so abscheulich zu benehmen? Wahrscheinlich. Aber es war zu viel, um es emotional klären zu können, zumindest in diesem Augenblick.

»Ich mache Ihnen einen Vorschlag«, sagte John. »Ich warte noch zwei Tage, und wenn sie mich bis dahin noch nicht wegen des Pferdes angerufen hat, tauche ich einfach vor ihrer Tür auf.«

# 10. Clementine

Es war nur ein paar Tage später, als Johnnie Parno um etwa zehn Uhr dreißig morgens an meine Tür klopfte. Ich hatte ihn ganz sicher nicht angerufen oder gebeten zu kommen. Vermutlich hätte ich ihn anrufen sollen, aber das hatte ich dann nicht getan. Das ist nicht die Art von Sache, die man einfach vergisst.

Um es noch schlimmer zu machen, stand er mit fünf oder sechs Zeitungen im Arm da, die er mir überreichte, als ich die Tür öffnete. Pflichtbewusst nahm ich sie entgegen, als hätte ich sie die ganze Zeit schon gewollt, aber unterdessen dachte ich mir: *Siehst du, in was für einem Zustand du bist, dass du nicht mal daran gedacht hast, was es den Leuten signalisiert, wenn sich die Zeitungen so aufstapeln?* Ich fühlte mich gedemütigt, aber auch recht hilflos, weil ich solch offensichtliche Dinge nicht länger selbst bemerkte.

Er hatte das Mädchen bei sich. Ich konnte mich an den Namen des Mädchens erinnern, wirklich. Aber es war so ein alberner Name, ein Wort, das niemals als Name von jemandem benutzt werden sollte, und ich hatte einfach einen inneren Widerstand, den Namen auszusprechen. Das ist alles.

Sie hatte sich über diese Leinentasche mit seinem Werkzeug gebeugt, nahm Metallfeile und langstielige Klipper und Klingen heraus und ordnete sie auf dem Boden an. Ich verstand nicht, weshalb sie das tat und nicht Johnnie selbst. Oder, genau genommen, warum er es überhaupt tun sollte. Irgendwo anders, ja, aber es war mir ein Rätsel, warum hier und jetzt.

In der Zwischenzeit hatte ich noch kein Wort herausbekommen, und es wurde mir unangenehm.

»Johnnie«, sagte ich schließlich.

»Morgen, Clem.«

Er trug seine lederne Schmiedeschürze und einen verbeulten grauen Cowboyhut, an den er zur Begrüßung tippte. Er wirkte so erwachsen. Er war ein zweijähriger Junge gewesen, als Tina geboren wurde, und irgendwie war es einfacher, sich ihn nur als einen Jungen vorzustellen. Aber nun blickte ich in das Gesicht dieses gutaussehenden, erwachsenen Mannes und dachte daran, dass Tina jetzt genauso erwachsen wäre, minus zwei Jahre, wenn sie älter geworden wäre. Aber das stimmte vielleicht nicht ganz, da das Erwachsensein nie Tinas Stärke gewesen war, auch nicht mit vierundzwanzig. Wie sie über diese Jahre hinaus geworden wäre, werde ich niemals erfahren.

»Ich erinnere mich nicht daran, dass wir einen Termin haben, Johnnie.«

Er schüttelte den Kopf auf eine Art, die meinen Einspruch ablehnte, aber auf gutmütige Weise. »Na, na, Clem. Lass uns das jetzt nicht alles durchgehen. Es ist höchste Zeit, und du weißt es.«

»Weil es dir diese neugierige Tierärztin gesagt hat.«

»Als hätte ich es nicht selbst gewusst, denn ich weiß von ganz allein, dass ich seit zwei Jahren nicht mehr hier gewesen bin. Aber ja, sie hat mir erzählt, was sie bei Comets Untersuchung gesehen hat. Das ist nicht Neugier, Clem, das ist nur eine Standardprozedur unter Fachleuten, das weißt du ganz genau. Keine Kosten heute. Gratisbehandlung.«

Ohne dass ich es mir erklären konnte, flackerte bei dieser Bemerkung Ärger in mir auf.

»Also warum machen das Leute immer wieder?«

»Um nett zu sein?«

»Aber ihr behandelt mich alle, als hätte ich nicht das Geld, meine Rechnungen zu bezahlen. Ich zahle meine Rechnungen, junger Mann. Ich habe mich bereits um meine eigenen Ausgaben gekümmert, bevor du überhaupt geboren warst. Du kannst mir einfach eine Rechnung schicken wie jedem anderen auch.«

»Ja, Ma'am«, sagte er. »Wie du willst. Wir fangen jetzt einfach an.«

Mein Blick wanderte wieder an ihm vorbei zu dem Mädchen. Sie stand einfach nur da, ließ ihre Arme schlaff herunterhängen und wartete auf ihn.

»Was macht sie hier?«

»Na ja, es ist so, Clementine. Ich habe zwei Möglichkeiten. Ich kann Dr Archer-Cummings hier rüberrufen, damit sie Comet etwas gibt, um ihn zu beruhigen, oder ich kann dieses junge Mädchen in seiner Nähe stehen lassen. Und wie du weißt, verabreichen wir einem Tier nicht gern Beruhigungsmittel, solange es nicht unbedingt notwendig ist. Ich habe gehört, dass du sie aus Haftungsgründen nicht auf deinem Grundstück haben möchtest, aber ich kann deine Sorgen in dieser Hinsicht ausräumen. Ich habe sie zu meiner Assistentin ernannt, was bedeutet, dass meine Unternehmensversicherung uns heute beide deckt. Also fangen wir jetzt einfach an. Halfter und Strick?«

»Ich weiß, wo sie sind«, sagte das Mädchen. »Ich habe sie das letzte Mal weggeräumt.«

Bevor sie zum Stall ging, trafen sich unsere Blicke. Ich kam mir etwas lächerlich vor, weil ich immer noch den Stapel staubiger Zeitungen im Arm hielt. Ich erwartete, dass sie mich schadenfreudig ansehen würde, weil sie diese Runde gewonnen hatte. Stattdessen wandte sie nur den Blick ab.

Ich schaute absichtlich nicht aus dem Fenster, während sie arbeiteten.

\* \* \*

»Also hat er nun einen Pilz oder nicht?«

Johnnie war zurück an meiner Tür, seine Sachen waren alle weggepackt und das Mädchen verschwunden. Ich spürte eine große Erleichterung, die für den Anlass unverhältnismäßig war.

»An zwei Stellen, ja.« Er hielt eine Metallbüchse hoch, etwa in der Größe eines Halbliter-Farbeimers, aber ohne meine Lesebrille konnte ich die Aufschrift nicht erkennen. »Seine Hufe müssen in den nächsten Wochen zwei bis drei Mal täglich ausgekratzt und dieses Zeug eingebürstet werden. Versuch es so tief wie möglich in die Rillen auf jeder Seite der Strahlen zu bekommen. Das ist jetzt einfacher, weil ich sie weit zurückgeschnitten habe. Du kannst dafür einen gewöhnlichen Pinsel nehmen, sofern er feste Borsten hat und gut und sauber ist. Aber ich glaube, dass du das vielleicht nicht selbst machen möchtest, und ich bin mir nicht ganz sicher, wie du eine Lösung finden kannst.«

Mir drehte sich der Kopf, weil ich erwartete, dass er sagen würde, ich solle Vern fragen. Als er das nicht sagte, war mir klar: Dies bedeutete, dass er über alles Bescheid wusste. Wahrscheinlich wusste es jeder. Wortwörtlich die ganze Welt schien sich in diesem Augenblick um mich zu drehen, wie in dem Augenblick, in dem man denkt, man wird vielleicht ohnmächtig. So peinlich war mir das.

»Ich finde schon eine Lösung«, sagte ich, obwohl ich nicht den blassesten Schimmer hatte.

»Da ist dieses Mädchen gegenüber.«

»Seit wann steckst du überhaupt mit ihr unter einer Decke?«

Johnnie hielt seine behandschuhten Hände in die Höhe, als wolle er zeigen, dass er keine Waffen trug. »Ich stecke mit niemandem unter einer Decke, Clem. Ich bin nicht für jemanden oder gegen jemanden, ich bin nur auf Comets Seite. Ich will nur, dass er die Pflege bekommt, die er braucht.«

»Und du sagst, dass ich das nicht will?«

»Das habe ich nicht gesagt.«

»Ich stelle einen Jungen an. Einen Teenager aus dem Ort.«

»Es ist nur so, dass Comet den Teenager, der gerade hier war, mehr als irgendjemand anderen mag. Aber es ist deine Entscheidung.«

»Ja«, sagte ich kühl. »Das ist es.«

Er schien die Andeutung zu verstehen und übergab mir die Metallbüchse.

Als ich sie nahm, sagte ich: »Setz das auch auf die Rechnung.« Dann besann ich mich eines Besseren und gab ihm die Büchse zurück. »Tu mir einen Gefallen und stell die Büchse direkt vor sein Gehege. Dort wird sie sowieso gebraucht. Warum sollte sie im Haus sein? Comet kommt nie hier rein.«

Er lächelte schief, tippte an seinen Hut und ließ mich allein.

Ich musste mich eine Weile hinlegen, um mich von dem ganzen Stress zu erholen.

\* \* \*

95

Der Tag verging und auch der folgende Tag. Ich rief keinen Jungen aus dem Ort an, um ihn den Job machen zu lassen. Jedes Mal, wenn ich es tun wollte, dachte ich daran, was passieren würde, wenn sich jemand auf meinem Grundstück bei einer kleinen Arbeit verletzen würde, besonders wenn es sich um Minderjährige handelte. Und wenn sie älter waren, dann waren sie wohl alle auf dem College oder hatten bereits richtige Jobs. Es schien so kompliziert zu sein, wenn Vern nicht hier war, der sich darum kümmern konnte. Ich überlegte immer wieder, ob mir jemand einfiel, aber dann verheddderte sich die ganze Idee, bis mein Gehirn völlig überlastet war. Ich fühlte mich, als brenne eine Sicherung nach der anderen in meinem Kopf durch.

Ich fühlte mich deswegen auch schuldig.

Und ich war wütend. Auf Vernon. Was für ein Zeitpunkt, einfach wegzugehen und mich mit einer Sache wie dieser alleinzulassen. Weiß Gott, ich wollte nicht, dass Comet etwas zustieß, aber das war ein großes Unterfangen.

In der folgenden Nacht hatte ich mich so in die Schuld und Furcht und Wut verheddert, dass ich nicht einschlafen konnte. Und das machte alles nur noch schwerer – der ganze Schlaf, den ich entbehrte. Schon immer hatte ich zu den Leuten gehört, die nicht funktionieren, wenn sie nicht regelmäßig ihre acht Stunden Schlaf bekommen.

\* \* \*

Es war kurz nach Mitternacht, als ich das Geräusch draußen hörte. Nur ein leises Geräusch, wie ein Klopfen auf Metall. Wäre es kühler und das Fenster geschlossen gewesen oder wäre unser Schlafzimmer auf der anderen Seite des Hauses – und wäre ich nicht hellwach gewesen – dann hätte ich es wahrscheinlich überhaupt nicht gehört.

Ich ging zum Fenster und schaute hinaus. Was ich sah, überraschte mich nicht im Geringsten.

Das Mädchen von gegenüber war im Gehege mit Comet, und er ließ zu, dass sie einen seiner Hufe hielt. Sie hielt eine Taschenlampe unter das Kinn geklemmt, deren Licht auf den Huf schien. Und sie bürstete mit einer Art Pinsel etwas in seinen Huf ein. Es war nicht schwer zu begreifen, was es war oder warum sie es tat.

Ich nahm einen tiefen Atemzug, und als ich ausatmete, kamen all diese aufgestauten Gefühle mit heraus. All der Ärger und die Schuld, und auch die Sorge. Die Empfindung, mein Gehirn sei überladen wie eine Netzsteckdose, an die zu viele Steckerleisten auf einmal angeschlossen sind.

Es hätte mich eigentlich rasend vor Wut machen sollen – und ich hatte das auch selbst erwartet – aber das war nicht der Fall. Wie konnte es mich wütend machen? Sie tat, was Comet brauchte. Sie tat das, was ich nicht tat.

Ich beobachtete die Szene eine Weile, bevor ich zurück ins Bett schlüpfte, ohne mir jemals anmerken zu lassen, was ich gesehen hatte.

# 11. Jackie

Um kurz nach Mitternacht wachte ich auf. Ich wusste nicht, was mich aufgeweckt hatte, und falls es ein Geräusch gewesen war, hatte ich es nicht bewusst registriert. Aber in den vergangenen Nächten war ich zwei Mal aufgewacht und ans Fenster gegangen – wie ich es täglich zwei oder drei Dutzend Mal tat – um sicherzustellen, dass sich Star nicht zu dem Pferd rübergeschlichen hatte.

Überraschenderweise hatte ich sie in dieser ganzen Zeit bisher nicht erwischt.

Ich hob eine Katze hoch, die auf mir gelegen hatte, und schlüpfte vorsichtig aus dem Bett, um Paula nicht zu wecken. Ich ging ans Fenster und war kaum überrascht, als ich Star dort draußen sah.

Sie war mit Comet in dem Gehege und machte etwas mit seinen Hufen, was mir ziemlich leichtsinnig und gefährlich vorkam. Andererseits schien das Pferd einverstanden damit zu sein, dass sie an seinen Hufen arbeitete. Aber trotzdem schien es gefährlich, auch wenn die Gefahr nur aus Clementines Reaktion bestand, sofern sie Star erwischte.

Ich beobachtete die Szene etwa eine Minute lang und war überrascht, wie schwer es war zu entscheiden, was ich tun konnte oder wie ich damit umgehen sollte. Ich wollte rausgehen und sie anbrüllen, sie in ihr Zimmer schicken und ihr verbieten, zu dem Pferd zu gehen. Aber all das hatten wir bereits getan, und es hatte rein gar nichts bewirkt.

Ich brauchte Paula.

Ich hasste es, sie aufzuwecken, aber ich tat es trotzdem.

Ich setzte mich auf ihre Seite des Bettes und strich ihr übers Haar, damit sie sanft aufwachte. Ich wollte sie nicht gewaltsam aus dem Schlaf rütteln.

»Hm?«, murmelte sie. »Was ist, mein Schatz?«

»Ich brauche deine Hilfe.«

Sie blinzelte ein paarmal. Ich konnte sehen, wie sie sich noch aus den Tiefen des Schlafs zog. Dann setzte sie sich auf. »Was ist passiert?«

»Star ist gerade dort drüben, im Gehege mit dem Pferd. Ich wollte mich darum kümmern und dich weiterschlafen lassen, aber mir gehen einfach die Ideen aus. Ich weiß wirklich nicht mehr, was wir noch tun können. Ich meine, wir reden und reden mit ihr ...«

»Vielleicht ist es Zeit zuzuhören«, sagte Paula.

Selbst im Halbschlaf geht Paula mit dem Leben besser um als ich.

\* \* \*

Immer noch in unseren Bademänteln und Hausschuhen überquerten wir die Straße. Star bemerkte uns nicht, da sie gebückt mit dem Rücken zu uns stand. Ich weiß nicht, wie lange wir dort unbemerkt hätten stehen können, wenn Comet uns nicht verraten hätte. Er warf seinen Kopf zurück, gab ein leises, grummelndes Gewieher von sich und ließ uns auffliegen.

Star drehte sich um, ließ fallen, was sie in der Hand gehalten hatte, und Comet erschrak und rannte zum anderen Ende des Geheges. Selbst in der dürftigen Beleuchtung des Mondlichts konnte man Star an ihrer Körpersprache die Panik ansehen. Sie öffnete den Mund, aber ich hielt meinen Finger an die Lippen und zeigte auf Clementines Fenster.

In diesem Moment schien sie irgendwie zu verstehen, dass wir nicht gekommen waren, um ihr Vorwürfe zu machen. Sie schlich sich auf Zehenspitzen über die lockere Erde zum Zaun. Als sie sprach, war es mit einem passenden Flüstern.

»Ich wäre nicht gekommen, wenn sie jemanden besorgt hätte, der sich um seine Hufe kümmert, aber sie hat es nicht gemacht. Es ist nicht fair.«

»Komm da raus«, flüsterte Paula, und Star duckte sich unter dem Geländer durch.

Wir blieben an das Geländer gelehnt zu dritt stehen, mit Star in der Mitte, und betrachteten das Pferd. Wir standen so nah beieinander, dass sich unsere Seiten berührten, was den Vorteil hatte, dass wir sehr leise reden konnten.

Ich weiß nicht, weshalb wir überhaupt dort stehengeblieben sind. Es wäre viel sinnvoller gewesen, sie mit nach Hause zu nehmen, das Licht anzuschalten und die Sache zu besprechen. Aber wir waren gekommen, damit sie uns von ihrer Verbindung zu dem Pferd erzählte. Wie sich das anfühlte. Warum es wichtiger als alles andere zu sein schien, trotz all dem Ärger, den es ihr einbringen könnte. Dem Ärger, den es uns allen bringen könnte. Irgendwie schien das Pferd zu sehr ein Teil unserer Unterhaltung zu sein.

Na ja, was auch immer der Grund dafür war, wir blieben jedenfalls.

»Sag uns, warum das für dich so wichtig ist«, flüsterte Paula.

Ich konnte spüren, wie sich die letzte Anspannung in Star löste, die dicht an meine Seite gepresst stand.

»Weil er mich braucht«, antwortete sie. »Und ich brauche ihn auch. Wir gehören zusammen, ich weiß das. Das sieht man sogar an unseren Namen. Comet und Star. Als sollten wir für immer im Himmel zusammengehören. Er kann mit mir reden. Er versucht, jedem zu sagen, was er braucht, aber ich bin die Einzige, die ihm zuhört.«

»Das stimmt nicht«, sagte ich. »Paula hat auch zugehört und ihn untersucht, und John hat zugehört und seine Hufe behandelt.«

Bei dieser Bemerkung kam Comet vom anderen Ende des Geheges zu uns herüber. Ich war mir sicher, dass ich eine perfekte Widerspiegelung des Mondes in dem dunklen, flüssigglänzenden Teich seiner Augen sehen konnte.

Star warf ihre Arme um seinen Hals. »Aber er hat mir nicht gesagt, dass er eine Untersuchung will. Er hat nicht gesagt, dass seine Hufe wehtun. Er sagt, dass er *rennen* muss.« Eine Weile sagte daraufhin niemand etwas, bis Star die Stille wieder unterbrach. »Vielleicht könnten wir ihn ihr abkaufen. Aber ich glaube nicht, dass ihr das ganze Geld für etwas ausgeben wollt, das niemand außer mir haben will.«

»Nein, das würden wir schon tun«, sagte ich. »Es geht nicht darum, dass wir es nicht wollten. Aber ich glaube, sie würde uns das Pferd nicht verkaufen.«

»Aber ihr habt noch nicht gefragt.«

»Ich habe bei John, dem Hufschmied, und seiner Frau mal die Fühler ausgestreckt. Wir haben bei unserem gemeinsamen Abendessen darüber diskutiert.«

»Das ist mal wieder typisch!«

»Was?«

»Eine Gruppe von Erwachsenen sitzt rum und diskutiert, was am besten für das Pferd ist. Aber keiner fragt das Pferd.«

»Na komm, Schatz«, sagte Paula und legte einen Arm um Stars Schultern. »Lass uns jetzt nach Hause gehen.«

»Ich kann nicht«, antwortete Star. »Ich muss noch einen Huf machen.«

Paula und ich blickten uns an. Ein helleres Licht hätte uns bei unserer Kommunikation geholfen. Ich zuckte mit den Schultern. Vielleicht hätten wir ihr befehlen sollen, sofort heimzugehen. Ich weiß es nicht. Eine schwierige Frage. Ich weiß nicht, wie man einem Mädchen, das ein Pferd liebt, sagen sollte, eine Infektion im Huf dieses Pferdes lieber nicht zu behandeln, wenn jeder Mensch, der einen Funken Anstand besitzt, den Huf mit Medizin bestrichen hätte. Insbesondere, wenn sich eine geöffnete Büchse mit dieser Medizin in der Nähe befand.

Paula nickte, was gut war, da ich es nicht machen musste.

Wir warteten darauf, dass Star fertig wurde. Und während wir dort standen, flüsterte Paula in mein Ohr: »Meinst du, das war eine Metapher?«

»Welcher Teil?«

»Eine Gruppe von Erwachsenen sitzt rum und diskutiert, was am besten für das Pferd ist. Aber keiner fragt das Pferd.«

»Ach, das«, flüsterte ich. »Okay.«

So musste sich ein armes Pflegekind jeden Tag seines Lebens fühlen. Ich hatte nicht die Frage beantwortet, ob ich glaubte, es sei eine Metapher, weil es mir eine Frage zu sein schien, auf die es keine Antwort gab. Wahrscheinlich war es eine Metapher, ob es Star bewusst gewesen war oder nicht.

* * *

Mit jeweils einem Arm um Star gelegt, die zwischen uns lief, gingen wir zurück über die Straße, als brauchte sie Hilfe, sich zusammenzunehmen, was nicht vollkommen unwahrscheinlich war.

»Werdet ihr sie wenigstens fragen?« Star sprach keine von uns direkt an.

»Ja«, sagte ich, denn mit dieser Frage konnte ich allein umgehen. »Ich kann dir kein Versprechen dafür geben, was passieren wird. Eigentlich bin ich überhaupt nicht optimistisch. Aber ich frage sie, ob sie sich überlegen könnte, uns das Pferd zu verkaufen.«

»Danke«, sagte Star.

Soweit ich mich erinnern konnte, war es das erste Mal, dass Star dieses Wort in meiner Gegenwart benutzt hatte.

* * *

Ich ging nicht sofort ins Bett zurück. Ich versuchte es nicht mal.

Ich saß mit meinem Laptop am Esstisch und verbrachte über eine Stunde damit, einen Brief an Clementine zu verfassen. Mein Instinkt sagte mir, dass ein Brief besser wäre, als mit ihr von Angesicht zu Angesicht zu reden. Sie konnte ihn lesen, wenn sie allein war, im Privaten auf ihn reagieren und darüber nachdenken und sich vielleicht sogar an die Vorstellung gewöhnen, bevor sie antwortete. Vielleicht würden wir dieses Mal ein besseres Resultat als ihre sonst bittere, reflexartige Antwort erhalten.

Ich war so versöhnlich, wie es nur ging. Ich achtete darauf, dass sie sich nicht unter Druck gesetzt fühlte. Und ich rief keine Schuldgefühle in ihr hervor, zumindest blieb ich in dieser Hinsicht so knapp und kurz wie möglich. Ich erinnerte sie daran, dass das Pferd nur auf der anderen Straßenseite sein würde und sie es jedes Mal sehen könnte, wenn sie aus dem Fenster schaute. Dass es bei einer Tierärztin leben würde und die allerbeste Pflege bekäme. Und den ganzen Tag lang von einem Mädchen geritten würde, das das Pferd über alles liebte.

Ich tat mein Bestes, um an ihre Menschlichkeit zu appellieren.

*Falls sie überhaupt so etwas besaß.*

Gleich darauf bereute ich meinen inneren Kommentar. Ich sollte solche Sachen gar nicht erst denken, aber Clementine machte es einem auch besonders schwer. Ich konnte wirklich verstehen, weshalb sie sich an das Pferd klammerte, aber ich hoffte, sie könnte das jetzt hinter sich lassen.

Und so drückte ich auf ›Drucken‹.

Ich versuchte, zurück ins Bett zu gehen, aber der Brief beschäftigte weiterhin meine Gedanken. Er lag unten auf dem Esszimmertisch und ließ mir einfach keine Ruhe.

Ich stand wieder auf, zog meinen Bademantel an und schlüpfte in meine Hausschuhe. Ich schlich nach unten, faltete den Brief dreifach und schob ihn in einen Briefumschlag. Dann ging ich nach draußen und über die Straße.

Das Pferd wandte kein einziges Mal seinen Blick von mir ab. Ich zwängte den Brief unter dem Türpfosten durch. Es machte keine Bewegung. Kein Geräusch. Ich wollte ihm sagen, dass ich es versuchte, aber ich wollte nichts tun, das Clem aufwecken konnte.

Es dauerte noch sehr lange, bis ich wieder einschlief.

* * *

Zu dem Zeitpunkt, als Marcie und Fran am folgenden Nachmittag ankommen sollten, hatte mich mein Schlafmangel vollständig eingeholt.

Ich machte für die Kinder in der Küche etwas zu essen, weil sie an diesem Abend nicht so spät wie die Erwachsenen essen sollten. Ich bereitete Hotdogs vor, Quinns Leibspeise, mit Kartoffelsalat und Nudelsalat, der vom Delikatessenstand auf dem kleinen Markt in der Nähe der Stadt kam. Ich ließ die Kinder sogar Limonade trinken, obwohl ich wusste, dass sie es zur Schlafenszeit bereuen würden. Das Einschlafen ist für ein Kind immer schwierig, wenn es den Bauch voller Zucker hat.

Quinn machte sich Sorgen, dass er bereits eingeschlafen sein könnte, wenn Marcie und Fran ankamen, und fragte mehrmals, wann sie denn kämen. Und jedes Mal antwortete ich, dass sie sich noch nicht gemeldet hätten.

»Aber selbst wenn du sie heute Abend verpasst, macht das nichts«, sagte ich. »Sie sind bis Sonntag hier.«

»Oh«, antwortete er. »Das ist gut.«

Ich sah zu Star hinüber. Sie hatte nur einen Hotdog auf ihrem Teller, ohne Sauce oder ein Brötchen, und stocherte mit einer Gabel auf ihm herum.

»Alles in Ordnung, Star?«

»Du hast sie noch nicht gefragt, oder?«

»Ich hab sie gefragt. Ich war den größten Teil der Nacht wach, um ihr einen sehr netten Brief zu schreiben. Ich habe ihn unter ihrer Tür durchgeschoben, und als ich heute Morgen nachgesehen habe, hatte sie ihn auch hereingenommen.«

Star stocherte nur noch fester in ihrem Essen herum. »Nun, das nutzt nichts. Du hättest sie persönlich fragen sollen. Auf diese Art muss sie nicht antworten.«

»Ich bin nicht sicher, ob du es bemerkt hast, Star, aber sie ist nicht gerade eine Person, mit der einfach auszukommen ist.«

Star schnaubte theatralischer, als es nötig war.

»Ich habe ihr einen Brief geschrieben, weil ich wollte, dass sie in Ruhe darüber nachdenken kann. Alleine. Ich dachte, dass es die Sache nur schlimmer machen würde, wenn sie sich in die Ecke gedrängt fühlt. Ich habe das getan, wovon ich glaube, dass es uns am wahrscheinlichsten ein Ja bringen wird.«

»Und was ist, wenn es weder ein Ja noch ein Nein gibt? Was, wenn sie einfach nie antwortet?«

»Wenn ich bis Sonntag, wenn unsere Gäste wieder abfahren, noch nichts von ihr gehört habe, dann gehe ich rüber und frage sie.«

\* \* \*

Fran war mir am liebsten. Marcie war okay. Ich mochte sie beide, aber Fran und ich haben uns immer gut verstanden. Also freute ich mich, als Marcie und Paula die Grillpflichten übernahmen und Fran und ich umgeben von schlafenden Hunden auf Liegestühlen im Vorgarten sitzen und das Bier trinken konnten, das sie uns mitgebracht hatten. Es war unser Lieblingsbier, das wir in Easley nirgendwo bekommen konnten.

Die Sonne war fast untergegangen. Sie schien mir in die Augen, die ich mit einer Hand abschirmen musste. Ich versuchte, die Landschaft aus Frans Perspektive zu sehen, und das ließ sie sogar noch schlimmer erscheinen. Flach. Braun. Staubig. Trocken. Völlig unscheinbar.

Als könnte sie meine Gedanken lesen, sagte Fran: »Dieser Ort, er ist so … was ist das richtige Wort dafür?«

»Ich versuche, wegen der Kinder meine Sprache möglichst … sauber zu halten«, antwortete ich.

Sie lachte schallend, und ich merkte, dass ich sie vermisst hatte, obwohl wir noch nicht lange hier waren.

Fran hatte einen sehr roten – sehr unnatürlich roten – Haarschopf, und je mehr sie schwitzte, desto üppiger wurde ihr Haar. Es war fest und wellig und kräuselte sich bei feuchtem Wetter. An diesem Abend war ihr Haar sehr üppig. Und sie trug immer knallige Farben. Heute war es ein leuchtend gelbes, ärmelloses T-Shirt und eine Hose in derselben Farbe, sicherheitswestengelb.

»Es ist hier so … ländlich«, sagte sie.

»O ja. Es ist völlig ländlich.«

»Hasst du es?«

»Ich mag es nicht. Ich hätte es mir sicher nicht ausgesucht. Aber du weißt ja, wie es ist.«

»Nein. Wie ist es?«

»Als ich mit Paula zusammengekommen bin, wusste ich, dass wir dorthin ziehen würden, wo ihre Arbeit uns hinführt. Ich wusste, dass es zu viele Tierärzte in Napa County gibt. Bei diesem großen Wettbewerb war es zu schwierig, eine gut laufende Praxis zu etablieren.«

»Ja«, sagte Fran, »Paula ist es wert.«

»Sie ist es wirklich, oder?«

Ich schirmte meine Augen wieder ab und beobachtete Paula dabei, wie sie Marinade auf die Goldmakrele auf dem Grill auftrug. Es dämmerte mir wieder mal, wie sehr sie es wert war.

»Ihr zwei seid schon immer wie geschaffen füreinander gewesen. Ich beneide das.«

»Du und Marcie, ihr habt doch keine Probleme, oder?«

»Nein, überhaupt nicht. Es ist nur so … nüchtern auf unserer Seite des Zauns.«

»Nüchtern ist es auf jeder Seite des Zauns. Nur sieht man die Realität durch den Zaun nicht.«

»Ich hab ein Geheimnis«, sagte sie. »Aber du darfst es nicht weitererzählen.«

»Wem sollte ich es weitererzählen?« Ich schwang meine Arme in einem weiten Bogen, um auf meine staubige, größtenteils menschenleere Umgebung hinzuweisen.

»Wie du weißt, gibt es immer noch das Telefon.«

»Ich tratsche nicht.«

»Das ist wahr, das tust du nicht. Wie kommt das eigentlich?«

»Erzählst du es mir jetzt oder nicht?«

»Wir versuchen, schwanger zu werden.«

»Wow. Das *ist* eine große Neuigkeit. Wer von euch?«

»Ich. Wir haben auch über Adoption gesprochen. Weißt du, damit wir Heilige sein können, so wie ihr zwei. Aber wir wollen wirklich ein eigenes.«

Ich zuckte innerlich etwas zusammen. Leute dachten nicht immer nach, bevor sie sprachen. Ich versuchte, mir selbst zu sagen, dass sie nicht wirklich meinte, dass Quinn nicht unser Kind sei. Wenn ich es angesprochen hätte, dann hätte sie sich stundenlang entschuldigt und mich davon überzeugt, dass sie so etwas nicht gemeint hatte. Vielleicht war es so, dass sie sich einfach nicht vorstellen konnten, wie sehr ein adoptiertes Kind ein ›eigenes‹ werden konnte. Weil sie es nie versucht hatten.

Ein Teil von mir war angriffslustig und wollte sie daran erinnern, dass das Baby, das sie bekommen wollten, biologisch zwar ihres wäre, aber nicht das von Marcie. Ein Teil von Fran und ein Teil von dem Spender. Aber das hätte nur eine Beleidigung gegen eine andere ausgetauscht.

Ich wollte mehr so sein wie Paula. Immer das Beste in den Leuten sehen. Mich im Zweifelsfall zu ihren Gunsten entscheiden. Aber es versetzte mir doch einen Stich.

Während ich über all dies nachdachte, verpasste ich natürlich viel von dem, was sie erzählte.

Plötzlich hörte sie mitten im Satz auf zu reden, und das brachte mich zurück. Ich schaute hoch und bemerkte, was sie gesehen hatte. Clementine schleuderte einen Ballen Heu in Comets Futtertrog und warf dabei hasserfüllte Blicke in unsere Richtung.

»Wow!«, sagte Fran. »Nicht sehr freundlich, eure Nachbarin, was? Ich kann direkt sehen, was sie denkt: ›Aaaahh! Erst waren nur zwei von denen da, und jetzt sind es vier! Sie vervielfachen sich! Sie übernehmen die ganze Nachbarschaft!‹ Jetzt weißt du, wie es sich anfühlt, in der Minderheit zu sein, Lady.«

Mein Mut sank, als ich sah, wie Clementine mit festen Schritten die Straße in unsere Richtung überquerte. Und jetzt, da sie näher kam, war ihr dolchartig stechender Blick eindeutig auf mich gerichtet.

»Sollen wir wegrennen?«, flüsterte Fran, immer noch Witze machend, in mein Ohr.

»Wir können nirgendwohin«, antwortete ich.

Die Hunde setzten sich auf und wedelten mit dem Schwanz, aber als sie näherkam, versteckte sich Wendy unter meinem Liegestuhl, und Cecil und Jocko wichen ins Haus zurück.

Als sie nur noch ein paar Schritte entfernt war, griff Clem in eine Tasche ihres geblümten Rocks, zog ein gelbes, gefaltetes Blatt Papier hervor und warf es in meine Richtung. Das Blatt wurde von einem Luftzug erfasst und hinter ihren Kopf zurückgeweht. Als sie wegging, trat sie darauf und rieb es mit dem Fuß in den Boden.

Ich schaute auf und da standen Paula und Marcie.

»Was war das denn?«, fragte Paula.

»Weiß nicht«, sagte ich. »Aber es hat nichts Gutes zu bedeuten.«

Paula ging zu dem gelben Blatt Papier hinüber. Sie nahm es, schüttelte die Erde ab und schaute darauf, ohne es aufzufalten. Dann brachte sie es zu mir und hielt es mir hin.

»Warum gibst du es mir? Ich will es nicht.«

»Weil es für dich ist. Dein Name steht drauf. Hier.«

Ich nahm die Nachricht und öffnete sie. Meine Hände zitterten etwas.

Die Nachricht war handgeschrieben, in einem verrückten Gekritzel voller Ausrufezeichen und doppelten Unterstreichungen.

*Sehr geehrte Frau Archer-Cummings,*
*absolut nicht!!! Ich kann nicht glauben, dass Sie so etwas*
*überhaupt fragen!! Das ist der Grund, weshalb ich Sie*
*oder Ihre Tierarzt-›Frau‹ oder dieses schwierige Kind von*
*Ihnen nicht in die Nähe meines Pferdes, meines Hauses*
*oder meines Lebens lassen wollte. Weil Sie sich Freiheiten*
*herausnehmen!! Jetzt benehmen Sie sich so, als gehöre*
*Comet Ihnen schon oder als sollte er Ihnen zumindest*
*gehören! Ich lasse Sie wissen, dass er meiner Tochter gehörte,*
*die im frühen Alter von vierundzwanzig Jahren an Krebs*
*gestorben ist, und er ist meine einzige Erinnerung an sie!!*
*Und er GEHT SIE NICHTS AN!!! Bitte zwingen Sie*
*mich nicht dazu, dies jemals wieder zu einem von Ihnen*
*zu sagen!!! Und deuten Sie auch nie wieder an, dass Sie*
*ihn mir wegnehmen könnten! Mir ist es völlig egal, wie viel*
*Geld Sie mir anbieten, denn Geld hat nichts damit zu tun!!*
*Ich habe IN MEINEM GANZEN LEBEN noch nie so*
*eine Frechheit erlebt!!!*
*Mrs Vernon D'Antonio*

Mitten in einem Hagelsturm von weiteren Emotionen machte mich diese Unterschrift – in Verbindung mit der Behauptung, ihre Tochter sei an Krebs gestorben – schmerzlich traurig.

Ihre Empörung hatte mich so mitgenommen, dass ich vergaß, dass mich drei Leute beobachteten, die noch auf die Nachricht warteten.

Paula sagte: »Und?«

»Kurz gesagt, sie wird uns das Pferd nicht verkaufen.«

»Oh, das ist schlecht.«

»Willst du es Star sagen, oder soll ich es tun?«

»Lass es mich machen«, sagte Paula. »Ich kann besser mit Wutanfällen umgehen als du.«

* * *

Lange bevor Paula zurückkam, stand das Essen auf dem Tisch. Wir setzten uns schließlich und begannen zu essen, denn es gibt nichts Schlimmeres als kalten Fisch. Aber ich wollte nicht ohne Paula anfangen und hatte meinen Appetit ohnehin zum größten Teil verloren.

Ich hörte mit einem Ohr auf Geräusche von oben, aber es blieb alles still.

»Tut mir leid, dass wir keinen Platz für euch zum Übernachten haben«, sagte ich.

»Drei Kinder«, sagte Marcie. »Ich bin überrascht, dass ihr überhaupt Platz habt, eure Arme auszustrecken.«

»Ich will gar nicht erst fragen, wie das Motel ist.«

»Einfach«, sagte Fran, »um es so höflich wie möglich zu formulieren.«

Mein Kopf ruckte hoch, als Paula ins Zimmer kam.

»Wie hat sie es aufgenommen?«, fragte ich.

»Zu gut.«

»Ist das ein Witz? Es gibt bei ihr kein ›zu gut‹.«

»Ich hoffe, du hast recht«, sagte sie.

Mehr wollten wir vor unserem Besuch nicht sagen.

Auch später kamen wir nicht mehr dazu, über Stars Reaktion zu sprechen. Noch während unser Besuch da war, schlief ich auf der Couch ein, und Paula musste mich ins Bett bringen.

* * *

Es war nach zwei Uhr nachts, wie ich später erfahren sollte, als ich einen Traum hatte, der nur aus dem Klang von Pferdehufen bestand. Keinerlei Bilder. Nur eine graue Leinwand aus Nichts und der Klang von Pferdehufen.

Ich öffnete die Augen und dachte, dass ich die Hufe immer noch hören konnte, aber das Geräusch war so schwach, dass ich mir nicht sicher war. Außerdem befand ich mich noch im Halbschlaf und war nicht überzeugt davon, dass mich der Traum wirklich verlassen hatte.

Einen Augenblick lang blinzelte ich und schaute zur Decke.

Mir kam in den Sinn, dass es vielleicht nur Comet gewesen war und überhaupt kein Traum. Oft genug hatten wir nachts das Geräusch seiner Hufe gehört. Aber dieses Mal war es anders gewesen. Es war eine kontinuierliche Abfolge von galoppierenden Hufgeräuschen gewesen, die mit der Entfernung schwächer wurden. Sie war von einem Pferd gekommen, das rennen konnte, ohne jemals gegen einen Zaun zu stoßen.

Ein unangenehmes Gefühl überkam mich. Ich schwang mich aus dem Bett und rannte zum Fenster, wobei ich fast über Jocko stolperte.

Im Mondlicht sah ich, dass Comets Gehege leer war. Das Gatter klaffte weit offen und schwang im Luftzug hin und her. Die drei Holzbretter, die das Gatter zuvor verschlossen hatten, lagen verstreut auf der Erde.

Ich rannte zu Stars Zimmer und hämmerte gegen die Tür, dann versuchte ich den Türgriff. Die Tür war unverschlossen, also riss ich sie auf.

Keine Star.

Die Tür ihres Kleiderschranks stand offen, die von der Decke baumelnde Glühbirne leuchtete, und die Hälfte ihrer kümmerlichen Kleiderkollektion war verschwunden. Ebenso ihr Schulrucksack.

Ich drehte mich um, als ich Paula hinter mir im Flur hörte.

»Warum der Lärm, Jackie? Was ist los?«

»Wir haben ein Problem«, sagte ich. »Ein sehr, sehr großes Problem.«

## 12. Clementine

Ich dachte, ich würde mich besser fühlen, wenn ich die Straße überquerte und meiner unverschämten Nachbarin diesen Brief ins Gesicht werfen würde. Mein Zorn war so intensiv und riesig, dass ich eine Pause von ihm brauchte. Es kostet eine Menge Energie, dermaßen wütend zu sein und ich hatte nicht das Zeug dazu. Ich fühlte mich wegen all dieser Probleme allmählich wie ein einziges Nervenbündel, was durch den Schlafmangel noch erschwert wurde. Die Anspannung musste raus.

Jedoch hatte der Wind den Brief eingefangen und ihn fortgeblasen. Das Problem war allerdings nicht die Richtung, die der Brief nahm, sondern dass ich gedacht hatte, mit seiner Übergabe könnte ich Probleme lösen. Ich hatte mich geirrt.

Kaum hatte ich die Haustür hinter mir zugeknallt, da klingelte schon das Telefon, und ich wusste gleich, dass sie es war. Ich spürte es. Wahrscheinlich wollte sie noch weiterstreiten. Genau in diesem Augenblick, als ich wirklich eine Pause von all der Aufregung brauchte, hatte ich das Gefühl, mein Leben lege noch einen Gang zu.

Ich stürmte zum Telefon und riss den Hörer an mein Ohr.

»Was?«, brüllte ich. Ich brüllte wirklich. »Was wollen Sie jetzt noch von mir?«

Am anderen Ende war nur Stille, und in diesem Moment wusste ich, dass ich mit meiner Vermutung über den Anrufer falschgelegen hatte. Auch wenn es unsinnig klingt, die Stille schien eine Stimme zu haben, und diese Stimme war nicht ihre. Und nicht die Stimme von einem anderen meiner Nachbarn. Es kamen immer noch keine Worte, aber ich vernahm ein schwaches Räuspern. Das war alles, was ich hören musste.

»Vernon«, sagte ich weich, wie ein Flüstern.

Es war schon lange her, seit zuletzt etwas Weiches in meiner Welt existiert hatte.

»Clementine«, antwortete er.

Dann waren wir still, und ich spürte diese herrliche Erleichterung, nach der ich mich so gesehnt hatte. Sie fühlte sich so kühl wie fließendes Wasser an. Es kam mir närrisch vor, dass ich gedacht hatte, er könnte einfach so für immer gegangen sein. Dass ich niemals wieder etwas von ihm hören und niemals etwas über ihn erfahren würde. Natürlich war es Vernon. Selbstverständlich.

»Wo bist du?«, fragte ich.

Er druckste etwas herum, dann sagte er: »Das ist nicht so wichtig.«

Für mich war es aber wichtig. Sehr sogar.

Ich wollte eilig vertuschen, wie ich mich am Telefon gemeldet hatte. »Ich muss furchtbar unhöflich geklungen haben. Ich habe nur …«

Aber da fiel mir plötzlich ein, wie wichtig es war, nicht weiterzusprechen. Ich hatte mich detailreich darüber auslassen wollen, wie wütend ich auf die Nachbarn von gegenüber war. Ich lernte wirklich nur langsam! Das war genau das gewesen, womit ich ihn von mir weggetrieben hatte.

»Schau«, sagte er. »Ich weiß, dass ich nicht einfach so weggehen kann.«

Ich ließ mich auf den Stuhl neben dem Telefon sinken, und dieses süße Gefühl der Erleichterung breitete sich weiter und tiefer aus. Ich spürte, wie wundervoll es war und wie sehr ich es gebraucht hatte. »Natürlich nicht«, sagte ich.

»Wir müssen uns um unzählige Angelegenheiten kümmern. Die Aufteilung des Grundstücks. Absprachen über Besitztümer und … na, du weißt ja. Solche Sachen eben.«

Mein Mund war plötzlich wie ausgetrocknet. Die Erleichterung verschwand wie der letzte Tropfen kochenden Wassers, das in einem heißen Topf verdampft. Aber nichts kam, was dieses Gefühl ersetzte. Ich fühlte nichts.

»Du willst nicht mal …« Aber irgendwie konnte ich nicht weitersprechen.

»Was, Clem?«, fragte er und klang ausnahmsweise mal sanft.

»Ich kann nicht glauben, dass du es nicht mal … versuchen willst.«

»Was glaubst du, was ich in all den Jahren gemacht habe? Ich habe es versucht. Schau, es tut mir leid. Ich hab nicht angerufen, um dich zu verletzen. Ich will dir eine Telefonnummer geben. Falls es etwas wirklich Dringendes gibt.«

*Mein ganzes Leben ist wirklich dringend,* dachte ich. Aber er redete weiter.

»Clem, diese letzten paar Tage … Es ist schwierig, das zu sagen. Es ist so, als hätte ich überall, wo ich hingegangen bin, drei oder vier schwere Gewichte mit mir herumgeschleppt, und jetzt konnte ich sie endlich ablegen. Es fühlt sich an wie … Erinnerst du dich daran, als ich täglich zwei Packungen filterlose Camels geraucht habe? Und dann hab ich aufgehört. Einfach so. Es war mir verdammt schwergefallen. Vom Kopf her. In meinem Körper wurde ich gesund. Aber es ist ein komisches Gefühl, gesund zu werden, wenn du noch nicht einmal gewusst hast, dass du krank warst. Ich hab gedacht, es sei einfach normal, sich so zu fühlen. Und dann begann ich, mich besser zu fühlen und dachte: Verdammt. So hätte ich mich also schon die ganze Zeit fühlen sollen!«

*Was mich also zu einer Krankheit macht,* dachte ich. Aber ich konnte nicht sprechen und selbst wenn ich es gekonnt hätte, hätte ich es nicht gewollt.

»Ich kann das nicht zurücknehmen, Clem. Es tut mir leid.«

Ich bemerkte, dass ich nicht atmete … oder zumindest nicht genug. Ich nahm einen tiefen Atemzug, und es fühlte sich unangenehm an. Gar nicht wie etwas, das ich in jedem Augenblick meines Lebens tat.

»Also, schreib dir diese Nummer auf, okay? Aber bitte nur für dringende Fälle.«

»Sie steht wahrscheinlich auf dem Display«, sagte ich, »falls du sie nicht gesperrt hast.«

»Oh. Stimmt. Nein, ich hab sie nicht gesperrt.«

»Wie wollen wir das Grundstück und den Besitz aufteilen, wenn wir nur in dringenden Fällen miteinander reden?«

Es gab noch mehr Fragen, aber ich hatte Angst, sie zu stellen. Wir besaßen eigentlich nichts außer diesem Haus, dem Grundstück und unserer gemeinsamen Sozialversicherungs-rente. Was bedeutete es also, das Grundstück aufzuteilen? Würden wir das Haus verkaufen müssen?

Ich sah auf meine Hand hinunter, die den Hörer hielt, und bemerkte, dass der Hörer runtergefallen war und ich es überhaupt nicht gemerkt hatte. Ich erschrak, als ich spürte, wie sehr sie zitterte, diese Hand, und wie ich sie anschaute, als gehöre sie nicht zu mir.

Vernon hatte vielleicht etwas gesagt, aber ich war mir nicht sicher.

Ich brachte den Hörer wieder an mein Ohr.

»Ich weiß nicht, was ich mit Comet machen soll«, sagte ich. »Er hat Algen in seiner Wassertränke und eine kleine Pilzentzündung. Und seine Hufe sollen besonders sauber gehalten werden, bis es heilt, aber ich weiß nicht, wo dieser Rechen mit dem langen Stiel ist. Ich weiß noch nicht mal, wie du das immer gemacht hast.«

»Du weißt nicht, wie man mit einem Rechen Mist schaufelt?«

»Emmy hat fast genau dasselbe gesagt.«

»Wann hast du mit Emmy gesprochen?«

»Egal.«

»Er ist im Stall. Der Rechen.«

»Oh. Das hatte ich befürchtet. Ich nehme an, dann muss ich einen neuen kaufen.«

»Du kannst keinen so langen Rechen kaufen, Clem. Ich hab ihn selbst gemacht, indem ich zwei zusätzliche Stiele angeschweißt habe. Kannst du dich nicht erinnern? Ich hatte ihn für dich gemacht, für den Fall, dass du ihn jemals benutzen müsstest. Ich hatte nie so viel Angst vor Comet, dass ich nicht in sein Gehege gegangen wäre.«

»Also, dann weiß ich aber nicht, was ich tun soll.«

»Es ist ganz einfach, Clem. Geh in den Stall und hol ihn raus. Meinst du nicht, es ist an der Zeit, wieder in den Stall zu gehen?«

»Nein«, sagte ich, und der Klang meiner Stimme war plötzlich viel härter geworden. »Nein, ich denke, es ist an der Zeit, Ernest Tate Construction anzurufen, damit sie ein paar Männer hierherschicken, um das verdammte Ding abzureißen, so wie ich es schon lange wollte, aber du bist immer dagegen gewesen.«

»Nun, dann sag ihnen, sie sollen den langen Rechen herausholen, bevor sie mit dem Abriss anfangen.« Dann räusperte er sich leise und begann wieder in einem anderen Ton. »Ich hab nicht gewollt, dass es so läuft, Clem. Das war nicht meine Absicht. Wir sehen uns.«

Und dann legte er auf.

Aber es war eine Lüge, dieser letzte Satz. Wir würden uns nicht sehen. Und genau deshalb hatte er angerufen.

* * *

Ich schlief wie ein Stein. Ich hatte keine Ahnung, wie ich dazu in der Lage sein konnte oder warum. Ich nehme an, dass mein Körper letztlich genug gehabt hatte und sich all den Schlaf nahm, den er brauchte. Ich schlief so tief, wie Vernon immer geschlafen hatte. Als ich aufwachte, war es fast hell. Ich fühlte mich wacklig auf den Beinen und konnte keinen klaren Gedanken fassen. Das Innere meines Kopfes schien mit Watte ausgestopft zu sein. Es war kein Platz mehr für auch nur einen einzigen Gedanken übrig.

Lange saß ich auf der Bettkante und versuchte, nach und nach meine Gedanken zu klären. Ich sah zum Schlafzimmertelefon auf dem Nachttisch und dachte: *So kann ich nicht weitermachen. Ich kann nicht wie ein Zombie durch jeden Tag stolpern und mir sagen, dass ich es nicht schaffe, Sachen zu tun, die gemacht werden müssen. Er ist weg und ich muss eine Lösung finden. Ob ich es will oder nicht.*

Ich blätterte durch das Telefonverzeichnis, um herauszufinden, ob Johnnie Parno immer noch dort eingetragen war, wie früher, als Tina ihn immer angerufen hatte. Als ich ihn gefunden hatte, wurde ich schon wieder müde und dachte, dass ich vielleicht warten sollte, bis ich mir einen Kaffee und Frühstück gemacht hatte. Aber ich wusste, dass mir wieder der Mut ausgehen würde, ich konnte es spüren. Also nahm ich mich zusammen und rief ihn an.

Er antwortete nach dem zweiten Klingeln. Er saß in seinem Lieferwagen, ich konnte die Straßengeräusche und den Klang des Motors hören.

»Hey Clem«, sagte er. »Probleme mit dem Pferd?«

»Ich dachte, du könntest mir vielleicht sagen, wie man am besten eine Wassertränke von Algen reinigt.«

»Sicher. Viele Leute leeren das Ding aus und schrubben es mit der Hand, aber wenn du mich fragst, geht es auch einfacher. Weißt du, was ich mache? Ich gehe in die Zoohandlung drüben in Stafford und hole drei oder vier von diesen richtig großen Goldfischen. Wenn du diese Kerle in einen so großen Behälter setzt, werden sie riesig. Wie Monster. Wie diese Karpfen, die Leute in ihre Koi-Teiche setzen. Sie sind mit Karpfen verwandt, diese Goldfische. Jedenfalls, wirf sie einfach dort rein. Und du brauchst nie das Wasser zu wechseln, weil das Pferd es für dich macht, wenn es trinkt und das Ventil auslöst, damit sich die Tränke füllt. Also gibt es für die Fische immer frischen Sauerstoff und du brauchst sie nie zu füttern, weil sie die Algen fressen. Und solange keine Falken oder Adler zum Fischen vorbeikommen, ist alles im grünen Bereich.«

»Und sie erschrecken das Pferd auch nicht?«

»Ich hab noch kein Pferd getroffen, dem es etwas ausgemacht hätte. Außerdem tauchen die Fische unter, wenn sich ein Schatten über den Behälter bewegt. Ich muss heute oder morgen sowieso in die Zoohandlung, um eine große Packung Trockenfutter für die Hunde zu holen. Soll ich dir ein paar Fische mitbringen?«

»Das wäre sehr nett. Danke.«

Ich nahm einen Atemzug, und er fühlte sich klarer an als die Atemzüge vorher. Plötzlich schienen sich einige Dinge zu bessern. Ich hatte ein Problem gelöst. Ich hatte ein kleines Gewicht von mir genommen. Ich hatte eine Antwort gefunden und bewiesen, dass es außer Vern auch noch andere Leute auf der Welt gab, die man fragen konnte.

Obwohl es nur eines von vielen Gewichten war, spürte ich zum ersten Mal seit Langem, dass ich vielleicht schon bald Licht am Ende des Tunnels sehen würde.

»Ich brauche auch immer noch einen Jungen, der das Gehege ausmistet und nach Comets Hufen schaut. Kennst du jemanden?«

»Hm«, sagte er. »Lass mich darüber nachdenken. Ich melde mich wieder.«

Nach dem Telefonat ging ich nach unten und machte mir zum allerersten Mal eine halbe Kanne Kaffee. Nachdem Vern mich verlassen hatte, hatte ich jeden Morgen eine ganze Kanne gekocht. Aber an diesem Morgen machte ich nur so viel Kaffee, dass er für mich allein ausreichte.

Während die Kaffeemaschine lief, ging ich vor die Haustür, um die Zeitung zu holen. Mein Rücken verdrehte sich ein bisschen, als ich mich zu der Zeitung hinunterbückte, also achtete ich darauf, mich langsam wieder aufzurichten. Ich dachte daran, nach dem Frühstück das Zeitungsbüro anzurufen, um die Zeitung abzubestellen.

»Guten Morgen ...«, sagte ich laut in Richtung Gehege.

Ich hatte vorgehabt zu sagen »Guten Morgen, Comet« Aber bevor ich auch nur seinen Namen aussprechen konnte, sah ich, dass im Gehege kein Comet war, den ich hätte begrüßen können. Das Gatter des Geheges stand weit offen, und Comet war weg.

# 13. Jackie

Wir riefen Marcie und Fran auf dem Handy an und fuhren zurück, um uns an der Stelle zu treffen, wo unsere Straße die zweispurige Schnellstraße in die Stadt kreuzte.

Es war bereits völlig hell. Vielleicht war es sogar fast sieben Uhr, ich hatte meine Armbanduhr nicht an. Wir stiegen aus unseren zwei Fahrzeugen und standen in dieser überwiegend unbewohnten Landschaft. Ich schwöre, dass ich mindestens drei von uns fast gleichzeitig seufzen hörte, und eine davon war ich.

Ich lehnte mich gegen den Kühler unseres Transporters. »So viel zu ›Sie können nicht weit gekommen sein‹.«

»Wenn sie schlau ist, und ich glaube, das ist der Fall, dann hält sie sich von den Straßen entfernt«, sagte Paula. »Außerdem wissen wir, wie sehr sie sich um das Pferd sorgt. Es wird eine Menge Wasser brauchen, wenn sie unterwegs sind. Also wird sie wahrscheinlich an einem der Flüsse entlangreiten.«

»Ja, das leuchtet ein«, sagte Fran. »Die Gegend um die Flüsse ist bewaldet.« Sie zeigte auf die Landschaft. »Was deine ursprüngliche Frage, wie man etwas so Großes wie ein Pferd verstecken kann, beantwortet.«

»Moment«, warf ich ein. »Gibt es hier mehr als einen Fluss?«

»O ja«, antwortete Paula. »Durch dieses Tal läuft ein ganzes Netzwerk von kleinen Flüssen.«

Eine Weile sprach niemand von uns. Ich konnte das Schweigen der anderen nicht beurteilen, aber meins bestand aus der schmerzhaftesten, tiefsten Enttäuschung. In diesem Augenblick realisierte ich, dass Star fort war. Sie hatte es geschafft. Sie war entkommen. Was natürlich nicht bedeuten sollte, dass sie nie gefunden werden würde. Aber es war nicht länger wahrscheinlich, dass wir diejenigen sein könnten, die sie finden würden. Jetzt, bevor die Sache ernst wurde.

Bis genau zu diesem Moment hatte ich das nicht gewusst.

Als wir unsere Suche gestartet hatten, war ich ziemlich optimistisch gewesen. Schließlich hatte ich das Verklingen der Pferdehufe gehört. Wie schwierig würde es sein, sie mit Autos einzuholen? Ich glaube, ich hatte wirklich gedacht, dass wir das Pferd wieder in seinem vernagelten Gehege eingeschlossen hätten, bevor die Sonne aufging. Bevor Clementine auch nur Zeit hätte loszuschreien.

Die Morgensonne beleuchtete die Baumreihe, die den Fluss entlanglief. Oder genauer gesagt, an einem der Flüsse. Ich sah, wie er sich scheinbar unendlich in die Ferne erstreckte, um in neue Flüsschen abzuzweigen, die ebenso überwachsen waren.

Es war kein Krümel von meinem vorherigen Optimismus mehr übrig.

»Ich glaube, wir sollten Folgendes machen«, sagte Paula. »Ich denke, Fran und Marcie sollten weiterfahren. Nur für den Fall, dass sie vielleicht von der Straße aus etwas sehen können. Jackie, ich finde, du solltest zurück nach Hause gehen. Kümmere dich darum, was dort passiert, und bleib beim Telefon. Ich fahre zur nächsten größeren Stadt, in der ich einen Geländewagen mieten kann. Ich hab keine Ahnung, wo das sein wird, aber ich werde es schon herausfinden. Dann kann ich abseits von den Straßen weitersuchen.«

»Wohin sollten wir fahren?«, fragte Fran.

»Ich weiß nicht«, sagte Paula. »Irgendwohin. Sie könnten überall sein.«

»Ich glaube …«, begann ich. Ich verstummte, denn es war schwierig auszusprechen, was ich sagen wollte. Es waren keine zuversichtlichen Worte. »Ich glaube, vielleicht sollten wir zu diesem Zeitpunkt gar nicht nach ihr suchen. Ich denke, dafür ist die Zeit schon vorbei.«

Eine Stille trat ein.

»Ich weiß, dass du nicht meinst, wir sollten nichts tun«, sagte Fran.

»Nein, das meine ich nicht. Ich meine, zu diesem Zeitpunkt sollten die Profis nach ihr suchen. Ich glaube, es ist Zeit, die Polizei einzuschalten.«

»Easley hat keine Polizei«, sagte Paula.

»Welche Stadt hat keine Polizei?«

»Eine Stadt, die zu einem gemeindefreien Gebiet gehört.«

»Es gibt also keine Strafverfolgung in Easley?«

»Doch, natürlich. Es gibt den Sheriff.«

»Oh. Den Sheriff. Ja, vielleicht ist es Zeit, ihn einzuschalten.«

Paula zog ihre Jeansjacke aus, weil es schon warm war. Sie trug ein ärmelloses T-Shirt darunter, ihre Oberarme sahen kräftig und gebräunt aus. »Wenn du meinst, dann ruf von zu Hause aus an. Wir suchen inzwischen weiter.«

\* \* \*

Als ich nur noch etwa einen halben Kilometer von unserem Haus entfernt war, sah ich es. Der Wagen war vor Clementines Haus geparkt, und sein Lichtbalken drehte sich rot und weiß.

Ich war noch nicht nahe genug, um lesen zu können, was auf dem Wagen stand, aber wenn der Sheriff die einzige Strafverfolgungsinstanz in Easley war, dann musste er es sein.

Ich war über das mulmige Gefühl in meiner Magengegend erstaunt. Ich fühlte mich, als wäre ich bei einem Banküberfall überrascht worden und versuchte, mir ins Gedächtnis zu rufen, dass ich nichts gestohlen hatte.

Ich hielt vor unserer Garage an, und gerade als ich aus dem Auto trat, setzten die blinkenden Lichter aus und der Wagen, auf dessen Tür tatsächlich *Sheriff* stand, fuhr los. Mir schien, als hätte ich Clementine auf dem Beifahrersitz gesehen und als hätte sie mich angeblickt, als sie wegfuhren. Jedoch konnte ich mir wegen der Entfernung und dem Winkel, aus dem ich den Wagen sah, nicht vollkommen sicher sein.

Alles war sehr schnell passiert.

Ich stand mitten auf der nicht asphaltierten Straße und spürte, wie ein Teil meiner Furcht von mir abfloss und mich mit einem Durcheinander von Emotionen zurückließ, das ich unmöglich entwirren konnte.

Eine Bewegung erregte meine Aufmerksamkeit. Eine Person in Uniform hockte neben Comets leerem Gehege. Es war also noch jemand dageblieben.

Ich ging über die Straße.

»Guten Morgen«, sagte ich, immer noch zu weit entfernt, um genau sehen zu können, mit wem ich eigentlich sprach.

»Sie sind Dr Archer-Cummings?«, fragte er, ohne aufzustehen oder sich umzudrehen.

»Nein, ich bin Jackie Archer-Cummings. Paula Archer-Cummings ist die Tierärztin, nicht ich.«

»Ah«, sagte er. »Die Frau der Tierärztin.«

Ich hatte nicht damit gerechnet, dass jemand hier in Easley das auf Anhieb richtig hinbekommen würde, aber ich sagte nichts.

»Ich bin nach Hause gefahren, um den Sheriff anzurufen«, sagte ich stattdessen, »aber Sie haben mir die Arbeit erspart.«

Er stand auf und streckte mir zur Begrüßung seine Hand entgegen. »Ja, Ma'am. Dennis Portman, Hilfssheriff.«

Seine Hand war groß und rau, aber warm.

»War das meine Nachbarin, die gerade weggefahren wurde?«

»Ja.«

»Darf ich fragen, wo sie hingebracht wurde?«

»Krankenhaus«, sagte er einfach und begann wieder, den Boden zu untersuchen.

»Ist sie krank? Oder hat sie sich verletzt?«

»Kommt drauf an, wie man es betrachtet«, sagte er, was überhaupt nichts beantwortete.

»Es geht mich wahrscheinlich nichts an. Ich hab mir nur Sorgen gemacht.«

Er hielt inne und seufzte. Er war groß und breitschultrig. Kompakt. Blond. Kurzhaarig. Jung. Plötzlich war jeder um mich herum jünger als ich. Ich fragte mich, wie das auf einmal so unbemerkt hatte passieren können.

»Wir hatten zunächst vorgehabt, einen Arzt kommen zu lassen, um ihr ein Beruhigungsmittel zu geben. Aber das ist eine riskante Sache, wenn jemand allein lebt. Was, wenn sie hinfällt? Oder etwas braucht? Man kann sie nicht mit Medikamenten vollpumpen und sich selbst überlassen. Wir hassen es, jemanden ins Krankenhaus bringen zu müssen, denn es wird sie einen Haufen Geld kosten. Sie hat nur ihre staatliche Versicherung, also wird ein großer Teil der Rechnung an ihr hängen bleiben. Deshalb hat mein Kollege sie hingefahren, um ihr wenigstens die Krankenwagenkosten zu ersparen.«

Ich fühlte mich innerlich wie betäubt, und mein Magengefühl sagte mir, dass die Ausgaben auf uns zurückfallen würden. Nach einer Weile. Auf den Strafprozess würde der Zivilprozess folgen. Natürlich war das nur die geringste meiner Sorgen, aber es war eine zusätzliche Sorge.

Ich schaute auf die Erde, wo er auch hinsah. Er hatte sich wieder hingehockt und untersuchte die in der Nähe des Gatters verstreuten Holzbalken, ohne sie anzufassen.

»Gibt es irgendeine Chance, dass das Pferd selbst das Gatter durchbrochen haben könnte?«

»Nein, Ma'am«, antwortete er.

Mein Hoffnungsfaden war so dünn gewesen, dass er kaum den Umfang eines menschlichen Haares hatte. Er war das Ergebnis meines verzweifelten Klammerns an ein Szenario, in dem die zwei Fälle von Verschwinden aus irgendeinem Grund nicht miteinander in Verbindung standen. Wie groß wäre die Wahrscheinlichkeit gewesen? Eins zu tausend? Aber es fühlte sich so hoffnungslos und scheußlich an, dieses Szenario so abrupt und vollständig weggerissen zu bekommen. Ich wünschte, ich hätte mich wenigstens einen Moment länger an die Vorstellung klammern können.

»Es hätte gegen das Gatter stoßen können, oder?«, fragte ich, obwohl es vorbei war.

»Ja«, sagte der Hilfssheriff. »Theoretisch. Nehmen wir an, das Pferd hätte es getan. Nehmen wir an, es hätte diese Holzbretter aus dem Gatter brechen können. Clem sagt, dass sie festgenagelt waren. Was einen dazu bringt zu überlegen, ob man den Dieb ins Gefängnis stecken oder ihm aber eine Medaille verleihen sollte. Teuflische Sache, das einem Pferd zwei Jahre lang ununterbrochen anzutun. Und ich kann mir schon vorstellen, dass das Pferd vielleicht versucht hat auszubrechen. Aber wenn es das geschafft hätte, wäre einer von zwei Fällen eingetreten, so wie ich es sehe. Die Holzbretter wären auseinandergebrochen oder die Nägel herausgerissen worden, wahrscheinlich aber nicht auf der Seite des Gatters. Aber hier haben wir drei Holzbretter auf dem Boden liegen. Komplett ohne Nägel an beiden Enden. Und hier kommt die wirklich wichtige Frage: Wo sind die Nägel geblieben?«

Er schwang in einem hohen Bogen seinen Arm herum und zeigte auf die Erde. Keine Nägel. Auf dem Boden lag ein Tischlerhammer.

»Nein, was wir hier haben, ist der Fall einer Person, die die Nägel mithilfe eines Tischlerhammers herausgestemmt hat. Aber sie hat die Nägel nicht fallen gelassen. Oder sie hat sie fallen gelassen und später aufgehoben. Sie hat die Nägel aufgehoben, aber den Hammer dort auf der Erde liegen gelassen. Ich versuche noch, den Sinn zu verstehen. Warum jemand das so machen würde.«

»Weil sie sich um das Pferd sorgt«, sagte ich. Meine Lippen fühlten sich taub an, und der Klang meiner Stimme kam mir ungewohnt vor. »Sie wollte nicht, dass das Pferd auf die Nägel tritt.«

Einen Augenblick lang sprach keiner von uns. Er sah mir direkt ins Gesicht, aber ich traute mich nicht, den Blick ebenso direkt zu erwidern. Der Augenblick schien sich lange auszudehnen. Viel zu lange. Die Sonne war am östlichen Rand des Horizonts seitlich aufgestiegen und schien mir blendend in die Augen. Ich wollte die Sonne überreden, nicht weiter aufzusteigen, der Morgen sollte nicht fortschreiten. Wozu würde er führen, außer zu noch mehr Schwierigkeiten?

Ich entschied mich, die quälende Stille zu beenden.

»Vielleicht kann Clementine nach Hause zurückkommen, und wir könnten nach ihr schauen. Wir wohnen genau gegenüber.«

Er sah mich an. Sein Gesicht wirkte freundlicher und weicher, als ich das von jemandem, der in der Gesetzesvollstreckung arbeitete, erwartet hatte.

»Sie sollten wissen, dass sie glaubt, dass Ihre Pflegetochter das Pferd gestohlen hat. Andererseits scheinen Sie das auch selbst zu denken.«

»Ja, ich denke das auch.«

»Okay, dann«, sagte er und seufzte müde. »Lassen Sie uns nach drüben gehen, und ich fange mit meinem Bericht an.«

\* \* \*

»Ich bin so erschöpft«, sagte ich, als wir ins Haus gingen. »Todmüde. Ich weiß, Ihre Zeit ist kostbar, aber was halten Sie davon, wenn ich einen Kaffee mache?«

Ich konnte die Hunde aus Quinns Zimmer bellen hören.

Der Hilfssheriff sagte: »Die Welt wird nicht untergehen, wenn ich so lange warte.«

Ich verschwand in der Küche, während er sich an den Esszimmertisch setzte.

Beim Versuch, einen Kaffeefilter von dem Stapel zu lösen, zitterten meine Hände. Ich war froh, dass ich unbeobachtet von dem Hilfssheriff etwas tun konnte.

Dann bemerkte ich, dass ich unhöflich gewesen war.

»Einen Kaffee für Sie, Officer Portman?«

»Dennis reicht vollkommen.«

»Dennis. Einen Kaffee?«

»Ich würde zu einer Tasse nicht Nein sagen.«

Eine Minute später lief die Kaffeemaschine, und ich wünschte, ich hätte mir mehr Zeit gelassen. Jetzt würde ich ins Wohnzimmer gehen und mit ihm reden müssen.

Ich lächelte angestrengt, als ich ins Zimmer kam. Er hatte ein Klemmbrett mit einem Formular vor sich liegen. Ein leeres Berichtsblatt. Er tippte mit einem Stift gegen die Brettkante – was mich nervös machte. Beziehungsweise noch nervöser. Natürlich sagte ich nichts.

Ich setzte mich und versuchte zu lächeln.

Alle vier Hunde kamen ins Wohnzimmer geströmt, zusammen mit Smoky, dem langhaarigen Kater, der vor ihnen herrannte. Smoky sprang auf den Tisch, machte einen Buckel und fauchte Peppy an, der ihn gejagt hatte. Die anderen drei Hunde begrüßten Dennis.

Mando war aufgetaucht und schaute ins Zimmer.

»Du bist zurück«, sagte er, sah mich aber nicht an. Er stand stocksteif da und seine Angst war deutlich erkennbar. Er wandte seinen Blick kein einziges Mal von dem Hilfssheriff ab. »Wo ist Paula?«

»Immer noch auf der Suche.«

»Oh. Schade. Ich hatte gehofft, ihr hättet sie gefunden. Ich dachte, ich könnte vielleicht zurück in mein Zimmer gehen, jetzt wo du mit Quinn hier bist. Ich meine, ich hab getan, was du gesagt hast und bin bei ihm geblieben. Aber jetzt bist du ja zu Hause …«

»Absolut«, sagte ich. »Danke, dass du auf ihn aufgepasst hast, als wir weg waren.«

»Kein Problem«, sagte er und verschwand.

Ich schaute wieder zu Dennis. »Unser Pflegesohn. Armando.«

»Also haben Sie drei?«

»Ja. Zwei Pflegekinder, Mando und Star. Und dann Quinn, das ist unser Achtjähriger, er gehört jetzt ganz zu uns. Adoptiert.« Eine unangenehme Stille trat ein. »Brauchen Sie das für den Bericht? Das hat wirklich nichts mit den beiden Jungen zu tun.«

»Nein, wir unterhalten uns eigentlich nur.«

Wieder sprach einen Moment lang niemand. Ich zog Peppy auf meinen Schoß, damit Smoky ihm entkommen konnte.

Ich bemerkte, dass ich mich sehr angespannt fühlte. Ich fürchtete mich und wusste, dass es offensichtlich war, aber ich hatte keine Ahnung, wie ich etwas daran ändern konnte. Mein Mund war wie gelähmt.

Er ließ seinen Stift mit einem klapprigen Geräusch fallen, und ich erschrak. »Hätten Sie etwas dagegen, wenn ich Ihnen eine kleine Geschichte erzähle, bevor wir anfangen?«

»Ähm … nein, natürlich nicht.«

»Okay, gut.« Er lehnte sich in seinem Stuhl zurück. »Ich habe einen Bruder, ein ganzes Stück älter als ich. Er war schon ein Teenager, als ich zur Welt kam. Also habe ich ihn natürlich immer bewundert, und das tue ich auch heute noch. Aber in Wirklichkeit ist er nur ein richtig guter Kerl, und das bilde ich mir nicht bloß ein, sondern alle sagen das. Er lebt immer noch in der Gegend, hat drei Kinder. Sie könnten keine besseren Eltern als ihn und seine Frau finden, Marie. Sie sind wie zwei Vorbilder aus einem Buch über Kindererziehung, aber die Geschichte klingt wahrscheinlich zu gut, um wahr zu sein.«

Er machte eine Pause, und ich konnte das schnaufende Geräusch und Tropfen der Kaffeemaschine hören. Ich wünschte, die Maschine würde den Kaffee schneller kochen, damit ich einen Grund hätte, wieder rauszugehen. Ich hatte keine Ahnung, weshalb er mir diese Geschichte erzählte.

»Dann, letztes Weihnachten, hat sein ältester Sohn Jake plötzlich mit zwei Freunden ein Auto gestohlen und damit eine Spritztour gemacht. Und ich musste zu ihrem Haus fahren und ihn festnehmen. Verstehen Sie, was ich damit sagen will?«

Ich wollte es verstehen, also hielt ich einen Moment inne, bevor ich antwortete. Aber mir war überhaupt nicht klar, was er damit sagen wollte.

»Ähm … nein. Tut mir leid, ich glaube nicht.«

»Kinder machen Dummheiten. Selbst Kinder, die gute Eltern haben. Weil sie Kinder sind. Egal, wie sie aufwachsen, sie machen früher oder später eine Tour durchs Dummkopfland. Ich erzähle Ihnen das, weil Sie aussehen, als fühlten Sie sich sehr unbehaglich, als würde jeder über Sie urteilen. Weil Sie gerade erst hierhergezogen und neu sind und etwas Schlechtes passiert ist, glauben Sie, dass jeder denken wird, dass Sie schlecht sind. Aber die meisten der Berichte, die ich ausfülle, betreffen die Einheimischen. Hier und da erwische ich jemanden, der mit überhöhter Geschwindigkeit durch den Ort fährt, aber wenn ich jemanden verhafte, dann ist es immer jemand von uns. Also möchte ich nur, dass Sie sich entspannen und mir erzählen, was Sie wissen. Ohne zu denken, dass jemand Sie verurteilt oder Ihnen die Schuld gibt.«

»Das hab ich nicht gedacht«, sagte ich. Aber ich war so erleichtert, dass ich die Tränen zurückhalten musste. Dabei wurde mir selbst bewusst, dass ich gelogen hatte. Und es schien nicht in Ordnung zu sein, dass ich jemanden anlog, der mir gegenüber so ehrlich war. »Okay, das stimmt nicht. Ich hab genau das gedacht.«

»In Ordnung. Also atmen Sie tief ein. Und holen Sie uns vielleicht einen Kaffee. Für mich bitte schwarz. Und dann erledigen wir diesen Bericht und versuchen, dabei so wenig Kratzer wie möglich davonzutragen.«

\* \* \*

»Also, fangen wir an. Wie lange wohnt Ihre Pflegetochter – Star, stimmt's? – schon bei Ihnen?«

»Oh, hm. Nicht lange. Da müsste ich im Kalender nachsehen. Aber … nicht länger als einen Monat.«

Dennis lehnte sich wieder in seinem Stuhl zurück. »Oh, gut. Dann kann ich wirklich nicht verstehen, wie Sie sich überhaupt die Schuld geben können.«

Ich lachte ein wenig und zuckte mit den Schultern.

»Das gehört zu meinen Talenten.«

\* \* \*

Paula kam nach Hause, als wir schon etwa neunzig Prozent des Berichts für den Sheriff geschafft hatten.

»Im Wohnzimmer«, rief ich. Sie schaute zur Tür herein und ich sagte: »Das war schnell.«

»Oh. Ja. Nun, es gibt im Umkreis von zwei Stunden Fahrt von hier keine Mietwagen, und dann dachte ich, dass du recht hast und dass es Zeit ist, es zu melden. Wie ich sehe, hast du dich schon darum gekümmert.« Sie ging mit ausgestreckter Hand auf Dennis zu. »Paula Archer-Cummings.« Dennis stand auf und schüttelte ihr die Hand.

»Freut mich, Sie kennenzulernen. Mein Kollege und ich wollten bereits bei Ihnen in der Klinik anhalten, um Sie willkommen zu heißen. Tut mir leid, dass wir es bisher noch nicht geschafft haben.«

»Ich musste nicht mal anrufen«, sagte ich zu Paula. »Er war hier, als ich nach Hause gekommen bin. Clementine ist wegen dieser Sache im Krankenhaus.«

Paula riss erschrocken die Augen auf. *Als bräuchte sie noch mehr schlechte Nachrichten,* dachte ich. *Oder irgendjemand von uns.*

»Was ist passiert?«

Ich sah zu Dennis hinüber, denn ich selbst wusste es ja nicht.

»›Wegen dieser Sache‹ ist vielleicht nicht ganz korrekt«, sagte Dennis. »Es ist wegen vieler Sachen, diese hier ist die neueste. Alle haben damit gerechnet, dass Clem irgendwann wie ein trockener Ast brechen würde. Wenn Sie mich fragen, hätte das schon an dem Tag passieren können, als sie Tina tot aufgefunden hat. Ich nehme an, Sie haben davon gehört, in einer kleinen Stadt wie dieser. Ich bin mir sicher, dass Clem in dieser ganzen Zeit schon zu einem gewissen Grad auseinandergefallen ist.«

Paula sank neben mir auf einen Stuhl. Sie sah erschöpft und ungewöhnlich hilflos aus. Trotzdem war es ein Trost, in dieser Sache nicht allein zu sein.

»Von außen gesehen aber – nichts«, fuhr er fort. »Ich meine, jeder konnte sehen, welche Auswirkung es auf sie gehabt hat. Aber sie hat sich immer zusammengerissen. Bis auf diesen Morgen. Sie war aufgewacht und hatte gesehen, dass Tinas Pferd verschwunden war. Es war so ziemlich das Letzte, was von ihrer Familie übrig geblieben war. Das war der Tropfen, der das Fass zum Überlaufen gebracht hat. Der Zusammenbruch war schon seit Langem fällig gewesen.«

»Aber ein Krankenhaus!«, sagte Paula, immer noch geschockt. »War sie hysterisch?«

Plötzlich fiel mir auf, dass ich viel mehr Fragen über den Zustand meiner Nachbarin hätte stellen sollen. Aber wahrscheinlich hatte ich zugelassen, dass meine eigenen Katastrophen in meinem müden Hirn die Vorderhand gewannen. Ich kam mir egoistisch und gefühlskalt vor. Aber eigentlich hatte ich mich so eingeschüchtert gefühlt, als hätte ich nicht das Recht, mich zu erkundigen.

»Nein, kein bisschen. Sie war sehr ruhig. Zu ruhig. Ich erinnere mich, dass ich gedacht habe, dass sie es zu gut aufgenommen hatte, und das hab ich auch zu Bobby gesagt, meinem Kollegen.«

Meine Gedanken blendeten zur vorigen Nacht zurück. Paula war nach unten gekommen, nachdem sie mit Star gesprochen hatte. Sie hatte gesagt, dass Star es zu gut aufgenommen hatte. Mir war nicht klar gewesen, was sie damit gemeint hatte, aber jetzt wusste ich es vielleicht. Es fühlte sich nicht an, als sei es erst vorige Nacht gewesen. So viel war seitdem passiert. Es schien mir, als erinnerte ich mich an etwas aus der vorherigen Woche. Oder vom letzten Monat.

»Sie hat uns sehr detaillierte Sachen erzählt, sehr klar und präzise und darüber gesprochen, dass sie nicht viel geschlafen hatte. Sie hat in der letzten Nacht geschlafen, aber mehrere Tage davor hatte sie überhaupt nicht gut schlafen können, was ein Teil des Problems sein könnte. Egal. Nach einer Weile hat sie begonnen, sich zu wiederholen. Und dann hat sie einfach die gleichen Sachen wieder und wieder gesagt. Als wären ihr Hirn oder ihr Mund in einer Art Kreislauf gefangen, und sie konnte nicht ausbrechen. Das war der Zeitpunkt, als wir uns ernsthafte Sorgen gemacht haben. Wir wollten einen Arzt rufen, der ihr ein Beruhigungsmittel geben sollte. Aber da sie allein lebt und so weiter … zu riskant. Bobby ist mit ihr nach Tri Counties gefahren.«

Ich drehte mich zu Paula um. »Ich hab gedacht, dass sie vielleicht wieder nach Hause kommen könnte und wir nach ihr sehen könnten.« Eine entsetzliche Idee, aber sie war mir zunächst notwendig erschienen. Ich wusste nicht mehr warum, aber jetzt war es zu spät. Ich hatte es ausgesprochen.

Paula nickte. Sehr eifrig, zu eifrig sogar. »Das scheint das Mindeste zu sein, was wir tun können.«

»Nun«, sagte Dennis und klang nicht sehr sicher. »Ich kann das auf jeden Fall prüfen. Ich weiß nicht, wie lange sie sie zur Beobachtung dalassen wollen. Und ich kann auch nicht sagen, dass Clem besonders glücklich darüber wäre, nach Hause zu kommen und dieses Arrangement vorzufinden. Aber andererseits, wann war Clem jemals über irgendein Arrangement glücklich? Lassen Sie mich nachsehen, was mir zu diesem Bericht noch fehlt. Hm.« Er fuhr mit dem Stift über das Formular und tippte ihn hier und da auf das Papier. »Ich habe Sie nicht viel über Stars Hintergrund gefragt.«

»Wir wissen selbst nicht viel darüber«, sagte Paula. »Niemand weiß es. Sie hat ihr ganzes Leben lang bei ihrer Mutter gewohnt, die nervenkrank ist, was aber nie diagnostiziert wurde. Und niemand hatte gemeldet, dass dort ein Kind in einem ungeeigneten Zuhause lebte. Bis es schließlich doch jemand eines Tages getan hat. Nun wurde die Mutter in einer Anstalt untergebracht, wahrscheinlich für immer. Auf jeden Fall länger, als Star noch eine Minderjährige ist. Aber man kann wirklich nicht zurückgehen und erfahren, wie ihr Leben in diesem Haus ausgesehen hat.«

»Sie erzählt das niemandem?«

»Sie erzählt kaum etwas, niemandem«, sagte ich.

Er spitzte die Lippen, und ich konnte sehen, dass er nicht mochte, was er gleich sagen musste. »Sie wissen, dass Sie das ihrer Sozialarbeiterin berichten müssen. Und ich auch.«

Ich warf Paula einen Blick zu, mit einer deutlichen Frage darin. Aber die Frage war zu diesem Zeitpunkt fast selbstverständlich. Paula rief Janet an, wenn Janet angerufen werden musste. Paula hielt sie auf dem Laufenden. Sie berichtete, was passiert war, erhielt Zustimmung und stellte Fragen. Ich war von Janet eingeschüchtert, obwohl sie eigentlich gar nicht einschüchternd war. Sie war nur eine Autoritätsperson in meinem Leben. Im Gegensatz zu mir hatte Paula kein Problem damit.

Paula nickte einwilligend. Sie würde sich darum kümmern, wie immer.

»Ja«, sagte sie. »Das wissen wir.«

# 14. Clementine

Ich hatte eine Abneigung gegen Krankenhausbetten, weil ich es nicht ausstehen konnte, hilflos zu sein. Aber in diesem Fall war es mir kaum bewusst gewesen, dass ich überhaupt in einem Krankenhausbett lag, bis Denny auftauchte, um mich nach Hause zu bringen.

Es ist mir peinlich, das zuzugeben, aber ich wusste nicht, wie lange ich dort gewesen war.

Ich konnte mich nur daran erinnern, dass Bobby Talbot mich an diesem Morgen durch die Notaufnahme hereingebracht hatte, als hätte ich eine Schusswunde oder einen Autounfall gehabt, oder etwas anderes, das dramatischer war als nur aufgebracht zu sein. Und er hatte mit mir gewartet, als sei ich ein kleines Mädchen und er mein besorgter Vater. Die ganze Zeit hatte ich ihm immer wieder gesagt … nun, ich kann mich nicht mehr daran erinnern, was genau ich gesagt hatte. Ich schäme mich, das zugeben zu müssen, aber es stimmt. Ich kann mich nicht mehr daran erinnern, was ich immer wieder gesagt hatte, aber es hatte sich wichtig angefühlt. Ich wusste, dass ich es wiederholt sagte, aber es schien notwendig zu sein. Es schien auch richtig zu sein. Als ob ein Problem entstehen könnte, wenn ich es nicht tat.

Aber das klingt, als hätte ich eine Wahl gehabt. In Wirklichkeit war es eine Sache gewesen, die von allein ablief, obwohl mein Mund beteiligt gewesen war. Meine eigene Stimme schien an diesem Morgen völlig selbstständig gearbeitet zu haben.

Sie hatten mich in einen großen Raum gebracht, und ich hatte auf einer Trage gesessen, und ein Arzt, den ich nicht kannte, war hereingekommen und hatte den Vorhang in einem Kreis fast ganz um uns herumgezogen, sodass nur ich und Bobby und der Arzt da waren. Er war sehr jung gewesen, dieser Arzt, und hatte ausgesehen, als käme er aus Indien oder einem ähnlichen Land, wo die Leute eine dunkle Haut haben. Ich hatte mich unwohl gefühlt. Es ist mir egal, welche Hautfarbe jemand hat, aber warum hatte es nicht ein Arzt von hier sein können? Aus diesem Landkreis oder dem Bundesstaat Kalifornien? Oder wenigstens ein Arzt aus den Vereinigten Staaten von Amerika. Man sollte doch denken, das sei nicht zu viel verlangt.

Das hatte mich aufgeregt, und unter anderen Umständen hätte ich auch etwas gesagt. Aber ich hatte immer noch diese andere Sache gesagt, obwohl ich mich nicht mehr daran erinnern kann, was genau es gewesen war. Ich bin mir ziemlich sicher, dass es etwas mit Comet zu tun hatte. Es sollte Bobby und Denny auf die richtige Spur bringen und dazu beitragen, Comet zu mir zurückzubringen, obwohl mir sein Verschwinden wie ein Traum erschienen war … nur kann ich mich an die Einzelheiten nicht erinnern.

Ich hatte es zu dem Zeitpunkt vielleicht zu dem ausländischen Arzt gesagt, aber dieser Teil ist ebenfalls ein bisschen verschwommen.

Dann hatte er meinen Ärmel hochgerollt und mir eine Spritze in den Arm gegeben.

Zunächst hatte es keinen Unterschied gemacht, aber ziemlich bald darauf hörte ich mit dem Sprechen auf. Es hatte sich gut angefühlt aufzuhören. Obwohl mir das, was ich gesagt hatte, sehr wichtig schien. Aber nach etwa einer Minute schien es nicht mehr so wichtig zu sein. Das war eine Erleichterung.

Ich kann nicht berichten, was danach passiert ist. Ich erinnere mich an überhaupt nichts mehr danach.

\* \* \*

Als ich aufwachte, lag ich in einem Krankenhausbett, und Denny war da. Er saß auf einem Stuhl neben dem Bett. Er trug Jeans, ein kurzärmliges T-Shirt und Cowboystiefel, also musste er außer Dienst und in seiner Freizeit sein.

Was auch immer sie mir gegeben hatten, die Wirkung hatte zu dem Zeitpunkt etwas nachgelassen, denn ich erinnere mich daran, dass ich mich gereizt fühlte. Denn ich habe eine Abneigung gegen Krankenhausbetten, was ich aber schon erwähnt habe, glaube ich.

Außer zu Tinas Geburt hatte ich noch nie in ein Krankenhausbett gehen müssen, weil ich keinen Tag meines Lebens krank gewesen war. Also ich meine: meines Erwachsenenlebens. Als ich ein kleines Mädchen war, wurden mir die Mandeln entfernt, und ich war eine Nacht im Krankenhaus geblieben, aber das zählt nicht, da kleine Kinder sich ständig hilflos fühlen. Ich bin sicher, dass ich im Alter von sechs Jahren an das Gefühl gewöhnt gewesen war.

»Willkommen zurück unter den Lebenden«, sagte Denny.

Ich versuchte zu reden, aber ich fühlte mich so wacklig und unsicher, als hätte ich getrunken. Was ich nur selten tat, falls überhaupt. Ich war vielleicht zwei Mal in meinem Leben angetrunken gewesen, aber ich erinnere mich an das Gefühl. Ich hatte es damals nicht gemocht, und jetzt war es nicht besser.

Ich atmete tief ein und versuchte, mich zusammenzureißen. Ich musste mich wirklich auf jedes Wort konzentrieren.

»Wann kann ich nach Hause?«

»Genau jetzt«, sagte er. »Wir warten nur auf eine Krankenschwester, damit sie einen Rollstuhl bringt.«

»Ich brauche keinen Rollstuhl.«

»Dir bleibt keine andere Wahl. Jeder kommt in einem Rollstuhl aus dem Krankenhaus. Es ist Vorschrift.«

»Es ist erniedrigend.«

»Es ist so, wie es ist, Clem. Akzeptier es einfach.«

Ich seufzte und schloss die Augen, aber sobald ich es tat, spürte ich das Verlangen, wieder in den Schlaf abzugleiten. Also öffnete ich die Augen wieder und kämpfte. Ich kämpfte dafür, wachzubleiben und einen klaren Kopf zu behalten. Ich fühlte mich wie jemand, der auf feindlichem Gebiet wachsam bleiben musste. Ich musste mich vor all den Dingen schützen, von denen ich wusste, dass ich sie nicht wollte.

»Du kannst mir übrigens dafür danken, dass du nach Hause gehen kannst«, sagte Denny. »Sie wollten dich drei Tage für eine psychologische Beurteilung hierbehalten, aber ich hab ihnen das ausgeredet.«

»Das ist einfach nur beleidigend. Ich bin doch nicht verrückt.«

»Sie haben dich nicht für unzurechnungsfähig gehalten. Sie haben nur gedacht, du könntest unter Stressbedingungen einen Zusammenbruch erleiden. Aber es gibt keinen richtigen Grund anzunehmen, dass du für dich selbst eine Gefahr darstellen könntest. Ich will nicht, dass du einen medizinischen Bankrott erleidest. Der Arzt hat aber darauf bestanden, dass du mindestens eine Woche lang dieses Beruhigungsmittel nimmst. Er hat mir das Rezept mitgegeben, und wir können die Tabletten auf dem Nachhauseweg abholen.«

Das erinnerte mich an etwas, aber es dauerte peinlich lange, bis es mir wieder einfiel. Es war etwas, das entweder Denny oder Bobby zu mir gesagt hatte, bevor Bobby an diesem Morgen mit mir weggefahren war. Obwohl er es vielleicht fünf Mal oder noch öfter zu mir gesagt hatte, konnte ich mich immer noch nicht daran erinnern, was es gewesen war. Mein Hirn war nicht in Ordnung. Ich befahl ihm zu funktionieren, aber es hörte nicht auf mich.

Dann, gerade als ich aufgegeben hatte zu versuchen, mich daran zu erinnern, war es plötzlich da. In meinem Hirn vollkommen ausgeformt.

»Du hast gesagt, ich sollte zu Hause keine Beruhigungsmittel nehmen, weil es gefährlich ist, allein zu sein, wenn man unter Beruhigungsmitteln steht.«

»Das hab ich in der Tat gesagt«, antwortete er. »Und dir darum ein paar Schutzengel besorgt, die dich betreuen können.«

Ich runzelte die Stirn. »Wen?«

»Das ist jetzt nicht so wichtig, Clem. Lass uns dich jetzt einfach nach Hause bringen.«

»Wer ist es?«

»Wir sprechen später darüber, okay?«

»Wer?«

»Mein Gott, Clem. Du klingst wie eine Eule. Die einzigen Leute, die nahe genug bei dir wohnen, die machen es. Was meinst du, wer es sonst ist?«

»Nein. Absolut nicht. Lass mich einfach hier.«

»Zu spät. Du bist bereits entlassen.«

»Dann melde mich eben wieder an. Ich gehe nicht nach Hause. Ich will diese Leute nicht in meinem Haus.«

»Mein Gott, Clem«, sagte er wieder und lehnte sich in seinem Stuhl zurück. Das Plastik quietschte unter seinem Gewicht.

Er ist ein großer Junge: Denny. Ich habe ihn aufwachsen sehen, und schon in der zweiten Klasse wussten wir, dass er groß werden würde. Er hatte in der Highschool und im College etwas Football gespielt und war eine Art von ›Back‹ gewesen. Ein Sowieso-Back. Kein Quarterback, aber einer dieser Spieler, die losrennen und in die Offensive gehen. Es wurde darüber geredet, dass er als Profi spielen würde, aber ich weiß nicht, ob er nicht gut genug war oder es einfach nicht wollte. Vielleicht von beidem etwas. Er kam zur Strafverfolgung, was wahrscheinlich besser ist, weil man es länger tun kann. Man kann in einem vernünftigen Alter in Rente gehen und hat sich nicht in seinen Dreißigern schon völlig verausgabt. Und ich glaube, die moralischen Werte sind auch besser.

»Deine Eltern waren beide nicht mehr am Leben, als ich geboren wurde«, sagte er. »Also entschuldige ich mich schon jetzt dafür, dass ich das nicht weiß. Aber war einer der beiden ein Dickkopf?«

Ich schnaubte verächtlich. »Mit Sicherheit nicht, und ich finde das nicht witzig.«

»Aha. Verstanden. Sie waren beide Dickköpfe.«

»Wenn ich hierbleiben will, ist das mein gutes Recht.«

»Falsch. Wenn ein Krankenhaus sagt, dass es Zeit ist zu gehen, dann musst du gehen.«

»Wenn ich mich weigere, diese Leute in mein Haus zu lassen, dann wäre es nicht klug, mich zu entlassen, oder?«

»Clem. Du bist schon lange nicht mehr in einem Krankenhaus gewesen, oder? Hast du eine Ahnung, wie viel ein Krankenhaus pro Tag kostet? Das ist übrigens eine rhetorische Frage. Glaub es mir. Du machst dir keine Vorstellung davon. Du kannst es nicht mal schätzen. Was auch immer du schätzt, geh von einem hohen Betrag aus, multipliziere ihn um das Drei- oder Vierfache und dann bist du vielleicht in der Nähe.«

»Ich hab Medicare. Die Versicherung zahlt die Kosten.«

»Die Versicherung zahlt ungefähr achtzig Prozent. Deshalb haben viele ältere Leute Zusatzversicherungen, ergänzende freiwillige Versicherungen. Aber du scheinst das nicht zu haben, es sei denn, du hast Versicherungskarten, die du uns heute Morgen nicht gezeigt hast. Und wenn du den Betrag ermittelst, für den du zwanzig Prozent zahlen musst, dann wirst du in den Rollstuhl springen. Falls sie sich überhaupt dafür entscheiden, die Kosten zu übernehmen. Vielleicht sagen sie auch einfach, dass es nicht ernst genug gewesen sei und du hättest zu Hause bleiben können.«

»Ist mir egal, wenn es ein paar Hundert Dollar pro Tag sind.«

»Ein paar Hundert Dollar pro Tag, Clem? Ist das ein Witz? Versuch es mit ein paar Tausend.«

»Es können nicht Tausende sein.«

»Soll ich deine Rechnung holen?«

»Nein«, sagte ich. »Nein.«

In diesem Moment wusste ich, dass er die Wahrheit sagte. Ich konnte sehen, dass er mir unbedingt diese Rechnung zeigen wollte. Er konnte nicht mehr abwarten, mir zu beweisen, dass er recht hatte. Also kostete mein Aufenthalt hier wirklich Tausende von Dollar pro Tag, und ich hatte nur das Geld von meiner monatlichen Sozialversicherung zur Verfügung.

Ich fragte mich, wie viel ich bereits schuldig war. Dann bemerkte ich, dass mein Hirn etwas klarer dachte. Der Gedanke daran, mehr zu schulden, als ich mir leisten konnte, hatte mich wirklich aufgeweckt.

»Bring mich zu deinem Haus, Denny.«

Er lachte so laut los, als hätte ich ihm einen guten Witz erzählt.

»Und wo sollst du da hin? Ich, meine Frau und unsere zwei Kinder wohnen in einer Dreizimmerwohnung von siebzig Quadratmetern. Willst du ein paar Nächte auf meinem Autodach verbringen? Das heißt, draußen, denn für das Auto ist in der Garage kein Platz, weil die bis oben hin voll ist mit dem ganzen Kram, für den wir im Haus keinen Platz haben. Nein, du hast selbst ein gutes Haus, Clem. Und da gehst du hin. Ich weiß, du bist nicht gerade begeistert von den Nachbarn, aber du wirst unter Beruhigungsmitteln stehen. Warum sollte es dich also kümmern? Das ist der Zweck der Tabletten. Sie sorgen dafür, dass Sachen, die du nicht tolerieren kannst, einfach an dir abgleiten, und dich kümmert es nicht mal.«

In diesem Moment tauchte eine große Krankenschwester mit Pferdegebiss auf, die einen Rollstuhl schob, und ich wusste, dass ich das Spiel verloren hatte.

»Ich gehe raus«, sagte er, »damit du wieder deine normalen Sachen anziehen kannst. Niemand mag diese verdammten Nachthemden, die sich hinten öffnen.«

»Ich am wenigsten«, sagte ich. »Hol lieber eine Menge von diesen Tabletten, ich nehme vielleicht eine doppelte Dosis.«

Er schüttelte nur den Kopf, als beachte er meine Worte gar nicht. Es fühlte sich nicht gut an. Aber es war immer noch besser als ignoriert zu werden.

# 15. Jackie

Paula übernahm die erste Schicht in Clementines Haus, und das war gut so, denn am Ende dieses Tages war ich buchstäblich an die Grenzen meiner Belastbarkeit gestoßen. Nicht buchstäblich natürlich, aber ich war am Ende meiner Fähigkeit angekommen, mit diesen Problemen umzugehen. Dieser Teil war sehr real.

Ich spürte einen Schock, als der Wagen des Hilfssheriffs auf der gegenüberliegenden Straßenseite anhielt. Es war kein Dienstwagen, sondern Dennis' silberfarbenes Privatauto, in dem er Clementine bei sich hatte. Außerdem trug Dennis jetzt keine Uniform. Clementines Kopf lehnte nach hinten, ihr Mund war geöffnet. Ich war äußerst erleichtert, dass sie nicht in einem Zustand war, in dem sie mich direkt anblicken konnte.

Es war nach acht, und die Dunkelheit setzte allmählich ein. Quinn war bereits ins Bett gesteckt worden, und Mando befand sich allein in der Scheune. Fran und Marcie waren zurück in ihrem gerade noch annehmbaren Motel und ließen uns unsere Krisenzeit allein verbringen. Paula und ich hatten umgeben von unseren Hunden auf den Liegestühlen vor dem Haus gesessen, das gute Bier unserer Freunde getrunken und abgewartet, was als Nächstes passieren würde. Als es passierte – als er Clementine zurückbrachte – geriet ich ins Schwanken. Ich konnte es spüren. Ich war am Ende meiner Kräfte angelangt, und das war's.

Paula sprang auf und ging über die Straße, während ich in meinem Stuhl zusammensank und die Szene beobachtete. Paula redete eine oder zwei Minuten lang mit Dennis und gemeinsam halfen sie Clementine aus dem Auto und ins Haus. Ich wusste, dass ich mich beteiligen sollte, aber was ich sollte, spielte keine Rolle mehr. Ich war innerlich völlig erschöpft.

Mindestens zehn oder fünfzehn Minuten vergingen, und es wurde immer dunkler. All meine Gedanken drehten sich um Star, die sich jetzt allein mitten im Nirgendwo befand und kein Bett hatte, in dem sie schlafen konnte. Kein Dach über dem Kopf in der Nacht. Der Gedanke an Star hatte in mir während des schönen, heißen Sommertages kein so panisches Gefühl verursacht wie jetzt am Abend.

Als sich die Tür im Haus gegenüber endlich öffnete, kam Dennis heraus, nicht Paula. Er ging über die Straße zu mir. Die Hunde pochten mit ihren Schwänzen auf den Boden und blickten hoffnungsvoll in seine Richtung.

»Wie geht es Ihnen?«, fragte er.

»Eine scharfsinnige Frage. Überhaupt nicht gut.«

Er setzte sich auf den Liegestuhl, in dem kurz zuvor Paula gesessen hatte.

»Ich wünschte, ich könnte Ihnen sagen, dass wir eine gute Spur oder so was haben, aber wir haben leider gar nichts. Oh, und Ihre Frau hat mir gesagt, dass sie über Nacht dort drüben auf dem Sofa schlafen wird. Sie will Clem nicht allein lassen, auch nicht für ein paar Minuten. Sie will sich erst ganz klar darüber sein, ob es sicher ist. Wenn Clem zum Beispiel versucht, allein aufzustehen, solche Sachen. Sie können hingehen, wenn Sie möchten, aber sie kommt heute Nacht nicht zurück.«

»Ich kann nicht da rübergehen. Ich wünschte, ich könnte es, aber ich kann es einfach nicht. Ich scheine festzusitzen.«

Wir beobachteten beide einen Augenblick lang, wie der Abend verklang. Es war so dunkel geworden, dass ich Dennis nur noch schemenhaft erkennen konnte. Ich hörte das Zirpen von Grillen und erinnerte mich nicht daran, es zuvor schon in Easley vernommen zu haben. Ich glaubte nicht, dass sie genau an diesem Tag zum ersten Mal zirpten. Es lag wohl daran, dass ich mir jetzt meiner Umgebung bewusster war, genau in dem qualvollen Augenblick, in dem es mein Herzenswunsch war, nicht anwesend zu sein.

»Als es passiert ist«, sagte ich, »konnte ich zuerst nur an Clementine denken. Was sie sagen würde. Wie viel Ärger sie machen würde. Würde sie uns verklagen? Anzeige erstatten? Würde sie einen unwiderruflichen Schaden erleiden durch etwas, das wir hätten verhindern können? Und jetzt ist die Sonne untergegangen, und ich denke nur an das … Kind … Ich weiß, dass sie denkt, sie sei kein Kind mehr, aber sie ist erst fünfzehn. Ein Kind mit einem Hintergrund aus Vernachlässigung, Missbrauch und Heimunterkunft. Sie ist ganz allein dort draußen. Na ja, sie hat das Pferd, aber ich glaube nicht, dass das ihr so viel nützt, wie sie denkt. Ich hab nicht bemerkt, dass sie Nahrungsmittel mitgenommen hätte, jedenfalls nicht von uns. Was wird sie essen? Womit wird sie sich zudecken, bevor sie heute Nacht einschläft? Wie soll sie da draußen überleben?«

Die folgende Stille wurde nur durch das Zirpen der Grillen unterbrochen. Ich sah in der Dunkelheit zu Dennis hinüber und fragte mich, warum er nichts sagte.

»Oh«, sagte er schließlich. »Das waren keine rhetorischen Fragen. Nun, ich weiß es nicht. Ich weiß aber, dass ein gesundes Kind eine recht lange Zeit ohne Essen auskommen kann. Allerdings nicht sehr lange ohne Wasser, besonders an diesen heißen Tagen. Daher nehmen wir an, dass sie sich entlang dieses Netzwerks von Flüssen bewegt. Da sie beide trinken müssen, sie und das Pferd. Jedoch wird dieses Flusswasser dem Pferd besser bekommen als dem Mädchen. Wenn sie das Wasser nicht filtern kann, wird sie wahrscheinlich sehr krank davon werden. Kryptosporidien. Giardia-Infektionen. Alles möglich. Das Wasser sieht klar aus, aber das kann täuschen.«

Ich atmete ein, aber irgendwie war mir selbst das Seufzen zu anstrengend. »Ich bin wieder unhöflich. Sie scheinen nicht mehr im Dienst zu sein, darf ich Ihnen ein Bier anbieten?«

»Zu einer Flasche würde ich nicht Nein sagen. Danach flitze ich nach Hause.«

Ich ging ins Haus, obwohl sich meine Glieder bleiern anfühlten, und zog das erste Bier aus der zweiten Sechserpackung, die im Kühlschrank stand. Ich öffnete die Flasche und brachte sie ihm.

Es fühlte sich fantastisch an, wieder in den Stuhl zu sinken.

»Das ist ein gutes Bier«, sagte er und spähte in der Dunkelheit auf das Etikett. »Woher haben Sie das in dieser Gegend bekommen?«

»Man findet es hier nicht. Zwei Freunde von uns sind zu Besuch aus Napa da und haben es mitgebracht. Oder besser gesagt, sie waren hier zu Besuch. Ich glaube, sie reisen morgen früh wieder ab. Sie wollen uns nicht im Weg sein, und wir können kaum Besuch haben, solange all dies vor sich geht. Also … diese Stoffe im Wasser, über die Sie geredet haben, können sie tödlich sein?«

Ich merkte, dass ich mich nur ins Haus zurückgeschleppt hatte, um ihm ein Bier zu holen, weil ich diese Frage hatte aufschieben wollen.

»Wahrscheinlich ist alles möglich, aber das bezweifle ich. Es könnte die Auswirkung haben, dass sich jemand wünscht, tot zu sein. Das könnte uns sogar entgegenkommen. Wenn sie sich schlecht genug fühlt, bricht sie vielleicht alles ab und kehrt nach Hause zurück. Es kommt darauf an, wie stur und entschlossen sie ist.«

Ich kniff in der Dunkelheit die Augen zusammen und fragte mich, ob er es sehen konnte.

»Ich verstehe«, sagte er. »Sehr entschlossen.«

»Ich vergesse immer wieder, dass Sie sie nie getroffen haben. Hätten Sie sie getroffen ...« Dann musste ich kurz nachdenken, um den Gedanken auf die richtige Weise abzuschließen. »Sie macht es einem nicht leicht, sie zu lieben. Das ist die netteste Art, in der ich es formulieren kann. Sie will, dass sich jeder von ihr fernhält. Sie macht es einem schwer, mit ihr zu fühlen, verstehen Sie? Sie hat eine raue Schale, und ich weiß, dass darunter irgendwo ein furchtsames kleines Mädchen stecken muss, aber ich hab es wirklich noch nicht zu Gesicht bekommen. Andererseits unterstützt das, was sie gerade getan hat, nicht gerade meine Theorie. Das war eine mutige Tat. Aber ich kann mir nicht vorstellen, dass sie da draußen keine Angst hat. Hat denn niemand sie gesehen?«

»Nein, niemand. Und denken Sie nicht, dass keiner davon weiß. Falls sie irgendwo auftaucht ... wenn sie aus einer Mülltonne Essen stiehlt oder sich auf der Straße zeigt ... dann bekommen wir eine Meldung.«

»Aber Sie suchen auch tatsächlich selbst, oder?«

»Absolut. Wir hatten heute einen Helikopter im Einsatz.«

»Wirklich? Easley hat einen Helikopter?«

»Nein, Easley kann froh sein, eine Ampel zu haben. Die Autobahnpolizei hat einen Helikopter, und sie hat uns heute damit bei der Suche geholfen. Aber sie konnten nichts sehen.

Dies ist ein weiterer Grund dafür, dass wir glauben, dass sie sich unter den Baumreihen neben den Flüssen entlangbewegt. Comet ist ein großes Pferd, und es dürfte nicht so einfach sein, ihn zu verstecken.«

»Ich weiß nicht mal, ob sie einen Sattel hat«, sagte ich. Es war mir eben erst eingefallen, und bei dem Gedanken fuhr mir ein Schreck durch alle Glieder, obwohl mein Hirn die Furcht noch nicht in Worte gefasst hatte.

»Sie hat keinen, falls sie nicht einen eigenen oder einen gestohlenen Sattel hat, aber es wurde noch kein Diebstahl gemeldet. Comets Sattel ist im Stall.«

»Vielleicht ist sie dann überhaupt nicht mehr mit dem Pferd unterwegs. Wie können wir wissen, ob Comet sie nicht schon nach zwanzig Minuten abgeworfen hat? Sie könnte irgendwo ganz alleine mit gebrochenen Knochen liegen.«

»Nun, falls das Pferd irgendwo ohne sie auftauchen sollte, wird das auf jeden Fall unseren Suchstil ändern. Hat sie Erfahrung mit Pferden?«

»Ich hab keine Ahnung. Sehen Sie, es gibt so vieles, was ich über sie nicht weiß. Ich dachte, ich hätte Zeit, diese Dinge zu erfahren, bevor Leute mir all diese Fragen stellen, die ich nicht beantworten kann.«

Eine kurze Stille trat ein, und ich sah die ersten Sterne am Horizont leuchten. Ich wünschte mir nichts, denn mein Optimismus war zu gering, und in meiner Stimmung konnte ich es mir nicht erlauben, verletzbar zu sein. Aus dem Augenwinkel bemerkte ich, wie Dennis den Flaschenhals des Bieres zwischen seinen Fingern hin und herrollte.

»Wissen Sie, ich bewundere, was Sie beide tun«, sagte er.

»Sie meinen, dass wir Pflegekinder betreuen?«

»Ja. Das kann nicht einfach sein.«

»An manchen Tagen ist es einfacher als an anderen. Heute allerdings nicht so sehr. Ich nehme an, Sie haben nicht diese

Kleinstadtmentalität und meinen, Kinder bräuchten eine Mutter und einen Vater?«

»Kinder brauchen Liebe«, sagte er. »Das ist alles.« Nach einer Pause, etwas mehr Flaschenrollen und einem langen Schluck fügte er hinzu: »Ich kann nicht für alle Leute im Ort sprechen, aber ich glaube kaum, dass Sie auf viel Hass stoßen werden. Manche Leute machen vielleicht dumme Bemerkungen, weil sie nicht daran gewöhnt sind und es nicht verstehen. Aber auf richtig tiefe Vorurteile werden Sie wahrscheinlich nicht stoßen.«

Ich lachte laut, ich konnte mir einfach nicht helfen.

»Was?«

Ich machte eine Kopfbewegung in die Richtung des Hauses gegenüber.

»Oh, was?«, fragte er. »Clementine? O nein, Clem hat keine Vorurteile.«

Ich lachte sogar noch mehr. Man sollte eigentlich meinen, Lachen würde guttun, aber es war nicht diese Art von Lachen. »Machen Sie Witze?«

»Überhaupt nicht. Darauf wette ich mit Ihnen. Ich garantiere es. Clem hat keinerlei Vorurteile. Sie hasst jeden. Eine Sache, die für Clem spricht, ist, dass jeder die gleiche Chance hat, von ihr gehasst zu werden. Egal, wer oder was Sie sind, Clem wird Sie dafür verurteilen.«

Ich lächelte und merkte, dass ich mich ein klein wenig besser fühlte. Denn es war nicht nur ich. Jeder konnte es sehen. Alle wussten, was mit meiner Nachbarin los war, und das gab mir das Gefühl, die ganze Welt sei auf meiner Seite.

»Was bedeutet, dass sie Anzeige erstatten wird«, sagte ich, und meine Stimmung sank wieder tiefer. »Sie wird das arme Kind in eine Jugendstrafanstalt stecken lassen, wir werden sie nie wieder zurückbekommen, und das war es dann. Das war ihre letzte Chance.«

»Aber zunächst mal müssen wir sie finden«, sagte er. »Ich glaube, ich gehe jetzt besser nach Hause zu meiner Frau und den Kindern. Damit ich eine gute Nachtruhe bekomme und morgen früh weitermachen kann.«

»Noch eine Sache, bevor Sie gehen. Auf einer Skala von eins bis zehn, was glauben Sie, wie unglücklich unsere Nachbarin darüber ist, dass wir uns um sie kümmern?«

»Hm«, sagte er. »Lassen Sie mich eine kleine Berechnung in meinem Kopf anstellen. Ich muss leider sagen … zehn. Aber Sie sind nicht die Einzigen, die je eine zehn auf Clems Unglücklichkeitsskala waren. Falls Ihnen das hilft.«

Es hätte vielleicht geholfen, wenn es nicht nur noch ein paar Stunden bis zu meiner Schicht bei Clementine gewesen wären. Aber so wie die Dinge lagen, half mir dieses Wissen nicht.

* * *

Ich schlief im Freien auf dem Liegestuhl ein. Ich hatte es hinausschieben wollen, aufstehen und ohne Paula ins Bett gehen zu müssen.

Ein paar Stunden später wachte ich auf, weil mir kalt war.

Ich ging mit den Hunden ins Haus, sah nach Quinn, rückte seine Decke zurecht, dann ließ ich mich angezogen aufs Bett fallen und schlief wieder ein. Kurz bevor ich in den Schlaf glitt, fragte ich mich, ob es Star in diesem Augenblick auch kalt war. Und ich wusste, dass sie das Problem nicht so leicht lösen konnte, wie ich es gerade getan hatte.

* * *

Als ich meine Augen öffnete, war es hell, und Paula machte sich im Badezimmer für die Arbeit fertig.

»Du solltest da rübergehen«, sagte sie, als sie bemerkte, dass ich wach war, »aber ich glaube wirklich nicht, dass du jeden Augenblick dort sein musst. Schau mindestens ein Mal pro Stunde nach ihr, frag sie, ob sie auf die Toilette muss. Sie scheint zu verstehen, dass sie nicht allein aufstehen soll, was schon mal gut ist. Sie könnte leicht hinfallen, also bring sie besser zum Badezimmer. Und gib ihr alle vier Stunden eine von diesen Tabletten, sie liegen auf dem Küchentisch. Mit einem Glas Wasser, wenn du sie zum Trinken bringen kannst, damit sie nicht dehydriert. Ihre letzte Tablette hat sie um sechs Uhr bekommen.«

Mein Herz sank, und mein Magen verknotete sich bei dem Gedanken daran, dies für eine Frau tun zu müssen, mit der ich nicht mal eine unverbindliche Unterhaltung ertragen konnte.

»Hat sie etwas zu dir gesagt?«

»Nein. Dafür ist sie zu weggetreten.«

»Gut. Hoffen wir, dass es anhält. Konntest du schlafen?«

»Ja«, sagte sie, »ein bisschen.«

»Könntest du einen Moment hierherkommen?«

Ich wollte etwas sagen, aber es war beängstigend. Wenn ich es zu laut sagte, würde Quinn es vielleicht hören. Oder das Universum würde mich hören und auf Ideen kommen. Oder ich würde es selbst hören.

Sie kam und setzte sich auf die Bettkante.

»Erinnerst du dich an die Nacht, als wir dort an dem Pferdegehege mit Star gesprochen haben? Und du hattest dich gewundert, ob es eine Metapher war, das Pferd zu fragen? Es gab noch etwas, das sie in dieser Nacht gesagt hat, das ich nicht aus meinem Kopf bekommen kann. Sie sagte: ›Comet und Star … für immer im Himmel zusammen.‹«

Ich wartete. Sie sagte nichts und schien anzunehmen, ich würde weitersprechen und meine Aussage begründen.

»Was meinst du damit?«, fragte sie schließlich.

»Scheint das nicht irgendwie …?«

»Ich kann dir nicht folgen.«

»Für immer im Himmel zusammen. Glaubst du nicht, dass das irgendwie nach dem … Jenseits klingt?«

»Ich glaube nicht, dass sie das so gemeint hat.«

»Was glaubst du, wie sie es gemeint hat?«

Sie dachte einen Augenblick darüber nach. »Ich glaube, sie war übermäßig poetisch«, sagte sie. »Aber ehrlich gesagt hab ich absolut keine Ahnung.«

Wir blieben still sitzen. Vielleicht dachten wir nach, vielleicht waren wir erstarrt.

Gerade als ich merkte, dass ich anfangen würde zu weinen, dass es unvermeidlich war, stand Paula auf, um sich ausgehbereit zu machen.

In diesen Momenten waren wir nicht miteinander im Einklang. Wenn Paula aufgewühlt ist, wendet sie sich nicht zwangsläufig an mich oder an jemand anderen. Sie geht einfach damit um, und ich weiß nicht, wie sie das schafft. Ich versuche, ihr beizubringen, dass es für mich völlig anders ist. Seit neun Jahren. Aber sie vergisst es leicht, weil es gar nicht ihrer eigenen Erfahrung entspricht.

Auf dem Weg ins Badezimmer blieb sie plötzlich stehen und sah zu mir. Ich kann mir nur vorstellen, was sie von meinem Gesicht abgelesen hat, aber es erzielte eine Wirkung.

Sie kam zurück, setzte sich wieder auf die Bettkante und nahm mich in den Arm. Und natürlich musste ich weinen. Einen Augenblick zuvor war mir nach Weinen zumute gewesen, weil sie nicht für mich da gewesen war. Und nun weinte ich, weil sie es war. Ob mich das verrückt oder nur menschlich macht, ist schwer zu sagen. Vielleicht ist es eine Kombination aus beidem.

»Du hast dich daran erinnert«, sagte ich.

»Weil du die Geduld hast, einem alten Fuchs Sachen beizubringen.«

Nach ein oder zwei Minuten sagte ich: »Du kommst
noch zu spät«, obwohl ich nicht wollte, dass sie ging.

»Ja«, sagte sie. »Das ist in Ordnung. Ich komme zu spät.«

# 16. Clementine

Ich schreckte aus dem Schlaf hoch, denn ich hatte geträumt, dass ein Fremder in meinem Haus wäre. Jedoch konnte ich mich eigentlich nicht erinnern, ob ich das geträumt hatte oder nicht. Es war nur ein Gefühl.

Ich riss die Augen auf, es stimmte. Jemand war in mein Haus eingebrochen. Er stand dort in der Schlafzimmertür und starrte mich an. Er war jung, ein Teenager, aber groß genug, um gefährlich zu sein. Und er war dunkelhäutig. Er sah kein bisschen amerikanisch aus.

In meinem Kopf schrie ich lange und laut – ich brüllte sogar – obwohl ich weiß, dass niemand nahe genug wohnt, um es hören zu können. Vielleicht diese schrecklichen Leute gegenüber, aber wahrscheinlich auch nicht die. Doch es kam nicht so heraus, wie ich es in meinem Kopf hörte. Es war nur ein kleines Quieken wie das einer Maus, die erschrocken ist. Die Tabletten, die ich nahm, hatten alles aus dem Lot gebracht.

Er stand nur da und starrte mich an. Als er das Quieken hörte, neigte er den Kopf, als sei es eine fremde Sprache, die er verstehen wollte.

»Nimm, was du willst«, sagte ich und meine Stimme zitterte kläglich. »Nur tu mir nichts.«

Er neigte den Kopf zur anderen Seite. »Was?«

»Was immer du stehlen wolltest, nimm es und geh!«

»Ich bin nicht gekommen, um etwas zu stehlen.« Er schien überrascht und vielleicht sogar beleidigt, dass ich das gedacht hatte.

»Was machst du dann in meinem Haus?«

»Jackie hat gesagt, ich solle herkommen und nach Ihnen sehen. Ich bin's nur, Armando. Sie haben mich schon mal getroffen, erinnern Sie sich? Ich wohne direkt gegenüber.«

Meine Augenlider flackerten, schlossen sich, und ich atmete mehrmals tief ein und aus, um die Angst loszulassen. Aber während ich das tat, spürte ich, wie die Beruhigungstabletten mich wieder nach unten ziehen wollten. In Momenten wie diesen, wenn ich wachsam bleiben musste, hasste ich diese Tabletten. Aber ich hatte nicht vor, sie allzu bald abzusetzen, denn dann müsste ich wahrscheinlich verkraften, was wirklich um mich herum vor sich ging.

Ich zwang mich, die Augen wieder zu öffnen. Der Junge war immer noch dort. Mit seiner riesigen Schulter an den Pfosten des Türrahmens gelehnt, starrte er mich an.

Ich spürte, wie die Wut in mir hochkochte.

»Nun, das war sehr gedankenlos von ihr, einen großen, jungen Mann hierherzuschicken, der mir fast einen Herzinfarkt verursacht hätte. Geh und sag deiner ... Geh und sag ihr, dass sie selbst hierherkommen soll, wenn sie sich um mich kümmern will. Diese Frechheit, unglaublich!«

Der Junge bewegte sich nicht.

Nach ein paar Sekunden sagte er: »Warum sollte ich Ihnen einen Herzinfarkt verursachen? Sie haben mich doch schon getroffen. Sie wissen, dass ich Ihr Nachbar bin.«

Er schien sich zu beschweren, aber ich ignorierte es.

»Warum ist sie nicht selbst hergekommen?«

»Sie bringt Quinn bei, wie man einen Drachen baut.«

»Oh, was für ein wasserdichtes Alibi! Sie spielt mit einem ihrer Kinder und sie kann keine Minute davon entbehren.«

»Sie hat es ihm versprochen und bricht nicht gern ihre Versprechen.«

»Sie hat auch versprochen, nach mir zu sehen.«

Der große Junge seufzte. »Ich glaube, sie hasst es herzukommen.« Und er sagte noch etwas anderes, aber es war nur ein Flüstern. Ich konnte nicht jedes einzelne Wort verstehen, aber es schien etwas damit zu tun zu haben, dass er jetzt auch wüsste, warum.

»Was hast du gesagt?«

»Nichts. Ich richte es ihr aus.«

* * *

Ich habe keine Vorstellung davon, wie lange ich weggedöst gewesen war, aber als ich meine Augen öffnete, stand sie mit einem Glas Wasser in der Hand neben meinem Bett.

»So«, sagte sie, »gerade als ich dachte, Sie könnten nicht beleidigender werden. Ich schicke meinen Pflegesohn hierher, damit er nach Ihnen schaut, und Sie nehmen an, er sei in Ihr Haus eingebrochen, um Sie heimlich auszurauben. Und Sie erinnern sich nicht mal mehr daran, dass Sie ihn schon getroffen haben. Ich nehme an, alle Lateinamerikaner sehen für Sie gleich aus?«

Die wütende Schärfe in ihrer Stimme provozierte mich. Ich hatte jedoch nicht die Energie, meinen Ärger rauszulassen, also sagte ich einfach die Wahrheit.

»Diese Beruhigungsmittel bringen mich ganz durcheinander.«

Welche Absicht auch immer sie gehabt hatte, meine Bemerkung schien sie aus dem Konzept zu bringen. Auf meine Kosten.

»Das stimmt wahrscheinlich«, sagte sie. »Vielleicht hätte ich das bedenken sollen. Tut mir leid. Hier. Ich hab Ihre Tablette. Es sei denn, Sie wollen sie nicht mehr nehmen. Der Arzt möchte es, aber ich denke, es liegt an Ihnen, ob Sie sie nehmen wollen.«

»Ich nehme sie.« Ich wusste, dass direkt hinter dem Schleier, den mir die Tabletten gaben, etwas herzzerreißend Hässliches auf mich wartete.

Sie half mir, mich im Bett aufzusetzen, legte die Tablette auf meine Handfläche und gab mir das Glas Wasser. Ich nahm die Tablette mit einem kleinen Schluck Flüssigkeit und wollte ihr das Glas zurückgeben, aber sie nahm es nicht an.

»Paula sagt, dass Sie mit jeder Tablette ein Glas Wasser trinken sollen, damit Sie nicht dehydrieren.«

»Dann muss ich nur noch öfter zur Toilette gehen, und das ist peinlich. Ich mochte nicht, dass sie mich dorthin bringen musste.«

»Das ist aber nur unangenehm«, sagte sie. »Dehydrierung dagegen ist gefährlich.«

Ich seufzte und trank das Glas zur Hälfte aus.

»Gut«, sagte sie. »Möchten Sie etwas essen? Sie müssen am Verhungern sein.«

»Nein. Ich hab keinen Hunger.«

»Ich glaube, Sie haben nichts mehr gegessen, seit ... bevor dies ... passiert ist.«

»Ich hab etwas gegessen.«

»Wann?«

»Ihre ... Freundin hat eine Suppe für mich gekocht.«

»Sie meinen meine *Frau?*«

Ich wich einer Antwort aus.

»Passen Sie auf. Sie sind vielleicht kein Fan davon, aber wir sind gesetzlich verheiratet, ob Sie es mögen oder nicht. Sie können es ablehnen, so sehr Sie wollen, aber das ändert nichts an der Sache.«

»Ich hab vielleicht auch im Krankenhaus etwas gegessen«, sagte ich. »Ich kann mich nicht mehr richtig erinnern.«

Sie seufzte und zog mir das Glas aus der Hand. Zu grob, wie ich fand.

»Ich könnte etwas Brühe aufwärmen.«

»Welche Art von Brühe?«

»Brühe, Hühnerbrühe zum Beispiel.«

»Ich hab keine im Haus.«

»Wir aber. Sie ist zwar nicht hausgemacht, aber sie wird Sie mit ein paar Nährwerten versorgen. Es ist vielleicht nicht viel, aber immerhin etwas.«

»Vielleicht später«, sagte ich, und sie seufzte wieder. »Das war eine ziemlich fadenscheinige Ausrede, um nicht selbst herkommen zu müssen.« Um bei der Wahrheit zu bleiben, ich konnte mich nicht mehr an die Ausrede erinnern. Ich erinnerte mich nur noch an das Gefühl, dass es fadenscheinig gewesen war.

»Passen Sie auf. Ich habe drei Kinder, die mich ...« Sie unterbrach sich mitten im Satz und sah auf den Boden. »Nun. Zwei. Normalerweise habe ich drei Kinder, die mich brauchen.«

In meiner Körpermitte, von den Schultern ausgehend bis hin zu unaussprechlichen Orten, breitete sich eine lähmende Furcht aus. Sie hatte mich daran erinnert, womit das alles angefangen hatte.

»Großer Gott«, flüsterte ich. »Er ist weg, oder? Comet. Ist er immer noch verschwunden?« Mein Herz hämmerte in der Brust, als stünde mir eine tödliche Gefahr direkt gegenüber. Ich schwöre, mein Herz klopfte heftiger als vorhin, als ich gedacht hatte, ich hätte einen Einbrecher im Haus.

»Ich fürchte ja«, sagte sie.

»Wie lange ist es jetzt her?«

»Etwa anderthalb Tage.«

»Aber sie werden ihn finden. Stimmt's?« Ich wich bei der Frage absichtlich ihrem Blick aus.

»Ich hoffe es.«

Ich schloss meine Augen und hoffte, dass die Tablette, die ich gerade geschluckt hatte, schnell wirkte. »Nun«, sagte ich und wollte zu meiner Wut zurückkehren, denn das Gefühl machte mich weniger hilflos, »es war eine fadenscheinige Ausrede.«

»Okay, wollen Sie die Wahrheit wissen? Die Wahrheit ist: Ich scheue mich davor hierherzukommen, weil Sie so unfreundlich zu mir sind. Ist das ehrlich genug?«

»Warum haben Sie dann angeboten, es zu tun? Warum lassen Sie mich nicht einfach im Krankenhaus, wo ich Arztrechnungen anhäufen kann, die mich vielleicht in den Bankrott treiben? Was kümmert es Sie?«

Ich vermied es immer noch, sie direkt anzusehen, also wusste ich nicht, ob sie wütend war. Ich wünschte, es wäre mir egal gewesen, aber ich fühlte mich dort in meinem Bett wehrlos, und es war mir keineswegs egal. Ob ich es wollte oder nicht.

»Es wäre unser Bankrott gewesen«, sagte sie und klang nicht wütend. »Paula war bereits im Krankenhaus und hat unterschrieben, dass wir Ihre Arztrechnungen übernehmen.«

Das hing einen Augenblick lang in der Luft, und ich wusste nicht, was ich sagen sollte. Ich spürte ein Gefühl der Dankbarkeit, und vielleicht hätte ich es ausdrücken sollen, dann aber ließ ich es sein und sagte lieber nichts.

»Aber das ist nicht wirklich der Grund. Uns tut leid, was passiert ist, sehr leid sogar. Und wir wollen tun, was wir können, um zu helfen.«

Wieder trat eine Stille ein, und ich wusste nicht, was ich sagen sollte. Sich mit jemandem zu streiten, ist einfach, aber das hier ... das war mir unbegreiflich.

»Wie wäre es mit der Brühe?«, fragte sie wieder. Sie klang sanft, und das führte dazu, dass mir ihre Gegenwart noch unangenehmer war als zuvor, falls das überhaupt möglich sein konnte.

»Vielleicht später«, wiederholte ich.

Sie seufzte und ließ mich allein.

Es war eine enorme Erleichterung.

# 17. Jackie

Als ich zurück nach Hause kam, saß Quinn am Wohnzimmertisch und malte mit bunten Filzstiften auf das feste Seidenpapier, das wir für unseren Drachen ausgesucht hatten. Wie immer war er von allen vier Hunden umringt, die jetzt wild mit den Schwänzen wedelten, als sie mich sahen.

Es schien fast etwas albern, dass ich so erleichtert war, zu Hause zu sein. Diese unangenehme alte Frau wog vielleicht siebzig Kilo und war keinen Meter fünfzig groß, selbst wenn sie aufrecht stand. Ich fragte mich, weshalb ich mich so von ihr einschüchtern ließ. Wäre Paula hiergewesen, hätte sie mich das sicher gefragt.

»Hi, J-Mom. Ich hab das Papier dekoriert, während du weg warst. Schau mal, ich hab diesen Rahmen genommen, den wir gemacht haben …« Er wies auf den Rahmen, den wir gebastelt hatten, bevor ich weggerufen worden war. Wir hatten zwei Stöcke in einer T-Form zusammengebunden, alle vier Enden eingekerbt, eine Schnur durch die Kerben gezogen und sie fest zusammengebunden, um die Diamantform des Drachens zu bekommen, um die wir das Papier wickeln konnten. »… und ich hab ihn auf das Papier gelegt und um die Schnur herumgezeichnet«, fuhr Quinn fort. »Damit ich weiß, welcher Teil des Papiers der Drachen wird und welchen Teil ich bemalen soll.«

»Du erstaunst mich immer wieder«, sagte ich, setzte mich zu ihm und ließ meine Hand auf seinem Kopf ruhen.

»Geht es der Frau gut?«

»Ich glaube.«

»Hat sie dich geärgert? Sie scheint dich geärgert zu haben.«

»Vielleicht ein wenig. Sie ärgert mich immer ein bisschen.«

»Hast du deshalb Mando gefragt, ob er hingehen kann? Wir hätten den Drachen nämlich auch später machen können.«

»Ich glaube, ja. Jetzt fühle ich mich schuldig, weil es Mando gegenüber nicht fair war. Ich hätte nicht gedacht, dass sie so unverschämt zu ihm sein würde. Er ist doch ein Kind. War er immer noch aufgebracht, nachdem ich gegangen war?«

»Irgendwie schon. Aber er weiß, dass es nur wegen ihr ist. Er weiß, dass er nichts falsch gemacht hat. Aber er ist nicht gern da rübergegangen. Er mag sie nicht.«

»Ich glaube, niemand tut das.«

»Warum hast du dann gesagt, du würdest dich um sie kümmern?«

Ich zog meine Hand zurück, um besser nachdenken zu können und weil ich es früher oder später sowieso tun musste. »Weil unsere Familie daran schuld ist, dass es ihr nicht gut geht. Es ist Stars Schuld. Aber Star gehört zur Familie. Und weil Clementine sonst niemanden hat, der sich um sie kümmert.«

»Sie hat überhaupt keine Familie?«

»Sie hatte eine Tochter, die aber vor zwei Jahren gestorben ist. Und ihr Mann ist ausgezogen ...«

»Sie muss doch Freunde haben.«

»Seit wir hier wohnen, hab ich nie Freunde bei ihr gesehen. Und der Hilfssheriff, der sie ins Krankenhaus gebracht hat, wusste nicht, wen er sonst fragen konnte. Ich glaube, andere Leute sind aus denselben Gründen wie wir nicht gern in ihrer Nähe. Ich glaube, sie hat einfach niemanden.«

»Wow.« Zum ersten Mal legte er seinen blauen Filzstift aus der Hand. Über grüne Felder, die mit strichartigen Kühen in Primärfarben durchzogen waren, hatte er einen blauen Himmel gemalt. »Das ist traurig.«

»Das ist es«, sagte ich.

»Jetzt tut sie mir leid.«

Ich machte mir geistig eine Notiz, in Zukunft geduldiger zu sein. Für das nächste Mal, wenn ich in ihrer schwierigen Gegenwart sein musste.

* * *

Wie vorherzusehen war, befand sich Mando im Schuppen. Er saß auf der Bettkante und las. Die Möbel aus seinem alten Zimmer, das er in Napa County gehabt hatte, waren mit ihm in den Schuppen umgezogen.

»Ich muss mich bei dir entschuldigen«, sagte ich und blickte nach oben, um zu sehen, ob die Schleiereule mich beobachtete. Dort saß sie tatsächlich und starrte mich an. Ich schaute weg und versuchte zu vergessen, dass ich jemals dieses Starren gesehen hatte.

»Das ist in Ordnung. Sie wird zu niemandem von uns nett sein. Ich kann verstehen, warum du nicht hingehen wolltest.«

Er blickte nicht von seinem Buch auf und es war schwer, seine Stimmung zu erkennen.

»Ich hätte es aber nicht zu deinem Problem machen sollen. Bist du deshalb noch immer aufgebracht?«

»Nicht darüber.«

Ich setzte mich zu ihm auf die Bettkante und er legte das Buch weg.

»Erzähl mir, was dich bedrückt.«

Er seufzte. »Star muss immer alles ruinieren.«

»Das kann ich nicht bestreiten, aber was hat sie dieses Mal ruiniert?«

»Ich weiß, dass du mich bei all dem, was los ist, nicht zur Anhörung bringen kannst.«

»Das stimmt nicht. Versprochen ist versprochen.«

»Und wenn sie Star finden, kurz bevor wir losfahren? Und wenn sie im Krankenhaus ist oder bei der Polizei, und es gibt ein Gerichtsverfahren wegen ihr?«

»Wenn es am selben Tag ist wie die Anhörung deiner Mom, dann wird Paula ihre Termine absagen und sich darum kümmern müssen.«

»Und die Nachbarin? Wer schaut nach ihr, wenn wir den ganzen Tag weg sind?«

»Wir haben doch bereits die Babysitterin für Quinn organisiert. Sie kann auch nach Mrs D'Antonio sehen.«

Wir schwiegen, und als meine Worte in Mando nachwirkten, konnte ich seinen Stimmungswechsel spüren. Ich fühlte, wie die nervöse Energie von ihm abfloss, und als er tief seufzte, wusste ich, dass er alle Anspannung losgelassen hatte.

»Danke, Ma'am. Jackie.«

»Versprochen ist versprochen.«

»Dann macht es mir nichts mehr aus, dass du mich gebeten hast, zu der scheußlichen Frau zu gehen. Denn du tust viel für mich.«

Ich strubbelte ihm durch die Haare und gab ihm einen Kuss auf die Wange.

»Wenn du mich nun entschuldigen würdest«, sagte ich, »ich muss einen Drachen steigen lassen.«

* * *

Zu siebt traten wir in den Vorgarten hinaus – Quinn, ich, die vier Hunde und unser sehr eindrucksvoller Drachen. Von Wind keine Spur. Es wehte nicht mal eine Brise.

»Ich könnte mit dem Drachen rennen«, sagte Quinn.

Die Hunde hatten das Wort ›rennen‹ verstanden und machten sich auf. Sie versuchten es, tänzelten fort, dann hielten sie an und schauten zu uns zurück. Sie kamen wieder und umringten Quinn, enttäuscht darüber, dass er sein Wort nicht gehalten hatte.

»Wenn du rennst und einen Drachen steigen lässt, musst du früher oder später anhalten«, sagte ich. »Sonst macht es nicht viel Spaß.«

Quinn legte eine Hand auf Jockos Kopf und seufzte so theatralisch, dass ich mir ein Lachen verkneifen musste.

Als ich aufschaute, sah ich John Parno auf der gegenüberliegenden Straßenseite, der Comets leeres Gehege anstarrte. Er stand an das Geländer gelehnt da und starrte, als könnte das etwas an den Umständen ändern.

Ich legte eine Hand auf Quinns Schulter. »Ich geh mal da rüber und rede mit unserem Freund John. Wir probieren den Drachen später aus, okay? Pass auf, dass alle Hunde mit dir reingehen.«

Ich ging auf Clementines Straßenseite rüber.

John blickte nicht über die Schulter, als ich von hinten näher kam. Und erst, als ich mich neben ihn an das Geländer lehnte, warf er mir einen Blick zu. Von seiner Hand baumelte eine mit Wasser gefüllte, mit einem Gummiband verschlossene Plastiktüte, die vier riesige Goldfische enthielt.

»Na, das ist ja eine Entwicklung«, sagte er. »Hast du eine Ahnung, was hier vor sich geht?«

»Ich dachte, du wüsstest es schon. Ich hatte angenommen, dass sich in einer Kleinstadt alles schnell rumspricht.«

»Nicht ganz so schnell, nehme ich an.«

»Star ist weggelaufen. Und sie hat anscheinend Comet mitgenommen.«

Ich spürte, wie die Sonne unangenehm heiß auf die Haut meines Scheitels brannte.

»Junge, Junge. Das wird Clem gar nicht gefallen. Wie nimmt sie es auf?«

»Schwer zu sagen. Der Arzt hat sie unter Beruhigungsmittel gesetzt.«

»Ich glaube, ich bin lieber woanders, wenn die Wirkung nachlässt.«

»Ich wünschte, ich hätte diese Wahl auch.« Ich deutete auf die Tüte in seiner Hand. »Warum läufst du mit Goldfischen herum?«

»Oh.« Als sei es ihm ebenso unbegreiflich wie mir, schaute er auch auf die Tüte, bevor er sagte: »Ich hab sie für Comets Wassertränke gekauft. Sie fressen die Algen.«

»Das ist clever.«

»Ja. Wenn ein Pferd da ist, ist es eine gute Sache. Unter diesen Umständen bin ich mir allerdings nicht so sicher. Soll ich sie als Zeichen der Zuversicht, dass sie Comet zurückbekommen wird, in die Tränke tun?«

»Das wäre nett. Ich könnte so ein Zeichen gebrauchen.«

Er lächelte. Etwas traurig, dachte ich. Dann nahm er den Gummiring ab und goss den Inhalt der Tüte in die metallische Wassertränke. Die Fische verschwanden sofort in dem trüben Grün.

»Du musst Folgendes tun«, sagte er. »Wenn eine Woche lang kein Pferd aus dieser Tränke trinkt, solltest du mit einem Eimer oder Topf etwas Wasser aus der Tränke holen und wegschütten, auf die Erde oder in die Blumenbeete. Und dann füll die Tränke mit frischem Wasser auf. Sonst geht den Fischen der Sauerstoff aus.«

»Das kann ich machen.«

»Und jede Woche danach. Weißt du, nur falls …«

»Bitte«, sagte ich und hob eine Hand, um ihn zu unterbrechen.

»Stimmt. Sorry.«

Wir starrten beide eine Weile die Wassertränke an. Ich weiß nicht, wie lange wir dort standen, als warteten wir darauf, dass die Fische gleich eine Art Showeinlage vorführten. Obwohl wir sie überhaupt nicht sehen konnten.

Schließlich sagte John: »Ich sage mir immer wieder, dass ich reingehen und sie besuchen würde, wenn ich ein besserer Mensch wäre.«

»Sie ist wahrscheinlich gerade sowieso nicht mal wach.«

Sie hätte wach sein können, ich konnte es nicht wissen. Aber er wollte aus der Verantwortung genommen werden, und ich gab ihm wirklich keine Schuld.

»Ein besserer Mensch würde hingehen und nachsehen.«

»Lauf los. Rette dich. Sie braucht nie zu erfahren, dass du hier warst.«

»Ich nehme dich lieber beim Wort.« Er tippte an seinen verbeulten Hut. Ich dachte, er würde gehen, aber stattdessen schaute er mir direkt ins Gesicht. »Ich hoffe, alles geht gut aus.«

»Danke«, sagte ich. »Das hoffen wir beide.«

»In der Zwischenzeit beneide ich dich wirklich nicht.«

»Nein«, sagte ich. »Kein Mensch, der bei Verstand ist, würde das tun.«

\* \* \*

Clem schlief den ganzen Morgen wie ein Stein. Ich schaute vier Mal vorbei, aber sie rührte sich nicht.

Nach dem Mittagessen hatte sich ein guter, gleichmäßiger Wind entwickelt, genau richtig, um einen Drachen steigen zu lassen. Und Clementine hätte schon ihre Tablette bekommen sollen. Ich ließ die Kinder kurz allein, um wieder nach ihr zu sehen. Auf meinen Vorschlag hin beschäftigte sich Quinn damit, aus einem breiten Band einen Schwanz für seinen Drachen zu basteln, was mir etwas mehr Zeit gab.

Clem war immer noch weggetreten.

Ich war nervös und überlegte, ob es zu meiner Pflicht gehörte, sie aufzuwecken, um ihr die Tablette zu geben, aber meine Argumente drehten sich nur im Kreis. Sie schienen beide gleich schwer zu wiegen, also konnte ich keine gesicherte Entscheidung treffen.

Ich ging in Clems Küche hinunter, die geradewegs aus den Fünfzigerjahren zu kommen schien, um Paula anzurufen. Nicht, weil ich mit dem Treffen von Entscheidungen heillos überfordert wäre, auch wenn es bei mir vielleicht grenzwertig ist. Eher schien es mir eine Entscheidung zu sein, die eine Ärztin treffen sollte.

Paula antwortete beim zweiten Klingelton.

»Ich bin's. Bist du gerade beschäftigt?«

»Erstaunlicherweise nicht«, antwortete sie. »Ich sitze gerade im Auto.«

»Unsere Nachbarin schläft schon seit Stunden, und ich hätte ihr schon vor einer Weile ihre Tablette geben sollen. Meinst du, ich soll sie aufwecken? Oder sie einfach weiterschlafen lassen?«

»Ich würde sie weiterschlafen lassen. Es geht darum, dass sie ruhig bleiben soll, und wenn sie schläft, ist sie ruhig. Aber ich würde in der Nähe bleiben, bis sie aufwacht. Weil sie in einem schwierigen Zustand sein könnte, wenn sie wach wird.«

»In Ordnung«, sagte ich. »Danke.«

Ich blieb einen Augenblick länger in der Leitung und wollte noch etwas sagen, konnte es jedoch nicht in Worte fassen.

»Alles in Ordnung?«, fragte sie.

»Ja. So ziemlich. Es ist nur …« Ich nehme an, ich wollte ›schwer‹ sagen. Oder ein anderes Wort, das von einem Synonymwörterbuch vorgeschlagen worden wäre, hätte man im Internet das Wort ›schwer‹ eingetippt. Aber ich kam nicht mehr dazu, eines auszuwählen.

»Gut, weil ich gerade an dem Haus angekommen bin … mein nächster Termin.«

»Kein Problem«, sagte ich. »Tschüss.«

Es war nicht gerade der Gipfel der Ehrlichkeit. Aber zumindest entsprach ›tschüss‹ der Wahrheit.

\* \* \*

»Warum basteln wir noch mal einen Schwanz für den Drachen?«, fragte mich Quinn, als er neben mir den Drachen über die Straße trug.

»Er richtet den Drachen aus.«

»J-Mom …«

»Tut mir leid. Er sorgt dafür, dass das hintere Ende des Drachens nach unten gerichtet bleibt, sodass der Wind ihn nicht einfach im Kreis dreht und abstürzen lässt.«

»Genau das ist mir mit meinem letzten Drachen passiert.«

»Ich bin bei deinem letzten Drachen nicht in deinem Team gewesen. Also geh nicht so weit weg. Und nicht auf die Straße. Du willst den Drachen sicher beobachten, wenn du ihn aufsteigen lässt, aber ich traue dir zu, dass du weißt, wo deine Füße sind. Bleib im Garten und halt dich von der Straße fern.«

Er salutierte militärisch.

»Ich bin im Haus, wenn du mich brauchst.«

Ich öffnete Clems Haustür und ging in ihr Schlafzimmer hoch. Ihr Haus gab mir immer ein klaustrophobisches

Gefühl, obwohl das nicht das richtige Wort sein kann, denn das Haus war ja nicht klein. Aber es fühlte sich feuchtkalt und eingeschlossen an – als würde man einen Schwarz-Weiß-Film betreten. Obwohl es Farben gab, schienen sie ausgeblichen und trist zu sein. Es erschwerte mir das Atmen.

Sie war immer noch weggetreten. Schlafend oder bewusstlos oder betäubt. Vielleicht war es auch unmöglich, den Unterschied zu erkennen und machte noch nicht mal etwas aus.

Ich seufzte, ging wieder nach unten, wo ich einen Stuhl aus der Küche holte und ihn nach oben in ihr Schlafzimmer schleppte.

Gerade als ich mich damit abgefunden hatte, dort sitzen zu bleiben und sie eine geraume Zeit lang anzustarren, hörte ich, wie mich Quinn von draußen rief.

»J-Mom! Du musst kommen und das sehen! Er fliegt!«

Ich hoffte, der Lärm würde Clem aufwecken, aber nichts geschah.

Ich ging wieder nach unten und öffnete die Haustür.

Der Drachen flog so hoch in der Luft, dass ich nicht mehr das Bild sehen konnte, das er darauf gemalt hatte. Die Sonne schien durch den Drachen hindurch und ließ ihn licht und glänzend aussehen, wie einen weißen Diamant.

Ich wünschte, ich hätte meinen Fotoapparat mitgenommen, um es Paula zu zeigen, wenn sie nach Hause kam.

»Gut gemacht!«, rief ich.

Ich beobachtete ihn eine Weile länger. Mit dem kindlichen Glauben, dass ein Wunsch ausreichte, wenn man sich etwas nur stark genug ersehnte, hoffte ich, nie mehr hineingehen zu müssen. Aber ich war kein Kind mehr, und ich wünschte es mir nicht stark genug.

»Ich setze mich besser wieder zu ihr«, sagte ich, und er winkte mir zu, ohne seinen Drachen aus dem Blick zu lassen.

\* \* \*

Etwa zehn Minuten später hörte ich Quinn unten durch die Haustür kommen. Ich nahm jedenfalls an, dass es Quinn war, zumindest hoffte ich es. Als ich die schlurfenden, leichten Schritte auf der Treppe hörte, war ich mir sicher.

Er hielt den Drachen in einer Hand, und das Seil war wieder ordentlich um die Spule gewickelt. Sein Gesicht war rot und voller Schweißtropfen von der Hitze.

»Sie schläft noch« sagte er angemessen flüsternd.

»Ja. Ich muss noch bleiben.«

»Ich glaube, *ich* sollte jetzt hierbleiben und ihr beim Schlafen zusehen, und *du* solltest den Drachen steigen lassen.«

»Wird das nicht schrecklich langweilig für dich sein?«

»Macht nichts. Für dich ist es auch langweilig.«

»Was willst du aber machen, wenn sie aufwacht?«

»Dann laufe ich los und hole dich.«

»Also, wenn du dir sicher bist … warum willst du das machen, mein Liebling?«

»Weil sie einsam ist. Ich will nicht, dass sie einsam ist. Und außerdem solltest du auch den Drachen steigen lassen können.«

Ich zog ihn an mich heran, damit wir noch leiser miteinander reden konnten.

»Aber vielleicht ist sie einsam, weil sie nicht sehr nett ist.«

»Aber vielleicht ist sie nicht sehr nett, weil sie einsam ist. Wenn sie nicht einsam wäre, dann wäre sie vielleicht netter.«

»Na gut«, sagte ich, »das ist tatsächlich eine plausible Theorie.«

»J-Mom …«

»Tschuldigung. Es bedeutet, dass du recht haben könntest.«

Ich stand auf und nahm den Drachen, den er mir überreichte, und er ließ sich auf dem Küchenstuhl nieder. Auf seinen Beinen konnte man unter der schlabbrigen Kakihose eine dünne Staubschicht erkennen. Ich gab ihm einen Kuss auf den Kopf, bevor ich ihn mit Clementine allein ließ.

»Ruf einfach, wenn du mich brauchst.«

Es wäre ein Einfaches gewesen, nur nach Hause zu gehen und mich hinzulegen. Es war verlockend, aber abgemacht war abgemacht.

Also ließ ich den Drachen steigen.

# 18. Clementine

Als ich wieder aufwachte, fühlte sich mein Kopf viel klarer an. Aber in meiner Bauchgegend war mir unwohl – unangenehm kratzig, als wäre mein Magen mit Sandpapier bearbeitet worden. Also musste ich annehmen, dass die Beruhigungsmittel nachgelassen hatten. Ich versuchte zu entscheiden, ob die Gefühle unterm Strich besser oder schlechter waren, aber das brachte mich nur durcheinander, also gab ich bald auf.

»Erschrecken Sie sich nicht«, sagte eine junge Stimme. »Ich bin's nur. Quinn.«

Mit einiger Mühe konnte ich den Kopf drehen. Er saß auf einem meiner Küchenstühle, seine Füße reichten nicht auf den Boden. Es wirkte auf eine Art und Weise bezaubernd, auf die ich nicht vorbereitet war.

»Ja«, sagte ich. »Ich erinnere mich an dich.«

»Okay, gut. Ich dachte nur, weil Sie sich nicht mehr an Mando erinnern konnten.«

»Das ist etwas anderes. Mit dir habe ich schon gesprochen. Außerdem hatte ich zu der Zeit mehr Medikamente eingenommen.«

»Oh! Stimmt! Sie brauchen Ihre Tablette. Sie sind spät dran, weil Sie geschlafen haben. Ich hole J-Mom.«

»Nein!«, rief ich und war über die Vehemenz in meiner Stimme selbst überrascht. Der kleine Junge schrak auf. »Nein, bitte. Hol sie nicht. Ich sitze viel lieber einfach mit dir hier.«

»Aber Sie brauchen Ihre Tablette. Und ich weiß nicht, wo die sind oder wie viele Sie nehmen. Ich bin erst acht. Ich kann solche Erwachsenensachen noch nicht machen. Außerdem hab ich J-Mom versprochen, dass ich sie hole, falls Sie etwas brauchen.«

»Die Tablette kann warten. Im Augenblick genieße ich es, denken zu können. Bleib einfach hier sitzen und rede ein bisschen mit mir.«

»Okay. Worüber wollen Sie reden?«

»Irgendwas. Es kommt wirklich nicht so darauf an. Ich mag es einfach, wenn du hier bist, weil du ein höflicher Junge bist.«

»Danke. Können Sie das bitte meinen Moms sagen?«

»Glauben sie denn nicht, dass du höflich bist?«

»Doch. Aber es ist immer schön, von jemandem gelobt zu werden, der nicht zur Familie gehört.«

Ich lächelte, schloss die Augen und sagte eine Weile nichts. Ich war fast wieder halb weggedöst, als ich mich selbst sagen hörte: »Eigentlich wünsche ich mir, so einen netten kleinen Sohn wie dich zu haben.«

»Sie hatten eine Tochter«, sagte er.

Ich spürte ein bitteres Gefühl in meinem Bauch. Es konnte keine Magenverstimmung sein, da ich schon seit einiger Zeit nichts mehr gegessen hatte.

»Ja.«

»Hätten Sie lieber einen Jungen gehabt?«

»Nein. Mir war beides recht, Junge oder Mädchen. Ich wünsche nur, ich hätte mehr Kinder gehabt.«

»Warum hatten Sie dann nicht mehr?«

»Wir konnten keine bekommen. Es hat nur das eine Mal geklappt.«

»Aber Sie hätten alle die Kinder, die Sie wollten, adoptieren können.«

»Wir wollten unsere eigenen.«

»Sie wären doch Ihre eigenen gewesen. Ich bin das Kind von J-Mom und P-Mom. Obwohl sie mich erst kennengelernt haben, als ich fünf war.«

Ich seufzte. Einerseits wollte ich es ihm erklären, damit er es auf die Art und Weise eines Erwachsenen sehen lernte. Andererseits dachte ich, dass ich diejenige war, die es nicht richtig verstanden hatte, und er es mir vielleicht erklären sollte.

»Das haben damals viele Leute zu mir gesagt, aber ich habe nicht auf sie gehört. Jetzt wünsche ich mir vielleicht, ich hätte es getan.«

Ich entschied mich, nichts mehr zu sagen, weil ich diesem kleinen Jungen schon viel zu viel erzählt hatte. Er war schließlich immer noch einer von ihnen. Einer von dieser ärgerlichen Brut im Haus gegenüber. Ich sprach nie mit anderen Leuten über solche Dinge und fühlte mich wirklich nicht wohl dabei, jetzt damit anzufangen.

Vielleicht bereiteten mir diese Tabletten noch Schwierigkeiten, und das war der Grund dafür, dass ich mich nicht wie sonst benahm. Vielleicht aber auch nicht.

»Weißt du, was ich gern hätte?«, fragte ich ihn in der Hoffnung, die Stimmung zu ändern. »Eine Tasse Tee.«

»Ich hole dann besser J-Mom.«

»Nein. Bitte nicht. Hilf mir einfach nur die Treppe runter in die Küche. Ich werde auch vorsichtig sein und mich am Geländer festhalten. Und dann kann ich am Küchentisch sitzen, das wird gut sein, weil ich schon viel zu lange im Bett war. Und dann kann ich dir genau erklären, wie du einen Tee machst.«

\* \* \*

Ich trat in die Küche und schirmte meine Augen vor dem Licht ab. Der kleine Junge wartete mit mir, bis ich bereit war, zum Tisch zu gehen.

Schließlich machte ich zwei Schritte in die richtige Richtung, was mich in die Nähe des Küchenfensters brachte. Ich schaute raus und erblickte Comets leeres Gehege, das Gatter hing halb geöffnet in der Fassung, und die Bretter, mit denen Vern es abgesichert hatte, lagen immer noch verstreut auf der Erde.

Etwas brach in mir zusammen. Wortwörtlich. Oder zumindest fühlte es sich so an. Ich wüsste nicht, wie ich es besser beschreiben könnte.

Ich kippte vornüber, griff nach einem der Küchenstühle und hielt mich an der Lehne fest. Ich ließ mich auf den Stuhl sinken, als hätte ich mich nur knapp gerettet. Und dann, zu meiner völligen Beschämung, schluchzte ich. Es passierte einfach ohne Vorwarnung, ich konnte es nicht aufhalten. Ich schluchzte schon, bevor ich es auch nur realisierte. Ich hörte mich selbst heulen, es klang wie eine Totenklage. Es war das Geräusch, das ich als Kind von meinen älteren Verwandten bei Beerdigungen gehört hatte. Ich spürte die Hand des kleinen Jungen auf meinem Rücken.

»Mrs D'Antonio? Alles in Ordnung?«

Vor lauter Schluchzen konnte ich nicht antworten.

»Ich hole besser J-Mom.«

»Nein«, brüllte ich und zwang mich, mit der Situation umzugehen. Ich zwang meine verbalen Fähigkeiten zurück. »Nein, bring sie jetzt nicht hierher. Ich weine nie vor anderen Leuten.«

»Sie weinen vor mir.«

»Ja, und das ist auch genug. Gib mir nur einen Moment Zeit und ich reiße mich zusammen.«

Er wartete geduldig.

Ich ließ meinen Kopf auf den Tisch sinken, und die Tränen flossen. Ich hätte sie nicht aufhalten können, selbst wenn ich es versucht hätte. Aber die hörbaren Schluchzer schienen sich erschöpft zu haben. Oder ich hatte innerlich eine Sperre aufgebaut, an der sie nicht vorbeikamen.

Der höfliche kleine Junge hielt meine Hand, während ich weinte. Diese aufmerksame, fürsorgliche Geste bewirkte, dass meine Tränen nur noch stärker herausbrachen.

Als ich mich wieder etwas beruhigt hatte, brachte er mir aus dem Badezimmer eine Box mit Papiertüchern und setzte das Wasser für den Tee auf.

\* \* \*

»Ich habe Hunger«, sagte ich.

Ich wollte jetzt wirklich die Tablette.

Ich wollte dieses kratzige Sandpapiergefühl loswerden. Es war inzwischen schlimmer als zuvor, als ich aufgewacht war, da ich mir erlaubt hatte zu weinen. Nun, ich hatte keine andere Wahl gehabt. Aber ich hatte geweint, und das hatte alles nur noch schlimmer gemacht. Meine Augen fühlten sich körnig an und brannten, und meine Nebenhöhlen schmerzten. Mein Magen schien nicht nur mit Sandpapier bearbeitet, sondern auch ausgekratzt worden zu sein, bis nur noch eine Leere übrig war.

»Ich kann J-Mom holen, damit sie Ihnen etwas zu essen macht«, sagte er.

»Gleich. Nicht jetzt. Lass mich erstmal meinen Tee trinken.«

Ich nahm die Tasse hoch, und der warme Dampf begrüßte mich. Es schien die einzige Behaglichkeit zu sein, die ich in meinem Leben hatte, vielleicht die einzige, die ich überhaupt jemals gehabt hatte. Ich nahm einen Schluck, und die heiße

Flüssigkeit floss beruhigend in meinen ausgekratzten, aufgerauten Magen.

Ich wusste, dass meine Augen rot und aufgequollen waren, und egal, wie sehr ich etwas zu essen und die Tablette wollte, diese Frau sollte mich nicht in diesem Zustand sehen.

»Sie sollten zum Abendessen vorbeikommen. Bei uns zu Hause.«

»Na, da bin ich mir nicht so sicher.«

»Warum nicht? Sie haben Hunger. Und Sie sind hier ganz allein.«

Es ist mir peinlich es zuzugeben, aber ich musste mich wieder sehr zusammenreißen, damit die Tränen nicht hervorkamen. Und deshalb weine ich nie. Wenn man den Tränen nur ein bisschen Macht gibt, dann übernehmen sie das Steuer, und man kann sie nicht mehr aufhalten.

»Du weißt nicht, ob deine Mutter … ich meine, deine Mütter … mich überhaupt einladen wollen.«

»Ich frage J-Mom.«

Er rannte aus dem Haus, bevor ich ihn aufhalten konnte. Ich rief etwas Unklares, einen Einspruch, eher ein Ton als ein Wort, aber da war er schon zu weit weg.

Ich stand auf und begab mich vorsichtig ins Badezimmer, um mein Gesicht in Ordnung zu bringen, nur für den Fall, dass sie vielleicht bald hierherkam. Ich stützte mich auf dem Waschbecken ab, schaute in den Spiegel und was ich sah, war wirklich erschreckend.

Mein Haar war mehr als bloß durcheinander. Es war sogar verfilzt. Ich hatte so lange auf meinen Haaren gelegen, ohne sie zu kämmen, dass sich Knoten gebildet hatten. Beim Auskämmen dieser Knoten würde ich viele Haare verlieren. Manche Knoten befanden sich an den Seiten, aber die meisten waren an meinem Hinterkopf, wo ich sie nur mit den Händen ertasten konnte.

Ich trug noch das Make-up vom vorherigen Morgen, als ich auf den Hilfssheriff gewartet hatte, aber natürlich war es ein lächerliches Schlamassel. Was von meinem Make-up übrig war, wirkte wie eine unter meine Augen geschmierte, dunkle Pfütze, schwarze Halbkreise, die mich wie ein Waschbär aussehen ließen.

Und wie ich vermutet hatte, waren meine Augen selbst vom Weinen rot und aufgequollen.

Ich bespritzte eine lange Zeit mein Gesicht mit kaltem Wasser und versuchte, die Schwellung zu lindern. Dann wollte ich mein Gesicht von dem ruinierten Make-up reinigen, aber ich hatte keinen Make-up-Entferner im Badezimmer im Erdgeschoss, daher nahm ich die Handcreme, die neben dem Waschbecken stand.

Danach wusch ich mein Gesicht mit Seife und Wasser und schaute mich wieder an.

Jetzt war ich völlig ohne Make-up, mein Haar war immer noch ein Chaos, und man sah mir immer noch an, dass ich geweint hatte. Es war kein bisschen besser, vielleicht sogar schlimmer, aber ich konnte es nicht rechtzeitig ändern.

Ich ging auf die Toilette, um später nicht um Hilfe bitten zu müssen. Bevor ich aus dem Badezimmer war, hörte ich, wie die Haustür wieder geöffnet wurde.

»Sie sagt, es ist in Ordnung«, rief mir der kleine Junge zu.

»Ich komme sofort«, rief ich zurück, »bin gerade noch im Bad.«

Ich wusch mir schnell die Hände, bevor ich die Tür öffnete.

Er stand mit den Händen in den Taschen seiner großen Shorts im Wohnzimmer und schaute sich um.

»Bei uns gibt es Makkaroni mit Käse. Und Salat. J-Mom macht die besten Makkaroni mit Käse. Aber man muss zuerst seinen Salat essen, sagt sie, sonst wird man von den Makkaroni satt und isst dann nie Gemüse. Sie hat das jetzt nicht wegen Ihnen gesagt. Aber das ist die Regel bei uns zu Hause. Und ich hab ihr gesagt, dass Sie nicht wollten, dass sie hierherkommt und dass Sie nur mich dahaben wollten. Also hat sie mir gesagt, wo die Tabletten sind und mir erlaubt, Ihnen die Packung zu geben. Und Sie nehmen nur eine Tablette. Sie hat gesagt, Sie sollten ein ganzes Glas Wasser trinken und wenn Sie auf die Toilette müssten, soll ich sie holen.«

»Ich war gerade auf der Toilette.«

»Oh. Gut. Dann brauchen wir sie gar nicht. Ich hole Ihre Tablette.«

Ich ging in die Küche, setzte mich wieder vor meine Tasse Tee und fühlte mich irgendwie beleidigt. Ja, ich zog den kleinen Jungen vor, aber sie drückte sich eindeutig vor ihrer Verantwortung, sich um mich zu kümmern, so wie versprochen. Schon wieder. Ich war etwas aufgebracht und dachte an den Grund, den sie mir bei unserer letzten Unterhaltung so unverschämt mitgeteilt hatte, und spürte, wie ich wütend wurde.

Dann kam der kleine Junge mit meiner Tablette wieder. Er füllte über der Spüle ein Glas Wasser, und die Kombination aus seiner Gegenwart und der Tatsache, dass die Tablette alles lösen würde, beruhigte mich wieder. Es war eine plötzliche und überraschende Erleichterung.

Ich schluckte die Tablette und trank das ganze Glas Wasser, um ihm einen Gefallen zu tun.

»Ich hab dich gern um mich«, sagte ich. Und bevor er überhaupt antworten konnte, schrie ich: »Das ist es!« Der Junge erschrak ein wenig.

»Was ist was?«

»Etwas, das ich mag! Ich muss das Vern erzählen. Ich muss Vern anrufen.«

»Soll ich Ihnen das Telefon bringen?«

Aber mein Mut schwand wieder, und ich schüttelte den Kopf, denn mir war eingefallen, dass Vern mir die Nummer nur für dringende Notfälle gegeben hatte. Dies war kein dringender Notfall. Er hatte auch gesagt, dass er etwas gefunden hätte, seit er weggegangen war, eine Art Erleichterung, und dass er das nicht wieder aufgeben wollte.

Nein. Seine Frage, was ich mochte und was nicht, hatte ein Zeitlimit gehabt. Ich hatte schließlich etwas gefunden, das ich mochte, aber jetzt war es zu spät.

»Lieben Sie das Pferd?«, fragte der kleine Junge plötzlich.

Die Frage schien nicht hierher zu passen, und ich blinzelte einen Augenblick, anstatt ihm gleich eine Antwort zu geben.

»Lieben Sie das Pferd und haben deshalb geweint, als Sie gesehen haben, dass es nicht da ist?«

»Natürlich nicht. Ich liebe kein Pferd. Es ist kein Mensch. Nur ein Tier.«

»Warum haben Sie dann geweint?«

»Ich weiß nicht. Ich glaube, die Tabletten haben mich emotional gemacht.«

»Aber sie hatten da schon nachgelassen.«

»Vielleicht war genau dies das Problem.«

»Das verstehe ich nicht.« Er kräuselte seine sommersprossige Nase. »Die Tabletten machen es entweder schlechter oder besser.«

Ich seufzte und dachte, dass mir seine Gesellschaft lieber gewesen war, als er nicht so viele Fragen gestellt hatte.

»Es war das Pferd meiner Tochter. Ich habe meine Tochter geliebt. Und sie hat das Pferd geliebt. Ich nehme an, das Pferd ist das Einzige, was ich von meiner Tochter noch habe. Und vielleicht war es das Einzige, was von meiner Familie noch übrig war. Aber das ist albern, weil es nur ein Pferd ist. Ein Pferd kann nicht zur Familie gehören.«

»Unsere Katzen und Hunde gehören auch zu unserer Familie.«

»Ich sehe das nicht so. Ich finde, es ist armselig, ein Pferd als Familienmitglied zu bezeichnen.«

Dann wurde mir klar, dass es noch armseliger war, das Pferd überhaupt nicht mehr zu haben, egal, als was man es betrachtete. Es war wenigstens das einzige andere Lebewesen auf dem Grundstück gewesen. Egal, als was man es bezeichnete, statt zwei war jetzt nur noch ein Lebewesen da.

# 19. Jackie

»J-Mom«, rief Quinn schon, bevor er die Haustür hinter sich geschlossen hatte. »Darf Mrs D'Antonio zum Abendessen kommen?«

Ich war im Esszimmer, wo ich die Gelegenheit genutzt hatte, an meinen handgemalten Notizkarten zu arbeiten.

»Oh …«, sagte ich. »Wirklich? Abendessen? Hier?«

»Ist das in Ordnung?«

»Na ja … Liebling … ich bin mir nicht so sicher, ob ich sie hier haben will.«

»Ich weiß, dass du sie nicht leiden kannst. Aber ich mag sie.«

»Wirklich?«

»Ja. Ich kann sie gut genug leiden. Und sie ist da drüben ganz allein. Und wir haben einen freien Platz am Tisch, wo Star sonst sitzt.«

Ich versuchte, mir nicht anmerken zu lassen, dass ich innerlich zusammenzuckte. »Das stimmt. Aber … vielleicht könnten wir einfach einen Teller Makkaroni mit Käse und Salat zu ihr rüberbringen.«

»Aber ich hab sie schon gefragt, ob sie kommen kann.«

Mein Herz sank sofort wieder in den Zustand zurück, in dem es die letzten zwei Tage gewesen war. Nur für einen

Moment hatte ich mich auf etwas anderes konzentrieren und meine Niedergeschlagenheit vergessen können. Aber als ich hörte, dass er sie bereits eingeladen hatte, stürzte alles wieder über mir ein.

»Oh. Du hast sie schon gefragt.«

»Ist das schlecht?«

»Nun …« Ich schob die Gemälde zur Tischmitte und zog Quinn auf meinen Schoß. Er sah traurig aus, da er verstanden hatte, dass ich ein bisschen enttäuscht von ihm war. Ich schlang meine Arme um ihn und legte sanft mein Kinn auf seinen Kopf. »Ich würde nicht sagen schlecht, nein. Aber in Zukunft ist es immer am besten, mich zuerst zu fragen. Wenn du nämlich zu ihr sagst ›Ich frage meine Mom, ob Sie kommen können‹, und ich antworte mit Nein, dann weiß sie, dass ich Nein gesagt habe. Also kann ich nicht wirklich Nein sagen. Ich meine, ohne sie zu beleidigen. Was nicht gerade ein Kunststück ist. Also glaube ich, dass dieses Mal die Antwort ein Ja sein muss.«

»Tut mir leid, J-Mom. Nächstes Mal frage ich dich zuerst.«

»Ich weiß, dass du das machen wirst, mein Liebling.«

»Ich gehe rüber und sage ihr, dass sie kommen kann.«

Er glitt von meinem Schoß, und die Hunde rannten hinter ihm her zur Tür. Ich musste ihm die Anleitungen für Clems Tabletten nachrufen und konnte nur hoffen, dass er mich hörte.

Dann kamen die Hunde zurück und hörten nicht auf, um mich herumzulaufen und mich anzusehen. Ich gab ihnen in der Küche ihr Feuchtfutter, was bei so vielen Hunden jedes Mal recht aufwendig ist, da sie warten müssen, bis sie an der Reihe sind.

Ich nahm das Telefon und rief Paula an.

»Hey«, sagte sie, »ich bin auf dem Nachhauseweg.«

»Oh, gut.« Ich fühlte mich wirklich besser, als ich das hörte. »Ich will dir nur eine Vorwarnung geben.«

»O je. Was ist jetzt passiert?«

»Nichts ... nur ... Quinn hat unsere schreckliche Nachbarin zum Abendessen eingeladen.«

»Ist das alles? Du hast mich eben ganz schön erschreckt.«

»Tut mir leid, ich dachte nur, du willst vielleicht vorgewarnt werden.«

»Nein, ich nicht. Du bist diejenige, die solche Sachen wissen muss, bevor sie passieren. Mir macht das nichts aus.«

»Wirklich?«

»Ja, ich finde es gut. Je mehr wir sie kennenlernen, desto besser. Wer erhebt eher eine Zivilklage gegen uns, ein Freund oder ein Feind? Ich will nicht sagen, das sei der einzige Grund. Ich bin wegen dieser Sache nicht gefühllos. Aber denkst du nicht, die Situation könnte sich nur verbessern, wenn wir eine freundlichere Beziehung zu ihr hätten?«

»Du schlägst eine Freundschaft mit Clementine vor?«

»Lass uns mit einem freundlichen Verhältnis anfangen und sehen, wie weit uns das bringt. Ich bin in fünf Minuten da. Ich gehe zu ihr und helfe ihr rüber, sobald ich da bin.«

\* \* \*

Da wir Besuch hatten, sagte ich den Jungen heute nicht, dass sie ihren Salat zuerst essen sollten. Aber es machte mich überraschend glücklich, als sie es trotzdem taten, ohne dass ich es ihnen sagen musste.

Zunächst befreite uns das schlechte Benehmen der Hunde von der Bürde, eine Unterhaltung führen zu müssen.

Die Hunde sollten während des Essens immer draußen bleiben, aber einer der vier konnte sich meistens nicht beherrschen und brach die Regel. Es war nicht immer derselbe

Hund, manchmal war es Wendy, aber meistens Peppy. Dann kamen alle Hunde ins Esszimmer, denn keinesfalls benahmen sich die anderen drei, wenn sie sich nicht alle gut benahmen. Das würde den Kodex des elementaren Hundeverhaltens brechen.

Wendy kam hereingestürmt und schlitterte zwischen Quinn und Mando. Die anderen Hunde folgten ihr und liefen um den Tisch herum, außer Peppy, der etwas Besseres zu tun hatte.

Wayne, der riesige, gefleckte, rote Kater, saß auf dem Fensterbrett, das er wahrscheinlich für einen sicheren Platz während des Essens gehalten hatte. Peppy stürzte schnurstracks auf ihn zu und sprang auf und ab, ohne ihn erreichen zu können, schnappte aber in der Nähe seiner Pfoten in der Luft herum. Natürlich war Wayne zu diesem Zeitpunkt bereits mit gewölbtem Rücken auf den Beinen und zischte dramatisch.

Gerade als Paula aufstand, um die Hunde wieder nach draußen zu bringen, langte Wayne hinunter und schlug Peppy mit ausgefahrenen Krallen fest auf die Nase. Peppy stieß einen schrillen Ton aus, schlich sich aus dem Zimmer, und Paula ging ihm nach.

»Meine Güte«, sagte Clementine. »So ein Tumult.«

»Sie haben keine Haustiere, oder?«, fragte Quinn.

»Nein. Eigentlich nicht. Ich hab nur …« Aber sie unterbrach sich.

Paula kam zurück und setzte sich wieder.

»Alles in Ordnung mit ihm?«, fragte ich sie.

»Ich nehme es an. Seine Nase blutet. Er leckt sie ab, also würde er auch eine Salbe ablecken, wenn ich sie auftragen würde. Es ist nicht so schlimm, dass es genäht werden müsste oder so. Ich schaue nach dem Essen noch mal nach ihm. Seine Nase wird heilen, aber die Frage ist, ob er jemals dazulernen wird.«

Quinn war immer noch voll auf unseren Gast konzentriert.

»Hatten Sie jemals ein Haustier?«, fragte er.

»Als ich noch klein war, hatten wir Hunde und Katzen auf unserer Farm. Aber sie sind nicht ins Haus gekommen.«

»Das ist komisch«, sagte Quinn. »Ich hatte nie Haustiere, bevor ich zu meinen Moms gekommen bin, aber ich mag sie, und ich mag auch, dass sie reinkommen.«

»Wo ich aufgewachsen bin, war es einfach anders«, sagte sie. »Es war eine andere Art von Haushalt. Wir hatten Plastik auf den Möbeln, damit sie sauber blieben, und es waren keine Kinder im Wohnzimmer erlaubt, das heißt, bei uns hieß es Salon. Nun, *ich* war nicht im Wohnzimmer erlaubt. Ich war ein Einzelkind.« Ich schaute bei ihren Worten auf und hörte ihr genau zu. »Das war damals zu einer Zeit, als Kinder still zu sein hatten. Ich musste leise sprechen, wenn ich im Haus überhaupt etwas sagte. Es hat nie Tumult in meinem Haus gegeben. Es war sehr leise, meine Eltern haben nicht viel gesprochen.«

Ich spürte, dass Paula mich ansah, aber ich erwiderte ihren Blick nicht.

»Das klingt nach meinem Zuhause, als ich ein Kind war«, sagte ich. »Nur, dass wir kein Plastik auf den Möbeln hatten. Aber es war auch immer so leise. Meine Eltern haben sich zu der Zeit, als ich kam, nicht mehr gut verstanden, aber auch nicht miteinander gestritten. Sie haben einfach nicht geredet. Und sie haben auch nicht viel mit mir geredet. Ich glaube, ich hatte Angst davor, etwas zu sagen.«

»Warum haben Sie dann jetzt diesen ganzen Tumult? Wenn wir in ähnlichen Familien aufgewachsen sind, warum ist es in meinem Haus jetzt ruhig und in Ihrem chaotisch?«

»Es scheint sich entweder so oder so auszuwirken«, antwortete ich. »Wir machen es entweder so wie unsere Eltern, ob wir uns dessen bewusst sind oder nicht, oder wir entscheiden uns dafür, genau das Gegenteil zu tun.«

Ich erwartete eine Antwort, aber es kam nichts zurück.

Es trat wieder eine Stille ein, als hätten wir das Eis nie gebrochen.

Gerade als ich merkte, dass Paula eine Art von Unterhaltung ankurbeln wollte, sagte Clementine etwas. Sie legte ihre Gabel hin, drehte sich zu Mando und blickte ihn an. Er schaute offensichtlich beunruhigt von seinem Teller hoch.

»Mir tut unser Missverständnis von vorhin leid«, sagte sie.

Mandos Kinnlade fiel hinunter. Natürlich nicht wörtlich, aber sie sank definitiv ab. »Oh«, sagte er. »Ich meine, es tut Ihnen leid?«

»Nun, ja. Ich würde nicht gern ein Dieb genannt werden, wenn ich nur versuchen wollte zu helfen. Diese Tabletten machen es schwer, klar zu denken.«

Mando schloss den Mund wieder. »Ja. Ich nehme an, dass es einen ziemlich erschrecken kann, wenn man aufwacht und jemanden in seinem Haus sieht. Ich hatte gedacht, Sie würden mich erkennen, aber ich hatte vergessen, dass Sie diese Tabletten von Ihrem Arzt genommen hatten. Ich hab Ihren Namen gerufen, als ich zur Haustür hereingekommen bin und noch mal, bevor ich in Ihr Zimmer geschaut hab. Ich hab versucht, Sie nicht zu sehr zu überraschen.«

»Oh. Hattest du das? Ich nehme an, es war nicht laut genug gewesen, um mich aufzuwecken. Egal, solange du meine Entschuldigung akzeptieren kannst.«

Mando warf mir einen verzweifelten Blick zu und schien nicht zu wissen, was er von dieser plötzlichen Entwicklung halten sollte. Paula dagegen wirkte einfach nur erfreut, als würde sich jetzt schließlich alles zum Guten wenden. Dass dies alles sehr untypisch für Clementine war, schien sie nicht zu kümmern.

»Ja«, antwortete Mando. »Sicher. Kein Problem.«

Wortlos aßen wir ein paar Minuten lang weiter, und ich bemerkte, wie Clementines Kopf immer weiter nach unten sank. Nach jedem Bissen driftete ihr Kinn zu ihrem Teller ab. Wenn es Zeit für einen weiteren Bissen war, schien sie sich wieder wach zu rütteln.

Die Jungen aßen mit gesenkten Köpfen, aber Paula und ich beobachteten unsere Nachbarin, um zu sehen, wie sie sich fühlte. Ich dachte: *Okay, das erklärt ihr ungewöhnliches Verhalten. Sie ist völlig high.* Auf legale Weise, aber der Effekt war derselbe.

Ihr Kopf sank wieder nach unten, bis er fast den Teller berührte. Paula stand auf.

»Mrs D'Antonio«, sagte ich. »Ist alles in Ordnung mit Ihnen?«

Sie ruckte sofort wieder hoch. »Das sind sehr gute Makkaroni mit Käse.«

»Vielleicht sollten wir das für Sie einpacken«, sagte Paula. »Sie sehen aus, als wäre es Zeit, Sie wieder ins Bett zu bringen.«

Genau in diesem Augenblick klopfte jemand an die Tür.

Es löste sofort ein panisches Gefühl in mir aus, da ich niemanden erwartete und nicht in der Lage war, etwas anderes als weitere Probleme kommen zu sehen. Ich versuchte nicht, so zu denken, aber es war eher ein Gefühl als ein Gedanke, eine unwillkürliche Reaktion.

»Ich gehe hin«, sagte Paula.

Ich starrte auf den Eingang zum Esszimmer, und unsere Nachbarin tat es mir nach. Sie schien jetzt hellwach zu sein, und ihrem Gesichtsausdruck nach zu urteilen, erwartete sie auch neue Probleme.

Kurz darauf kam Paula mit Dennis Portman zurück, der jetzt in Uniform gekleidet war.

»Kann ich gehen?«, fragte Mando, der schon aufgestanden war.

Ich wollte ihm sagen, dass er aufessen sollte, ließ es aber sein, da er so angespannt erschien. Er fühlte sich sichtlich unwohl. Mando ist kein großer Fan von Gesetzeshütern, und aufgrund seiner Familiengeschichte kann ich ihm das nicht zum Vorwurf machen. Außerdem war sein Teller leer gegessen. Während wir unserer Nachbarin zugesehen hatten, wie sie wegdöste, hatte er jeden Bissen auf seinem Teller verschlungen.

»Ähm, ja«, sagte ich.

Er machte sich aus dem Staub.

Normalerweise hätte ich ihm gesagt, er solle bei der Familie bleiben, bis wir alle fertiggegessen hatten. Nun, normalerweise hätte ich das nicht gebraucht. Aber ich war nervös und fürchtete mich davor, was der Hilfssheriff uns mitzuteilen hatte, und konnte jetzt keine Ablenkungen vertragen.

Dennis lächelte ein wenig. Ich merkte, dass er keine weltbewegenden Neuigkeiten hatte, weder gute noch schlechte. Nichts Katastrophales oder Erfreuliches.

»Wie wäre es zuerst mit der Kurzversion?«, fragte ich ihn. »Bevor Sie sich hinsetzen und ich Ihnen etwas zu essen anbiete.«

»Okay, die Kurzversion. Wir haben etwas gesichtet. Aber es hat nicht dazu geführt, dass wir sie einholen konnten.«

Ich atmete einen Teil meiner Anspannung aus. »Aber das ist trotzdem gut, oder?«

»Könnte schlechter sein.«

Ich sah zu Clem hin, aber sie schaute einfach ins Leere und schien die Bedeutung unserer Worte nicht zu begreifen.

Ich machte eine Geste zu Mandos Stuhl, und Dennis setzte sich.

»Etwas Makkaroni mit Käse?«, fragte ich ihn. »Hausgemacht, mit Semmelbröseln überbacken.«

»Es schmeckt echt gut«, sagte Quinn.

»Das stimmt«, fügte Clementine hinzu.

Wir starrten sie alle an, als hätte sie lettisch oder Urdu gesprochen, sogar Dennis.

»Dazu kann ich schlecht Nein sagen.« Dennis schien sich in den Augenblick zurückversetzen zu müssen. »Könnten Sie mir vielleicht nur einen kleinen Teller machen, damit noch Platz für das Abendessen meiner Frau bleibt, wenn ich zu Hause bin?«

»Ich mache es«, sagte Paula und verschwand in der Küche.

»Es hat mir einen Schrecken eingejagt, Sie zu sehen«, sagte ich zu Dennis.

»Dann sind wir quitt. Es hat mir einen Schrecken eingejagt, zu Clem rüberzugehen und niemanden anzutreffen. Ich hatte eben eigentlich an Ihre Tür geklopft, um Ihnen zu sagen, dass noch jemand verschwunden ist. Ich hatte wirklich nicht damit gerechnet, sie hier als Ihren Tischgast anzutreffen.«

»Ich verstehe«, sagte ich. »Das war eine unerwartete Entwicklung. Quinn hat anscheinend einen netten Tag dort drüben gehabt und sie eingeladen.«

»Nächstes Mal soll ich aber zuerst eine meiner Moms fragen«, fügte Quinn hinzu.

Mein Magen zog sich etwas zusammen, aber Clementine schien nicht zuzuhören.

Ich wollte mehr darüber erfahren, wann und wo Star gesehen wurde, merkte aber, dass ich warten sollte, bis Paula zurückkam.

Nach einer unbehaglichen Verzögerung kam sie und stellte einen kleinen Teller mit Makkaroni und Käse vor Dennis, bevor sie sich wieder auf ihren Platz setzte.

Dennis nahm einen Bissen, dann schloss er die Augen. »Das ist wirklich Hausmannskost vom Allerfeinsten.« Er öffnete die Augen und bemerkte, dass Paula und ich ihn abwartend anschauten. »In Ordnung. Also, heute Morgen haben wir einen Anruf von einem älteren Mann bekommen, der mitten im Nirgendwo wohnt, an der nördlichsten Ecke von Franklin County. Er hat gesagt, er hätte aus seinem Küchenfenster gesehen, und da hätte ein großes graues Pferd etwa fünf Meter von seinem Haus entfernt gestanden. Ohne Sattel, aber es hatte einen Halfter, und der Halfterstrick war hinter seinen Hals geschlungen wie Zügel und auf der anderen Seite zusammengebunden. Damit hat er gewusst, dass das Pferd zu jemandem gehörte. Also, dass jemand auf ihm geritten war und es kein Pferd war, das sich über einen Zaun von einer Wiese davongemacht hatte. Er war also so beschäftigt damit gewesen, das Pferd anzustarren, dass es eine Minute oder so gedauert hat, bis er bemerkte, dass ein Mädchen in seiner Mülltonne wühlte. Er hatte die Suchmeldungen gehört, also ging er direkt zur Haustür, aber da waren die beiden schon veschwunden. Er konnte nicht sehen, in welche Richtung.

Also sind Bobby und ich den ganzen Weg dort hochgefahren, weil wir dachten, wir könnten sie noch finden. Wir hatten sogar einen Spürhund dabei. Der Mann hatte aber vergessen, uns Folgendes zu sagen: Er lebt über dreißig Kilometer vom nächsten Ort entfernt und hat kein Telefon. Noch nicht mal ein Handy, aber er würde dort draußen sowieso keinen Empfang bekommen. Also hat er gewartet, bis er ohnehin später an diesem Morgen in das Städtchen musste, um die Post zu holen. Er holt seine Post vom Postamt in Beaufort ab. Ein kleines Städtchen, von dem Sie wahrscheinlich noch nie gehört haben. Jedenfalls hatte er nicht erwähnt, dass es schon über drei Stunden hergewesen war, als er etwas gesehen hatte und uns anrief. Also ist es zwar etwas, aber nicht viel.«

Er hielt inne und sah uns erwartungsvoll an. Er balancierte die Gabel noch in seiner Hand, und ich bemerkte, dass er Linkshänder war, obwohl ich nicht wusste, warum das eine Rolle spielen sollte.

Als wir nichts hinzuzufügen hatten, aß er weiter.

»Wie weit ist das entfernt, wo sie gesehen wurde?«

Paula hatte die Frage gestellt. Ich war immer noch mehr oder weniger sprachlos.

»Über sechzig Kilometer.«

Das weckte mich aus meiner Starre. »Wie konnten sie von hier aus sechzig Kilometer weit kommen, in nur …« Aber schon ging mir der Schwung aus. Ich war müde, und die letzten beiden Tage hatten sich wie Wochen angefühlt. Ich konnte nicht erfassen, wie lange es her war, zumindest nicht auf die Schnelle.

»Als er sie gesehen hatte, waren es erst achtundzwanzig Stunden gewesen«, sagte er und schaufelte sich eine weitere Gabel voll.

»Ist das nicht eine große Entfernung für einen so kurzen Zeitraum?«

»Zu Fuß wäre es eine Menge«, sagte er mit vollem Mund. »Aber nicht, wenn Sie ein gutes Pferd haben.«

Ich blickte zu Clem hin, um zu sehen, wie sie das alles aufnahm. Sie hielt ihr Kinn auf eine Hand gestützt, als könnte ihr Hals den Kopf nicht mehr länger tragen. Ich nahm an, dass sie kein Wort unserer Unterhaltung mitbekam.

»Sie ist so weit von zu Hause entfernt«, sagte ich. »Ich hatte keine Ahnung, dass ihr das so todernst sein könnte. Ich hatte mir vorgestellt, sie würde sich drei Kilometer von hier entfernt neben einen Fluss legen, und das Pferd würde neben ihr grasen. Ich konnte mir nicht ausmalen, dass sie so weit reiten würde. Also … hilft es uns überhaupt, dass jemand sie gesehen hat?«

Dennis seufzte und legte die Gabel ab. »Es teilt uns drei Dinge mit. Erstens, sie sind Richtung Norden geritten. Natürlich hätten sie, nachdem sie gesehen wurden, beliebig viele andere Richtungen einschlagen können. Aber wir haben in allen Richtungen gesucht und können jetzt ein paar ausschließen. Zweitens, sie waren beide heute Morgen noch am Leben. Drittens, sie sind nach wie vor zusammen unterwegs. Ich bin mir aber nicht sicher, ob das gut ist oder nicht. Wir können beide eher fassen, wenn sie nicht zusammen sind. Die größte Sorge macht mir, dass sie in Richtung Berge reiten, falls sie keine scharfen Kurven eingeschlagen haben. Das ist kein Ort, an dem ich sie haben will. Dort gibt es nicht viele Straßen, also ist es eine wesentlich schwierigere Suchumgebung. Außerdem wird es dort oben sehr kalt. Es schneit sogar.«

»Aber es ist Sommer«, sagte ich. Flehend, als könnte ich mit dem Wetter feilschen.

»Trotzdem wird es nachts kalt. Und es wird nicht immer Sommer bleiben. Jedenfalls, um dort oben festzustecken, müssten sie noch hundertfünfzig Kilometer oder mehr weiterkommen. Bleiben wir optimistisch.«

Es dauerte lange, bis jemand darauf antwortete. Wir brauchten wahrscheinlich einige Zeit, um an unserem Optimismus zu arbeiten.

»Kaffee?«, fragte ich Dennis, als er seine Makkaroni mit Käse aufgegessen hatte.

»Nein danke. Ich fahre am besten nach Hause zu meiner Familie.«

»Also wie lange ist das jetzt her? Als sie gesehen wurden?«

»Oh. Lassen Sie mich nachsehen.« Er warf einen Blick auf seine Armbanduhr. »Etwa zwölf Stunden.«

»Wenn sie also in einer geraden Linie vorwärtskommen und etwa mit demselben Tempo, dann sind sie von hier fast hundert Kilometer entfernt.«

Dennis öffnete den Mund, aber bevor er antworten konnte, sprach Clementine plötzlich. Sie sagte etwas Seltsames.

»Das ist so schön für ihn.« Es hörte sich wehmütig an. Und ihre Stimme klang … jünger.

»Für wen?«, fragte Dennis.

»Comet.«

Wir blickten uns an und dann zu ihr.

Clem hatte etwas Salat auf ihrer Gabel, die auf dem Weg vom Teller zu ihrem Mund festzustecken schien, als sei sie zu schwer geworden. Schließlich bemerkte sie, dass wir sie alle anstarrten.

»Was?«, fragte sie jetzt abwehrend und klang wieder mehr wie sie selbst. »Warum schauen mich alle so komisch an? Ich will ihn immer noch zurück, versteht ihr?«

»Ja«, sagte Dennis. »Das verstehen wir, Clem. Ich glaube, es wird Zeit, dich nach Hause zu bringen. Diese Tabletten steigen dir zu Kopf. Vielleicht kann eine deiner netten Gastgeberinnen dir den Rest deines Abendessens einpacken.«

»Oh«, sagte Clem enttäuscht. »Muss ich zurück? Es ist so …«

Sie brachte ihren Gedanken nicht zu Ende.

»Ich komme mit und bleib bei Ihnen«, sagte Quinn. »Bis Sie schlafen gehen. Darf ich, Moms? Ich hab fertig gegessen.«

Paula verpackte die Reste von Clems Abendessen, und Dennis und Quinn gingen mit ihr über die Straße zu ihrem Haus. Paula und ich blieben zurück.

»Das war vielleicht seltsam«, sagte ich.

»Die Tabletten machen alles unberechenbar.«

»Aber sie war so … gar nicht sie selbst.«

»Oder genau das Gegenteil.«

»Ich kann dir nicht folgen. Haben die Tabletten sie mehr zu sich selbst gemacht?«

»Vielleicht. Eine schwere Sedierung ist so etwas wie ein Wahrheitsserum.«

»Hm«, murmelte ich und bewegte mich gefährlich nahe an den Gedanken heran, Clementine als nur allzu menschlich zu betrachten.

# 20. Clementine

Es ist mir peinlich, das zuzugeben, aber ich weiß nicht, ob dieser nächste Teil zwei oder drei Tage später stattfand. Meine Tage und Nächte waren durch die Tatsache, dass ich die meiste Zeit schlief, völlig durcheinandergeraten.

Ich wachte auf, weil ich Essen roch. Schinken. Diesen Geruch konnte ich eindeutig identifizieren. Ich öffnete die Augen und erwartete, den kleinen Jungen neben meinem Bett zu sehen. Er hatte mir in der letzten Zeit meine Mahlzeiten gebracht.

Aber er war es nicht. Es war Clara Bowe.

»Clementine.« Sie klang nicht sonderlich freundlich. Ich glaube, sie war nicht gerade mein größter Fan.

Aus einem unerfindlichen Grund überlegte ich plötzlich, wer von den Leuten hier in der Gegend mich überhaupt mochte. Ich nehme an, dies konnte ich den Tabletten ankreiden, denn wer will über so etwas nachdenken? Außerdem lag die Antwort auf der Hand: niemand. Es gab diejenigen, die mich einfach hinnahmen und andere, die mich mieden. Nur für den Bruchteil einer Sekunde versuchte ich, mich zu erinnern, ob es vor der großen Trauer wegen Tina anders gewesen war, aber an diesen Ort wollte ich nicht gehen, also richtete ich meine Gedanken wieder auf die Gegenwart.

Clara stellte ein Tablett mit einem Teller Rührei und Schinken und einem Glas Orangensaft auf meinen Schoß. Kein Kaffee. Niemals brachte mir jemand Kaffee, obwohl ich gern welchen gehabt hätte. Ich fühlte mich etwas beleidigt, denn so wie ich es deutete, wollten sie mich nicht wach haben.

»Was machst du hier?«, fragte ich sie.

Sie fasste es eindeutig als eine Beleidigung auf.

»Wenn du mich fragst, ich versuche zu helfen. Aber ich nehme an, dass es merkwürdig erscheinen muss. Ich passe auf den kleinen Jungen von gegenüber auf, und die beiden Frauen haben mich gefragt, ob ich nach dir sehen kann, damit du deine Tabletten nimmst und etwas zu essen bekommst.«

»Wo sind sie heute?«

»Nun, die eine – die Tierärztin – hat ihre Termine, und die andere musste mit dem älteren Jungen wegfahren. Zurück nach Napa County, wo sie herkommen. Nur für heute.«

»Was tun sie da?«

»Das weiß ich nicht«, sagte sie mit mehr als einer Andeutung von Kritik. Als ob sie sich das nicht selbst fragte und ich mir darüber auch keine Gedanken machen sollte.

Ohne einen weiteren Kommentar verließ sie mein Schlafzimmer.

So gut ich konnte setzte ich mich etwas weiter auf und aß von dem Schinken. Er war knusprig und dunkel, genau wie ich ihn immer für Vernon gemacht hatte. Dieser Gedanke versetzte mir einen plötzlichen Schmerz in der Magengegend.

Clara tauchte wieder im Türrahmen auf.

»Ich habe deine Tablette vergessen«, sagte sie.

»Ich kann sie selbst nehmen. Sie liegen gleich hier neben dem Bett.« Ich zeigte mit einer Kopfbewegung auf den Nachttisch.

»Lass mich wenigstens dein Wasser auffüllen.« Aber bevor sie das Wasserglas nahm, öffnete sie das Glas mit den Tabletten und sah hinein. »Also, da stimmt was nicht. Du sollst diese hier alle vier Stunden nehmen, eine Woche lang. Du solltest noch genug für zwei Tage übrig haben, aber du hast nur noch sechs. Das reicht nur noch für vierundzwanzig Stunden.«

Diese Nachricht ließ mich in Panik ausbrechen. Ich spürte sie im Kopf, als mein ganzes Hirn reagierte, und in der Körpermitte fühlte ich eine Kälte und ein Surren.

»Das kann nicht stimmen.«

»Ich weiß, wie man zählt. Hier sind nur noch sechs. Du wirst morgen um diese Zeit keine mehr übrig haben. Man hätte sie vielleicht nicht hier neben dem Bett lassen dürfen. Du musst zu viele genommen haben.«

Ein Gefühl der Abneigung stieg in mir auf, denn ich mochte Clara nicht sehr. Ich hätte sie nie freiwillig in mein Haus eingeladen. Man hatte mir keine Vorwarnung gegeben, dass ich aufwachen und eine völlig neue Person neben meinem Bett vorfinden würde, die mich beurteilte und Tabletten zählte.

»Der Arzt wird mir einfach noch mehr geben müssen«, sagte ich. »Kannst du ihn anrufen?« Und weil ich von ihr abhängig war, fügte ich hinzu: »Bitte.«

Sie setzte die Lesebrille auf, die an einer Kette um ihren Hals hing und spähte mit zusammengekniffenen Augen auf das Etikett. »Ich wüsste nicht, wie ich diesen Arzt erreichen könnte. Ich habe noch nie von ihm gehört.«

»Er arbeitet in der Notaufnahme im Tri-Counties-Krankenhaus.«

Clara seufzte. »Ich weiß nicht, ob das in meinem Aufgabenbereich liegt. Aber ich nehme an, es kann nicht schaden anzurufen.«

Sie schlurfte wieder hinaus, und ich stocherte in meinem Frühstück herum. Ich hatte plötzlich meinen Appetit verloren.

* * *

Der kleine Junge kam ein paar Minuten später herein, setzte sich auf den Stuhl neben meinem Bett und sagte »Guten Morgen«, was mich aufheiterte.

»Guten Morgen«, sagte ich ebenfalls. »Hast du schon gefrühstückt?«

Sein Haar war frisch gekämmt worden, wahrscheinlich von der Babysitterin, und seine Locken sahen noch bauschiger und voller aus als sonst.

»Gerade eben. Sie sollten auch Ihr Frühstück essen.«

»Ich versuche es, aber ich bin nicht sehr hungrig. Wo ist deine Mom heute?«

»Welche?«

»Diejenige, die nicht die Tierärztin ist.« Ich schwöre, dass ich mich nicht an ihren Namen erinnern konnte.

»Sie ist mit Mando zu einer Anhörung zurück nach Napa gefahren.«

»Was für eine Anhörung?«

»Ich hab das Wort vergessen. Aber es ist diese Art von Anhörung, wo sie entscheiden, ob jemand schon früh aus dem Gefängnis kommen kann.«

Ich öffnete den Mund, um weitere Fragen zu stellen, und wollte versuchen, das alles zu verstehen, aber da stand Clara schon wieder in meiner Schlafzimmertür.

»Der Arzt sagt, es ginge auf keinen Fall«, sagte sie.

»Wie kann er das sagen?« Ich war aufgebracht. Es war ein Gefühl, das sich sofort einstellte und sich mit jeder vergehenden Sekunde weiter ausbreitete und vervielfachte. Ich versuchte, es zu verbergen, aber ich bezweifelte, dass ich damit erfolgreich war. »Wie kann er einfach Nein sagen, wenn ich sie brauche?«

»Er hat nicht genau diese Worte benutzt. Aber er hat Nein gesagt, und es klang ziemlich nachdrücklich. Er sagte, er sei nur für Notfälle zuständig und gäbe Leuten nur das, was sie in diesem Augenblick brauchen, für den akuten Notfall. Für ihre weitere Versorgung müssten sie zu ihrem Hausarzt gehen. Er hat auch gesagt, es sei ein sehr starkes Beruhigungsmittel, das von der Regierung sorgfältig kontrolliert wird, da es ein hohes Suchtpotenzial hat. Er hat nicht gesagt, dass du versucht hast, Medikamente zu missbrauchen. Nur, dass es ziemlich süchtig machen kann. Und ich glaube, er hat sich Sorgen gemacht, weil du mehr genommen hast, als du solltest. Ich könnte deinen Hausarzt anrufen, wenn du darauf bestehst, aber der wird wahrscheinlich etwas Ähnliches sagen. Nur das mit den Notfällen natürlich nicht. Aber wenn die Tabletten so stark kontrolliert werden und so leicht süchtig machen und du zu viele davon genommen hast, dann sagt er vielleicht auch Nein. Aber wenn du darauf bestehst, kann ich anrufen und fragen.«

Ich hielt eine Minute lang ganz still und spürte die Panik. Sie breitete sich immer weiter aus, fütterte sich selbst und wuchs. Ich hatte keine Ahnung, wann das Wachsen zu Ende sein würde und das machte mich nur noch aufgebrachter. Vielleicht würde die Panik nie aufhören zu wachsen.

»Nein«, sagte ich. »Danke. Geh jetzt einfach. Ich meine … es tut mir leid, ich habe es nicht so unhöflich gemeint, wie es sich angehört hat. Ich will nur hier mit meinem kleinen Freund sitzen.«

Sie schüttelte den Kopf und verzog sich. Ich fühlte mich etwas erleichtert, als ihre Schritte auf der Treppe verklangen.

Ich hatte keinen Hausarzt. Ich war noch keinen Tag in meinem Leben krank gewesen, also ging ich nicht zu Ärzten. Oh, ich hatte einen Frauenarzt für Geburtsfragen und Schwangerschaftsuntersuchungen gehabt, als ich mit Tina schwanger gewesen war, und er hatte sie natürlich auch zur Welt gebracht. Aber es war gut zwanzig Jahre her, als ich ihn zuletzt gesehen hatte, er war mittlerweile schon lange im Ruhestand. Oder vielleicht hatte ich sogar gehört, dass er gestorben war. Ich konnte mich nicht erinnern. Und diese Art von Verschreibung wäre sowieso nicht in seinen Bereich gefallen.

Nachdem Tina geboren war, hatte ich ein paar Jahre lang einen Allgemeinarzt gehabt, zu dem ich für Pap-Abstriche ging und der mich für Mammografieuntersuchungen ins Krankenhaus überwiesen hatte. Aber dann hatte er immer gesagt, dass ich Gewicht verlieren sollte, was mir peinlich gewesen war und ihn wirklich nichts anging. Schließlich hatte ich mich bei einer Kontrolluntersuchung geweigert, auf die Waage zu steigen, und er wollte mich daraufhin nicht mehr behandeln, und das war dann das Ende davon gewesen. Seitdem hatte ich keinen Arzt mehr besucht und war mir ziemlich sicher, dass dieser Arzt jetzt auch schon im Ruhestand war.

Wenn man etwas Neues anfängt, ist es wahrscheinlich am besten, nicht gleich nach einem stark kontrollierten und süchtig machenden Medikament zu fragen, das von Leuten missbraucht wird, nur weil man mehr davon will, da man seine Tabletten zu schnell aufgebraucht hat.

Nein, ich befand mich in einer Sackgasse. Vielleicht war dies ein Tag, an dem ich eine Ruhepause von meiner derzeitigen Realität noch teilweise genießen konnte.

Ich konzentrierte mich wieder auf den kleinen Jungen, um zu versuchen, an glücklichere Dinge zu denken. Er lächelte mich neugierig an. Er schien meinem Gesicht ablesen zu können, dass nicht alles gut war, und wollte, dass ich verstand, wie falsch ein solches Denken war. In seiner Welt war alles gut.

Ein Teil von mir wollte wieder ein Kind sein. Aber ein anderer Teil von mir wusste, dass ich auch damals nicht in einer Welt gelebt hatte, in der alles gut gewesen war. Dieser

Luxus war mir nie vergönnt gewesen. Doch dieser Junge kam aus dem Pflegesystem, und man hatte ihn in einem ziemlich fortgeschrittenen Alter adoptiert. War für ihn dort drüben im Haus gegenüber wirklich alles so gut? Es schien mir schwer vorstellbar zu sein.

»Das, was du mir vorhin erzählt hast«, sagte ich, »habe ich nicht richtig verstanden.«

»Was hab ich erzählt?«

»Es klang so, als hättest du gesagt, sie gingen zu einer Bewährungsanhörung.«

»Oh! Ja! Das war das Wort, das ich vergessen hatte.«

»Aber dein … Bruder … oder Pflegebruder, oder was er für dich ist … er ist nicht im Gefängnis.«

»Nein, es geht nicht um ihn. Sondern um seine Mom.«

»Oh. Seine Mutter ist im Gefängnis. Das ergibt mehr Sinn. Deshalb braucht er eine Pflegefamilie.«

»Genau. Sie sollten Ihr Frühstück essen. Die Rühreier schmecken nicht mehr, wenn sie kalt sind.«

»Warum ist sie im Gefängnis?«

»Für nichts.«

»Es kann nicht nichts gewesen sein.«

»Doch. Wirklich. Nichts. Sie hat nichts getan.«

»Leute werden nicht ins Gefängnis gesteckt, wenn sie nichts getan haben.«

»Manchmal schon. Manchmal glauben sie, man hätte etwas getan, obwohl man nichts getan hat. Und wenn man sagt, dass man nichts getan hat, dann glauben sie einem nicht.«

»Na ja, alle sagen, sie seien unschuldig, aber die meisten von ihnen lügen, weil sie nicht ins Gefängnis wollen. Alle wollen das Gesetz brechen, aber niemand will den Preis dafür zahlen.«

»Ich will nicht das Gesetz brechen.« Er schwang seine Beine in hohem Bogen vor und zurück.

»Ich meinte nicht *alle*.«

»Wollen Sie das Gesetz brechen?«

»Nun … nein. Aber andererseits, ich nehme an, wenn man dafür den Preis nicht zahlen müsste …«

»Ich glaube, ich würde es trotzdem nicht tun«, sagte er.

Es mag komisch klingen, oder sogar gemein, aber mir wurde plötzlich bewusst, dass ein unbehagliches Gefühl an mir nagte, was diesen Jungen anging. Ich denke, es war schon von Anfang an so gewesen, aber ich hatte es gerade erst bemerkt. Das Gefühl war nicht beständig da, nur ab und zu. Denn er schien fast zu gut, um wahr zu sein, wie diese kleinen Jungen in Familienkomödien aus den Fünfzigerjahren. Familien, die immer so viel glücklicher sind als die eigene.

Es war einfach ein bisschen zu viel.

Ich erinnere mich, dass mir ein Gefühl durch den Kopf ging: Falls ich nicht bald eine dunkle Seite an ihm sehen würde, etwas Kompliziertes und Unglückliches – dann könnte mein gesamtes Weltbild ins Wanken geraten.

\* \* \*

Nachdem er gegangen war, nahm ich alle sechs Tabletten auf einmal ein.

Zurückblickend eine unfassbar dumme Tat.

Ich glaube, in diesem Moment war die Idee gewesen, alle Bedenken über den Haufen zu werfen und mich in die Besinnungslosigkeit zu stürzen. Aber gerade als ich das Glas Wasser ausgetrunken hatte, das mir der kleine Junge gebracht hatte, bevor er zum Mittagessen nach Hause ging, dämmerte mir, dass es eine nur allzu vorübergehende Besinnungslosigkeit sein würde. Sechs von diesen Tabletten würden nicht ausreichen, um irgendetwas dauerhaft zu lösen.

Ich glitt schnell in den Schlaf und wusste im Hinterkopf, dass ich wahrscheinlich wieder aufwachen würde. Die Tabletten würden dann weg sein, aber nicht all das, weswegen ich so unglücklich war.

Es war ein sehr kurzer Urlaub zu einem sehr hohen Preis.

# 21. Jackie

Ich blickte an mir hinunter und bemerkte, dass ich angespannt auf der Kante des harten Plastikstuhls saß. Genau wie
Mando. Ich lehnte mich zurück und seufzte. Ich hoffte, dass
er sich an mir ein Beispiel nehmen würde, aber ich bezweifelte, dass er mir überhaupt Beachtung schenkte.

Wir saßen in einem fast bedrückend kleinen Kasten von
einem Raum, dessen Wände tatsächlich in einem öden Grau-
ton gestrichen waren. Die Wände wirkten, als seien sie aus
Beton und nicht die üblichen Trockenbauwände. Ich starrte
einen Augenblick lang auf diese Wände und kam zu dem
Schluss, dass sie es wirklich waren. Aus Beton.

Die Fenster hatten Metallgitter aus geschweißtem Eisen-
draht, die direkt in das Glas eingeschmolzen waren.

An der Vorderseite des Zimmers stand ein langer Tisch,
wie ein mit Anabolika vollgepumpter Schreibtisch. Daran
saßen zwei Frauen und ein Mann, von denen niemand auch
nur Augenkontakt mit uns aufgenommen hatte.

Eine der Frauen trug ein signalrotes Kostüm, die andere
Frau und der Mann trugen Kleidung in Farben, die so ein-
tönig wie die Wände waren. Sie alle machten sich Notizen
auf Unterlagen, die auf dem Schreibtisch vor ihnen verteilt

waren. Es schien so, als sei ihre Funktion, ihre Stellung in der Welt, so unverzichtbar, dass sie nicht mal zum Atemholen innehalten könnten.

Was das Atemholen betraf, so hatte ich wieder einen Blick zu Mando geworfen, und ich hätte schwören können, dass er kaum atmete.

Wie ich wahrscheinlich schon erwähnt habe, saß er auf der äußersten Kante seines Stuhls. Seine Arme hingen hinab, und seine beiden Hände hielten seitlich neben seinen Beinen die Stuhlkante umklammert, als lehne sein Stuhl über einer Grube mit Alligatoren und er könne jeden Augenblick vornüberkippen.

Der winzige Raum war mit etwa einem Dutzend Stühlen gefüllt, aber wir waren die Einzigen, die dort saßen.

Ich wollte den Arm ausstrecken und eine Hand auf Mandos Schulter legen. Doch ich konnte mich nicht entscheiden, ob es die Sache besser machen oder noch verschlimmern würde. Ich nehme an, ich hätte es einfach versuchen und herausfinden können, aber so bin ich nicht. Stattdessen überlegte ich mindestens zwei Minuten lang hin und her.

Die Uhr über unseren Köpfen an der Betonwand tickte so laut, dass man sich bei jedem Vorrücken des Minutenzeigers etwas erschreckte. Außerdem erinnerte sie mich daran, dass die Verhandlung schon vor elf Minuten begonnen haben sollte.

Ich fühlte mich, als würde ich vor Nervosität gleich explodieren, und da ich wusste, dass dieses Gefühl auch auf Mando zutreffen musste, legte ich die zuvor schon erwähnte Hand auf seine Schulter. Er zuckte so sehr zusammen, dass er fast von seinem Stuhl gefallen wäre. Ich bildete es mir nicht nur ein und übertreibe nicht, denn die Frau in Rot schaute kurz auf. Trotzdem blickte sie uns immer noch nicht an.

Ich lehnte mich zu Mando hinüber. »Atme«, flüsterte ich in sein Ohr.

Er lachte leise, aber es klang nicht fröhlich. »Ich muss doch atmen. Ich bin nicht tot.«

»Atme mehr. Tiefer.«

Er schien sich einen Augenblick lang auf seinen Atem zu konzentrieren und zu versuchen, neue Kraft zu schöpfen. Ich konnte hören, wie er tief Luft einsog, was mich auch leichter atmen ließ. Er lehnte sich weiter in seinem Stuhl zurück. In diesem Augenblick wurde Gabriela in Handschellen von einem uniformierten Wächter in den Raum geführt.

Mando sprang auf, und ich musste seinen Arm ergreifen, damit er nicht zu ihr rannte. Instinktiv nahm ich an, dass dies wahrscheinlich gegen die Regeln verstieß.

Sie sah zu ihm und schaute gleich darauf beschämt wieder weg. Dann begegnete sie meinem Blick und lächelte ein wenig.

Sie war mir und Paula dankbar. Das hatte sie gesagt, als ich sie zum ersten und bis dahin einzigen Mal getroffen hatte.

Paula und ich hatten sie ein Mal im Gefängnis besucht. Wir hatten versucht, sie zu überreden, Besuche von Mando zu empfangen, aber sie war unnachgiebig geblieben. Gefängnis war erniedrigend, und sie wollte keine Zeugen haben, insbesondere nicht Mando. Sie hatte nicht gewollt, dass ihr Sohn sie so, an diesem Ort, zu sehen bekam.

Sie hatte nicht eingelenkt. Wir hatten uns darauf geeinigt, dass es nur wöchentliche Telefonanrufe geben würde, das heißt, so viele Telefonanrufe, wie ihr erlaubt waren. Er sollte sie nicht in dieser elenden, untergeordneten Stellung eingekerkert sehen.

Aber jetzt sah er es doch. Ich schaute instinktiv in sein Gesicht, um seine Reaktion abzulesen, aber es blieb ausdruckslos. Es hätte ebensogut aus demselben grauen Beton wie die Wände gemacht sein können.

Sie drehte uns den Rücken zu und setzte sich gegenüber von dem langen Schreibtisch auf einen Stuhl.

Ich zupfte sanft an Mandos Ärmel, bis er sich schließlich doch widerstrebend hinsetzte.

Die Leute an dem Tisch schrieben weiter und schauten weiterhin nach unten. Ihre einzige wirklich wichtige Arbeit schien sich auf den Unterlagen vor ihnen zu befinden. War ihre körperliche Haltung zunächst noch verwirrend gewesen, so erregte sie jetzt Wut. Ich konnte die Anspannung in Mando spüren und hoffte, dass die Dinge ins Rollen kämen, bevor er sich nicht mehr im Zaum halten konnte.

Gabriela schaute über ihre Schulter und warf ihm eine Kusshand zu, was ihn etwas zu entspannen schien. Dann schenkte sie mir ein weiteres kleines Lächeln, was so traurig war, dass es mir das Herz brach. Oder es zumindest bog, aber ich spürte den Schmerz.

Sie war eine hübsche Frau mit zarten Gesichtszügen. Zierlich, was mir immer seltsam vorgekommen war. Mandos Vater muss ein Riese gewesen sein. Ihre Wehen waren sicher kein Spaß gewesen. Ihre schwarzen Haare waren kurz geschnitten, wie die eines Jungen. Ich fragte mich, ob das ihre Entscheidung gewesen war oder ob sie in Bezug auf ihre Frisur nichts mehr zu sagen hatte.

Nur für den Bruchteil einer Sekunde konnte ich ihre Regeln, was Besuche betraf, viel besser verstehen.

\* \* \*

Zunächst ging es um ein paar rechtliche Sachen, die ich nicht genau wiedergeben kann. Ich saß da und hörte jedes Wort, aber sie fügten sich für mich nicht wirklich zu etwas Sinnvollem zusammen. Vielleicht waren meine Gedanken zu sehr mit anderem beschäftigt, oder man musste sich mit dem Rechtssystem gut auskennen, um inhaltlich folgen zu können. Vielleicht war es ein bisschen von beidem.

Dann redete die farblos gekleidete Frau mehrere Minuten lang über die verschiedenen Faktoren ihrer letztlichen Entscheidung, wie eventuelle Verstöße gegen die Gefängnisregeln, Leumundszeugen, unterstützende Petitionen oder Aussagen von Opfern oder deren Angehörigen.

*Welche Opfer?*, dachte ich. Drogen gehören zu den opferlosen Straftaten.

Wenn es nur um Drogenhandel gegangen wäre, hätte sie natürlich nicht fünfzehn Jahre bis lebenslänglich bekommen.

Ich erinnerte mich an den Bericht, den wir über das Verfahren gelesen hatten. Einer der Polizisten hatte geschworen, dass Gabrielas nun verstorbener Bruder Luis, Mandos Onkel, auf ihn geschossen hatte. Was angesichts der Tatsache, dass in dem Haus niemals eine Waffe gefunden wurde, eine lächerliche Behauptung zu sein schien. Gabriela hatte behauptet, dass es nur das Geräusch eines Backblechs gewesen sei, das jemand in dem Durcheinander der Festnahme vom Herd gestoßen hatte.

Ich fragte mich, warum der Polizist sich nicht die Mühe gemacht hatte, zur Anhörung zu erscheinen, wenn er wirklich meinte, es sei auf ihn geschossen worden.

Ich wollte fragen, warum die bei der Festnahme anwesenden Polizisten nicht erschienen waren, aber ich nahm an, dass ich besser nichts sagen sollte. Und ich machte mir Sorgen, dass ein Brechen der Regeln unserem Fall nur schadete.

Während ich versuchte, das alles aufzunehmen und mein Hirn in Vollbetrieb arbeitete, hatte Mandos Mutter begonnen zu reden. Ich hatte die Frage verpasst, die sie beantwortete. Aber dem Zusammenhang entnahm ich, dass sie sie gefragt hatten, ob sie reumütig oder rehabilitiert sei, oder beides.

»Ich weiß nicht, was Sie von mir hören wollen«, sagte sie mit ihrem starken Akzent. Armando hatte keinen Akzent, aber er hatte in Amerika die Schule besucht, seit er sieben gewesen war. »Alle wollen, dass ich mich dafür entschuldige, was ich getan habe, aber ich habe nichts getan. Ich hatte meinen Job verloren. In der Nebensaison. Das Restaurant, in dem ich gearbeitet habe, hat Leute entlassen, nachdem die Touristen gerade weg gewesen sind. Man weiß nie, wann es passiert und wen es trifft. Ich konnte keinen anderen Job finden und die Miete nicht zahlen, deshalb waren wir bei Luis eingezogen.«

Diese drei Leute, die sich vorher nicht die Mühe gemacht hatten, von ihren Papieren aufzusehen, schauten Mandos Mutter nun direkt an. Ich merkte, dass es sie verunsicherte, auch wenn ich sie nur von hinten sehen konnte.

Die Frau in dem leuchtenden Rot sagte: »Sie sind mit ihrem zehnjährigen Sohn in ein Haus gezogen, in dem Methamphetamin hergestellt wurde. Sie denken nicht, dass das falsch ist?«

»Nicht hergestellt«, warf der Mann ein. »Verkauft. Es war kein Drogenlabor.«

»Gut, was auch immer. Verkauft. Sie haben nicht gedacht, dass das Ihren Sohn in Gefahr gebracht hat?«

»Aber ich wusste nichts davon. Luis war kein Drogenhändler. Er war Mechaniker. Er war mein kleiner Bruder, ich habe ihn geliebt. Er hatte seinen Job ein Jahr vor mir verloren. Ich nehme an, dass er dann vielleicht angefangen hat, Drogen zu verkaufen, aber er hat mir davon nie erzählt. Er wusste, dass ich mich für ihn geschämt hätte, deshalb wollte er es mir vielleicht nicht sagen.«

»Und Sie haben nicht gesehen, wie es geraucht wurde?«, fragte die Frau in Rot. Sie wirkte wie ein angriffslustiger Hund an einem Tor und hatte die Aufgabe übernommen, die arme Gabriela zu bedrohen.

»Nein, da wurde nicht geraucht. In der Wohnung wurde nicht geraucht, das hätte ich bemerkt.«

»Und Sie haben nicht gedacht, dass sehr viele Leute in der Wohnung ein- und ausgegangen sind?«

»Nein. Nie. Es ist nie jemand vorbeigekommen. Luis ging nur nachts viel aus.«

»Und Sie haben ihn nie gefragt, wo er hingegangen ist?«

»Es ging mich nichts an, wo er hingegangen ist.«

»Oder wie er sein Geld verdient hat?«

»Er hatte mir erzählt, dass er nebenher ein paar Jobs im Karosseriebau hat.«

»Nachts? Da, wo ich herkomme, arbeiten Leute tagsüber.«

Die Frau in Rot lehnte sich geräuschvoll in ihrem Stuhl zurück und wirkte nicht überzeugt.

»Ich erzähle Ihnen die Wahrheit«, sagte Mandos Mutter.

Als Nächstes übernahm der Mann in der Runde. »Wussten Sie, als Sie Ihren Sohn dort hinbrachten, dass es eine Waffe in dem Haus gab?«

»Es gab da keine Waffe. Es gab nie eine. Wenn Luis eine Waffe gehabt hätte, wie kommt es dann, dass sie nie gefunden wurde? Wohin hätte sie verschwinden können? Sie haben ihn erschossen, weil sie von einem lauten Geräusch erschreckt worden waren. Etwas war im Tumult runtergeworfen worden. Ein Backblech. Ich war zu dem Zeitpunkt in der Küche gewesen und habe gesehen, wie sie meinen kleinen Bruder erschossen haben. Er hatte nichts in den Händen. Nichts. Natürlich haben sie behauptet, er hätte zuerst geschossen, aber wo war die Waffe? Ist sie einfach wie durch einen Zauber verschwunden?«

»Ich glaube, das Verschwinden der Waffe ist der Grund dafür, dass Sie wegen Beihilfe zum Mord an einem Polizisten angeklagt wurden«, sagte die Frau in Rot.

»Aber sie sind doch genau dort mit mir in der Küche gewesen. Wie hätte ich eine Waffe verschwinden lassen können, ohne dass sie es gesehen hätten? Sie waren dort. Ich versichere Ihnen, es gab dort keine Waffe. Ich habe nichts getan, außer zu sehen, wie mein kleiner Bruder starb. Wenn sie keine Drogen gefunden hätten, hätte ich geschworen, dass er keine verkauft hat. Aber vielleicht hat er Drogen verkauft. Ich weiß es nicht. Aus Verzweiflung machen Leute solche Sachen. Vielleicht hat er eine falsche Wahl getroffen. Aber das Einzige, was ich getan habe, war mit meinem Sohn dort einzuziehen. Wir brauchten schließlich eine Wohnung. Wo hätten wir wohnen sollen, wenn ich keine Arbeit gefunden hätte?«

»Es gibt Wohnheime«, sagte die Frau in Rot.

»Wo gibt es hier in der Gegend ein Wohnheim?«

»Das kann ich aus dem Stegreif jetzt nicht sagen, aber dass ich es nicht weiß, heißt nicht, dass Sie nicht dafür verantwortlich gewesen wären, es herauszufinden. Und wir sind nicht hier, um den Fall wieder aufzunehmen oder über Ihre Schuld oder Unschuld zu entscheiden. Sie wurden verurteilt, also sind das die Fakten, nach denen wir uns richten. Hier steht, dass Ihr Bruder auf einen der Polizisten geschossen hat. Wir können das in dieser Anhörung nicht widerlegen.«

Sie sagte noch etwas, aber ich verpasste es. Mir war ein plötzlicher Gedanke gekommen.

Das Nächste, an das ich mich erinnern konnte, war, dass ich stand, und ich hatte nicht bemerkt, dass ich aufgestanden war.

»Warum hat sie keinen Anwalt bei sich?«, platzte ich heraus.

Völlige Stille. Alle starrten mich an, selbst Mando und seine Mutter, und sogar der Wachmann, der mit dem Rücken zur Tür stand.

Die Frau in Rot nahm ihre Brille ab. »Wer sind Sie?«

»Ich bin die Pflegemutter ihres Sohnes. Wir haben ein Merkblatt darüber erhalten, was uns in dieser Anhörung erwartet. Darin stand, ihr würde heute ein Anwalt zur Verfügung gestellt werden.«

Die Frau in Rot sah mich noch einen Augenblick länger an. »Ich glaube, Sie haben keine Sprechbefugnis.« Sie wandte sich an den farblosen Mann. »Hat eine Pflegemutter Sprechbefugnis?«

»Ich bin mir nicht sicher«, antwortete er. »Aber da die Frage gestellt wurde, weshalb ist kein Anwalt bei ihr?«

Endlich konnte ich wieder durchatmen. Ich setzte mich.

Anstatt die Frau in Handschellen zu fragen, bezogen sich die drei wieder auf die Unterlagen vor ihnen.

»Hier steht, sie hätte einen Anwalt abgelehnt«, sagte der Mann.

»Nein«, sagte Gabriela. »Ich habe einen Pflichtverteidiger verlangt, und mir wurde gesagt, sie würden mir einen besorgen. Aber dann haben sie mich aus meiner Zelle abgeholt, und ich hatte immer noch keinen. Ich habe gefragt, wo er sei, und mir wurde gesagt, etwas sei schiefgegangen, er hätte zwei Termine zur gleichen Zeit vereinbart oder so etwas, und er würde daher nicht kommen. Aber ich habe einen Pflichtverteidiger verlangt.«

Die drei starrten weiter auf den Schreibtisch. Ein paar Unterlagen wurden umgeblättert oder zur Seite gelegt.

»Hier steht, Sie hätten einen Anwalt abgelehnt«, sagte die Frau in Rot. Und das war alles. Die Verhandlung wurde einfach fortgesetzt. »Gibt es etwas, das der Sohn sagen will?«

Ich sah zu Mando hinüber. Er strich seine Haare zurück, als schien er sich plötzlich Sorgen über seine Erscheinung zu machen. Seine Hand zitterte.

Er stand auf. Ich konnte sehen, wie sich sein Kiefer vor- und zurückbewegte.

»Wenn Sie meine Mutter kennen würden«, sagte er mit wackliger Stimme, »dann wüssten Sie, dass sie niemals etwas Schlechtes tun könnte. Ich wusste auch nicht, dass Tio Luis Drogen verkauft hat. Wir wussten von alldem nichts. Sie hat immer wieder versucht, der Polizei zu erklären, dass das alles nichts mit uns zu tun hatte, aber sie haben nicht zugehört. Es war nur Pech, dass sie gerade im Haus gewesen ist. Sie …«

Die Frau in Rot unterbrach ihn. »Warst du zu Hause, als die Verhaftung stattfand?«

»Nein, Ma'am. Ich war in der Schule.«

»Dann kannst du nicht wissen, was passiert ist.«

»Ich kenne meine Mutter.«

»Aber du weißt nicht wirklich, was sie gewusst hat und was nicht. Du weißt nicht genau, ob sie nicht gewusst hat, dass dein Onkel mit Meth handelte. Vielleicht hat sie nur nichts getan, weil sie für euch ein Dach über dem Kopf brauchte.«

»Sie hat mir gesagt, dass sie es nicht gewusst hat.«

»Bei allem Respekt, mein Junge, die meisten Leute hier sagen, dass sie nichts getan haben.«

Mandos Gesicht färbte sich rot, erschreckend rot. Ich wartete, ob er noch etwas hinzufügen würde, aber er schien eine Blockade zu haben. Er war wie erstarrt.

»Wir beraten uns nun«, sagte der Mann. »Wenn alle bitte draußen im Flur warten könnten.«

Ich schien auch eine Blockade zu haben, denn ich spürte, dass ich etwas sagen sollte, etwas tun sollte. Denn sie hätte einen Anwalt haben sollen, und sie hatte sehr deutlich gesagt, dass sie einen verlangt hatte. Es war nie eine Waffe gefunden worden, es lag kein Beweis dafür vor, dass sie mit den Drogen oder mit der angeblichen Attacke auf den Polizisten zu tun gehabt hatte. Aber sie hatten bereits gesagt, dass sie nicht hier waren, um die Details des Urteils zu hinterfragen. Irgendwie hatten sie Geschworene gefunden, die sie für schuldig erklärt hatten, was wahrscheinlich nicht schwierig gewesen war. Ich spürte, wie wir alle aus Zeit- und Bequemlichkeitsgründen rechtsstaatswidrig in eine Entscheidung hineingezogen wurden, aber ich war keine Beteiligte des Verbrechens und hätte überhaupt nichts sagen dürfen.

Das Nächste, an das ich mich erinnern konnte, war, dass der Wachmann Mando am Arm aus dem Zimmer schleppte und Mando meinen Arm umfasste, damit ich auch wirklich mitkam. Dann saßen wir auf einer harten Holzbank zwischen klaustrophobisch grauen Betonwänden im Flur.

Es war alles vorbei.

Das war's. Die große Chance. Man wartet drei Jahre darauf, und dann geht sie einfach so vorbei.

Mandos Mutter saß auf der Bank uns gegenüber. Sie hatte sich neben uns setzen wollen, aber der Wachmann hatte ihr sofort zu verstehen gegeben, dass dies nicht möglich sei.

Sie erschien geradezu lädiert, ihr angeschlagener innerer Zustand spiegelte sich bildlich in ihrem Äußeren wider, als hätte jemand sie so raffiniert geprügelt, dass es keine anderen Spuren gab.

»Es ist schön, dich zu sehen«, sagte sie zu ihrem Sohn und bemühte sich sichtlich, nicht zu weinen.

»Dich auch«, sagte er.

»Geht es dir gut?«

»Nein. Es ginge mir gut, wenn du freigelassen würdest.« Er warf mir einen Blick zu, bevor er wieder zu seiner Mutter sah. »Nicht, dass du mich falsch verstehst. Es ist gut da, wo ich bin. Sie sind sehr nett. Aber es geht mir nicht gut, solange du nicht freigelassen wirst. Wie geht es dir?«

Sie zuckte mit den Schultern, in ihrem Gesicht lag ein angespannter Ausdruck. In diesem Moment wurde die Tür geöffnet, und man rief uns wieder herein. Nein, ich habe die Zeit in meiner Wahrnehmung wirklich nicht gerafft. Wir waren vielleicht dreißig Sekunden lang in diesem Flur gewesen, falls überhaupt.

*Das war vielleicht eine Beratung,* dachte ich.

Wir gingen wieder hinein und setzten uns. Mando weinte und versuchte, es zu verbergen.

Der Mann machte die Verkündung, die niemanden überraschte.

»Aufgrund der Schwere des Verbrechens und der Tatsache, dass ein Polizist hätte getötet werden können, und aufgrund der Tatsache, dass das Wohlergehen eines Minderjährigen auf dem Spiel stand, und da der Häftling keinerlei Reue für das begangene Verbrechen zeigt …«

»Mir kann doch nicht etwas leidtun, das ich nicht getan habe«, warf Mandos Mutter ein.

»… ist es unsere Entscheidung, zu diesem Zeitpunkt eine Bewährung abzulehnen. Der Häftling wird in zwei Jahren wieder vor dieses Gremium geführt.«

Ich glaube, er sagte noch ein paar weitere Dinge, aber ich hörte nicht mehr zu. Ich dachte darüber nach, dass sie zweifellos von dem Häftling verlangten, in den folgenden zwei Jahren auf irgendeine Art und Weise zu wachsen und reifer zu werden, aber in Wahrheit war es das Gremium, das sich ändern musste. Der Prozess musste sich ändern. Die Tatsache, dass sie alle weiß waren und dass sie eine Lateinamerikanerin war, musste sich ändern oder zumindest zu einem nicht relevanten Faktor werden.

Und die Aussichten darauf waren nicht gut.

* * *

Nach etwa zehn Schritten in dem langen, grauen Flur hielt Mando plötzlich an, drehte sich um und schlug mit voller Kraft gegen die Betonwand.

Ich war eigentlich nicht überrascht. In diesem Augenblick war ich es natürlich, weil alles so schnell passierte. Aber irgendwie musste er sich Luft machen. Ich stand selbst kurz davor, gegen eine Wand zu boxen – und sie war noch nicht mal meine Mutter.

Er gab ein leises, wimmerndes Geräusch von sich und sank auf die Knie. Ich hockte mich neben ihn und hielt sein Handgelenk. Ich wollte mir die Hand ansehen, aber er schirmte sie mit seiner anderen ab. Ich nahm an, dass es eine Reaktion auf den Schmerz war und nicht, weil er mich die Hand nicht sehen lassen wollte.

Etwa zehn Schritte entfernt von uns im Flur stand ein Wachmann, der nicht besorgt zu sein schien. Ganz im Gegenteil, er hatte ein leichtes Grinsen im Gesicht.

»Gut für ihn, dass die Wand härter als seine Faust ist«, sagte er. »Sonst wäre er für den Schaden verantwortlich.«

\* \* \*

Zum Glück kannte ich mich in der Gegend gut aus und wusste genau, wo die nächste Notaufnahme zu finden war. Und dort war nicht viel Betrieb.

Mandos Hand wurde geröntgt. Am äußeren Knochen über dem Handgelenk wurde ein Knochenbruch festgestellt. Erstaunlicherweise waren seine Knöchel nicht gebrochen, aber seine Hand musste mit drei Stichen genäht werden, um die Blutung zu stoppen.

Während ich an der Kasse stand und meine Kreditkarte hervorholte, lehnte sich Mando an die Wand und bog seine Hand leicht gegen die Plastikschiene, um zu sehen, wie weit er sie bewegen konnte. Er zuckte etwas zusammen.

»Tut mir leid«, sagte er.

»Es braucht dir nicht leidzutun. Du bist derjenige, der den Preis zahlt.«

Er wies mit dem Kopf auf meine Kreditkarte.

»Es ist versichert«, sagte ich. »Du bist versichert.«

»Alles?«

»Ich weiß nicht. Aber es ist egal. Es musste gemacht werden.«

»Es war dumm«, sagte er.

»Es war nicht deine beste Entscheidung. Aber ich kann deine Frustration verstehen. Diese Anhörung war Bockmist.«

Ich fluchte sonst nie vor den Kindern, also beobachtete ich seine Reaktion. Ich war überrascht zu sehen, wie sein Gesicht fast freudig aufleuchtete. Beinahe wie eine Erleichterung.

»Es war Bockmist! Tut mir leid, ich sollte dieses Wort nicht sagen.«

»Na ja, ich auch nicht. Aber es stimmt.«

»Völlig«, sagte er.

* * *

»Sollen wir unterwegs anhalten und die Tabletten abholen?«, fragte ich, als wir den Krankenhausparkplatz verließen.

»Welche sind es?«

»Nur Paracetamol mit ein paar Milligramm eines stärkeren Schmerzmittels.«

»Nein. Mir egal. Ich will nur nach Hause.«

»Ich hab etwas Ibuprofen in meiner Tasche.«

»Ich könnte zwei davon nehmen.«

Ich gab ihm meine Tasche, die auf dem Rücksitz lag, und er durchstöberte sie mit der linken Hand.

»Im Handschuhfach sollte eine Flasche Wasser sein.«

Ich fuhr auf die Autobahn Richtung Zuhause, als er sich langsam durch diese einfache Aufgabe kämpfte. Es fühlte sich jedoch nicht so an, als würde ich nach Hause fahren. Dies hier war mein Zuhause. Und es tat weh, es wieder verlassen zu müssen.

Ich glaube, wir waren beide emotional.

»Ich hab das Gefühl, ich hätte mehr machen sollen«, sagte ich.

»Was denn?«

»Ich weiß nicht. Irgendetwas.«

»Aber was hättest du machen können? Sie wollten dich nicht mal reden lassen.«

»Ich fühlte mich nur so …« Ich konnte den Gedanken nicht zu Ende führen.

Nach einem Augenblick sagte er: »Ich auch.«

Einen oder zwei Kilometer später fügte er hinzu: »Du glaubst mir doch, oder?«

»Was?«

»Dass sie nichts getan hat.«

»Ja. Das glaube ich.«

»Weil es sonst niemand glaubt. Du hast diese Frau gehört. Alle, die festgenommen werden, sagen, sie seien unschuldig. Und alle nehmen an, dass sie lügen.«

»Schau, Mando. Ich will nicht auch nur einen Moment lang so tun, als könnte ich mich in deine Erfahrung hineinversetzen. Oder als ob ich wüsste, was du gerade durchmachst. Aber ich kann sehen, dass eine Lateinamerikanerin mit einem starken Akzent, ohne Geld und ohne Strafverteidiger, weil er nicht mal aufgetaucht ist, nicht dieselbe Chance bekommt, wie ich sie erhalten würde. Wäre ich an ihrer Stelle gewesen, hätten sie mir vielleicht geglaubt. Außerdem könnten wir genug Geld zusammenkratzen oder zumindest einen Kredit aufnehmen, um einen guten Anwalt zu bekommen. Ich habe doch Augen im Kopf. Ich kann sehen, dass das System für Minderheiten ein ganz anderes ist.«

Es war eine Weile still, und ich fragte mich, ob das, was ich gesagt hatte, richtig geklungen hatte oder nur wie noch mehr Mist. Ich fragte mich, ob eine weiße Person jemals etwas über die Erfahrung von Minderheiten sagen konnte, ohne Fehler zu machen, oder ob allein der Versuch unbeabsichtigterweise ein wenig rassistisch war.

»Du gehörst auch zu einer Art Minderheit«, sagte er schließlich.

»Das ist irgendwie anders.«

»Inwiefern?«

»Vielleicht weil man mir äußerlich nicht gleich ansehen kann, dass ich zu einer Minderheit gehöre. In manchen Situationen kann ich es einfach verstecken. Ich weiß aber nicht, ob das gut ist oder schlecht. Ich meine, dir können sofort alle ansehen, wer du bist, sobald sie dich treffen. Mir nicht. Wenn ich glaube, dass ich in feindlicher Gesellschaft bin, kann ich es verstecken. Einerseits habe ich also Glück, weil ich lügen und mich verstellen kann, um Ärger zu vermeiden. Andererseits glaube ich nicht, dass das eine gute Sache ist. Es fordert seinen Tribut, wenn man sich versteckt. Aber im Ernst, ich mache mir manchmal Gedanken darüber, ob ich über solche Sachen reden sollte, weil ich nicht wirklich weiß, was es bedeutet, in deiner Haut zu stecken, und vielleicht sage ich genau das Falsche, ohne es zu wollen.«

»Nein«, sagte er. »Das tust du nicht. Ich bin froh, dass wir darüber gesprochen haben. Ich glaube, ich verstehe, was du meinst. Ich habe keine Wahl, ich komme aus Guatemala und kann Leuten nichts vormachen, damit sie etwas anderes denken. Aber wenn mir jemand das Leben schwer macht, dann weiß ich, dass derjenige im Unrecht ist. Ich weiß, dass ich in Ordnung bin und der andere Vorurteile hat, wie diese

Frau mit dem Pferd. Aber wenn sie einen dazu bringen, sich zu verstecken, dann ist es fast so, als würde man sich dafür schämen.«

»Genau. Du hast es richtig verstanden. Es ist eine Wahl: dafür verprügelt zu werden, was man ist, oder das Prügeln zu vermeiden, indem man sich selbst verrät und vorgibt, etwas zu sein, das man nicht ist. Womit man so tut, als sei etwas falsch daran, was man ist. Ich bin mir nicht sicher, was schlimmer ist. Ich glaube nicht, dass es sich auszahlt, darüber nachzudenken. Ich denke, wir sollten darin übereinkommen, dass beides Mist ist und es dabei belassen.«

Wir fuhren einen oder zwei Kilometer weiter, und keiner von uns sprach. Mando dehnte seine Hand gegen die Schiene und wackelte vorsichtig mit den Fingerspitzen.

»Warum glaubst du mir also?«, fragte er plötzlich, und ich erschrak ein wenig.

»Oh. Nun, ich habe deine Mutter getroffen. Und sie scheint einfach nicht der Typ dafür zu sein. Ich glaube nicht, dass sie auch nur zu schnell Auto fahren würde.«

»Das macht sie wirklich nicht!«, rief er plötzlich so enthusiastisch, als wäre auf einmal alles in Ordnung. »Sie treibt mich damit zum Wahnsinn. Ich sage: ›Mom, du fährst so langsam‹, und sie sagt: ›Ich fahre nur so schnell, wie das Verkehrsschild es vorschreibt.‹ Sie sagt: ›Warum sollte man riskieren, einen Strafzettel zu bekommen?‹ Und ich sage: ›Um pünktlich zu sein.‹ Dann sagt sie: ›Dann geh halt fünf Minuten früher aus dem Haus!‹« Er wurde ruhiger und hatte ein wehmütiges Lächeln auf den Lippen. Die Erinnerung machte ihn offenbar glücklich. Dann verschwand sein Lächeln wieder. »Aber ich weiß nicht, warum ich darüber rede, als würde es gerade jetzt passieren. Als hätte sie es gerade erst heute zu mir gesagt, als sei sie hier.«

Eine kurze Pause trat ein, eine Leere.

Dann brach er zusammen und weinte wie ein Baby.

Ich weiß, dass er lieber allein geweint hätte, ohne mich als Zeugin dabeizuhaben, aber wir befanden uns nun mal gemeinsam in einem fahrenden Auto. Er konnte es nicht so haben, wie es ihm lieber gewesen wäre.

Ich fuhr von der Autobahn ab, schloss ihn in meine Arme und versorgte ihn mit Taschentüchern, bis er aufhörte zu weinen.

# 22. Clementine

Die nächste Sache, an die ich mich erinnere, ist, dass es hell war, ich auf dem Schlafzimmerboden kniete und mich in einen Papierkorb übergab. Die Tierärztin war nur ein paar Schritte entfernt im Badezimmer nebenan und machte sauber. Beim letzten Mal hatte ich es nicht bis zur Toilette geschafft.

Sie hatte mir den Papierkorb gegeben. Ich nehme an, sie hatte genug davon, hinter mir herzuwischen. Das kann ich ihr wohl kaum vorwerfen.

Es fällt mir nicht leicht, über diesen Teil zu berichten, denn ich befand mich in einer sehr unwürdigen Lage. Seinen Magen zu entleeren ist ein ekelhafter Prozess. Es lässt sich nicht immer vermeiden, aber zumindest hat man sonst den Luxus, für sich ganz allein ekelhaft zu sein.

Ganz zu schweigen von meiner Frisur, die ein Desaster sein musste, und meinem Make-up, das sicher ruiniert war, falls ich überhaupt welches trug. Es war ganz sicher kein Augenblick, in dem man gesehen werden wollte.

Gerade als mir das durch den Kopf ging, blickte ich hoch, und da stand Denny Portman in der Schlafzimmertür. Ich wollte eine Bemerkung darüber machen, dass Zeugen gerade nicht sehr willkommen waren, aber da spürte ich schon wieder, wie sich mein Magen hob. Es blieb mir nichts anderes übrig, als trocken über dem Papierkorb zu würgen.

»O je«, sagte er. »Ich hab schon gehört, dass du dich nicht gut fühlst.«

»Könnte ich in meinem Elend vielleicht ein kleineres Publikum haben?«, fragte ich zwischen den Würgeattacken.

Er tippte an seine Dienstmütze und ging ins Badezimmer, um mit der Tierärztin zu reden.

»Vielleicht sollte sie ins Krankenhaus«, hörte ich ihn zu ihr sagen.

»Wenn Sie diese Vorsichtsmaßnahme ergreifen wollen, habe ich nichts dagegen«, antwortete sie. »Aber ich beobachte sie sehr genau. Offen gesagt, wenn es kritisch wäre, dann wäre es schon dazu gekommen. Vor mindestens zwölf Stunden.«

Ich konnte sie sehr gut hören und fragte mich, ob sie das wussten. Ich ärgerte mich darüber, dass sie über mich redeten, als könnte sie mich nicht hören. Außerdem erinnerte es mich daran, dass ich von einer Tierärztin behandelt wurde und nicht von einer Ärztin der Humanmedizin.

In diesem Moment hörte ich sie sagen: »Ich weiß, dass ich nicht ganz die Ärztin bin, die in dieser Situation gebraucht wird, aber immerhin habe ich Medizin studiert.«

Dennis lachte, was mich ebenfalls ärgerte. Was fanden sie alle an meinem Leiden so witzig?

»Oh, ich zweifle nicht an Ihrer Fähigkeit, den besagten Drachen zu behandeln.«

»Hey«, rief ich und setzte mich, so gut es ging, auf. »Ich bin nicht taub!«

»Huch«, sagte Denny und steckte seinen Kopf ins Schlafzimmer. »Tut mir wirklich leid. Ich gehe jetzt rüber, um mit Jackie zu reden, und dann komme ich nochmal zurück, um zu sehen, ob es dir besser geht.«

»Hast du irgendwelche Neuigkeiten über …«

»Leider nichts, Clem. Gar nichts. Es ist, als hätten sie sich einfach weggebeamt. Aber mach dir keine Sorgen. Irgendwo müssen sie sein. Sorg nur dafür, dass du wieder in Ordnung kommst, und überlass uns die Detektivarbeit.«

Und damit ging er hinaus.

Ich blieb noch eine oder zwei Minuten unentschlossen sitzen und versuchte zu entscheiden, ob es sicher war, zurück ins Bett zu gehen. Meine Knie schmerzten von den harten Dielenbrettern. Dann roch ich plötzlich Essen und musste wieder würgen. Ich konnte es gerade vermeiden, mich nicht wieder trocken zu erbrechen.

Der kleine Junge war an meine Schlafzimmertür gekommen und hielt einen Papierteller in der Hand. Meinem Geruchssinn zufolge lag ein Truthahnsandwich darauf.

»Hier geht es zu wie im Grand Central«, sagte ich.

»Ich weiß nicht, was das ist«, antwortete er.

»Das ist ein Bahnhof. In New York.«

»Wie kann es hier wie in einem Bahnhof in New York sein?«

»Hier wie dort ist viel Betrieb.«

»Oh.«

Er schaute sich angestrengt um und schien zu versuchen, es aus meiner Sicht wahrzunehmen. Er konnte seine Mutter – eine seiner Mütter – nicht in meinem Badezimmer sehen, aber er hörte, wie sie die Handtücher auswusch, mit denen sie vorhin den Boden gewischt hatte.

Mir kam es so vor, als wollte er mit mir darüber diskutieren, was ich für ›viel Betrieb‹ hielt. Er öffnete den Mund, sagte aber nur: »Ich dachte, Sie hätten vielleicht Hunger.«

»Kein bisschen«, antwortete ich.

»Liebling«, rief die Tierärztin aus dem Badezimmer. »Mrs D'Antonio ist sehr übel. Wahrscheinlich will sie Essen noch nicht mal riechen.«

Er schaute zur Badezimmertür, dann wieder zu mir. »Ist das so?«

»Ja.«

»Okay. Ich nehme das mit nach Hause und frage J-Mom, ob sie es für später einpacken kann.«

Ich wusste, dass ich mich wieder übergeben würde, und versuchte, so gut ich konnte, zu warten, bis er weg war, weshalb ich dringend hoffte, dass er sich beeilte. Aber dann konnte ich es nicht länger zurückhalten und musste tun, was ich zu tun hatte, also bemühte ich mich nur, nicht zu schauen, ob mich jemand beobachtete.

Die Tierärztin kam gerade rechtzeitig ins Schlafzimmer, um zu sehen, dass mein Würgen nicht ganz und gar trocken war. Woher in Gottes Namen mein Magen noch immer etwas zum Ausstoßen fand, das wird mir für immer ein Rätsel bleiben.

Sie hielt die feuchten Handtücher, die sie gut ausgewrungen haben musste, denn ich beobachtete – so gut es mir unter den aktuellen Umständen möglich war – ob sie auf den Holzfußboden tropften. Und ich war bestens darauf vorbereitet, grantig zu reagieren, aber es fiel kein einziger Tropfen auf meinen Boden.

»Ich stecke die Handtücher in die Wäsche. Wo ist Ihre Waschmaschine?«

Ich zögerte kurz, um mir sicher zu sein, dass ich nicht mehr brechen würde. »Garage.«

»Erstmal hole ich Ihnen ein Taschentuch«, sagte sie. »Dann können Sie sich den Mund abwischen. Und ein Glas Wasser.«

Sie verschwand wieder im Badezimmer, immer noch mit den Handtüchern in der Hand. Ich spürte eine diffuse Dankbarkeit, weil sie daran gedacht hatte, sie vorzuwaschen anstatt sie in diesem völlig verschmutzten Zustand in die Waschmaschine zu stecken. Aber ich bedankte mich nicht in Worten bei ihr und brachte es nicht über mich, es auch nur zu versuchen.

Bevor sie zurückkehrte, bevor mir das Leben auch nur die Chance auf die Würde gab, mir den Mund abwischen zu können, bemerkte ich eine Bewegung vor dem Schlafzimmer.

Vernon stand in der Tür und sah zu mir herüber.

*Also,* dachte ich, *das ist einfach zu viel.*

Ich hatte meine Grenze der Belastbarkeit erreicht. Es war der Tropfen, der dieses alte Fass zum Überlaufen brachte. Ich dachte: Das war's. Ich bin offiziell gebrochen.

Aber was nutzt es, so etwas zu sich selbst zu sagen? Sobald man sich versieht, ist ein Moment vergangen, und man ist immer noch da. Und muss immer noch mit der Situation fertigwerden, ebenso wie wenn man nicht gebrochen wäre. Das Leben hinter der Grenze der Belastbarkeit war dem Leben, so wie es immer gewesen war, deprimierend ähnlich. Es schien einfach keinen Weg heraus zu geben.

»Alles in Ordnung?«, fragte er. Als ich nicht antwortete, fügte er hinzu: »Tut mir leid, dass du dich nicht gut fühlst. Ich bin nur vorbeigekommen, um meine restlichen Sachen abzuholen.«

»Gut. Hol sie ab.«

»Ich habe ein paar Pappkartons im Laster. Ich bringe sie her.«

Er ging raus.

Die Tierärztin kam zurück und wischte mein Gesicht mit einem feuchten Waschlappen ab. Er war warm, was mir fast die Tränen in die Augen trieb, aber ich hatte für heute schon genug Unwürdiges erlebt. Verdammt, genug für ein ganzes Leben. Sie hielt mir das Wasserglas hin und dann den Papierkorb, damit ich mir den Mund ausspülen konnte. Danach half sie mir ins Bett.

Zu dem Zeitpunkt, als Vernon wieder zurückkam, lag ich zugedeckt im Bett und war zumindest in einem ordentlichen Zustand. Aber das war jetzt auch egal. Denn wie anscheinend immer hatte ich wieder mal mein Timing knapp verfehlt.

Ich war am Nullpunkt meines Lebens angekommen, und er war dagewesen, um ein Zeuge meiner Schande zu sein.

* * *

Ich setzte mich im Bett auf und sah zu, wie er seine Hemden aus dem Schrank zog und sie sorgfältig faltete – sogar noch sorgfältiger, als ich Wäsche faltete – obwohl er das vorher natürlich nie gemacht hatte.

Dann legte er sie in eine offene Pappkiste am Ende des Bettes. Auf seiner Seite des Bettes. Es gab zwar nicht mehr ›seine Seite des Bettes‹, aber sie war immer dagewesen, und diese Grenzen hatten sich irgendwie nicht aufgelöst.

Er fragte mich, ob ich erkältet sei, und ich antwortete, das sei wahrscheinlich der Fall. Es war eine glatte Lüge, aber was hätte ich sonst sagen können?

»Schade um Comet«, sagte er.

Dem gab es nicht viel hinzuzufügen, also sagte ich nur: »Hast du es gewusst? Bevor du heute hergekommen bist?«

»Ich hab es gehört.«

Dann fielen wir in ein qualvolles Schweigen. Ich dachte, es müsste etwas geben, das ich zu ihm sagen konnte, vielleicht sogar etwas, das meiner Sache helfen könnte, aber ich zermarterte mir das Gehirn und kam nicht darauf. Falls es überhaupt etwas gab, das ich ihm sagen konnte.

Schließlich durchbrach er die Stille.

»Ich weiß, dass es herzzerreißend ist. So wie er … nun … so wie die Dinge gewesen sind. Oder immer noch sind. Aber … nun, ich weiß nicht, Clem. Vielleicht sollte ich das gar nicht sagen. Aber es schien so, als hinge jedes panik-artige Problem, das du bei unserem letzten Gespräch hattest, mit Comet zusammen. Sich um ihn kümmern zu müssen, Schuldgefühle wegen ihm zu haben, Angst vor ihm zu haben. Wenn du dich erst einmal daran gewöhnt hast, merkst du vielleicht, dass das alles zum Besten war.«

Ich spürte ein merkwürdiges, kribbelndes Gefühl um meine Ohren herum und fragte mich, ob sie rot wurden.

»Du hast recht«, sagte ich.

Er sah überrascht auf. »Wirklich?«

»Ja. Du hast recht. Du hättest das gar nicht sagen sollen.«

Er schüttelte den Kopf und machte schweigend mit seiner Arbeit weiter. Er nahm eine andere Kiste für seine Stiefel und Schuhe. Die Schuhe, die er seltener trug und zunächst nicht mitgenommen hatte. Ich dachte, unsere Unterhaltung sei beendet, aber ein paar Minuten später versuchte er es noch mal.

»Scheinbar musst du viel mit diesen neuen Nachbarn zu tun haben. Was hältst du davon?«

»Ich mag den kleinen Jungen«, sagte ich und spürte meine Chance.

Ja! Das war es, an was ich vorher versucht hatte zu denken! Diese wichtige Entwicklung, die ich Vern mitteilen wollte, falls ich je die Gelegenheit dazu hätte.

Er war so überrascht, dass er mir direkt ins Gesicht sah, und ich machte mir wieder Gedanken über meine Frisur und mein Make-up.

»Wirklich?«

»Ja, sehr. Ich bin wirklich gern in seiner Gesellschaft.«

Ich wartete ab, ob es für ihn einen Unterschied machte.

Aber er sagte nur: »Das ist gut, Clem. Ich bin froh, dass du jemanden gefunden hast, den du magst.«

Dann wurde ich wütend. Nicht direkt auf Vernon, aber die Wut hing trotzdem mit ihm zusammen. Ich war wütend auf alles. Vom Ende meiner Wirbelsäule stieg ein schleichendes Gefühl in mir auf, und ich verstand besser, was mich an dem kleinen Jungen so störte. Warum sein gutes Benehmen mich manchmal reizte. Ich konnte es jedoch noch nicht richtig in Worte fassen, es war nur ein Gefühl, das sich mehr und mehr herauskristallisierte.

»Es scheint mir einfach nicht richtig zu sein«, sagte ich, um meinem Ärger ein bisschen Luft zu machen.

»Was, die zwei Frauen? Was für einen Unterschied macht es für dich? Es ist einfach so, wie es ist.«

»Nicht das. Oder nicht *nur* das. Ich meine …« Aber dann kam ich ins Stocken und fragte mich, ob ich überhaupt selbst wusste, was ich meinte. Ich hatte zu reden begonnen, ohne zu wissen, was ich meinte. »Wir haben genau das getan, was von uns erwartet wurde.«

»Wir?«, fragte er.

»Ja. Wir. Wir haben getan, was unsere Eltern uns beigebracht haben. Wir haben kirchlich geheiratet und versucht, eine Menge Kinder zu bekommen. Wir haben das Leben gelebt, von dem uns jeder gesagt hat, es sei das richtige. Und schau uns jetzt an. Tina ist weg. Wir sind getrennt. Warum haben wir das getan, was wir sollten, wenn es uns nicht mal glücklich gemacht hat? Und dann diese Leute im Haus gegenüber. Sie sind glücklich. Na ja, vielleicht nicht gerade jetzt, da dieses Mädchen weggerannt ist, aber im Allgemeinen. Sie haben sich und ihre Familie und sind glücklich. Ihre Kinder sind glücklich. Dieser große Junge vielleicht nicht so sehr, aber ich wette, dass diese dunkle Wolke über seinem Kopf schon da gewesen ist, als sie ihn aufgenommen haben. Verstehst du, was ich sagen will, Vernon?« Ich hoffte, dass er es verstand, weil ich mir nicht sicher war, ob ich es selbst verstand.

»Ja«, sagte er. »Du bist neidisch auf diese Leute.«

»Das bin ich nicht«, brüllte ich, setzte mich kerzengerade im Bett auf und umhüllte mich mit meiner Empörung wie mit einer zusätzlichen Decke.

»In Ordnung. Tut mir leid. Mein Fehler. Natürlich bist du nicht neidisch«, sagte er, und es klang, als denke er trotzdem noch, ich sei neidisch, was mich noch mehr erzürnte. »Was versuchst du dann zu sagen?«

Ich atmete tief ein und versuchte die Gedanken in meinem erschöpften Gehirn zu ordnen. »Ich glaube, ich will sagen, dass nichts mehr einen Sinn ergibt. Alles, was wir gelernt haben, führt am Ende zu nichts.«

»Nicht jeder, der auf die altmodische Art in der Kirche heiratet und eine Familie hat, ist unglücklich.«

»Nein, aber manche schon. Und selbst wenn es nur Glückssache ist … wenn irgendjemand durch das Raster fallen kann, dann ist es nicht das, woran ich geglaubt habe. Es scheint mir einfach alles keinen Sinn zu ergeben.«

Vernon seufzte und nahm einen mit Mänteln und Schuhen gefüllten Karton. »Tut mir leid, wenn ich dir sagen muss, dass ich nicht zurückgekommen bin, um dir bei der Suche nach dem Sinn der Welt zu helfen. Ich hol nur ein paar Sachen ab. Ich verpacke jetzt gleich etwas Werkzeug in der Garage. Wir sehen uns.«

Und damit ging er hinaus.

Ich hörte das Tappen seiner schweren Schritte auf der Treppe und bemerkte, dass dies das zweite Mal gewesen war, dass er eine Unterhaltung auf diese Art beendet hatte. Indem er sagte, wir würden uns sehen. Obwohl er genau das Gegenteil meinte und ziemlich absichtsvoll sein Leben so einrichten wollte, dass er mich nicht sehen musste.

Ich fragte mich, ob wir schon immer das Gegenteil von dem gemeint hatten, was wir sagten, und ob ich es vielleicht bis zu diesem Moment nur nicht bemerkt hatte.

# 23. Jackie

Dennis Portman tauchte gleich nach dem Mittagessen auf. Als er vor der Tür stand, war mir, als würde mein Herz sowohl bis zum Hals schlagen als auch in meine Hose rutschen. Ich weiß, das ist unmöglich. Aber es ist die beste Beschreibung dafür, wie ich mich fühlte.

»Keine Spur von ihnen«, sagte er absichtlich sofort, damit ich mir keine Hoffnungen machte, oder Sorgen.

Natürlich war es trotzdem bereits zu spät.

»Was bringt Sie dann hierher?«

»Ich bin eigentlich vorbeigekommen, um nach Clem zu schauen, weil ich von dem dummen Streich gehört habe, den sie uns gespielt hat. Aber weil ich ohnehin schon hier war, dachte ich, ich schau mal vorbei und erzähl Ihnen, was wir tun. Wenn Familien nichts von uns hören, denken sie manchmal, dass nichts passiert, weil sie es nicht sehen.«

»Dann kommen Sie herein. Ich mach uns Kaffee.«

Bevor ich die Tür schließen konnte, tauchte Quinn hinter ihm auf. Das Sandwich, das ich ihm mitgegeben hatte, lag unberührt auf dem Pappteller.

»Sie hatte keinen Hunger. Ihr ist übel.« Er sagte es mit einer bizarren Betonung des Wortes ›übel‹, als könne er sich nicht vorstellen, dass es jemandem so gehen konnte, und als sei es ihm in seinem Leben noch nie so ergangen.

»Ja, das habe ich gehört. Tu mir einen Gefallen und wickle das Sandwich ein und leg es in den Kühlschrank, während ich mit dem Hilfssheriff rede.«

»Klar«, sagte er und machte sich in Richtung Küche auf, wobei er den Pappteller überdramatisch wie ein rohes Ei auf einem Löffel balancierte.

»Netter kleiner Kerl«, sagte Dennis.

»Er verblüfft mich immer wieder. Er ist wie ein Traum, den man von einem Kind hat, aber man würde nicht erwarten, dass es das im wirklichen Leben gibt.«

Dennis lächelte schief, sagte aber nichts. Vielleicht dachte er an seine eigenen Kinder, die wahrscheinlich *wirklicher* waren.

»Bitte keinen Kaffee für mich«, sagte er. »Ich gehe gleich wieder.« Ich machte eine Geste zur Couch, aber er setzte sich nicht. »Wie viel wollen Sie über unsere Suche erfahren?«

»Oh. Ich weiß nicht. Ich glaube vollkommen, dass Sie alles tun, was Sie sagen.«

»Das ist gut. Ich könnte Ihnen von den Suchmeldungen erzählen, die wir herausgeben, und darüber, wie wir mit den Exekutivbehörden in anderen Gebieten zusammenarbeiten. Ich könnte Ihnen auch erzählen, wie Bobby gerade jetzt im Büro an dem Fall arbeitet. Aber wenn Sie zufrieden damit sind zu wissen, dass wir uns darum kümmern …« Er ging zum Fenster, zog den Vorhang zur Seite und schaute hinaus. »Hm. Ich habe versprochen, dass ich zurückgehen und nochmal nach ihr schauen würde. Vorhin hat sie sich gerade in einen Papierkorb übergeben, da war ihr nicht nach Reden zumute. Aber jetzt scheint auch keine gute Zeit zu sein. Vern ist da.«

»Vern ist da?«, fragte ich.

Ich ging zu ihm ans Fenster. Schulter an Schulter neben ihm stehend – obwohl meine Schultern viel tiefer waren – blickte ich selbst hinaus. Was wahrscheinlich seltsam war, da ich ihm gerade gesagt hatte, ich glaube ihm, was er sagte. Alles, was ich sehen konnte, war ein alter, aber gepflegter Laster neben Comets leerem Gehege.

»Meinen Sie, er wird zu ihr zurückkehren?« Es ging mich nichts an, aber plötzlich war ich fasziniert. Außerdem hoffte ich es. Ich wollte, dass Clementine wieder all die Hilfe bekam, die sie brauchte, dort in ihrem eigenen, öden, kleinen Hauptsitz.

»O Gott, ich weiß nicht. Würden Sie zurückkommen, wenn Sie Clem verlassen hätten?«

Ich lachte los. Ich wollte ihm antworten, aber er sprach zuerst.

»Streichen Sie das«, sagte er. »Tun Sie so, als hätte ich das nie gesagt. Ich sollte so nicht reden, das ist nicht sehr sozial. Aber diese Frau! Sehen Sie mich an. Ich bin einen Meter dreiundneunzig groß, ich wiege über neunzig Kilo, habe Football gespielt. Ich treibe jeden Morgen Sport – und sie schüchtert mich ein wie sonst niemand.«

»Wirklich?« Ich war entzückt, das zu hören und hoffte, dass er nicht übertrieb.

»Ich glaube, sie hat auf jeden diese Wirkung.«

»Nicht auf Paula. Paula scheint sich kein bisschen von ihr beunruhigen zu lassen.«

»Die Tierärztin ist von einem anderen Schlag als wir. Und ich hoffe, Sie wissen, dass ich das nicht negativ meine. Sie ist nur von der stabilen Sorte.«

Ich sah zu ihm, wahrscheinlich von der netten Beschreibung der Frau, die ich liebe, angezogen. Ich dachte: *Tritt einen Hund – oder vergiss nur, ihn zu füttern – und du wirst eine andere Seite von ihr sehen.* Ich sagte es natürlich nicht, aber der Gedanke ließ mich verpassen, was als Nächstes passierte.

»Oh«, sagte Dennis. »Er kommt nicht zu ihr zurück.«

Ich schaute wieder aus dem Fenster. Dort war ein großer, stämmiger, kahl werdender, älterer Mann mit einem finsteren Blick auf seinem Gesicht. Ich hatte ihn zuvor nur flüchtig aus dem Fenster gesehen. Er zog Kartons aus der Ladefläche des Lasters.

»Oh, die arme Clem«, sagte ich sofort.

»Das ist wahrscheinlich kein guter Augenblick dort drüben«, sagte Dennis. »Ich glaube, ich komme jetzt doch auf Ihr Kaffeeangebot zurück.«

* * *

Ich saß ihm am Esstisch gegenüber und ließ die Spitze meines Daumens über den Henkel meiner Tasse gleiten.

»Heute Morgen habe ich in Stars Zimmer geschaut«, sagte ich. »Ich weiß nicht, wie ich es erklären soll. Ich hatte diese Vorstellung gehabt, wie dieser Augenblick sein würde. Wenn man in das Zimmer eines Kindes schaut, und es ist so lebendig durch das, was es zurückgelassen hat. Ich will nicht über sie reden, als sei sie tot, was sie vielleicht nicht ist. Ich meine, wahrscheinlich nicht ist. Möglicherweise nicht ist. Großer Gott, ich weiß es nicht. Ich weiß nicht, wie ihre Chancen da draußen stehen. Ich hatte nur gedacht, das Zimmer würde sie mir deutlich in Erinnerung rufen, aber es ist so ungewohnt für mich. Wir wohnen hier erst seit ein paar Wochen. Und Star ist mit nur wenigen Sachen zu uns gekommen. Da ist nicht viel übrig. Aber es geht nicht so sehr darum, dass das Zimmer neu ist. Es geht darum, dass Star neu war. Sie war nur wenige Wochen bei uns. Wir kannten sie kaum. Und trotzdem, wenn man ein Kind annimmt, baut sich sofort eine Verbindung auf, selbst wenn keine harmonische Gegenseitigkeit besteht. Das Kind wird einfach zum eigenen Kind. Einerseits fühle ich mich also, als hätten wir unser Kind verloren. Andererseits ist es, als sei sie nur eine Fremde gewesen. Ziemlich schwer, das zuzugeben. Und eigentlich weiß ich gar nicht, warum ich Ihnen das alles erzähle.«

»Warum nicht?«

Ich nahm einen großen Schluck aus meiner Tasse. Der Kaffee war noch zu warm, und es brannte, als er durch meine Kehle floss. »Es ist nicht so, dass ich mit Paula nicht über diese Dinge reden könnte. Ich kann es und rede auch mit ihr. Aber sie weiß es bereits. Was auf mich zutrifft, trifft auch auf sie zu. Also sitzt man nicht wirklich rum und erzählt jemandem all diese Dinge, von denen wir beide wissen, dass wir sie wissen.«

Ich wartete auf seine Antwort, aber er nickte nur. Ich wusste, dass ich zu viel redete. Ich konnte es selbst hören. Ich hatte nach dem Ausschalter gesucht, ihn aber nicht gefunden. Es machte ihm wahrscheinlich nichts aus, aber es störte mich selbst, dass ich zu viel redete.

»Um ehrlich zu sein, in Wahrheit kann ich mit ihr über alles sprechen, aber manchmal tu ich es nicht. Weil sie mit allem so gut umgehen kann. Also glaube ich manchmal, dass ich zu schüchtern bin, um ihr zu sagen, wenn ich mit etwas Probleme habe, weil ich denke, ich sollte besser damit umgehen können. Es ist meine eigene Schuld, ich spüre das. Ich weiß einfach nicht, wie ich aufhören kann. Wo wir gerade beim Thema sind, ich werde mir gleich eine Serviette in den Mund stopfen, damit ich die Klappe halte.«

Er lachte ein wenig. »Machen Sie sich wegen mir keine Sorgen.«

In dem Augenblick kam Quinn von den Hunden umringt ins Esszimmer gestürmt.

»Ich gehe wieder rüber und leiste Mrs D'Antonio Gesellschaft.«

»Na, mein Junge«, sagte Dennis, »es ist vielleicht gerade nicht der beste Zeitpunkt.« Er stand auf und ging zum Fenster. »Wow. Das war ein schneller Besuch. Aber ich kann es Vern nicht verdenken.«

»Er ist weg?«

»O ja.«

»Kann ich also rübergehen?«, fragte Quinn.

»Pass auf«, sagte Dennis, »wir gehen zusammen.«

Er hielt Quinn seine große Hand hin, und Quinn ergriff sie mit seiner eigenen winzigen Hand. Hand in Hand gingen sie aus dem Zimmer.

Ich folgte ihnen zur Haustür.

»Ich wollte nicht ohne einen Kommentar über unser Gespräch gehen«, sagte er. »Ich habe zugehört. Ich kann nur sagen, dass Sie Ihre Familie wieder zusammenbekommen müssen. Und Sie haben ein Recht, bis dahin nicht alles so gut zu meistern. Ich kann nicht versprechen, dass es möglich ist. Aber wenn es möglich ist, machen wir es.«

Dann ging er mit Quinn an der Hand über die Straße zu Clems Haus.

* * *

Paula kam pünktlich zum Abendessen nach Hause.

»Wie geht es ihr?«, fragte ich.

»Sie ist gemein wie eine Hornisse. Aber du meintest wahrscheinlich körperlich.«

»Ja, körperlich. Aber schön, dass du zugibst, dass sie eine Nervensäge ist.«

»Ich habe nie gesagt, dass sie keine sei. Ich habe nur eine andere Herangehensweise. Sie wird in Ordnung kommen. Sie hat nicht genug von den Tabletten geschluckt, um wirklich in Gefahr zu geraten. Sie hatte nicht mehr genug übrig. Jedenfalls ist sie über den Berg, auch wenn der Berg nicht sehr hoch und steil war. Und sie steht nicht mehr unter dem Einfluss der Tabletten, also sehe ich keinen Grund, weshalb sie nicht allein sein kann.«

»Gott sei Dank!«

Paula seufzte laut, und ich wusste, dass es ein anstrengender Tag gewesen war. »Ich muss alle meine Termine von heute verlegen. Aber nicht jetzt. Nach dem Essen. Ich bin am Verhungern. Ich geh nur schnell unter die Dusche.«

Sie gab mir einen Kuss, bevor sie im Flur verschwand.

»Ich hol die Jungs zum Essen«, rief ich ihr nach.

Mando war in der Scheune, wo er im Schneidersitz über seinen alten Laptop gebeugt hockte und umständlich mit der linken Hand tippte.

Ich zog ein paar Blätter Papier mit einem Text aus meiner Hosentasche, den ich ein oder zwei Stunden zuvor aus dem Internet ausgedruckt hatte und faltete sie auseinander.

Er schaute auf.

»Ich glaube, das könnte dich interessieren«, sagte ich zu ihm.

Dann erinnerte ich mich an die Schleiereule und schaute schnell hoch, um zu sehen, ob sie da war. Ich wollte mir auch sicher sein, dass sie nicht näher gekommen war. Die Eule starrte mich aus ihrer Ecke an und blinzelte träge. Ihr Leben schien sich in Zeitlupe abzuspielen.

»Was ist das?«, fragte Mando. Er schaute auf die Blätter, die ich ihm hinhielt, nahm sie aber nicht. Er fasste sie nicht an, als fürchtete er sich, sie könnten ihn beißen.

»Ich habe im Internet etwas über dieses Projekt ausgedruckt, das Leuten hilft, die unschuldig verurteilt wurden. Es beginnt mit vielen Infos über DNA und wie die DNA dafür genutzt wird, Verurteilte zu entlasten. Was uns aber nicht viel bringt. Aber wenn du weiterliest, kannst du sehen, dass sie auch für viele andere Dinge zuständig sind. Schlechte Verteidigung, unzuverlässige Zeugenaussagen und so weiter. Ich habe keine Ahnung, ob sie dir helfen können, und ich hatte zunächst gezögert, es dir zu geben, weil ich nicht will, dass du dir Hoffnungen machst, falls am Ende nichts dabei herauskommt.«

»Du hast das für mich getan?«, fragte er leiser als üblich, und es klang etwas Bewunderung in seiner Stimme an. Mit den freien Fingern seiner geschienten rechten Hand nahm er die Blätter vorsichtig.

»Natürlich. Ich würde noch mehr für dich tun, wenn ich es könnte, Mando. Ich weiß nur nicht, ob etwas dabei herauskommt.«

Auf seinem Gesicht erschien ein winziges Lächeln. Er drehte den Laptop so, dass ich den Bildschirm sehen konnte. Er war auf der Webseite eines ähnlichen Projekts.

»Ich habe mit diesen Leuten zu tun, seit ich zu Paula und dir gekommen bin. Schon seit ihr mir einen Computer gegeben habt.«

»Und was ist passiert?«

»Es ist nichts dabei herausgekommen.«

»Oh. Tut mir leid. Ich nehme an, du weißt darüber mehr als ich, und ich hätte mich einfach heraushalten sollen.«

»Nein, ist in Ordnung. Wirklich. Es ist gut. Ich wollte mich wieder an sie wenden, aber ich möchte auch das Projekt ausprobieren, das du gefunden hast. Es kann nicht schaden.«

Ich ließ mich auf die Bettkante neben ihn sinken, und mir gingen sofort die Ideen aus, was ich noch sagen könnte.

»Das ist sehr nett von dir«, sagte er, als ihm die Stille zu unangenehm wurde.

»Schlechtes Timing, ich weiß, aber es ist Zeit, den Tisch fürs Abendessen zu decken.«

Ich hätte ihn wegen seiner Einhändigkeit von seinen Aufgaben befreit, aber er hatte dieses Angebot schon am Vortag abgelehnt. Er hatte gesagt, es sei sein Job, und die Aufgabe dann resolut mit der linken Hand und der Innenseite des geschienten rechten Handgelenks ausgeführt.

»Das ist in Ordnung, ich kann eine Pause gebrauchen. Und außerdem habe ich Hunger.«

»Tu mir noch einen Gefallen und hol Quinn von der Nachbarin ab, okay?«

»Klar.«

Er stand auf und streckte sich. Dann lehnte er sich hinunter und überraschte mich mit einem Kuss, den er mir auf die Wange gab. Er beeilte sich, aus der Scheune zu kommen, als sei es ihm zu peinlich, länger zu bleiben und meine Reaktion zu sehen.

Ich fasste an die Stelle auf meiner Wange und ließ meine Hand einen Moment lang dort.

Dann sah ich wieder zu der Eule hin. Sie blinzelte mich in Zeitlupe an.

»Du weißt wahrscheinlich, dass ich kein großer Fan von dir bin«, sagte ich zu ihr. »Aber falls du ihn tröstest und eine Unterstützung für ihn bist, bin ich dafür.«

* * *

»Er war nicht da«, sagte Mando und schaute in die Küche. »Er war in seinem Zimmer.«

»Wirklich? Ich hatte keine Ahnung. Wann ist er denn zurückgekommen?«

»Ich weiß nicht, aber er schien ein wenig durch den Wind zu sein.«

Ich ging durch den Flur zu Quinns Zimmer, aber er war nicht dort. Ich spürte mein eigenes Stirnrunzeln, als ich mich nach ihm umschaute und ihn schließlich fand. Wie jeden Abend tischte er das Abendessen auf und schöpfte den Auflauf auf die Teller.

»Alles in Ordnung mit dir, Quinn?«

»Klar«, antwortete er.

Ich hatte den Eindruck, dass es nicht ganz danach klang, aber bei nur einem Wort war das schwierig festzustellen.

In diesem Augenblick tauchte Paula im Esszimmer auf, in frischen Jeans. Während sie sich die Haare trocknete, wollte sie wissen, wo alle ihre sauberen Socken versteckt waren. Und dann kam Peppy durch das Zimmer gerast und jagte Priscilla, die schildpattfarbene Katze.

Welches Problem Quinn auch immer gehabt hatte, es war wahrscheinlich im allgemeinen Tumult untergegangen.

\* \* \*

»Also«, sagte Paula während des Abendessens, »ich gebe es zu. Ich bin erschöpft. Das ist vielleicht eine schwierige Frau, unsere Nachbarin. Ich sage mir immer wieder, dass die Entwöhnung von diesen Beruhigungstabletten der Grund ist. Andererseits denke ich, dass du versucht hast, es mir zu sagen, und ich keine gute Zuhörerin gewesen bin.«

Ich musste erst schlucken, bevor ich antworten konnte, da ich den Kindern schon Dutzende Male gesagt hatte, sie sollten nicht mit vollem Mund sprechen.

»Es könnte an mir liegen«, sagte ich. »Ich habe vielleicht zu überempfindlich auf sie reagiert. Andererseits findet selbst Dennis sie einschüchternd, und der ist ein großer Mann. Aber Quinn mag sie.«

Ich sah zu Quinn hinüber, als ich das sagte. Er hielt den Kopf gesenkt und starrte auf seinen Teller. Er stocherte mit der Gabel in seinem Auberginenauflauf. Es war nicht sein Lieblingsgericht, aber man konnte den Kindern nicht immer nur das geben, was sie am liebsten mochten.

»O nein, das tu ich nicht!«, sagte er ohne aufzuschauen.

Wir sahen ihn an, selbst Mando.

»Du hast doch zu mir gesagt, dass du sie magst.«

»Ich habe meine Meinung geändert. Sie ist furchtbar und gemein.«

»Was hat sie zu dir gesagt?«, fragte ich, meine Stimme hob sich. Und auch ich erhob mich. Ich stand von meinem Stuhl auf und stieß mit meinen Beinen so gegen den Tisch, dass alle zusammenzuckten. »Ich schwöre, ich geh da rüber und …«

Paulas Hand auf meinem Arm hielt mich auf. Sie zog mich sanft, bis ich den Hinweis verstand und mich wieder setzte.

»Lass uns hören, was Quinn zu sagen hat, bevor wir irgendwelche Gewalttaten begehen.«

»Sie hat mir nichts getan«, sagte Quinn. »Aber sie hat gebrüllt. Ganz viel.«

»Wen hat sie angebrüllt, Quinn?«, fragte Paula.

»Den Polizisten. Den Sheriff, meine ich.«

»Du meinst den Hilfssheriff.«

»Genau. Den. Sie hat's ihm wirklich gegeben. Sie hat gesagt, er würde nichts tun. Dass Comet weg sei und es ihm egal sei und er keine einzige Sache tun würde, um ihn zurückzuholen. Und das Einzige, was er getan hätte, sei sie unter Beruhigungsmittel zu setzen, sodass sie niemanden anbrüllen könnte, aber jetzt könnte sie es doch. Und das hat sie auch getan. Und ich gehe nie wieder da rüber. Nie.«

Außer dem klirrenden Geräusch, das Mandos Gabel auf seinem Teller machte, war es still am Esstisch. Es war schwierig für Mando, mit seiner linken Hand zu essen und er hatte keine Pause eingelegt. Unsere Unterhaltung schien seinen Appetit nicht zu stören, und er schien auch nicht sehr überrascht zu sein.

»Das musst du auch nicht, mein Liebling«, sagte ich.

»Nein, das musst du nicht«, fügte Paula hinzu. »Ich glaube, damit sind wir durch. Wir haben gesagt, dass wir nach ihr schauen, während sie unter dem Einfluss der Tabletten steht. Aber jetzt ist sie das nicht mehr. Was mich betrifft, so kann sie wieder auf sich selbst gestellt sein. Wir können auf unserer Seite der Straße bleiben und sie auf ihrer, und wir müssen nichts mehr miteinander zu tun haben.«

Schon bald wünschte ich, sie hätte damit recht gehabt.

# 24. Clementine

Niemand kam mich am folgenden Tag besuchen. Keine Menschenseele. Auch nicht der kleine Junge.

Ich war nicht überrascht, dass Dennis nicht vorbeikam, um nach mir zu schauen, da ich ihm deutlich gesagt hatte, was ich von seinen ›Ermittlungen‹ hielt. Die wahrscheinlich so viel bedeuteten wie: ›Falls Comet zufällig ins Büro des Sheriffs getrabt kommt, rufen wir dich an.‹

Aber ich nahm es übel, dass niemand vom Haus gegenüber zu mir kam.

Ich nahm an, sie hatten es nur getan, weil sie sich schuldig fühlten, oder vielleicht war es noch nicht mal das. Vielleicht kümmerte es sie einfach nicht genug, um sich schuldig zu fühlen. Vielleicht hatten sie nur die Kosten für das Krankenhaus sparen wollen.

Aber der kleine Junge. Ich hatte gedacht, dass er mich tatsächlich mochte … dass er wirklich mit mir Zeit verbringen wollte.

Ich hatte es wohl meiner eigenen Dummheit zuzuschreiben.

\* \* \*

Am folgenden Morgen duschte ich zum ersten Mal nach langer Zeit wieder. Meine letzte Dusche lag länger zurück, als ich mir ausrechnen wollte, und länger, als ich es zugeben konnte. Ich zog mich ordentlich an, machte mir die Haare und schminkte mich.

Wie eine zivilisierte Frau.

Ich ging aus dem Haus und schaute über die Straße.

Der kleine Junge war draußen und kickte einen Ball durch die Gegend. Ich war erfreut, denn ich hatte kein allzu großes Interesse daran, mit einer von seinen Müttern zu reden, bevor ich mit ihm sprach.

Es klingt albern, aber ich benutzte eine Hand als eine Art Schild, wie die Scheuklappen eines Pferdes, damit ich im Vorbeilaufen nicht das leere Gehege sehen musste. Dann eilte ich über die Straße. Aber als ich dort ankam, war er schon weg.

Einen schrecklichen Augenblick lang hatte ich die Vorstellung, dass er mich gesehen hatte und ins Haus gerannt war, aber so schlimm konnte es doch wirklich nicht sein. Vielleicht war er hineingerufen worden.

Ich wappnete mich und klopfte an die Tür.

Dieses unbändige Rudel Hunde bellte los. Es war ein schlimmes Getöse, wie eine Mauer aus Lärm. Ich hörte, wie die Frau sie anbrüllte, und dann hörte das Bellen auf.

Die Tür wurde geöffnet. Ihre Miene verdunkelte sich, als sie mich sah. Man konnte es unmöglich übersehen.

»Oh, Sie sind zurück«, sagte sie und klang überrascht. Als sei ich im Urlaub gewesen oder so etwas.

»Ich war nie weg.«

»Das meinte ich nicht. Ich wollte nur sagen … Sie sehen wieder aus wie früher.«

Fast hätte ich zu ihr gesagt, dass das ein völlig lächerlicher Gesprächsfaden war, aber dann entschied ich, dass ich bedachter vorgehen musste, wenn ich wollte, dass der Junge zu mir kam.

»Der kleine Junge ist nicht da gewesen«, sagte ich. »Darüber habe ich mir Gedanken gemacht.«

»Er hat einen Namen.«

»Quinn«, antwortete ich und versuchte, mir meinen Unmut darüber, dass ich nach ihrer Pfeife tanzen musste, nicht anhören zu lassen. Obwohl es mich reizte, ein bisschen. »Ich hatte gehofft, Quinn würde mich besuchen.«

»Sieht nicht gut aus«, sagte sie nur.

Ihr Gesichtsausdruck war hart wie eine Mauer, mit der sie mich außen vor lassen wollte. Ich spürte, wie die Empörung in mir aufstieg.

»Haben Sie ihm gesagt, dass er nicht rüberkommen darf?«

»Ich habe ihm gar nichts gesagt. Er hat es mir gesagt. Er will nicht mehr in Ihrer Nähe sein. Sie haben ihm eine höllische Angst eingejagt, als Sie den armen Dennis angeschrien haben, als sei er Ihr Diener, den Sie beim Faulenzen erwischt hätten. Dennis war übrigens vorgestern hier und hat angeboten, uns zu erklären, was alles unternommen wird, um diesen Fall aufzuklären. Haben Sie ihn gefragt? Haben Sie ihm überhaupt eine Chance gegeben, es Ihnen zu erzählen, oder sind Sie gleich auf ihn losgegangen?«

»Ich bin nicht ›auf ihn losgegangen‹.« Ich konnte hören, wie jedes meiner Worte glasklar und deutlich betont hervorkam. Wie immer, wenn die Mauern errichtet waren. »Ich habe nicht ›geschrien‹. Ich habe ihm eine oder zwei Sachen gesagt, mit denen ich unzufrieden war. Ich habe vielleicht meine Stimme etwas erhoben, aber es war wohl kaum ein Schreien. Falls Sie das überhaupt etwas angeht.«

»Nun, was auch immer Sie getan haben, Sie haben Quinn Angst gemacht, und er möchte Sie nicht mehr sehen.«

Dann schloss sie die Tür.

Ich blieb einen Augenblick stehen, starrte einfach die Tür an und spürte eine Niedergeschlagenheit in der Magengegend. Teilweise fragte ich mich, warum ich mich nicht so offen verletzt gefühlt hatte, als mein Mann mitten in der Nacht ausgezogen war. Es war ein übles Angstgefühl, das ich nicht abschütteln konnte. Es hatte natürlich nur ein paar Sekunden angehalten. Aber ich hatte so sehr gewollt, dass es verschwand.

Ich ging zu meinem eigenen Haus zurück, und das Angstgefühl kam mit mir.

* * *

Zwei Stunden später schaute ich aus dem Küchenfenster und erschrak ziemlich, als ich die Frau auf meinem Grundstück sah. Sie hielt einen Eimer in der Hand, einen dunkelblauen Plastikeimer, und ging in das leere Pferdegehege.

Ich eilte so schnell durchs Haus, dass ich über die Kante des Läufers im Wohnzimmer stolperte und beinahe hinfiel.

Ich stieß die Haustür auf, als sie gerade den Eimer in die Wassertränke tauchte.

»Was um Himmels willen tun Sie da?«, rief ich.

Sie blickte auf, aber antwortete nicht. Ich stampfte in der Hitze zum Ende des Geheges, aber ich betrat es nicht. Ist das nicht seltsam? Das Tor war weit geöffnet, es war kein Pferd da, aber ich konnte es immer noch nicht über mich bringen, einfach hineinzugehen.

»Also?«, fragte ich.

»Ich habe John Parno versprochen, dass ich einen Teil von dem Wasser hier rausschöpfe und mit frischem Wasser ersetze, falls das Pferd innerhalb von einer Woche nicht zurück ist. Damit die Goldfische nicht sterben.« Ihre Stimme klang nicht hart oder verärgert. Gerade in diesem Moment sprach sie nicht mit mir, als ob wir Feinde wären. Wenn überhaupt, würde ich sagen, dass sie traurig klang.

»Ist es wirklich schon eine Woche her?«

»Ja, ungefähr.«

Ich ging um das Gehege herum zur Wassertränke. Mit dem Gehegezaun und der Wassertränke zwischen uns standen wir beide in der heißen Nachmittagssonne und schauten auf das trübe Wasser.

»Ich wusste nicht, dass er die Goldfische gebracht hat.«

»Es war an dem ersten Tag, glaube ich. Sie waren ziemlich außer Gefecht gesetzt.«

Wir schauten noch etwas länger schweigend auf das Wasser.

»Ich kann sie nicht sehen. Aber, wenn ich es mir überlege, hat Johnnie gesagt, dass sie untertauchen und sich verstecken, sobald ein Schatten auf die Wassertränke fällt.

»Und ich habe schon Wasser ausgeschöpft, also hat sie das wahrscheinlich erschreckt.«

»Wo haben Sie das Wasser hingegossen?«

»Es ist immer noch hier im Eimer.« Sie hielt den Eimer so, dass ich es sehen konnte.

Soweit ich sehen konnte, war das Wasser immer noch so grün vor Algen wie zuvor. Die Fische brauchten wohl länger, um die Wassertränke klar zu bekommen. Na, es musste wohl so sein, wenn man darüber nachdachte. Wenn sie innerhalb einer Woche alle Algen fraßen, was würden sie danach fressen?

»Ich wollte das Wasser irgendwo auf Ihr Blumenbeet gießen.« Sie zeigte auf den armseligen Garten, um den Vern sich nicht länger kümmerte. »Aber dann haben Sie mich angebrüllt.« Eine kurze Pause entstand, und als ich nichts sagte, sprach sie weiter. »Gibt es etwas Bestimmtes, das Sie gegossen haben möchten?«

»Oh, ich weiß nicht«, sagte ich und blickte finster auf den Garten. »Was immer am schlechtesten aussieht, nehme ich an. Aber das ist keine sehr schwere Aufgabe. Warum lassen Sie mich das nicht einfach selber tun?«

»Oh. Gut, wenn Sie wollen. Ich war mir nicht sicher, wie es Ihnen geht. Und ich war diejenige, die es John versprochen hat. Aber hier, Sie können meinen Eimer nehmen.«

»Ich besitze selbst einen Eimer«, sagte ich. Es klang schärfer, als ich es gemeint hatte.

Sie schüttelte den Kopf und stapfte die paar Schritte zum Tor.

»Warten Sie«, sagte ich. »Ich besitze keinen. Oder doch. Aber er ist im Stall.«

Für den Bruchteil einer Sekunde sah sie mir in die Augen, aber ich unterbrach den Blickkontakt so schnell wie möglich. In diesem kurzen Moment hatte sie mich angeschaut, als würde ich ihr leidtun, was ich mit Sicherheit nicht wollte.

Ich griff an das Geländer, um in der heißen Sonne einen Halt zu finden.

Sie ging zu einem der Blumenbeete und goss das grünliche Wasser auf die Erde. Dann stellte sie den Eimer hin und ging in Richtung Stall.

»Noch etwas, das Sie brauchen, während ich da drin bin?«, rief sie mir über die Schulter zu.

»Vielleicht den Rechen mit dem langen Stiel.«

Welchen ich nicht länger brauchte, wie ich eine Sekunde später bemerkte. Kein Pferd, kein Mist.

Sie kam kurz darauf mit dem Rechen und Vernons altem Blecheimer zurück und stellte sie neben das Tor des Geheges auf die Erde.

»Ich brauche den Rechen im Moment wohl nicht«, sagte ich. »Aber für den Fall, dass ich ihn zurückbekomme. Ich hoffe immer noch, dass ich ihn zurückbekomme.«

»Ich auch.«

Sie nahm den Eimer, ging und ließ mich wieder allein zurück.

\* \* \*

Etwa eine Stunde nach dem Abendessen ging ich wieder über die Straße. Ich machte mir kurz Gedanken darüber, dass ich sie beim Abendessen stören könnte, aber der Transporter der Tierärztin war nicht draußen geparkt, und ich konnte mir nicht vorstellen, dass sie ohne sie essen würden. Außerdem bin ich nicht so weltfremd, dass ich nicht wüsste, dass die meisten Leute später als um fünf zu Abend essen.

Als sie die Tür öffnete, sah sie mich mit aufgerissenen Augen an, als machte mein Anblick sie schwindlig. Ich gebe zu, wir waren an diesem Tag schon ein paarmal aufeinandergestoßen, aber das war kein Grund, mich anzustarren, als sei ich ein grüner Außerirdischer mit acht Armen.

»Ich möchte mit Quinn sprechen«, sagte ich. »Ich muss mich bei ihm entschuldigen. Ich verstehe, wenn er meine Entschuldigung nicht akzeptiert. Man kann diese Dinge nicht erzwingen. Aber ich werde mich wenigstens besser fühlen, wenn ich das gesagt habe.«

Sie lehnte einfach einen Moment am Türrahmen, dann verschwand sie, ohne mich hereinzubitten.

Gut zwei Minuten lang stand ich vor der geöffneten Tür, verlagerte mein Gewicht von einem Fuß auf den anderen und fühlte mich unbehaglich, bis ich schließlich das Leuchten seiner roten Haare sah.

Seine Mutter schob ihn förmlich zu mir. Sie hatte die Hände hinter seine Schultern gelegt und schob ihn zur Tür. Es war keine grobe Geste und kein Zwang, sondern wirkte eher so, als bräuchte er den Extraantrieb und ginge ohne ihn nicht weiter.

Ich fühlte mich sehr klein, aber ich vergrub dieses Gefühl wieder, denn ich war hier, um etwas Wichtiges zu tun, das all meiner Aufmerksamkeit bedurfte.

Er stand vor mir, mit dem Rücken an seine Mutter gelehnt, und wich meinem Blick aus.

»Quinn«, sagte ich, »es war sehr gedankenlos von mir, meine Stimme zu erheben, als du in meinem Haus warst. Es ist mir nie in den Sinn gekommen, dass es dir Angst machen könnte, weil ich gedacht habe, du würdest mich gut genug kennen, um keine Angst vor mir zu haben. Aber ich hätte es wissen sollen, ich hätte daran denken sollen. Ich fühle mich sehr schlecht, weil ich gerade begonnen habe, deine Freundschaft zu genießen, und falls ich das ruiniert habe, werde ich sehr unglücklich sein. Also bin ich gekommen, um mich bei dir zu entschuldigen, und ich hoffe, dass du meine Entschuldigung akzeptierst. Falls du das tust und falls du jemals wieder in mein Haus kommst, dann mache ich dir ein heiliges Versprechen: Ich werde meine Stimme in deiner Gegenwart nicht erheben. Niemals.«

Ich hielt inne, aber niemand sprach. Die Stille fiel mit einem dumpfen Aufschlag, der nicht real war und nicht gehört werden konnte, den ich aber trotzdem in meiner Magengegend spüren konnte.

Er warf mir einen kurzen Blick zu, dann sah er schnell wieder weg.

»Glaubst du, du kannst mir verzeihen, Quinn?«

Er nickte zwar, aber scheu und wortlos. Seine Mutter nahm ihre Hände von seinen Schultern, und er zog sich ins Wohnzimmer zurück, von wo aus er mich zum ersten Mal ansah.

Ich fühlte mich wie ein Monster. Ich weiß, das klingt überdramatisch, aber das ist die ehrlichste Beschreibung davon. Ich fühlte mich, als wäre er der kleine Prinz in einem Märchen und ich das Biest.

Die Frau formte unhörbar etwas mit den Lippen, und ich musste es ablesen.

Sie sagte: »Geben Sie ihm Zeit.«

Ich nickte und merkte, dass sich mein Mund furchtbar trocken anfühlte.

Mir fiel plötzlich auf, dass sie sich mit diesen vier Worten beinahe auf meine Seite stellte, mich fast ermutigte. Aber ich wusste nicht, was ich mit dieser Empfindung anfangen sollte, also gab ich einfach vor, sie sei nicht da.

»Also«, sagte ich, »ich gehe dann jetzt. Aber ich lege ein paar Spielkarten raus und auch das Halmaspiel, für den Fall, dass ich einen Besuch von einem jungen Freund bekomme.«

Etwas, das dem Gefühl von Tränen gefährlich nahekam, kitzelte am Ende dieses Satzes in meinen Augen.

Niemand hatte etwas dagegen einzuwenden, als ich ging.

\* \* \*

Wie versprochen hatte ich die Spiele rausgelegt. Aber es vergingen vier weitere Tage, in denen niemand an meine Tür klopfte.

\* \* \*

Am fünften Morgen war ich gerade aufgestanden, als ich jemanden an die Tür am Haus gegenüber klopfen hörte. Es war sehr früh für Besucher, kaum sechs Uhr. Ich hatte es hören können, da mein Fenster weit geöffnet und es ein lautes Klopfen gewesen war.

Ich zog mir den Hausmantel an und trat ans Fenster.

Es war Bobby Talbot.

Sein Anblick brachte mein Herz zum Rasen, und mir wurde schummrig im Kopf, weil es bedeutete, dass er etwas wissen musste. Bobby würde nicht grundlos um sechs Uhr morgens an eine Tür klopfen.

Die Tatsache, dass er lieber zuerst ihnen die Nachricht mitteilte, verärgerte mich.

Ich eilte nach unten, machte Kaffee und wartete. Aber bevor der Kaffee auch nur durch die Maschine gelaufen war, hörte ich, wie er seinen Einsatzwagen anließ. Ich rannte zum Fenster – so gut ich heutzutage rennen kann – aber er fuhr bereits mit einer Staubwolke hinter dem Auto die Straße hinunter.

Ich wusste nicht, was ich sonst noch tun konnte, setzte mich, trank drei Tassen Kaffee und fragte mich, was er ihnen möglicherweise erzählt haben könnte, das mich nicht betraf.

# 25. Jackie

Das Klopfen riss mich aus dem Schlaf, und ich wusste es sofort. Die Würfel waren gefallen, und wir würden es nun herausfinden.

Paula war bereits aufgestanden und machte sich für die Arbeit fertig. Ich konnte sie nirgendwo sehen, also schnappte ich mir mit klopfendem Herzen einen Bademantel und rannte die Treppe hinunter.

Sie hatte bereits die Tür geöffnet. Auf unserer Türschwelle stand ein uniformierter Hilfssheriff, aber nicht Dennis. Vielleicht war es sein Kollege oder vielleicht gab es noch andere Hilfssheriffs in Easley. Ehrlich gesagt hatte ich nie daran gedacht zu fragen.

»Wie können Sie nicht wissen, ob es gute oder schlechte Nachrichten sind?«, fragte Paula gerade.

»Nun«, sagte er, »es ist gemischt.«

Ich eilte an Paulas Seite. Ich wusste bereits, dass wir über die gemischten Nachrichten nicht glücklich sein würden. Ich konnte es an seiner Vorgehensweise sehen.

Er tippte an seine Dienstmütze. »Bobby Talbot. Dennis Portmans Kollege.«

Ich wollte fast schreien, weil er viel zu lange brauchte, um es zu sagen.

»Bitte sagen Sie es uns einfach«, bat ich.

»Wir haben das Pferd gefunden.«

»Aber nicht das Mädchen.«

»Nein«, sagte er. »Nicht das Mädchen.«

* * *

Ich weckte Mando, was nicht einfach war, denn er schlief immer wie ein Murmeltier.

»Was?«, fragte er schließlich nach dem siebten oder achten Schütteln.

»Tut mir leid, aber du musst aufstehen.«

»Warum?«

»Wir müssen zu dieser kleinen Stadt am Fuß der Sierras fahren, weil das Pferd dort aufgetaucht ist. Die Polizei sucht das Gebiet nach Star ab, aber es gibt auch eine Suche mit freiwilligen Helfern. Und ich muss da sein. Ich meine, sie haben nicht gesagt, ich müsse da sein, aber ich muss es für mich tun. Und ich weiß nicht, wie lange wir weg sein werden, also müsst ihr Kinder mitkommen.«

Er schwang seine Beine aus dem Bett und setzte sich auf, seine überraschend eleganten nackten Füße berührten den kühlen Betonboden der Scheune. Ich machte mir im Geist eine Notiz, ihm einen Läufer zu besorgen, aber glaubte, dass ich das in all der Panik und Verwirrung mir nicht im Gedächtnis behalten würde.

»Kommt Paula mit?«

»Sie kann nicht. Sie hat einen Termin, den sie nicht absagen kann. Sie muss einen Ultraschall für ein Pferd machen. Und wenn der Magen des Pferdes voller Krebsgeschwüre ist, was sie vermutet, dann muss sie es heute einschläfern. Sie kann sich da nicht rausziehen. Das Pferd ist wie ein Familienmitglied für diese Leute. Paula kommt heute Abend nach.«

»Hat das Pferd wirklich so große Schmerzen?«

»Ja, ich glaube. Die Familie ist außerdem sehr nervös und will wissen, ob es operabel ist. Paula glaubt nicht, dass sie sie warten lassen kann. Sie macht sich diese Entscheidung nicht einfach, das weißt du.«

Er kratzte sich ungewöhnlich lange am Kopf und wurde immer langsamer. Ich dachte, er schliefe im Sitzen vielleicht wieder ein.

»Okay«, sagte er. »Ich zieh mich an.«

Ich rannte ins Haus zurück, um Quinn zu wecken.

\* \* \*

»Ich will nicht mit«, sagte Quinn. »Bitte zwingt mich nicht dazu, bitte.«

»Warum willst du nicht mitkommen?«

»Ich will einfach nicht.«

Er hielt einen Zipfel seiner ›Bob der Baumeister‹-Fleecedecke fest umklammert und zog sie hoch an sein Schlüsselbein.

»Was ist das Problem, mein Liebling?«

»Ich will nicht nach Star suchen.«

»Warum nicht?«

»Weil wir sie vielleicht finden.«

»Aber das wäre doch gut, wenn wir sie finden.«

»Wenn sie gesund ist. Aber wenn wir sie finden und sie es nicht ist?«

Ich setzte mich auf sein Bett und die Federn quietschten. Natürlich hatte ich vor genau diesem Ausgang schreckliche Angst. Er hatte den Nagel auf den Kopf getroffen. Ich war umhergeeilt, hatte meine Befürchtungen hinuntergeschluckt und so getan, als hätte diese Furcht nie existiert.

»Ich weiß nicht, wie ich dich hierlassen kann. Es ist noch zu früh, um Clara anzurufen, und ich würde gern so bald wie möglich losfahren.«

»Bitte denk dir was aus«, sagte er. »Weil das wirklich ...«

Er brauchte den Satz nicht zu Ende zu bringen. Ich konnte sehen, wie nervös es ihn machte.

»Es gibt noch die Nachbarin. Aber du hast gesagt, dass du sie nie wiedersehen willst. Reicht es dir, dass sie sich entschuldigt hat?«

Quinn setzte sich im Bett auf und rieb sich die Augen genauso wie die Kinder in TV-Spots oder in Märchentrickfilmen. »Hm«, sagte er. Ich glaube, das hat er von mir übernommen. »Vielleicht, wenn du sie dazu bringst, dass sie noch mal verspricht, nicht zu brüllen. Weißt du, falls sie es vergessen hat. Wann kommt ihr zurück?«

»Ich weiß nicht. Ich habe wirklich keine Ahnung.«

»Hm, ich mag sie nicht so richtig, aber ich glaube, ich bin lieber bei ihr, als nach jemandem zu suchen, der vielleicht verunglückt ist oder so. Also lass uns nachsehen, ob sie es wieder verspricht.«

\* \* \*

Ich hatte erwartet, dass sie mit zerstrubbelten Haaren an die Tür stolpern würde, aber so war es ganz und gar nicht. Sie wirkte vollkommen zurechtgemacht. Angezogen, geschminkt und mit einer geordneten Frisur, als sei es Viertel nach zwölf, nicht Viertel nach sechs Uhr morgens.

»Was um Himmels willen ist los?«, fragte sie.

Ich wusste nicht, wie sie die Frage meinte. Also machte ich zunächst wahrscheinlich nur ein verdattertes Gesicht. Ich sagte vielleicht: »Äh ...«, aber sonst nicht viel.

Sie sagte: »Ich habe vorhin gesehen, dass Bobby zu Ihnen gekommen ist, also frage ich nochmal. Was ist los?«

»Er hat Sie nicht angerufen?«

»Wenn er mich angerufen hätte, würde ich Sie nicht fragen, was los ist. Weil ich es nicht müsste.«

»Er hat gesagt, er würde zurück zum Büro fahren und Sie anrufen.«

»Warum wollte er mich anrufen, wenn er doch hier war? Er hat Sie ja auch nicht angerufen. Er hat an Ihre Tür geklopft.«

»Er hat sich Sorgen gemacht, dass er Sie aufwecken könnte.«

Ich beobachtete, wie sie die Information aufnahm. »Hat er sich Sorgen gemacht, mich zu wecken? Oder hat er sich Sorgen über sich selbst gemacht, falls er mich weckt?«

»Ich habe keine Ahnung«, antwortete ich und ignorierte die unterschwellige Botschaft so gut wie möglich.

»Ich warte immer noch darauf zu erfahren, was eigentlich los ist.«

»Sie haben Comet gefunden.«

»Wo?«

»Ein ziemliches Stück nordöstlich von hier. Auf dem kürzesten Weg, nicht weit von Yosemite, aber es ist nicht an einer Hauptverkehrsstraße, die in den Park führt.«

»Wie bekomme ich ihn zurück?«

»Wir arbeiten daran. Sie müssen nichts tun, wir bringen ihn her.«

Dann schwiegen wir beide. Ich erwartete, dass sie sich nach Star erkundigen würde, aber nichts geschah. Ich fragte mich, warum mich das überhaupt überraschte.

Quinn hielt meine rechte Hand, aber er drückte sich immer weiter nach hinten, als die Spannung förmlich in der Luft knisterte, bis er meine Hand schließlich hinter meinen Rücken gezogen hatte.

»Ich wollte Sie um einen Gefallen bitten«, sagte ich und hielt kurz inne, aber es kam kein Kommentar von ihr.

»Quinn will nicht mit uns dort hinfahren, deshalb habe ich mich gefragt, ob er in der Zwischenzeit hier bei Ihnen bleiben könnte.«

Ihre Miene veränderte sich, und es war etwas, das ich nie erwartet hätte. Der Grad der Veränderung war erstaunlich. Alles wurde weicher. Ihre Augen verloren diesen ausdruckslosen Blick. Ich hatte sie immer als eine ziemlich unattraktive Frau betrachtet, aber plötzlich erschien sie jünger. Und keinesfalls hässlich. Jetzt, da ich darüber nachdachte, war mir klar, dass es nie eine äußerliche Hässlichkeit gewesen war.

»Ich würde sehr gern den Tag mit ihm verbringen«, sagte sie.

»Es könnte mehr als ein Tag sein. Ich weiß es nicht. Aber wenn es sich länger hinziehen sollte, rufe ich von unterwegs Clara an und mache für ihn etwas Besseres aus.«

»Er kann so lange bleiben, wie er möchte.«

»Er würde aber sicher gern in seinem eigenen Zimmer sein.«

»Ich könnte auf ihn in Ihrem Haus aufpassen.«

»Ich brauche aber jemanden, der sich auch um all unsere Tiere kümmert.«

»Oh«, sagte sie.

Und schon konnte ich sehen, wie sie auswich. Zum Teil war ich erleichtert. Sie war schon fast zu froh darüber gewesen, auf Quinn aufzupassen. Ich fragte mich, ob es ihr genauso gegangen war, als Star sich mit dem Pferd angefreundet hatte.

»Wir kommen vielleicht heute Abend zurück«, sagte ich.

»Rufen Sie mich an, wenn Sie es wissen. Meine Nummer steht im Telefonbuch. Und ich verspreche dir, Quinn, ich werde meine Stimme nicht mehr erheben. Ich werde nicht wütend werden, während du hier bei mir bist.«

Zum ersten Mal, seit ich an ihre Tür geklopft hatte, spürte ich, dass Quinn nicht mehr an meinem rechten Arm zog.

\* \* \*

Mando und ich schwiegen während der ersten paar Kilometer der Strecke. Ein Teil seines Hirns schien noch zu schlafen.

»Danke, dass du mitgekommen bist«, sagte ich zu ihm.

Obwohl ich ihn gern dabeihaben wollte, hatte ich ihm die Möglichkeit gegeben, zu Hause zu bleiben, aber er hatte mir sowieso angeboten mitzukommen.

»Kein Problem«, sagte er.

»Ich glaube einfach, dass es nett von dir ist, weil …«, ich wägte kurz meine Aussage ab, »ich weiß, dass du Star nicht magst.«

»Aber ich will nicht, dass sie verletzt irgendwo liegt oder so.«

»Ich weiß.«

»Ich hasse sie nicht.«

»Ja, ich weiß das.«

»Ich glaube einfach, dass …«

Er schien genau wie ich abzuwägen, was er sagte.

»Du kannst alles sagen, was du denkst.«

»Ich glaube einfach, dass wir viel glücklicher waren, bevor ihr sie zu uns geholt habt.«

»Das waren wir.«

»Warum habt ihr sie dann zu uns geholt?«

»Man weiß nie, welche Erfahrungen man mit einem neuen Pflegekind machen wird. Man muss es einfach versuchen und herausfinden. Jetzt im Rückblick sehe ich, dass es Quinn und dir gegenüber nicht fair gewesen ist. Aber wie hätten wir das vorher wissen können?«

»Aber ihr wusstet, dass sie ein schwerer Fall war. Dass die letzten drei Pflegeplätze sie zurückgegeben hatten.«

»Ja. Stimmt.«

Die nächsten zwei oder drei Kilometer fuhren wir schweigend weiter. Die Landschaft änderte sich allmählich. Die Gegend war nicht länger braun, flach und staubig wie in Easley. Es war eine Erleichterung. Ich wollte mich nicht vor der Antwort auf die Frage drücken, aber ich schien mich nicht genau zu erinnern. Ich war mir nicht mal sicher, dass ich die Antwort jemals wirklich gekannt hatte.

»Ich glaube, es lag daran, dass unsere letzten drei Pflegeunterbringungen so gut verlaufen waren«, sagte ich nach einer Weile.

Mando nickte nur.

Das dritte Pflegekind war ein Mädchen namens Katie gewesen, das kurz zur gleichen Zeit wie Quinn bei uns gewohnt hatte, jetzt aber zurück bei seinen Eltern war. Ich dachte jeden Tag an sie. Ich fragte mich, wie es ihr wohl ging und ob sie alles bekam, was sie für ihr äußerliches und innerliches Wachstum brauchte. Es war reine Glückssache, und es gab nie eine Garantie.

»Wir sind vielleicht zu selbstsicher geworden«, sagte ich. Als er nicht antwortete, fragte ich mit einem Seitenblick auf ihn: »Bin ich zu ehrlich?«

»Man kann nie zu ehrlich sein«, antwortete er.

Ich lächelte.

»Was wäre, wenn ihr wieder vor der Entscheidung stehen würdet?«, fragte er.

»Das ist eine schwierige Frage. Und so theoretisch.«

»Theoretisch bedeutet nicht realistisch?«

»So ziemlich.«

»Aber das stimmt nicht. Es ist nicht theoretisch. Ihr steht wieder vor der Entscheidung. Ich meine, wenn wir sie finden, nehmt ihr sie automatisch wieder zurück?«

Ich spürte einen Stich in der Magengegend.

»Wir haben das nie auch nur infrage gestellt«, sagte ich.

»Ich weiß. Das merke ich.«

Aber vielleicht hätten wir es infrage stellen sollen. Tatsächlich hatte ich im Laufe des Tages daran gedacht, dass ich vielleicht Paula anrufen sollte. Sehen, ob sie es sich überlegt hatte. Aber es war eine furchtbare Überlegung. Ein Kind zum vierten Mal zurückzugeben. Meine Güte. Man könnte es ebenso gut in sein Grab stoßen und die erste Schaufel Erde auf es werfen.

»Schau«, sagte ich. »Wir wissen nicht, ob wir sie jemals wiedersehen. Ich hasse es, das zu sagen, aber wir wissen alle, dass es stimmt. Wir finden sie vielleicht nie. Oder sie könnte …« Ich war dem folgenden Satz zu oft ausgewichen, obwohl er ausgesprochen werden musste. »Es ist auch möglich, dass sie das nicht überlebt hat. Also lass uns erstmal abwarten, was passiert.«

»Ich sage nicht, dass ihr sie nicht zurücknehmen solltet, ich habe mich nur gefragt.«

»Ich verstehe das.«

»Ich glaube, ich hätte das vielleicht nie sagen sollen.«

»Man kann nie zu ehrlich sein«, sagte ich.

# 26. Clementine

Wir spielten gerade eine Runde Halma, als der kleine Junge mich fragte: »Sind Sie jetzt glücklich?«

Es klang nicht sarkastisch. Er wollte es wirklich wissen. War ich glücklich? Ich konnte die Frage in keinen Zusammenhang bringen und mir nicht vorstellen, warum er sie gestellt hatte.

Dann fiel mir ein, dass er sich auf Comet bezogen haben musste.

»Du glaubst, ich bin glücklich, weil Comet nach Hause kommt?«

»Ja«, sagte er, »genau.«

Ich wusste nicht, was ich sagen sollte. Ich war ganz sicher nicht glücklich, weder über diese neue Entwicklung noch im Allgemeinen, aber das war keine Sache, die man einem Achtjährigen erzählte.

»Ich bin natürlich froh, dass ich ihn zurückbekomme.«

Das stimmte, aber ich fühlte mich nicht glücklich.

Je mehr ich darüber nachdachte ... na ja, ich dachte nicht darüber nach, ich spürte es eher. Man kann über das Glück so viel nachdenken, wie man will, aber es hilft einem nicht weiter. Es ist keine Theorie, über die man nachdenkt.

Je mehr ich es spürte, desto mehr wurde es zu einem gemischten Gefühl.

Einerseits war da das Grauen, das ich spürte, wenn ich aus dem Fenster schaute und er nicht da war. Andererseits war da das Grauen, das ich gespürt hatte – und wahrscheinlich wieder spüren würde – wenn ich aus dem Fenster schaute und er da *war*. Mit den Hufen scharrend und mich mit diesen dunklen, feuchten Augen anstarrend, die wortlos fragten: *Warum hältst du mich hier fest? Wann komme ich hier raus?*

Mir wurde fast übel, als ich daran dachte, wieder in dieser Situation zu sein. Wie sollte ich mich allein um ihn kümmern können, wenn ich es schon vorher nicht gekonnt hatte?

Ich hatte nicht bemerkt, dass ich die Stirn runzelte, als der Junge wieder etwas sagte.

»Sie sehen jedenfalls nicht sehr glücklich aus. Wissen Sie, dass es noch Ihr Zug ist?«

In diesem Augenblick klingelte das Telefon.

»Wenn es J-Mom ist, möchte ich mit ihr reden«, sagte er.

Ich erreichte das Telefon beim dritten Klingeln. Es war keine seiner Mütter, sondern Bobby.

»Sieh mal einer an«, sagte ich. »Das wurde auch Zeit.«

»Ich nehme an, du hast die Neuigkeit erfahren.«

»Vor einer ganzen Weile. Warum bist du weggefahren, ohne es auch mir zu sagen?«

»Es war noch früh.«

»Es war auch für sie früh.«

»Sie ist ihre Tochter.«

»Es ist mein Pferd.«

Stille in der Leitung. Ich fragte mich, ob er mit einem Handy telefonierte und die Verbindung unterbrochen wurde, oder redete er noch, wurde aber abgeschnitten, sodass ich ihn nicht hören konnte? Oder vielleicht sagte er auch einfach nichts.

»Okay«, antwortete er schließlich. »Soll ich es sagen? Ich tu's. Jeder macht einen besonders großen Bogen um dich, seit du Dennis heruntergeputzt hast. Ich weiß aber, dass ich dich benachrichtigen muss, und das tue ich hiermit. Aber ich wollte dich nicht aus dem Bett holen, denn selbst die freundlichsten Leute wachen nicht immer gut gelaunt auf.«

Es war nicht schwer, zwischen den Zeilen zu lesen. Selbst die freundlichsten Leute. Und ich gehörte natürlich zu den unfreundlichsten.

Ich öffnete den Mund, aber bevor ich etwas erwidern konnte, sah ich, wie der Junge mich vom Wohnzimmer aus erschrocken ansah. Ich entschied mich dafür, meine Antwort fallenzulassen.

»Wie bekomme ich Comet zurück? Ich habe meine Nachbarin gefragt, aber sie hat gesagt, ich solle mir darüber keine Gedanken machen. Aber wie soll ich mir darüber keine Gedanken machen? Wann kommt er nach Hause?«

»Dr Archer-Cummings bringt ihn dir mit dem Pferdeanhänger zurück.«

»Sie fährt einen Transporter. Wie kann sie an das Ding einen Pferdeanhänger anbringen?«

»Sie hat einen Wagen mit einem Pferdeanhänger in der Tierklinik, für ihre Arbeit. Es ist der Anhänger des alten Tierarztes. Sie müssen ein Pferd oder eine Kuh in die Klinik transportieren können.«

Ich dachte: Es ist wahr. *Er kommt wirklich nach Hause. Heute oder vielleicht morgen.*

Und ich würde wieder ganz am Anfang sein, zu gelähmt, um mich richtig um ihn kümmern zu können. Das Einzige, was ich tun konnte, war ihm Heu zu geben, und das war nicht mal die Hälfte von dem, was er brauchte.

»Du weißt, dass das Mädchen noch vermisst wird, oder?«, unterbrach Bobby meine Gedanken.

»Oh«, sagte ich. »Nein, das wusste ich nicht. Ich habe nicht daran gedacht zu fragen.«

Wieder trat eine dieser Pausen ein, die absichtlich oder unabsichtlich sein konnten.

»Es kümmert dich nicht, dass dieses kleine Mädchen ganz allein da draußen ist«, sagte er schließlich.

Ich war mir nicht sicher, ob es eine Frage war oder nicht.

»Sie ist nicht gerade ein kleines Mädchen.«

»Sie ist fünfzehn. Das ist jung. Wie hättest du dich gefühlt, wenn Tina mit fünfzehn in den Bergen verschwunden wäre?«

»Wage es nicht …« Bevor ich ihren Namen aussprechen konnte, sah ich durch die geöffnete Tür, wie der kleine Junge im Wohnzimmer erschrocken die Augen aufriss. »Hab keine Angst«, sagte ich zu ihm. »Mir geht's gut. Ich halte mein Versprechen, ich werde nicht brüllen.«

Er setzte sich etwas bequemer hin, machte aber immer noch große Augen. Er erschien wie ein Wildkaninchen, das abwartet, ob ein Hund auf es zukommt oder nicht.

Ich konnte kaum glauben, dass Bobby meine wunderschöne Tina mit diesem schwierigen Mädchen vergleichen konnte, das nur ein paar Wochen lang bei den Nachbarn gewohnt hatte, bevor es weggerannt war. Aber das konnte ich ihm nicht sagen.

»Mit wem redest du?«, fragte Bobby, als sei es eine unmögliche Vorstellung, dass ich Besuch haben könnte. Als hätte ich einen imaginären Freund, und in diesem Fall wäre es wahrscheinlich an der Zeit, mich wieder unter Beruhigungsmittel zu setzen.

»Der kleine Junge der Archer-Cummings ist heute hier.«

»Oh«, sagte er und klang überrascht, was mich beleidigte. »Das ist aber nett von dir.«

Ich musste mir wieder auf die Zunge beißen. So ein herablassender Ton, und ich konnte ihm nicht die Meinung sagen.

»Wenn du mich nun entschuldigen würdest«, sagte ich. »Ich muss zurück zu einem wichtigen Halmaspiel.«

# 27. Jackie

Wir fuhren durch die Ausläufer des westlichen Gebirgszugs der Sierra Nevada. Die Luft, die durch das halbgeöffnete Fenster drang, war sauber und kühl. Die Landschaft bestand aus massiven, hellgrauen Felsbrocken, die von immergrünen Bäumen umgeben waren.

*Warum können wir nicht an einem Ort wie diesem leben, anstatt in Easley?*, dachte ich.

Diese Gegend hatte etwas Inspirierendes. Und ich war schon zu lange ohne Inspiration gewesen.

Ich blickte zu Mando, der schweigend aus dem Fenster schaute und fragte mich, was er wohl dachte. Ich wollte wieder eine Verbindung zu ihm herstellen, ihm aber nicht zu nahe treten. Also entschied ich mich, ihm mitzuteilen, was ich dachte, obwohl es ein ziemlich verrückter Gedanke war.

»Das wird jetzt albern klingen«, sagte ich. Er zuckte zusammen. Wir hatten eine Weile geschwiegen, und nun hatte ich ihn aufgeschreckt. »Aber ich bin wütend auf das Pferd.«

»Warum? Was hat es getan?«

»Ich glaube einfach … ich weiß nicht mal, wie ich es beschreiben soll. Star war dem Pferd gegenüber so hingebungsvoll. Sie hätte es nie alleingelassen, oder zumindest kann ich mir das nicht vorstellen. Aber jetzt haben sie das Pferd gefunden, wie es ganz allein ohne sie durch die Gegend lief.«

»Du denkst, es hätte bei ihr bleiben sollen.«

»Ja, das denke ich. Ich habe jedenfalls das Gefühl, es hätte bei ihr bleiben sollen.«

»Machen Pferde das überhaupt?«

»Ich weiß nicht. Ich glaube, manche tun es. Paula weiß es sicher.«

Zum mindestens fünfzigsten Mal an diesem Morgen wünschte ich, sie hätte mit uns kommen können. Damit ich mich nicht ohne sie in diese Herausforderung stürzen musste.

»Aber wir wissen … gar nichts«, sagte er. »Wir wissen nicht, ob sie irgendwo von einem Auto mitgenommen wurde. Oder so was. Ob sie irgendwo ist, wohin Comet nicht mit ihr kommen konnte. Oder … ich hasse es, das zu sagen, aber du hast es bereits ausgesprochen. Ob sie … es nicht überlebt hat. Ich meine, wie lange würde er bei ihr bleiben? Was würde es nützen?«

»Du hast völlig recht«, sagte ich. »Ich weiß, es ist albern. Es ist nur so ein Gefühl, dass er sie irgendwie im Stich gelassen hat. Und ich habe keine Ahnung, ob es stimmt. Ich glaube, ich wollte nur so sehr, dass sie jemanden hatte, auf den sie sich dort draußen verlassen konnte.«

Wir schwiegen wieder eine kurze Strecke lang. Unsere Abzweigung, ein Waldweg, der statt eines Namens eine Nummer hatte, sollte bald auftauchen.

»Es ist schön hier oben«, sagte er.

»Das habe ich auch gerade gedacht«, erwiderte ich.

\* \* \*

Ich stand an das Auto gelehnt da und atmete tief ein. Ich dachte einen Moment lang nicht an Mando und fragte mich nicht, wo er war.

Wir hatten auf einer Art Vorhof von mehreren Häusern geparkt, der offen und ungezäunt war. Die Häuser waren an der Seite eines Berges gruppiert, und hohe Freitreppen, teilweise von immergrünen Bäumen verdeckt, führten zu ihren Vordertüren.

Für den späten Vormittag war die Luft klar und kühl, und der Himmel war von einem großartigen Blau. Dieses tiefe Königsblau, das mit dem Grün der Bäume und dem Grau der riesigen Felsbrocken an den Rändern kontrastierte, wo der Himmel auf die Berge traf. Nicht der kleinste Wolkenfetzen war an diesem Himmel zu sehen. Ich fühlte mich frei.

Ich hatte lange in den Himmel geschaut. Ich glaube, ich wollte das Gefühl vermeiden, das ich bekäme, wenn ich runterschaute. Nein, ich war mir sicher.

Ich zwang mich, den Kopf zu senken.

Dennis' Einsatzwagen stand mit blinkenden Lichtern auf dem freien Feld, aber Dennis war nirgendwo zu sehen. Ein Geländewagen der Autobahnpolizei parkte näher an der Straße. Außerdem war dort ein schwarz-weißes Auto, das ich nicht identifizieren konnte. An seiner Tür befand sich ein Stern wie beim Auto eines Sheriffs, aber es war zu weit entfernt, um erkennen zu können, von wo dieser Sheriff kam. Ein uniformierter Mann stand an der geöffneten Fahrertür und sprach durch ein Handfunkgerät.

Davon abgesehen war der Schauplatz beunruhigend menschenleer.

Ich schaute mich wieder um und erblickte Mando. Er lehnte an einem Lattenzaun, der den Seitenhof von einem der Häuser abtrennte. Auf der anderen Seite des Zauns stand Comet. Ich hatte das Pferd nicht gesehen, als wir angekommen waren und ich versucht hatte, jemanden zu finden, der mir sagen konnte, wo wir hinmussten und wie wir helfen oder uns anderweitig nützlich machen konnten, bevor ich noch explodieren würde. Das Pferd musste an den Zaun gekommen sein, um sich von Mando sein langes Gesicht streicheln zu lassen.

Ich ging zu ihnen und war mir meiner eigenen Schritte zu sehr bewusst, so als wäre ich nicht mehr ganz real. Beim Näherkommen rechnete ich damit, dass das Pferd seinen Kopf zurückwerfen oder ein paar Schritte zurückweichen würde, aber nichts dergleichen geschah.

Ich stellte mich neben Mando, keine Armlänge von Comets Gesicht entfernt. Das Pferd bewegte seinen Kopf einen oder zwei Zentimeter in meine Richtung und gab ein brummendes Geräusch von sich. Es klang fast zufrieden. Und genau in diesem Augenblick hätte mir keine Stimmung fremder vorkommen können.

»Er ist so ein schönes Pferd«, sagte Mando.

»Das ist er.« Ich streckte den Arm über den Zaun und strich über den Hals des Pferdes. Keine Reaktion. »Er scheint anders zu sein.«

»Er ist ruhig. Das ist nicht sehr überraschend. Wahrscheinlich ist er müde von dem weiten Weg.«

»Er sieht aber sogar anders aus.«

»Wie anders?«

Ich überlegte, woran es lag. Comet schien muskulöser zu sein, aber es ist gut möglich, dass ich mir das nur einbildete. Kann ein Pferd in weniger als zehn Tagen sichtbar Muskeln aufbauen? Ich wusste es nicht. Sein Fell war glänzend und weich, als wäre es jeden Tag gebürstet worden. Ich wollte sagen, dass er so aussah, wie er schon immer hätte aussehen sollen, aber ich befürchtete, es könnte merkwürdig klingen.

»Ich bin wohl einfach nicht daran gewöhnt, ihn so ruhig zu sehen«, sagte ich.

Ich streichelte immer noch seinen Hals. Mando hatte aufgehört, Comets Gesicht zu streicheln und beobachtete mich.

»Ich dachte, du wärst wütend auf ihn«, sagte er nach einer Weile.

»Oh. Das. Na, das war ziemlich dumm, oder? Er ist nur ein Pferd.«

»Trotzdem. Wenn du dich so fühlst, dann ist es eben so, ob es dumm ist oder nicht.«

»Da hast du sicher recht«, sagte ich. »Aber ich bin nicht mehr wütend.«

* * *

Ich fühlte mich wie gerettet, als ich schließlich Dennis erblickte. Bis dahin war mir gar nicht bewusst gewesen, wie verloren, ängstlich und fremd ich mich gerade gefühlt hatte.

»Sie sind hier!«, sagte er.

»Sie wussten nicht, dass wir kommen?«

»Nein, aber das ist in Ordnung.«

»Ihr Kollege Bobby hat gesagt, dass ein paar Leute aus der Gegend hier bei der Suche helfen, daher dachten wir, dass wir dabei sein sollten.«

»Oh.« Er klang fast ein wenig enttäuscht. »Es haben schon Leute geholfen. Aber der Spürhund wird in weniger als zehn Minuten hier sein, daher haben wir das abgeblasen. Das wäre wirklich wie eine Nadel in Hunderten von Heuhaufen zu suchen, verglichen mit dem, was ein Spürhund leisten kann.«

»Ich verstehe«, sagte ich und fühlte mich plötzlich hilflos und traurig. Der ganze Ausflug war umsonst gewesen. Selbst mein ganzes Leben schien nicht auf viel hinauszulaufen. Alles schien plötzlich verloren zu sein.

Dennis musste meine Gedanken an meiner Stimme oder meinem Gesichtsausdruck abgelesen haben, oder an beidem.

»Es gibt aber kein Gesetz, das sagt, Sie könnten sich nicht umschauen, während wir warten. Lassen Sie mich

Ihnen die Richtung zeigen, in der wir noch nicht gewesen sind.« Er zeigte über die Straße zu einem sehr steilen, besonders felsigen Hang. »Noch niemand ist da hochgeklettert. Nicht, weil es unmöglich ist, da hochzukommen, sondern weil wir davon ausgehen, dass es für *sie* fast unmöglich ist, falls sie hungrig und krank ist. Also schien es eher unwahrscheinlich. Aber wenn Sie dort oben nachsehen wollen, haben Sie wenigstens etwas zu tun. Nur verlaufen Sie sich nicht. Wir wollen nicht noch einen Suchtrupp nach Ihnen aussenden müssen.«

»Ich passe auf, dass wir uns nicht verlaufen«, sagte Mando hinter mir.

Ich erschrak, weil ich nicht gemerkt hatte, dass er dort stand. Und weil es sonst eine normale Reaktion von Mando war, sich in Anwesenheit von Uniformen rarzumachen. Daher war ich mir sicher gewesen, dass er nicht in der Nähe war.

»Ich bin ständig in der Gegend von Napa herumgewandert«, sagte er. »Ich habe mich nie verlaufen. Ich habe mir immer die Felsen und Bäume eingeprägt und mich umgedreht, um zu sehen, wie sie von der anderen Seite aussehen, damit ich sie auf dem Rückweg wiedererkennen konnte.«

Ich hatte das nicht von Mando gewusst. Ich fragte mich, ob er die Zeit meinte, bevor er bei uns gelebt hatte. Es musste zu jener Zeit gewesen sein.

Nur einen kurzen Augenblick lang erinnerte es mich daran, dass Mando nicht unser Kind war. Er hatte schon ein ganzes Leben gehabt, bevor wir ihn trafen. Es machte mich traurig, das alles verpasst zu haben. Aber wir hatten uns nun mal darauf eingelassen. Für diese Art von Elternschaft hatten wir uns entschieden.

\* \* \*

Als ich es schließlich geschafft hatte, auf die Spitze des Hügels zu klettern, war ich völlig außer Puste. Mando stand bereits oben und wartete. Der Abhang war so steil und felsig, dass ich beim Klettern auch meine Hände benutzen musste. Ich fand an dem rauen Granitfelsen Stellen, an denen ich mich hochziehen konnte. Also hatte ich nicht viel nach oben geschaut und so war ich überrascht, als ich schließlich bemerkte, dass ich mich auf der gleichen Ebene wie Mando befand.

Ich stand einen Augenblick vornübergebeugt da, die Hände auf meine Oberschenkel gestützt, und versuchte, wieder Luft zu bekommen. Dann gab ich auf, ließ mich auf einen glatten Felsbrocken sinken, und Mando setzte sich neben mich.

Ich bemerkte, dass der Verband seiner Schiene von der Notaufnahme sehr verschmutzt worden war. Aber darauf kam es jetzt nicht an.

Schweigend betrachteten wir die Landschaft unter uns.

Ein neuer roter Geländewagen stand neben den Einsatzfahrzeugen, und ich fragte mich, ob er zu dem Hundeführer gehörte. Aber niemand war da. Kein menschliches Wesen, soweit das Auge reichte. Hinter dem Lattenzaun konnte ich Comet in den Blumenbeeten im Seitenhof des Hauses grasen sehen. Ich fragte mich, ob die Bewohner des Hauses ihn gefunden hatten oder ob jemand angeboten hatte, ihn dort zu behalten. Und ob sie wütend werden würden, wenn sie herausfanden, was er gefressen hatte.

»Bist du soweit?«, fragte Mando.

Ich war nicht so weit. Definitiv nicht. Ich konnte mich nicht erinnern, wann ich jemals einen stärkeren Widerstand verspürt hatte, zum nächsten Abschnitt meines Lebens überzugehen.

»Fühlt es sich so an, als ob sie hier irgendwo ist?«, fragte ich ihn.

Er hielt einen Moment inne, als wäre es einen Versuch wert, es zu erfühlen.

»Ich bin mir nicht sicher, ob ich verstehe, was du meinst.«

»Ich bin mir auch nicht sicher. Aber … ich meine, kommt es dir so vor, als sei sie hier irgendwo?«

Er runzelte die Stirn. Ich glaube, er wusste, was ich fragte. Ich sprach über eine Art sechsten Sinn – was meine Frage fast unbeantwortbar machte. Wahrscheinlich hatte ich nur gefragt, weil ich nicht aufstehen und suchen wollte.

»Ich bin nicht gut in solchen Sachen«, sagte er.

»Nein«, sagte ich. »Ich auch nicht.«

Wir betrachteten noch ein paar weitere Minuten schweigend die Landschaft unter uns.

»Bist du soweit?«

Ich kam auf die Beine, dann ließ ich mich wieder sinken – und meinen Kopf in die Hände fallen.

»Alles in Ordnung?« Er kam näher und legte eine Hand auf meine Schulter.

»Ich kann das nicht tun.«

»Was?«

Während ich mich zusammennahm, um antworten zu können, dachte ich an Quinn, wie er im Bett lag, die Decke an seinen Hals gezogen, und fast in Tränen aufgelöst war. Vielleicht war es auch nicht richtig zu sagen, dass ich an ihn dachte. Irgendwie hatte ich nur die Verbindung hergestellt. In diesem Augenblick wusste ich, dass mein Widerstand genau derselbe war wie seiner.

»Ich kann nicht an diesem Fluss entlanglaufen und hinter jeden Felsen schauen, wenn ich weiß, dass ich jeden Augenblick ihren Körper finden könnte.«

Er gab mir darauf zunächst keine Antwort, setzte sich aber wieder neben mich.

»Ich könnte nachsehen gehen«, sagte er nach einer Weile.

»Wenn du willst. Oder … du weißt noch, was Dennis gesagt hat. Der Spürhund wird sie wahrscheinlich finden.«

»Es kann nicht schaden«, sagte er. »Warte hier.«

* * *

Es mussten etwa dreißig Minuten vergangen sein, als ich Dennis den Hügel hinaufklettern sah. Das überraschte mich. Neben den geparkten Autos hatte es keine Bewegungen gegeben, und ich hatte nicht gesehen, dass er an den Fuß des Hügels gekommen war. Ich musste mit meinen Gedanken meilenweit entfernt gewesen sein.

Er hielt an, legte seine Hände trichterförmig vor den Mund und rief meinen Namen.

Ich stand auf und winkte wild mit den Armen, bis er mich entdeckte.

Ich kletterte so schnell ich konnte den Hügel hinunter und rutschte über kleine Kieselsteine und lose Erde. Bevor ich ihn erreicht hatte, rutschte ich aus, knickte mit dem Fuß um und fiel hin, wobei ich mit meiner Hüfte gegen einen Stein prallte. So vorsichtig es ging, betastete ich meinen Knöchel, bis Dennis kam und mir auf die Beine half.

»Können Sie den Fuß belasten?«

Ich versuchte es. Es schmerzte, aber es ging. »Mehr oder weniger.«

»Gut. Weil wir nur *einen* Krankenwagen bestellt haben.«

»Sie haben sie gefunden?« Ich hatte einen so großen Knoten im Hals, dass es mich überraschte, dass ich überhaupt Worte hervorbringen konnte.

»Der Spürhund hat sie gefunden.«

»Sie lebt?«

»Ja. Sie lebt.«

»Oh, Gott sei Dank!« Ich ließ mich wieder auf den Boden sinken und atmete tief aus. »Was hat sie gesagt?«

»Gesagt?«

»Ich meine, war sie froh darüber, gefunden zu werden, oder hat sie sich gewehrt?«

Er antwortete zunächst nicht, und dieser Knoten in meinem Hals drohte mich zu ersticken.

»Ich wollte Ihnen keinen falschen Eindruck geben. Sie ist am Leben. Aber nur gerade so.«

Dann hörten wir die Sirene des Krankenwagens, der jetzt in unsere Richtung raste.

»Sie müssen jetzt gehen«, sagte er. »Versuchen Sie, rechtzeitig dort unten zu sein, damit Sie mit ihr zusammen ins Krankenhaus fahren können. Wenn Sie den Krankenwagen verpassen, springen Sie in Ihr Auto und fahren Sie ihm hinterher, wenn Sie können. Falls nicht, müssen Sie über das Handy herausfinden, wo sie hingefahren wurde.«

Ich stand auf und machte einen humpelnden Schritt nach unten. »Ich kann nicht«

»Sie können nicht auf den Fuß treten? Ich helfe Ihnen.«

»Nein, das ist es nicht. Damit komme ich klar. Ich kann Mando nicht alleinlassen. Er sucht immer noch dort oben. Ich kann nicht einfach verschwinden.«

»Gehen Sie einfach, ich schaue nach Mando. Entweder ich finde ihn oder ich warte, bis er zurück ist, und dann bringe ich ihn zum Krankenhaus.«

Es kam mir sehr lange vor, bis ich wieder etwas sagte, aber ich bin sicher, dass es nicht lange war. Es war vielleicht nur ein Sekundenbruchteil, aber mir schossen in diesem kurzen Moment eine Menge Gedanken durch den Kopf. *Nein. Ich kann ihm das nicht antun, wollte ich sagen. Ihn in den Händen eines Sheriffs lassen? Er wird sterben. Das ist nicht fair.*

Vielleicht war es nicht fair, aber es musste jetzt sein. Denn Mando könnte nicht tatsächlich sterben.

Im Gegensatz zu Star.

## 28. Clementine

Als Bobby Talbot zurückkam, schlummerte der kleine Junge auf der Couch. Ich saß in meinem alten Polstersessel und dachte einerseits, dass ich Verns Lehnsessel hätte entsorgen sollen, andererseits beobachtete ich das niedliche Gesicht des schlafenden Kindes.

Ich sprang auf und rannte ans Fenster, als ich das Knirschen von Reifen auf meiner Kieseinfahrt hörte. Ich zog den Vorhang zur Seite, und als ich Bobbys Auto sah – nicht den Einsatzwagen, sondern seinen eigenen Kombiwagen – bekam ich einen Kloß im Hals.

Was könnte er mir womöglich noch mitzuteilen haben? Sie hatten Comet gefunden. Was musste ich sonst noch wissen? War er hier, um mir zu sagen, dass sie ihn wieder verloren hatten?

Er trat in die flirrende Hitze. Er trug seine Uniform, und es erschien mir merkwürdig, dass er dienstlich gekleidet war, aber ein privates Auto fuhr. Vielleicht hatte Dennis den Dienstwagen. Ja, das musste es sein. Er musste an den Ort gefahren sein, an dem sie Comet gefunden hatten.

Bobby wusste nicht, dass ich ihn vom Fenster aus beobachtete. Das merkte ich.

Er blieb auf dem Weg vom Hof zu meiner Tür stehen, und ich sah, wie er ... ich bin nicht sicher, wie ich es nennen soll ... sich wappnete? Etwas in der Art. Ich bemerkte, dass er sich etwas mehr aufrichtete und seinen Brustkorb mit Luft füllte.

Er bereitete sich auf etwas vor, das ihm zuwider war.

Ich weiß, es hört sich an, als könnte ich das alles nicht bemerkt haben. Ich kann es nicht ganz erklären, aber ich sah es mit meinen eigenen Augen und es war sehr deutlich.

Ich bekam wieder dasselbe Gefühl wie an dem Tag, als sich der kleine Junge bis in die Mitte des Wohnzimmers zurückgezogen hatte, bevor er sich traute, dem Monster ins Gesicht zu sehen.

*Ich bin abscheulich,* dachte ich.

*Ich war nicht immer so. Zumindest nicht, soweit ich weiß,* dachte ich. *Ich nehme an, dass ich immer schwierig gewesen bin, aber so schlimm war es nie gewesen.* Ich fragte mich, wann sich diese Änderung an mich herangeschlichen hatte, und wo meine Aufmerksamkeit zu dieser Zeit gewesen war, dass ich es nicht bemerkt hatte.

Ich ließ den Vorhang los, und kurz darauf klopfte er an die Tür.

Ich sah schnell zu dem kleinen Jungen hin, aber das Klopfen schien ihn nicht geweckt zu haben.

Als ich die Tür öffnete, blickte ich Bobby absichtlich nicht direkt an, um nicht die Widerspiegelung von dem sehen zu müssen, was er sah, wenn er mich anschaute.

Er tippte ein wenig zu formell an seine Dienstmütze.

Ich hielt einen Finger an die Lippen und öffnete die Tür weiter, damit er den schlafenden Jungen sehen konnte.

Ich trat in die glühende Nachmittagshitze hinaus und zog leise die Tür an, sodass sie einen Spalt offen blieb und ich mich nicht ausschloss.

»Sag nicht, dass ihr ihn wieder verloren habt«, sagte ich.

Er runzelte die Stirn.

Ich schwöre, ich hatte es wirklich eher als Witz gemeint. Aber ich konnte sehen, dass es die Art von Bemerkung war, wegen der Leute sich wappneten, bevor sie an meine Tür klopften. Ich spürte, dass ich sehr zur Einsicht gebracht worden war.

»Wir haben das Mädchen«, sagte er.

Ich blinzelte ein paarmal und fragte mich, warum er mir das erzählte. Sie war nicht meine Tochter. Dann erwischte ich mich wieder. Ich konnte genau sehen, warum ich so gefürchtet und unbeliebt war, aber ich schien nicht in der Lage zu sein, mich zu ändern.

Er wartete einen Augenblick, dann sagte er: »Nun, ihr Zustand scheint dich nicht sehr zu interessieren, aber ich erzähle es dir trotzdem. Wir haben sie gerade noch rechtzeitig gefunden. Ein paar Stunden später, und sie wäre wohl tot gewesen. Sie ist stark dehydriert ...«

»Es ist nicht schwer, Wasser aus einem Fluss zu bekommen«, sagte ich und tat es schon wieder.

»Das scheint genau das zu sein, was sie getan hat. Sie hat aus dem Fluss getrunken, bis sie Darmparasiten hatte und wahrscheinlich nicht mal mehr Wasser in sich behalten konnte. Und dann hat der Mangel an Wasser und Nahrung ihren Körper so geschwächt, dass er die Infektion nicht mehr abwehren konnte. Sie ist in einem schlechten Zustand.«

»Wird sie wieder gesund?«

»Ich bin froh, dass du nach ihrer Gesundheit fragst. Wir wissen es nicht. Ich hoffe es. Ich meine, jetzt, da sie im Krankenhaus ist, können sie sie mit Flüssigkeit und Antibiotika vollpumpen und ihren Zustand beobachten. Aber wenn wir sie zu einem späteren Zeitpunkt gefunden hätten ... nun, es war ziemlich knapp.«

Ich wartete. Ich traute mich nicht, ein Wort zu sagen. Ich wollte wissen, was das mit mir zu tun hatte, aber ich wusste, dass ich das nicht fragen konnte. Das wäre eine dieser Sachen gewesen, eine dieser typischen Sachen, die Clementine sagte. Sachen, die Leute zurückweichen und mit den Augen rollen lassen. Aber dieses Mal konnte ich es sehen, bevor es zu spät war. Es kam mir wie ein Durchbruch vor, eine wunderbare Verschiebung meiner Kontrolle, aber in diesem Moment hatte ich keine Zeit, mir selbst zu gratulieren.

»Also …«, sagte er, als müsste ich wissen, was als Nächstes kam.

»Also?«, fragte ich.

»Wir müssen wissen, was du machen willst.«

»In welcher Hinsicht?«

»Anzeige, Clem. Wir müssen wissen, ob du eine Anzeige erstatten willst.«

»Oh.«

Mein Hirn rannte plötzlich in mehrere Richtungen gleichzeitig. Ich fragte mich, warum ich noch nicht vorher daran gedacht hatte, in all der Zeit, in der sie weg gewesen waren. Ich fragte mich, was passieren würde, wenn ich diese harte Entscheidung fällte und das Mädchen nicht überlebte. Ich fragte mich, ob dem Tod nahe zu sein, genug Strafe sein sollte, oder ob sie das verdiente.

»Musst du das wirklich jetzt sofort wissen?«

»Nun, ja. Wir müssen wissen, ob sie in Haft kommt. Ob sie mit Handschellen an ihr Bettgestell gekettet werden soll, falls sie zu sich kommt und wieder ausreißen will. Also … ja. Wir brauchen deine Entscheidung. Lass uns optimistisch sein und sagen, sie kommt durch. Willst du Anzeige erstatten?«

»Sie sollte nicht einfach ungeschoren davonkommen. Taten sollten Konsequenzen haben.« Sobald ich es gesagt hatte, wünschte ich, er hätte die anderen, milderen Gedanken gehört, die ich über diese Sache hatte.

»Das ist also ein Ja.«

»Ich bin mir nicht sicher.« Ich lehnte mich an den Pfeiler meiner kleinen Verandamarkise, weil mich die Hitze schwindlig machte. »Könnten wir nicht etwas dazwischen tun?«

»Zwischen was?«

»So etwas wie gemeinnützige Arbeit.«

»Ich kann sie nicht zu Sozialstunden verurteilen, Clem, und ebenso wenig kannst du das. Man erstattet entweder Anzeige oder nicht. Wenn du Anzeige erstattest, entscheidet der Richter, welchen Preis sie zahlen soll. Als Opfer kannst du um ein mildes Urteil bitten, aber der Richter wird im Grunde tun, was er – oder sie – will. Wir können das Strafmaß nicht kontrollieren.«

Ich blieb an den Pfeiler gelehnt stehen und schloss die Augen.

*Das eigentliche Opfer ist Comet, aber er kann sich nicht einfach an einen Richter wenden.* Dann dachte ich, dass er vielleicht überhaupt kein Opfer war. Vielleicht hatte Comet die beste Zeit seines Lebens gehabt. Vielleicht war das Schlimmste, was ihm passieren konnte, eingefangen und nach Hause zurückgebracht zu werden.

Ich dachte an die Zeit, als das Mädchen sich mitten in der Nacht herübergeschlichen hatte, um ihm die Kletten aus dem Fell und die Knoten aus seiner Mähne und seinem Schwanz zu bürsten. Und dass ich gesehen hatte, wie sie im Dunkeln die Medizin in seine Hufe getupft hatte. Ich fragte mich, ob sie die Tropfen und den Striegel mitgenommen hatte, als sie mit ihm weggerannt war, und ob sein Pilz mittlerweile verheilt war.

»Ich muss sehen, in welchem Zustand er ist, bevor ich mich entscheiden kann.«

»Dennis hat gesagt, er hätte nie besser ausgesehen.«

»Könnte sie nicht einfach ihre Schuld bei mir abarbeiten? Es gibt hier viel zu tun, seit …« Ich brach ab und überlegte, ob er wusste, dass Vern mich verlassen hatte. Natürlich wusste er es. Ohne Zweifel wusste es mittlerweile der ganze Ort, aber ich konnte mich immer noch nicht dazu durchringen, es auszusprechen. »Es gibt auf diesem großen Grundstück viel zu tun. Es scheint mir gerechter zu sein, als sie in Jugendhaft zu stecken. Insbesondere, wenn sie sich gut um ihn gekümmert hat, wie du sagst.«

Mit einer einzigen Handbewegung hob Bobby seine Mütze an und kratzte seinen Haaransatz. »Wenn deine Antwort Nein ist und du keine Anzeige erstatten willst, dann kannst du jede Bedingung stellen, die du willst, aber das Gericht kann sie nicht für dich durchsetzen. Es ist keine rechtliche Vereinbarung. Du kannst etwas mit ihren Pflegeeltern vereinbaren, aber es hat dann nichts mit uns zu tun. Und du kannst deine Meinung nicht ändern und eine Anzeige erstatten, wenn etwas schiefläuft. Verstehst du das?«

»Ich kann es wirklich nicht entscheiden, bevor ich seinen Zustand gesehen habe.«

»Wie ich dir gesagt habe, Dennis hat gesagt, er hätte nie besser ausgesehen.«

»Hat er sich aber seine Hufe angesehen? Ich wette, das hat er nicht getan. Comet hatte einen Pilz, als er gestohlen wurde. Und das Mädchen wusste genau, wo die Flasche mit seiner Medizin war. Sie stand auf der Erde neben dem Gatter. Und seitdem habe ich sie nicht mehr gesehen. Also hast du sie vielleicht als Beweismittel mitgenommen oder sie hat sie mitgenommen und jeden Tag seine Hufe behandelt. Und vielleicht ist der Pilz inzwischen geheilt. In diesem Fall rede ich einfach mit ihren Eltern über irgendwelche Arbeiten, die sie erledigen kann, wenn es ihr besser geht, damit sie nicht ganz ungestraft davonkommt. Aber wenn sie die Medizin nicht dabeihatte und sein Pilz sich verschlechtert hat, dann tendiere ich dazu, sie anzuzeigen. Ich weiß, du sagst, dass du es sofort wissen musst, aber ich muss das zuerst herausfinden. Wann kommt Comet zurück?«

»Die Tierärztin sagt, dass sie zwischen vier und fünf mit der Arbeit fertig ist und dann hinfährt. Über zwei Stunden pro Strecke. Und sie wird sicher das Mädchen dort im Krankenhaus besuchen wollen. Aber jedenfalls sollte es heute Abend sein. Ich nehme an, wir können so lange warten, da das Mädchen immer noch nicht bei Bewusstsein ist.«

»Ich rufe Denny an, wenn ich mich entschieden habe.«

»Nein«, sagte er bestimmt. Barsch. »Du rufst *mich* an.«

»Ich kann nicht mal mit Denny sprechen?«

»Oh, du hast fürs Erste genug mit ihm gesprochen, Clem.«

»Ich verstehe nicht, warum jeder so eine große Sache daraus macht. Ich habe ihm vielleicht ein paar unbequeme Wahrheiten gesagt …«

Bobby brauste auf. Ich konnte es spüren, bevor er überhaupt etwas sagte. Ich wollte einen Schritt zurücktreten, zwang mich aber, nicht von der Stelle zu weichen.

»Wahrheiten, Clem? Wahrheiten? Du hast gesagt, dass wir nichts tun würden, als auf unseren faulen Hinterteilen zu sitzen und Donuts zu essen, anstatt nach deinem gestohlenen Pferd zu suchen!«

»Ich habe nie etwas von Hinterteilen oder Donuts gesagt.«

»Du hättest es aber genauso gut tun können. Du hast gesagt, wir würden uns nicht engagieren, obwohl du keine Ahnung davon hattest, was wir getan haben. Du hast nicht gefragt, und du hast ihm nicht mal die Gelegenheit gegeben, es dir zu erzählen, obwohl es der Grund für seinen Besuch war. Und jetzt stehst du hier und hast die Stirn zu sagen, dass du recht hattest. Wenn du recht hattest, was glaubst du, warum dein Pferd heute Abend hier ankommt? Glaubst du, das passiert rein zufällig?«

Ich war sprachlos darüber, dass jemand so mit mir redete. Aber dann fiel mir ein, dass ich selbst häufig so mit anderen redete. Als ich ein kleines Mädchen war, hatte meine Mutter mal zu mir gesagt, ich könnte austeilen, aber nicht einstecken. Ich fühlte mich wie ein hoffnungsloser Fall, als wäre ich unsympathisch auf die Welt gekommen und hätte keine Chance darauf, jemals anders sein zu können.

»Ich …«, begann ich und wusste nicht weiter. Ich musste innehalten und mich sammeln. »Ich glaube, ich hatte unrecht mit dem, was ich gesagt habe. Es tut mir leid.«

Ich hatte erwartet, dass es eine Art Unterschied machen würde, aber er schüttelte nur den Kopf, wandte sich ab und ging zu seinem Auto. »Ruf *mich* an«, befahl er mir über seine Schulter hinweg. »Nicht Dennis. Mich.«

Er stieg ein, ließ den lauten Motor an und fuhr ohne einen Blick zurück los.

Ich drehte mich um. Der kleine Junge stand wie versteinert in der Tür. Offenbar hatte er einen Teil der Unterhaltung gehört. Ich fühlte mich sehr beschämt, und meine Wangen brannten. Ich sah ihn an und dann schnell wieder weg.

»Warum sind Sie so?«, fragte er.

In diesem Augenblick hätte ich alles getan, um von ihm wegzukommen. Hätten wir uns nicht in meinem Haus befunden, wäre ich wahrscheinlich weggerannt. Wären seine Eltern zu Hause gewesen, hätte ich ihn sofort bei ihnen abgeliefert. Aber ich hatte zugestimmt, für eine unbestimmte Zeit auf ihn aufzupassen. Ich war gefangen.

Ich führte ihn in das klimatisierte Wohnzimmer zurück.

»Das ist eine sehr alberne Frage«, sagte ich.

»Warum?«

»Weil ich überhaupt nicht verstehe, was du mich fragst. Warum bin ich wie was?«

Aber ich verstand, was er meinte.

»Gemein«, antwortete er.

Ich schob ihn weiter in die Küche. Ich wollte ihn an den Tisch setzen und uns einen Snack machen. Ich dachte, wenn ich mich einfach weiterbewegte, könnte ich das alles von mir fernhalten, all dem irgendwie ein Stück voraus sein.

»Ich bin nicht gemein«, sagte ich.

»Doch, das sind Sie.«

»Ich versuche jedenfalls, nicht gemein zu sein.«

»Aber Sie sind es wirklich.«

Ich sank auf den Küchenstuhl und ließ den Kopf in meine verschränkten Arme fallen. Es war dunkel dort und fühlte sich ein wenig sicherer an. Ich blieb scheinbar sehr lange in dieser Haltung, aber wie lange es wirklich war, kann ich nicht abschätzen.

Ich fragte mich, ob der Junge wusste, dass seine Pflegeschwester gefunden worden war. Ob er diesen Teil gehört hatte oder ich es ihm sagen sollte.

Aber es gab da eine noch wichtigere Angelegenheit. Ich war eine gemeine, alte Frau. Ich hatte es nie vorgehabt, aber ohne Frage war ich es. Bis zu diesem Augenblick war es mir schon etwas klar gewesen, aber es hatte mich nicht gekümmert, was andere Leute von mir dachten. Es hatte mich wahrscheinlich gekümmert, was Vern dachte, aber irgendwie war er für mich einfach zur Gewohnheit geworden. Ich hatte angenommen, er müsste mich ungeachtet aller Probleme einfach hinnehmen.

Es kümmerte mich, was Denny und Bobby von mir dachten, weil sie verantwortungsvolle junge Männer sind. Aber sie werden für ihren Dienst in der Gemeinde bezahlt, daher hatte ich wahrscheinlich gedacht, ich wäre eine Art Arbeitgeber für sie und ihr Respekt wäre mir sicher.

Darüber hinaus hatte mich einfach nichts gekümmert. Mich hatte nie viel gekümmert und in letzter Zeit gar nichts.

Aber es kümmerte mich, was dieser kleine Junge dachte. Und er dachte das Allerschlimmste von mir. Und was noch schlimmer war, er hatte recht.

Ich fragte mich, ob ich zu diesem späten Zeitpunkt daran noch etwas ändern konnte.

Ich spürte seine kleine Hand auf meinem Rücken.

»Tut mir leid«, sagte er. »Ich dachte, Sie wüssten es.«

* * *

Weniger als eine Stunde später kam seine Tierarzt-Mutter, um ihn abzuholen. Ich hatte nicht damit gerechnet und gedacht, er würde viel länger bei mir bleiben. Vielleicht über Nacht.

Es verletzte mich mehr, als ich es in Worte fassen konnte.

Er sagte nicht viel, als er ging, und sah mich nicht an. Die Tierärztin sagte zu ihm, er solle sich bei mir bedanken, und da er angewiesen worden war, tat er es auch, aber nicht mit viel Gefühl.

Ich hatte gehofft, mehr Zeit zu haben, ihm zu zeigen, dass ich ein besserer Mensch war als er dachte.

Anscheinend hatte ich alles Mögliche gedacht.

Anscheinend war alles, was ich je gedacht hatte, völlig falsch gewesen.

# 29. Jackie

Ich hatte mich ziemlich gut im Griff gehabt, bis Mando ins Krankenzimmer kam.

Ich hatte dagesessen, die Sonnenstrahlen waren schräg durchs Fenster auf mich gefallen, und hatte Stars Gesicht betrachtet. Es bewegte sich nicht, aber ich betrachtete sie trotzdem.

Ihre Haut erschien grau und erinnerte an Papier. Sie hatte mehr Gewicht verloren, als sie es sich leisten konnte. Ihr Haare waren fettig und so verfilzt, dass wir vielleicht alles abschneiden und von vorn beginnen mussten. *Falls.* Falls das Von-vorne-Beginnen irgendeines Aspekts ihres Lebens eine Möglichkeit war, die wir erleben durften.

So sah sie aus. Wie sie nicht aussah? Wie eine Göre, Rebellin, Unruhestifterin. Sie sah nicht wie ein emotional gestörter Teenager aus.

Als sie in diesem Krankenbett lag, irgendwo zwischen nicht reagierend und komatös, machte sie keine frechen Bemerkungen und legte kein schlechtes Verhalten an den Tag. Sie rollte nicht mit den Augen und gab keine Widerworte. Sie war nur ein hilfloses Kind.

Und trotzdem gingen meine Gedanken zu dem Unvermeidlichen zurück: sie nach Hause zu bringen. Der Gedanke, sie zurück in unsere Familie zu bringen, jagte mir Angst ein. Wie lange würden wir mit solchem Stress leben können? Paula und ich standen vor dieser Frage, denn die Familie lag in unserer Hand. Für die Jungen war es etwas völlig anderes, da sie in dieser Angelegenheit nicht das Sagen hatten.

Einen verrückten Moment lang spielte ich mit dem Gedanken, dass Stars Sozialarbeiterin sie zurücknehmen und eine neue Familie für sie finden würde, weil wir sie zu leichtfertig angenommen hatten. Aber das war eine lächerliche Idee. Star war von jeder Pflegefamilie weggelaufen. Wir waren kaum etwas Einzigartiges. Und niemand sonst wartete darauf sie aufzunehmen, insbesondere nicht jetzt. Nein. Wir waren Stars letzte Hoffnung im Pflegesystem, und jeder wusste das.

Dann gab es noch die zweite Möglichkeit: dass sie es nicht überleben würde. Und diese Möglichkeit war noch erschreckender.

Ich schäme mich dafür, es zuzugeben, aber als mir klar wurde, dass sie auf dem Weg in eine Jugendstrafanstalt sein könnte, war ich unbestreitbar erleichtert. Gleichzeitig tat mir der Gedanke weh. Es schmerzte mich immer, wenn ich zwei Dinge gleichzeitig so stark spürte.

In diesem Augenblick kam Mando herein. Sein Gesichtsausdruck war offen und ruhig.

Ich brach in Tränen aus.

Ich glaube nicht, dass ich je zuvor in Tränen ausgebrochen bin, zumindest nicht in meinem Erwachsenenleben. Ich hatte schon ein paar Tränen vergossen und mehrmals Tränen zurückgehalten. Ich hatte wahrscheinlich mehr Tränen unterdrückt, als es gesund ist. Aber ich glaube nicht, dass ich vorher in Tränen ausgebrochen bin. Bis zu diesem Augenblick.

Mando rannte zu mir. »Was? Was ist los?«

Ich weinte zu stark, um antworten zu können.

Er zog einen Plastikstuhl neben meinen, bis die Stühle aneinanderstießen, und setzte sich zu mir. Er hielt meine Hand und tätschelte sie.

»Ist sie gestorben?«

Ich schüttelte den Kopf.

»Oh, Gott sei Dank! Warum weinst du?«

Ich brauchte einen Moment, um mich so gut wie möglich zusammenzunehmen. Ich konnte noch nicht mit dem Weinen aufhören, aber wenigstens war ich fähig, Wörter zu bilden.

»Ich glaube, bis gerade eben habe ich nicht gewusst, wie viel Angst ich gehabt hatte«, sagte ich. »Ich musste es wohl vor mir selbst geheim halten, bis die Sache vorüber war.«

Er gab darauf keine Antwort, aber ich hatte das Gefühl, dass er verstand, was ich meinte.

Er brachte mir eine Schachtel mit Taschentüchern vom Nachttisch neben dem leeren Bett auf der unbelegten Seite des Zimmers.

»Es tut mir so leid, dass ich dich mit dem Hilfssheriff allein lassen musste.«

»Das ist okay«, sagte er.

»Nein, ich meine es ernst. Ich weiß, dass dir das sehr unangenehm ist.«

»Eigentlich nicht«, antwortete er. »Er ist ein ziemlich netter Kerl.«

\* \* \*

Ich weiß nicht, wie viel Zeit vergangen war, bis Paula schließlich in der Tür stand. Ich nehme an, vielleicht zwei Stunden, aber mein normales Zeitgefühl machte Urlaub und hatte nur ein Durcheinander von fortwährenden Momenten hinterlassen.

Paula hatte Quinn bei sich. Den wundervollen Quinn.

Ich stürzte auf sie zu, und wir umarmten uns. Schon bald spürte ich, wie Quinn sich zwischen uns drängte und mich um die Taille fasste und umarmte. Ich blickte über meine Schulter zu Mando, der den Hinweis aber nicht verstand. Er saß zusammengesackt auf dem Stuhl, als wären wir alle eins und er sei etwas ganz anderes. Also streckte ich ihm einen Arm entgegen, und nach einem kurzen Zögern gesellte er sich zu unserer Umarmung.

* * *

»Ist der Arzt schon hier gewesen?«, fragte Paula mich und fasste um Stars knochiges Handgelenk, um ihren Puls zu fühlen. Ich hörte, wie sie etwas flüsterte, es klang schockiert, mitfühlend und betroffen. Das einzige Wort, das ich verstehen konnte, war ›schlecht‹.

»Ja, er war hier.«

»Und die Diagnose?«

»Schwere Dehydrierung, milde Unterkühlung, Unterernährung. Ein schwerer Fall von durch Wasser übertragene Erkrankungen, die ihr Körper nicht mehr abwehren konnte.«

»Hat er dir eine Prognose gegeben?«

»Er kann nichts garantieren, aber er ist optimistisch. Er meint, dass Star jetzt in einem kontrollierten Umfeld ist und Dinge behandelt werden können. Dinge, an denen sie hätte sterben können, falls sie später gefunden worden wäre.«

»Ihr Pulsschlag ist ziemlich stark«, sagte Paula. »Ich wünschte, ich könnte hierbleiben, aber ich muss Comet untersuchen und ihn dann zurückbringen.«

»Du gehst schon wieder?« Ich versuchte, wie eine reife Erwachsene zu klingen, aber ich scheiterte kläglich. »Du bist doch gerade erst gekommen!«

»Star hat Ärzte«, sagte Paula und strich sanft ein paar schlaffe Strähnen von Stars ruinierten Haaren aus ihren geschlossenen Augen. »Sie ist in guten Händen. Aber ich bin die einzige Ärztin, die das Pferd hat.«

»Dennis hat gesagt, es hätte nie besser ausgesehen.«

»Ja, das hat er mir auch gesagt. Ich bin ihm in der Eingangshalle begegnet. Aber es gibt noch einen anderen Grund, warum ich mir das Pferd ansehen will.« Sie schaute zu den Jungen. »Jungs, könntet ihr uns eine Minute allein lassen?«

Sie wechselten einen Blick, dann schlurften sie in den Korridor hinaus.

»Worum geht's?«, fragte ich und spürte, dass eine weitere schlechte Nachricht mir jetzt den Rest geben würde. Ich würde mich einfach in eine kleine Staubwolke verwandeln und wegwehen. Puff.

»Er hat mir erzählt, dass sein Kollege mit Clem darüber gesprochen hat, ob sie Anzeige erstatten würde.«

In meinem Magen wurde es eiskalt. »Und …?«

»Es hängt ganz davon ab, ob der Pilz geheilt ist, den das Pferd hatte.«

In meinem Gehirn wirbelte alles durcheinander, und ich schaute Paula an, als sei sie verrückt, obwohl ich natürlich wusste, dass Clem die Verrückte war. Paula wiederholte ja nur die Verrücktheiten von Clem.

»Das ergibt überhaupt keinen Sinn.«

»Es ergibt zu einem gewissen Grad schon Sinn«, sagte sie. »Wenn Star sich gut um das Pferd gekümmert hat, wird Clem weniger dazu neigen, eine Anzeige zu erstatten. Wenn sie das Pilzmedikament mitgenommen und nach seinen Hufen gesehen hat und der Pilz ganz verschwunden ist, dann ist das die eine Sache. Wenn sie ihn gestohlen hat, obwohl sie wusste, dass er eine potenziell ernsthafte Huferkrankung hatte und den Zustand einfach immer schlechter werden ließ, dann ist das eine völlig andere Sache. Und darauf basiert Clems Entscheidung. Ob Star sich gut um das Pferd gekümmert hat.«

Ich lehnte mich in dem Stuhl zurück. Es quietschte.

Ich beobachtete Star, als könnte sie es mir sagen und die Spannung auflösen. Sie sah wieder so völlig unschuldig aus. Egal, ob sie es wirklich war oder nicht.

»Ich hasse es, das zuzugeben«, sagte ich, »aber das leuchtet völlig ein. Was allerdings überhaupt nicht einleuchtend ist, da es von Clem kommt. Es ist schon fast …«

Aber dann konnte ich das passende Wort nicht finden.

»Fair?«, bot Paula an.

»So etwas Ähnliches wie fair.«

Sitzend betrachteten wir Star noch etwas länger.

»Ich mag nicht, dass du schon gehen musst.« Ich hasse es, eine Nörglerin zu sein, habe es schon immer gehasst, aber es musste gesagt werden. »Es war so schwer, das alles ohne dich zu machen.«

»Komm mit mir«, sagte sie und stand auf.

»Wie kann ich das? Ich muss doch bei ihr bleiben.«

»Sie weiß nicht, dass du hier bist, Jackie.«

»Und wenn sie aufwacht?«

»Du wärst doch sowieso später nach Hause gefahren, oder?«

»Wäre ich das? Nein, ich glaube nicht. Wie kann ich denn nach Hause fahren?«

»Es sind zwei Stunden, Jackie. Eine Fahrt von zwei Stunden. Komm nach Hause, iss noch etwas zu Abend und schlaf dich aus. Dann kannst du morgen früh zurückfahren.«

Sie streckte mir ihre Hand hin, aber ich nahm sie nicht. Ihre Hand war einladend und vertraut, aber sie wollte mich auch zur Tür hinausziehen.

Genau in diesem Augenblick streckte ein Krankenpfleger oder Sanitäter seinen Kopf ins Zimmer. »Die Besuchszeiten sind um«, sagte er und unterstrich seine Aussage mit einem kurzen Klopfen an den Türrahmen.

Also nahm ich Paulas Hand. Auf dem Weg durch den Korridor griff ich nach Mandos Hand, und Mando griff nach Quinns Hand. Und so ließen wir uns alle nach draußen ziehen.

»Kannst du Janet anrufen und ihr die Neuigkeiten erzählen?«, fragte ich. Ich hasste es immer noch, mit den Sozialarbeitern zu sprechen.

»Klar«, antwortete Paula.

»Und ich rufe Marcie und Fran an.«

»Marcie und Fran?«

»Hm … ja. Sie haben doch den Beginn von diesem Chaos mitbekommen. Ich glaube, sie werden es wissen wollen.«

»Stimmt«, sagte sie. »Daran hatte ich gar nicht gedacht.«

Das überraschte mich, denn normalerweise war ich diejenige, die – worum auch immer es gehen mochte – ›daran gar nicht gedacht‹ hatte.

\* \* \*

Die Sonne stand schon sehr tief, als Paula Comet in den Anhänger führte.

»Na das ist vielleicht ein perfekter Gentleman, was?«, fragte sie.

»Er kommt mir wie ein völlig anderes Pferd vor.«

»Du hast ja gehört, was John Parno gesagt hat. Comet musste nur ein bisschen Dampf ablassen. Hier, nimm seinen Zügel. Ich möchte, dass du mit ihm auf mich zu und dann wieder von mir weggehst. Damit ich feststellen kann, dass er nicht lahm ist und keine Verletzung hat.«

Ich reckte den Hals, um nach den Jungen zu sehen. Mando saß auf dem Beifahrersitz unseres Autos und hatte den Gurt angeschnallt, als könnte das Auto von allein losfahren. Ausdruckslos starrte er ins Leere. Quinn war auf dem Rücksitz eingeschlafen, seinen Kopf nach hinten gekippt ans Fenster gelehnt, sein Mund stand weit offen. Obwohl ich ihn nicht hören konnte, wusste ich, dass er schnarchte. Ich kannte Quinn.

Ich nahm Comet am Zügel. Zu einem anderen Zeitpunkt hätte ich Angst gehabt, aber nicht jetzt.

Paula nickte, als ich mit ihm auf- und abging, und selbst für mich war offensichtlich, dass Comet problemlos laufen konnte.

Ich brachte ihn zu ihr zurück, und sie nahm den Zügel, band ihn außen am Anhänger an und hob einen seiner Vorderhufe.

»Können Pferde Menschen gegenüber Loyalität verspüren?«, fragte ich sie. Das war eine dumme Frage. Na ja, es war vor allem eine dumme Zeit, diese Frage zu stellen. Die eigentliche Frage wäre gewesen: *Hat Star sich um die Hufe des Pferdes gekümmert?*

»Schwer zu sagen, was ein Tier spürt.«

»Zeigen sie Loyalität?«

»Auf welche Art?«

»Ich meine, so wie ein Hund es tun würde. So wie ein Hund bei seinem Besitzer bleibt, selbst wenn er stirbt.«

»Nein, Pferde sind nicht ganz so. Oder jedenfalls nicht üblicherweise. Ich weiß nicht, es ist eine schwierige Frage. Ich kenne viele Pferde, die eine echte Zuneigung zu ihren Besitzern haben.« Sie stellte den Huf ab, ging an Comets Seite und strich mit der Hand über das Sprunggelenk seines Hinterbeins. Höflich hob er das Bein für sie an. »Aber was das Bei-dem-Besitzer-Bleiben betrifft ... manche machen es, andere nicht. Andererseits trainieren viele Leute ihr Pferd darauf, dass es an der Stelle bleibt, wo sie es lassen, selbst wenn es nicht angeleint ist. Also ist es schwer zu sagen, was Loyalität ist und was Training. Aber warum fragst du?«

Paula setzte den Hinterhuf ab und ging auf die andere Seite zwischen Comet und den Anhänger. Sie drückte sanft, aber bestimmt gegen seine Flanke, und er bewegte sich zur Seite, sodass sie genug Platz hatte.

»Ich glaube, ich versuche zu verstehen, warum er Star alleingelassen hat.«

Ihr Kopf tauchte über seinem breiten grauen Rücken auf. »Er hat sie nicht alleingelassen.«

»Wirklich?«

»Ja. Sie ist keine zwanzig Meter von der Stelle entfernt gefunden worden, wo Comet beim Grasen entdeckt wurde.«

»Warum ist dann Bobby Talbot zu uns gekommen und hat gesagt, sie hätten das Pferd gefunden, aber nicht Star? Sie mussten doch die nahe Umgebung abgesucht haben, bevor sie das sagen konnten.«

»Das haben sie gemacht. Zwei Mal. Aber dann hat der Spürhund sie an einer Stelle gefunden, wo sie niemand sonst entdeckt hätte. Anscheinend ist sie in ein Kanalrohr gekrochen und hat sich mit Blättern zugedeckt. Nur der Hund konnte sie finden.«

*Das ist seltsam,* dachte ich. *Warum würde jemand, der dem Tod so nahe war, in ein Kanalrohr kriechen und sich tarnen?* Zu dem Zeitpunkt war sie bestimmt bereit gewesen, aufzugeben und gefunden zu werden. Es sei denn, sie hatte nicht gewusst, in was für einem schlechten Zustand sie war. Oder es hatte sie nicht gekümmert. Oder sie wollte gar nicht gefunden werden, selbst wenn der Tod die einzige Alternative war.

Ich sprach meine Gedanken nicht aus und sagte stattdessen nur: »Woher weißt du das alles? Ich bin schon den ganzen Tag hier gewesen und wusste es nicht.«

Ich konnte von Paula nur ihre Jeans und Stiefel sehen und ihre Stimme hören. »Ich habe Dennis gefragt und er hat es mir gesagt. Ich habe mein Urteil über den Huf. Willst du es hören?«

*Nein,* dachte ich. *Natürlich will ich es nicht hören. Warum würde ich wie ein Idiot plappern, wenn ich das Urteil hören wollte? Kannst du das nicht sehen?*

»Sicher«, antwortete ich.

»Es ist eine gute Nachricht. Sein Pilz ist bestens verheilt. Sie hat definitiv weiterhin die Medizin in seine Hufe gebürstet. Ich kann die rötliche Farbe der Flüssigkeit um die Strahlen seiner Hufe sehen. Ich bezweifle, dass es länger als einen Tag her ist.«

»Das ist wirklich eine gute Nachricht«, wiederholte ich.

Aber tief in meinem Inneren, da, wo ich mich nicht selbst anlügen kann, war ich mir nicht so sicher, ob es eine gute Nachricht war.

\* \* \*

Ich fuhr dem Anhänger auf der Straße nach Easley hinterher. Es war fast dunkel. Quinn lag auf dem Rücksitz und schnarchte wie eine Miniaturkreissäge. Mando blickte durch die Windschutzscheibe und klopfte gelegentlich an das feste Plastik seiner Armschiene.

Plötzlich sagte er: »Weißt du, an was ich gerade eben gedacht habe?«

»Ich habe keine Ahnung«, sagte ich.

»Ich habe an diesen Hilfssheriff gedacht.«

»Dennis.«

»Ja.«

»Was ist mit ihm?«

»Er ist ein netter Kerl.«

Ich wusste, dass hinter dieser einfachen, deutlichen Aussage mehr steckte, aber ich wollte ihm Zeit geben. Ich benötigte oft Zeit, um meine Gedanken in die passenden Worte fassen zu können, und vielleicht ging es allen anderen genauso.

»Ich mag ihn auch«, sagte ich nur.

Wir hatten etwa einen halben Kilometer schweigend zurückgelegt, als er sagte: »Ich bin immer wütend auf Leute geworden, wenn sie meine Mom und mich so angesehen haben, als wüssten sie ganz genau, was wir sind. Aber sie wussten überhaupt nichts. Sie hatten einfach angenommen, wir seien genau wie alle anderen, weil wir dunkelhäutig sind und sie eine Kellnerin ist und wir nicht viel Geld haben. Als seien alle lateinamerikanischen Kellnerinnen, die sie getroffen haben, ein und dieselbe Person. Es kümmert mich nicht besonders, was sie über mich denken. Aber ich bin wirklich wütend geworden, wenn sie über sie geurteilt haben.«

»Da mache ich dir keinen Vorwurf«, sagte ich.

»Aber ich habe dasselbe gemacht.«

Ich wartete wieder.

»Ich habe diesen Hilfssheriff so gehasst. Ich bin so wütend gewesen, weil er immer wieder vorbeigekommen ist. Ich habe gedacht, er würde uns Probleme machen. Aber er ist ein netter Kerl. Er ist nicht wie die anderen. Was hat es zu bedeuten, dass ich das gedacht habe? Dass ich ihn so gehasst habe?«

»Dass du auch nur ein Mensch bist?«

»Ist das aber nicht richtig schlecht? Ich meine, was sagt das über mich aus?«

Ich seufzte. »Wenn man betrachtet, dass du gerade selbst gemerkt hast, dass du es tust … dass du diese Beobachtung ganz allein gemacht hast, im Alter von dreizehn … dann würde ich sagen, dass du den meisten Erwachsenen, die ich kenne, einiges voraus hast.«

\* \* \*

Meine Scheinwerfer beleuchteten die Rückseite des Anhängers, und ich konnte das lange Fell von Comets Schwanz sehen, das teilweise über die Schranke des Anhängers hing und im Wind wehte. Ihn etwas von der Seite betrachtend konnte ich erkennen, dass er sich hin und wieder vorbeugte und aus einem Futtertrog Heu zog. Paula musste diesen Trog erst frisch mit Heu gefüllt haben, bevor sie losgefahren war, um ihn abzuholen.

*Paula denkt an alles.*

Ich dachte, Mando würde nach draußen schauen, aber er war tief eingeschlafen. Ich nahm das Handy und rief Paula an.

»Hallo da hinten«, sagte sie. Sie klang ein bisschen zu gut gelaunt. Als lägen all die Probleme schon hinter uns.

»Ich habe dir etwas zu sagen«, begann ich. Vielleicht ernsthafter als notwendig, vielleicht aber auch gerade ernsthaft genug. »Und es wird nach etwas wirklich Undenkbarem klingen.«

Ich wartete und schaute zum Seitenspiegel des Anhängers hoch, um vielleicht irgendwie ihre Reaktion erkennen zu können, aber ich konnte Paula nicht im Seitenspiegel sehen.

»Okay«, sagte sie gelassen, und ich bemerkte, dass sie nur darauf gewartet hatte, dass ich weitersprach.

»Wir nehmen es als eine gegebene Sache, dass Star zurückkommen und bei uns wohnen wird. Aber ich bin mir nicht sicher, ob wir das tun sollten.«

In der folgenden Stille schaute ich wieder auf die Hinterseite des Anhängers, um eine Reaktion zu erkennen. Es war natürlich albern. Alles, was ich sehen konnte, war das Hinterteil des Pferdes. Comet wirkte entspannt, aber was hatte er auch zu verlieren?

Nur für den Bruchteil einer Sekunde wünschte ich mir, ein Pferd zu sein.

»Das ist ein ziemlich radikaler Gedanke«, sagte sie.

»Ich weiß.«

»Wir sind wahrscheinlich ihre letzte Chance. Insbesondere nach dem, was jetzt geschehen ist.«

»Ich weiß.«

»Aber du meinst trotzdem, dass wir vielleicht die vierte Familie sein sollten, die sie zurückgibt?«

»Vielleicht. Ich weiß nicht. Ich kann es mir auch nicht richtig vorstellen. Tatsächlich ist die Idee nicht von mir gekommen, sondern von Mando. Er hat gefragt, warum wir die Entscheidung nicht mal infrage stellen. Und seitdem habe ich die ganze Zeit darüber nachgedacht, ob es den Jungs gegenüber fair ist. Wir waren so ein glückliche Familie, bevor wir Star hatten. Und jetzt sind wir unglücklich. Ich mache mir einfach Sorgen um die Jungen. Es ist nicht sehr fair Star gegenüber, sie zurückzugeben, aber es ist auch den Jungs gegenüber nicht fair, sie zu behalten. Und sie haben nichts falsch gemacht. Sie haben diesen Ärger nicht verursacht – im Gegensatz zu Star.«

Eine kurze Stille trat ein. Dann sagte sie: »Du meinst das ernst.«

»Ich ziehe es zumindest in Betracht, ja. Ich glaube nicht, dass wir sie ohne einen weiteren Gedanken automatisch zurücknehmen sollten. Wir sollten die Entscheidung abwägen.«

»Wie kann man eine so schwere Entscheidung fällen?«

»Ich habe keine Ahnung, Paula.«

»Lassen wir es die Jungs entscheiden«, sagte sie.

»Ist das ein Witz?«

»Also, nicht entscheiden. Das habe ich falsch formuliert. Geben wir ihnen die Chance, uns ehrlich zu sagen, wie sehr es ihnen schadet, und auf der Grundlage treffen wir eine Entscheidung. Wir müssen wissen, ob es ihnen gegenüber fair ist. Und wie erfahren wir das? Wir müssen fragen. Wir können nicht nur raten, was sie vermutlich denken. Frag sie.«

»Jetzt?«

»Warum nicht?«

»Sie schlafen beide tief. Außerdem will ich das nicht allein machen. Das ist etwas, was wir gemeinsam tun sollten.«

»Okay. Am Morgen dann, wenn sie wach sind. Oder nach meinen Terminen morgen. Wir sprechen gemeinsam mit ihnen.«

Ich wollte sie am Telefon halten, nur um nah bei ihr zu sein. Ich wäre am liebsten im selben Wagen mit ihr gefahren, aber dies war alles, was ich tun konnte. Mit unseren Handys kostete es Extragebühren, und außerdem war es illegal, während des Fahrens mit einem Handy in der Hand zu telefonieren. Und es brachte uns trotzdem nicht zusammen in den gleichen Wagen.

Also beendete ich das Gespräch.

Ich ging es wieder und wieder in meinem Kopf durch, den ganzen restlichen Nachhauseweg lang. Die Jungs diese Unentschiedenheit auflösen zu lassen, schien bestenfalls ein merkwürdiger Plan. Aber ich hatte keine bessere Idee.

# 30. Clementine

In dieser Nacht hatte ich einen lebhaften Traum. Es war merkwürdig, denn es passierte ziemlich selten, dass ich Träume hatte, lebhafte oder andere. Aber Tina hatte mir mal erzählt, dass sie in der Schule gelernt hatte, dass wir zwar die ganze Nacht träumen, aber uns nicht immer daran erinnern können, dass wir geträumt haben.

Jedenfalls habe ich mich mit Sicherheit an diesen Traum erinnert.

In dem Traum hörte ich ein gemächliches Hufgeklapper vor meinem Schlafzimmerfenster und wusste, dass Tina und Comet von einem Ausritt zurückgekommen waren. Ich hörte, wie die Hufschläge im Vorgarten aufhörten – und dann ihre Stimme, die mich rief.

»Mom! Hallo, da oben! Ich bin zu Hause!«

Ich rannte zum Fenster, um sie zu begrüßen, denn selbst in meinem Traum wusste ich, dass es außergewöhnlich war, da sie schon lange Zeit nicht mehr zu Hause gewesen war und ich akzeptiert hatte, dass sie nie mehr nach Hause kommen würde.

Dann wachte ich auf. Ich stand am Fenster und hielt den Vorhang zurück. Also hatte der Teil, in dem ich zum Fenster gelaufen war, wohl nicht zu meinem Traum gehört.

Comet stand in der Mitte seines Geheges. Ich reckte den Hals, um einen größeren Teil meines Vorgartens sehen zu können, und sah diese beiden Frauen, meine Nachbarinnen, zurück über die Straße zu ihrem Haus gehen. Also war der Teil mit den Hufschlägen offenbar auch kein Traum gewesen.

Ich blieb am Fenster stehen, blinzelte auf die Szene in der Dunkelheit unter mir und ließ die elende Wahrheit auf mich wirken: Der einzige für mich wichtige Teil des Traums war nicht im wirklichen Leben passiert.

* * *

Ich trat in die dunkle Nacht hinaus. Ich machte mir nicht mal die Mühe, die Verandabeleuchtung einzuschalten, weil meine Augen sich dann manchmal nur noch schwerer an die Dunkelheit gewöhnten. Ich schlurfte in den flachen Hausschuhen vorsichtig über die Erde, um keine der staubigen, braunen Erdklumpen in die Schuhe zu bekommen.

An Comets Zaun blieb ich stehen und legte meine Hände auf das Geländer. Aus einem unerfindlichen Grund erwartete ich, dass er zu mir kommen und mich begrüßen würde, obwohl er das noch nie zuvor getan hatte.

»Nun, zumindest bist *du* zu Hause«, sagte ich zu ihm.

Beim Klang meiner Stimme zuckten seine Ohren nach vorn und wieder zur Seite, aber sonst bewegte er sich nicht.

Ich schaute zum Gatter und fragte mich plötzlich, was ihn eigentlich in diesem Gehege hielt. Ich wusste, dass es mich aufgeweckt hätte, wenn sie es wieder zugenagelt hätten. Die Verriegelung war noch nie sehr fest gewesen. Vern hatte Dutzende Male versprochen, eine bessere, pferdesichere Verriegelung anzubringen, es aber nie getan. Welchen Unterschied machte es? Eine richtige Verriegelung oder angenagelte Bretter – es machte keinen Unterschied, wenn man ohnehin nie vorhatte, das Gatter zu öffnen. Es hatte immer etwas Dringenderes für Vern zu tun gegeben, selbst wenn es nur Kaffeetrinken und Zeitunglesen gewesen war.

Die Frauen von gegenüber hatten das Tor mit zwei Kabelschlössern abgesperrt, wie solche, mit denen Leute ihre Fahrräder an Bäume anketten.

Ich atmete erleichtert aus und schaute wieder zu Comet hin. Ich dachte, ich sollte begeistert darüber sein, ihn wieder zurückzuhaben, aber ich fühlte mich nur unruhig.

Dann bemerkte ich, dass er genau in die Mitte des Geheges zwei Haufen gesetzt hatte – nicht einen, sondern zwei.

Erstens konnte er noch nicht viel länger als zwanzig Minuten zurück sein, also konnte ich mir nicht vorstellen, wo ein Pferd so viel Futter finden konnte, um es in so kurzer Zeit auszuscheiden. Zweitens ist der Teil des Geheges, der von außen mit dem langstieligen Rechen nicht erreicht werden kann, nur etwa einen halben Quadratmeter groß – und er hatte dieses winzige Ziel getroffen. Gleich zwei Mal!

»Das hast du absichtlich gemacht!« Meine Stimme war voller Empörung und Groll, und ich bildete mir das nicht nur ein, denn er trat zwei Schritte zurück.

Plötzlich wurde mir schlagartig bewusst, wie irrsinnig es war, was ich gerade gesagt hatte.

Wie um Himmels willen soll ein Pferd wissen, wie weit ein Rechen reicht? Absurd. Er konnte das unmöglich mit Absicht getan haben. Falls ich das ernsthaft gedacht hatte, sollte ich in eine geschlossene Anstalt gesperrt werden.

Also hatte ich es nicht wirklich geglaubt, aber ihm trotzdem Vorwürfe gemacht. Alle, die mit mir in Kontakt kamen, was auch immer sie taten – ich dachte von ihnen das Schlimmste und nahm es als eine persönliche Beleidigung.

Aber dies selbst von einem Pferd zu denken, das trieb es zu weit.

»Ich nehme es zurück«, flüsterte ich. Ich glaubte zwar nicht, dass mich jemand hören konnte, aber ich wollte kein Risiko eingehen. »Ich hätte das nicht sagen sollen. Ich will versuchen, ein freundlicherer Mensch zu werden. Ich meine, ich versuche es schon, ich habe nur bisher noch keine großen Fortschritte damit gemacht.«

Ich blieb noch eine Minute länger am Gehege stehen und dachte immer noch, er käme vielleicht zu mir. Ich glaubte, durch mein ernsthaftes Eingeständnis würde er mir mehr trauen.

Doch er blieb standhaft.

Ich seufzte und verstand, dass die Dinge sich nicht im Handumdrehen änderten. Alle sagen, dass sie sich ändern, aber die Leute, mit denen man zu tun hat, haben das schon so viele Male zuvor gehört. Sie sind klug genug, um sich zurückzuhalten und abzuwarten, ob man es wirklich macht.

In dieser Hinsicht konnte ich selbst einem dummen Tier nichts vormachen.

* * *

Zwei morgendliche Tassen Kaffee später hörte ich Geräusche im Hof. Ich befürchtete, dass es Comet sein könnte, der rastlos wurde und Krach machte. Mein Körper erstarrte durch und durch, und ich realisierte, dass ich angespannt auf seine Reaktion gewartet hatte – darauf, wieder eingesperrt zu sein.

Ich werde das nie verstehen. Wie konnte ich angespannt sein und es nicht bemerkt haben? Es klingt wie etwas, das überhaupt nicht existieren sollte, aber da war es. Es ist entmutigend, mitten in einem Leben zu stecken, das man unmöglich erklären kann.

Als ich ans Fenster ging, sah ich, dass die Tierärztin bei ihm im Gehege war und ihn untersuchte. Sie musste die Geräusche gemacht haben, da Comet still wie eine Pferdestatue dort stand. Ihre große Ledertasche lag auf der Erde neben seinen Vorderhufen, und sie hörte ihn mit einem Stethoskop ab. Nicht sein Herz, sondern verschiedene Stellen seines Rumpfes, als wolle sie feststellen, ob sein Magen rumorte. Und er ließ es zu. Sie hatte ihm keinen Halfter umgelegt und stand nur an seiner Seite.

Ich ließ meine Kaffetasse auf dem Tisch stehen und eilte zur Tür.

Doch dann hielt mich ein Gedanke auf: gute, freundliche Nachbarn bringen einer Tierärztin eine Tasse Kaffee, wenn sie früh am Morgen nach ihrem Pferd schaut. Aber da ich nicht wusste, wie sie ihren Kaffee trank, öffnete ich die Tür, um es herauszufinden.

Sie blickte sofort auf.

»Kaffee?«, rief ich und versuchte, meine Stimme fröhlich klingen zu lassen.

»Danke, aber ich hatte schon einen«, rief sie zurück.

Ich ging näher zu den beiden an den Zaun.

»Ich hätte angeklopft«, sagte sie, »aber es ist noch früh. Ich wollte Sie nicht wecken.«

»Ich war schon wach, aber das macht nichts.« Das klang gut. Wie etwas, das eine freundliche Person sagen würde.

»Ich hoffe, wir haben Sie nicht geweckt, als wir ihn letzte Nacht zurückgebracht haben. Wir haben den Anhänger auf unserem Grundstück geparkt und sind mit ihm hier rübergegangen, um leiser zu sein.«

Ich wollte dazu nichts sagen, weil ich nicht wieder an den Traum erinnert werden mochte. Der Gedanke daran war schmerzhaft. Also sagte ich nur: »Ich habe gedacht, die Untersuchung wäre die allererste Sache gewesen. Bevor Sie ihn überhaupt nach Hause bringen würden.« Ich sagte es jedoch in einem fröhlichen Ton, damit ich nicht wie jemand klang, der sich beschwerte.

Sie stellte sich auf, nahm das Stethoskop aus ihren Ohren und legte es sich um den Hals. »Ich habe ihn ziemlich gut untersucht, bevor er in den Anhänger gekommen ist. Ich wollte vor allem sicherstellen, dass er nicht lahmt und keine Verletzungen hat. Aber es war dann dunkler geworden, und da wollte ich ihn lieber nach Hause bringen. Ich habe mich als Erstes vergewissert, dass er gesund ist. Aber ich glaube, der Sheriff wird eine ziemlich ausführliche Beschreibung seines Zustands erwarten, also wollte ich bei Tageslicht noch mal eine volle Untersuchung machen.«

»Wie geht es seinen Hufen?«

»Vollkommen verheilt. Und es ist bemerkenswert, denn Star war praktisch komatös, als sie gefunden und ins Krankenhaus gebracht wurde. Aber die Pilzmedizin ... ich konnte sie immer noch sehen, sie war in den Rillen um die Strahlen seiner Hufe eingetrocknet. Sie war noch frisch, ich schätze, weniger als einen Tag alt. Was bedeutet, dass sie sie selbst dann noch aufgetragen hat, als es ihr ziemlich schlecht ging.«

»Ich werde keine Anzeige erstatten«, sagte ich. Ich hätte beinahe noch mehr gesagt, zum Beispiel *Sie können jetzt mit Ihrer Überzeugungsarbeit aufhören,* aber ich konnte mich gerade noch rechtzeitig bremsen.

»Das ist nett von Ihnen. Danke.«

»Ich versuche, ein netterer Mensch zu sein.«

Sie sah mich kurz aus dem Augenwinkel an, aber das war ihre einzige Reaktion. Ich wartete, aber nichts geschah. Es erinnerte mich an die vorige Nacht mit Comet. Man gibt sich alle Mühe, und das Beste, was man bekommen kann, ist dass die andere Partei wenigstens kein Urteil über einen fällt.

»Darf ich Sie um einen Gefallen bitten?« Ich musste etwas sagen, um die unangenehme Stille zu füllen, in der mir nichts Aufmunterndes zurückgegeben wurde. »Da Sie gerade noch hier sind – wenn ich Ihnen den Rechen bringe, könnten Sie zumindest diese Haufen dort näher an den Zaun schieben, wo ich sie erreichen kann?«

»Natürlich«, sagte sie und machte sich wieder daran, das Pferd abzuhorchen.

»Danke. Und dann gibt es noch eine weitere Sache.«

Sie schien zu ahnen, dass es eine große Sache war. Jeder hätte es geahnt, glaube ich. Sie stellte sich wieder auf und befreite ihre Ohren von dem Stethoskop, um mich besser hören zu können.

»Ja?«

»Ich möchte, dass das Mädchen hier ein paar Arbeiten verrichtet, es wäre eine faire Art, mich zu entschädigen.«

Sie sah mich merkwürdig an. Es wehte ein kleiner Windhauch, was für diese frühe Tageszeit unüblich war, und der Wind blies ihre Haare um ihr langes, schmales Gesicht, da sie feines Haar hatte – blond und fein wie das Haar eines Babys. Ich fragte mich, ob mein Leben anders verlaufen wäre, wenn ich so blondes und feines Haar wie das eines Babys gehabt hätte und von Natur aus so groß und hübsch wie die Frauen von gegenüber gewesen wäre.

»Star kann noch nicht mal aus dem Bett aufstehen.«

»Nicht jetzt, meine ich. Wenn sie dazu in der Lage ist. Sie wird doch wieder gesund, oder?«

»Das hoffen wir sehr.« Es schien fast unbewusst zu sein, als sie ihre Hand ausstreckte und auf Comets Rücken legte. Comet ließ es zu.

»Tut mir leid. Ich wusste nicht, dass es ihr so schlecht geht.«

»Welche Art von Arbeit soll sie machen?«

Eine Stimme in meinem Kopf sagte mir, ich hätte eine Antwort vorbereiten sollen. Aber mein Bauchgefühl sagte mir, dass ich die Antwort bereits kannte und sie schon von Anfang an gekannt hatte.

»Sie ist gut mit dem Pferd. Und Sie wissen, dass ich nicht gut mit ihm umgehen kann. Also dachte ich mir, sie könnte rüberkommen und all die Arbeit machen, die für ihn notwendig ist. Ihn bürsten, sein Gehege sauber halten, dafür sorgen, dass er Bewegung bekommt ...«

Bei dem Gedanken, ihn jeden Tag durch dieses geöffnete Tor traben zu lassen, bekam ich zwar einen Knoten im Hals, aber ich konnte meine Furcht bezwingen. Er war tagelang ausgewesen, und jetzt schien er so sanftmütig wie ein Welpe. Er würde so bleiben, wenn jemand dafür sorgte, dass er sich weiterhin viel bewegte.

Der Mund der Tierärztin verzog sich zu einem seltsamen Grinsen, aber nur auf einer Seite. Ihr Lächeln wirkte etwas schief, und ich konnte seine Bedeutung nicht entziffern.

»Was?«, fragte ich.

»Nichts.« Aber wir wussten beide, dass das nicht stimmte. »Es ist nur ... ist das nicht eher eine Belohnung als eine Strafe?« Bevor ich auch nur meinen Mund öffnen konnte, sagte sie: »Nein, schon gut. Ich schaue einem geschenkten Gaul ins Maul. Das Wortspiel ist keine Absicht. Wenn sie wieder auf den Beinen ist, lassen wir sie jeden Tag hier rüberkommen, damit sie sich um das Pferd kümmert. Außer ... es sei denn ...«

Sie verstummte, und ich glaubte zu sehen, wie sie plötzlich in sich zusammenfiel – wie ein Reifen, in den ein Steakmesser gestoßen worden ist, also nicht wie ein Reifen, der nur über ein normales Straßenhindernis wie einen Nagel oder eine Schraube gefahren ist.

»Es sei denn *was?*«

»Angenommen, sie lebt dann noch hier bei uns.«

»Warum sollte sie das nicht?«

Es entging mir nicht, dass sie meinem Blick auswich. Und sie begann, in ihrer Arzttasche herumzukramen, schien aber nicht zu finden, wonach sie suchte. Es erinnerte mich an diesen Augenblick, wenn man den Kühlschrank öffnet, aber bereits vergessen hat, was man gewollt hatte.

»Warum sollte sie das nicht?«, fragte ich wieder. Es war eine zu wichtige Frage, um sie fallenzulassen. Ich brauchte Hilfe mit Comet. Der Gedanke daran, wieder mit ihm allein sein zu müssen, war fast unerträglich.

»Star hat ein Verbrechen begangen«, sagte sie. »Sie muss vielleicht zurück. Wir warten ab, was passiert.«

»Aber das ist furchtbar streng. Ein Mädchen aus seiner Pflegefamilie herausreißen? Das ist ziemlich extrem. Ist es nicht nur ein Verbrechen, wenn ich Anzeige erstatte?«

Ich konnte sehen, wie ihr Unbehagen wuchs. Es wurde deutlich an ihrer Körpersprache. Sie war nicht geschickt darin, Dinge zu kaschieren. Wahrscheinlich gehörte sie zu diesen Leuten, die es normalerweise erst gar nicht probierten.

»Ich weiß nicht«, sagte sie und durchsuchte immer noch ihre Tasche. »Wir warten einfach ab, was passiert, wie ich gesagt habe. Aber wenn sie nicht hier lebt und nicht für Sie arbeiten kann … was dann?«

»Ich nehme an, wenn sie aus ihrem neuen Zuhause gerissen wird und wieder in einer Art … Waisenhaus oder so etwas … leben muss, dann ist das wohl Strafe genug.«

Immer noch in ihrer gekrümmten Position auf dem Boden schaute sie auf und mir direkt ins Gesicht. Wenigstens hatte sie aufgegeben, mir vormachen zu wollen, dass sie etwas in ihrer Tasche suchte.

»Das ist eine sehr verständnisvolle Einstellung«, sagte sie, und es klang aufrichtig.

»Ich habe es Ihnen ja gesagt. Ich versuche, ein netterer Mensch zu sein.«

Sie lächelte ein wenig, stand auf, schloss die Tasche und streifte sie sich über die Schulter. Sie duckte sich unter dem Gitter des Geheges durch.

Sie ging direkt auf mich zu, und es beunruhigte mich, als sie mir nahekam. Niemand ging jemals direkt auf mich zu.

»So weit, so gut«, sagte sie, legte eine Hand auf meine Schulter und lächelte wieder, allerdings etwas traurig. Sie klopfte mir leicht auf die Schulter.

Dann ging sie zurück über die Straße. Sie musste vergessen haben, dass sie die Misthaufen näher an die Seite schieben sollte.

Ich rief ihr nicht hinterher.

Ich hatte es zunächst gewollt, aber es war ein schöner Moment, und ich hatte in der letzten Zeit nicht viele schöne Momente gehabt. Ich wollte ihn nicht ruinieren.

# 31. Jackie

Paula kam um etwa halb acht zurück, gerade als ich das Frühstück gemacht hatte. Ich konnte sehen, dass etwas mit ihr nicht stimmte. Wenn man seit Jahren mit jemandem zusammen ist, erkennt man so etwas.

»Was? Sag nicht, dass Comet krank ist.«

»Nein. Es ist alles in Ordnung mit ihm.«

»Gott sei Dank. Erklär mir aber bitte eins: wirklich, Star ist todkrank, und das Pferd war nie gesünder.«

»Star kann nicht grasen, und ihr System ist nicht für ungefiltertes Wasser eingerichtet. Schau, ich brauche …«

»Ich rufe die Jungs zum Essen.«

Ich hatte sie nicht unterbrechen wollen, sondern gedacht, sie hätte zu Ende gesprochen, bevor sie sagte, sie bräuchte etwas. Wir hatten am Schluss nur beide gleichzeitig geredet.

»Nicht jetzt«, sagte sie. »Wir müssen reden. Wir zwei.«

»Okay.« Ich fühlte mich leer, obwohl ich besorgt sein sollte. »Aber sag es sofort, du weißt, wie ich es hasse zu warten.«

»Sie erstattet keine Anzeige. Sie will nur, dass Star es abarbeitet, indem sie sich um das Pferd kümmert.«

»O mein Gott! Star wird das lieben. Was ist also die schlechte Nachricht?«

»Ich habe gerade etwas getan, was ich sonst nie tue. Ich habe gelogen.«

»Worum ging es?« Ich musste nicht fragen, wen sie angelogen hatte.

»Um die Tatsache, dass wir Star vielleicht zurückschicken. Ich konnte es nicht über mich bringen, die Wahrheit zu sagen. Die Nachbarin hat darüber gesprochen, wie hart und furchtbar es für Star wäre, wenn sie ihr neues Zuhause verlieren würde. Ich konnte einfach nicht sagen, dass es unsere Entscheidung ist. Sie denkt jetzt, dass Star uns wegen dieser Sache vielleicht weggenommen wird. Ohne dass es unsere Schuld wäre.«

Ich goss etwas Milch in meinen Kaffee und ließ mich auf den Stuhl am Küchentresen sinken. »O verdammt, was für einen Unterschied macht es, Paula? Du musst ihr keine persönlichen Sachen sagen. Du musst ihr nichts sagen, was du nicht willst. Ich weiß, dass du ehrlich bist, aber ich verstehe nicht, warum das so eine große Sache sein soll.«

»Weil ich jetzt glaube, dass, falls man über eine Sache nicht reden kann, weil sie einfach zu schrecklich klingen würde, man diese Sache vielleicht nicht tun sollte.«

Der Satz blieb einen Augenblick schwer und unangenehm zwischen uns hängen. Es musste irgendwie geklärt werden. Ich nippte an meinem Kaffee und schindete Zeit, bevor ich antwortete.

»Oder vielleicht«, sagte ich, »klingt es nur deswegen schrecklich, weil niemand, der nicht in unserer Situation gewesen ist, es verstehen könnte.«

»Vielleicht. Wie kann man den Unterschied feststellen?«

»Ich habe keinen blassen Schimmer. Normalerweise würde ich dich fragen. Ich dachte, der Plan war, den Jungen ein Mitspracherecht zu geben.«

»Ja, das war der Plan.«

»Ist er es noch?«

»Ich nehme an«, sagte sie. »Ich fühle mich nur … schlecht deswegen.«

»Das liegt daran, dass es keine Möglichkeit gibt, sich deswegen gut zu fühlen«, sagte ich. »Es gibt daran nichts Gutes. Es gibt nur schlecht und schlechter. Such dir was aus.«

\* \* \*

Wir warteten mit unserem Familientreffen bis nach dem Frühstück. Der Zeitpunkt bedurfte keiner Diskussion. Wir besprachen nie schwierige Familienthemen während des Essens. Als jemand, dessen Appetit und Verdauung leicht von Emotionen beeinflusst wurde, hatte ich schon vor Jahren bei dieser Regel die Grenze gezogen.

Quinn war gerade aufgestanden und hatte seinen Frühstücksteller genommen, als ich es ankündigte.

»Familientreffen im Wohnzimmer.«

Mitten beim Abräumen erstarrte er. Ich sah ihn an, dann Mando, und dann wünschte ich, nie etwas sagen zu müssen, das im Herzen von jemandem, den ich liebte Furcht erregte. Aber so funktioniert Elternschaft nicht – das ganze Leben funktioniert so nicht.

»Geht es um Star?«, fragte Mando und klang beunruhigter, als ich es für möglich gehalten hätte.

»Ja«, sagte Paula.

»Das war klar.«

Ich schaute wieder zu Quinn, der aussah, als würde er gleich weinen. Er sank auf seinem Stuhl zurück, obwohl ich gesagt hatte, dass wir ins Wohnzimmer gehen würden.

»Ist Star gestorben?«, fragte er, und seine Stimme zitterte beim letzten Wort.

»Nein«, sagten Paula und ich fast gleichzeitig.

»Nein, es ist nichts so Schlimmes, Quinn«, beruhigte ich ihn.

»Bist du sicher, dass sie nicht gestorben ist? Und wenn sie nachts gestorben ist, aber noch niemand vom Krankenhaus angerufen hat?«

»Ich habe heute Morgen als Erstes das Krankenhaus angerufen, um zu hören, wie es ihr geht«, sagte Paula. »Ihr Zustand ist stabiler als gestern.«

Ich hörte, wie ein Luftstoß die Lungen des armen Quinn verließ, als würde er zum ersten Mal seit Langem ausatmen. Er schien immer noch den Tränen nahe, aber jetzt war es eher aus Erleichterung als wegen einer schrecklich bedrückenden Anspannung.

»Also lassen wir unser Familientreffen vielleicht einfach hier stattfinden«, sagte ich, weil sie mir leidtaten. Ich weiß, wie sehr ich diese Momente hasste, in denen ich wusste, dass etwas Schlechtes bevorstand, und darauf wartete, dass es ausgesprochen wurde.

Aber dann konnte ich mich nicht zum Weiterreden aufraffen.

»Ich fange an«, sagte Paula und half mir damit. »Uns ist nicht entgangen, dass es für euch Jungs schwer geworden ist, seit wir Star in der Familie haben. Wir machen uns jetzt Sorgen, dass es euch gegenüber nicht fair ist, so ein … schwieriges Pflegekind zu haben.«

»Aber sie gehört zu uns«, sagte Quinn. »Wir können jetzt nichts mehr daran ändern.«

»Das stimmt nicht unbedingt«, sagte Paula und klang etwas zu ernst, wie ich fand.

Mando nahm die Serviette von seinem Schoß und warf sie auf seinen leeren Teller. Allerdings war es nur eine leichte Papierserviette, was seiner Geste die Dramatik nahm. »Es geht um das, was ich gesagt habe, oder? Ich habe nicht versucht, sie hier rauszubekommen. Ich will nicht derjenige sein, wegen dem sie rausgeworfen wird.«

»Star wird rausgeworfen?« Quinns Stimme hatte einen furchtsamen, weinerlichen Ton angenommen.

»Ruhe im Gerichtssaal!«, sagte Paula bestimmt, und alle schwiegen. »Wir versuchen, für euch Jungs gute Eltern zu sein, indem wir darauf achten, dass wir mit unseren Entscheidungen euer Glück nicht völlig zerstören. Also wollen wir wissen, ob es euch gegenüber fair ist, all diese Probleme und diesen Kummer in unsere Familie zu bringen.«

»Also müssen wir das entscheiden?«, fragte Mando. »Das ist eine zu große Verantwortung.«

»Das finde ich auch«, fügte Quinn hinzu. Seine Gesichtsfarbe wirkte grünlich.

»Vielleicht war das ein Fehler«, sagte ich und sah zu Paula.

»Vielleicht. Aber vielleicht wäre es auch ein Fehler gewesen, es nicht zu machen. Ich bin dafür, jeden zu bitten, seine Meinung beizutragen. Ich mache lieber diesen Fehler. Wir wollen nur eure Meinung hören.«

»Darüber, ob sie hier wohnen bleibt«, sagte Mando.

»Darüber, wie schwer es für euch ist, wenn sie hier ist«, sagte Paula, »und was ihr glaubt, wie schwer es für euch sein würde, wenn sie wieder zurückkäme.«

»Vielleicht hat sie ihre Lektion gelernt«, sagte Quinn und klang so schwach wie eine in die Enge getriebene kleine Maus.

»Vielleicht«, sagte ich und versuchte, ihm zuliebe wieder etwas Sanftheit in unser Familientreffen zu bringen. Nun, uns allen zuliebe. »Wir werden sicher berücksichtigen, ob dieser Ärger ihr Verhalten geändert hat. Aber manchmal ist viel dazu nötig, jemanden zu ändern, besonders wenn die Person es wirklich schwer hatte, so wie Star.«

»Wenn sie es so schwer hatte, dann sollten wir ihr helfen«, sagte Quinn. Und seine Tränen begannen zu fließen.

Ich zog ihn auf meinen Schoß und schlang die Arme um ihn.

»Ihr braucht nicht jetzt sofort zu antworten«, sagte Paula. »Wir wollen, dass ihr euch Zeit lasst und es durchdenkt. Und wenn die Antwort lautet, dass die Situation wirklich sehr schwer für euch ist, dann wollen wir nicht, dass ihr euch für unsere Entscheidung verantwortlich fühlt.«

»Aber wir werden uns so fühlen«, sagte Mando, stand auf und entfernte sich vom Tisch.

Paula und ich wechselten einen Blick und verständigten uns stumm darüber, ob wir ihn gehen lassen sollten.

Wir ließen ihn gehen.

»Ist das Familientreffen vorbei?«, fragte Quinn verweint in meinen Armen.

»Ich glaube schon.«

»Gut.«

\* \* \*

Paula ging zu ihren Terminen, und ich machte mich mit den beiden Jungen auf die zweistündige Fahrt zum Krankenhaus. Auf dem Weg herrschte völlige Stille.

\* \* \*

Star hatte die Augen geöffnet, als wir in ihr Zimmer traten.

In dem anderen Bett war immer noch niemand, also zogen die Jungen sich Stühle von dieser Seite des kleinen Doppelzimmers heran. Wir setzten uns neben ihr Bett und wussten nicht, was wir sagen sollten. Na gut, *ich* wusste nicht, was ich sagen sollte, und die Jungen sagten nichts.

Sie sah jetzt sauberer aus, jemand schien ihr Gesicht, ihren Hals und ihre Hände gewaschen zu haben. Oder hatte vielleicht ihren Körper gewaschen. Aber ihre Haare waren immer noch eine verfilzte Katastrophe. Wahrscheinlich wollte keiner vom Krankenhauspersonal die Verantwortung dafür übernehmen, sie abzuschneiden. Es war absolut sicher, dass sich die Haare nicht mehr kämmen ließen.

Es erschien mir traurig, dass sie einen Striegel mitgenommen und das Pferd perfekt gepflegt hatte, während sie ihre eigene Körperpflege vernachlässigt hatte. Es brachte mich dazu, sie dafür mehr zu lieben. Diese selbstlose Hingabe. Aber es machte mich auch wütend, weil auch Star Fürsorge verdiente. Wenn ich da war, bekam sie sie von mir. Wenn sie in der Klemme steckte, musste sie selbst für sich sorgen.

Ich glaube, sie fühlte sich unbehaglich, weil ich sie ansah. Ich fragte mich, ob sie sehen konnte, dass mein Blick voller Mitgefühl war. Dann fiel mir ein, dass sie das als noch schlimmer empfinden könnte. Sie schloss die Augen.

Mando zog an Quinns Ärmel. »Komm, Quinn. Lass uns nach draußen gehen und reden.«

Ich wunderte mich kurz darüber, warum sie ihr Gespräch nicht auf der langen, langweiligen Fahrt gehabt hatten, aber die Antwort lag auf der Hand. Es war ein Gespräch unter vier Augen, ein Treffen ohne Eltern.

»Wir gehen nicht weit«, sagte Mando zu mir.

Ich sah den beiden nach, wie sie hinausgingen. Wie sie sich in der Gegenwart des anderen wohlzufühlen schienen, und wie sehr Quinn Mando vertraute. Es zeigte sich an der Nähe und Leichtigkeit, mit der sie nebeneinander gingen.

Wie Brüder.

»Ich fühle mich abscheulich«, sagte Star. Ich konnte ihr anhören, wie schwach sie war. Als sie sprach, bewegte sich nichts außer ihren Lippen, und selbst diese bewegten sich kaum. Sie schaffte es nicht, laut zu sprechen.

»Das überrascht mich nicht.«

»Wann komme ich hier raus?«

»Das wissen wir noch nicht. Du bist immer noch ein sehr krankes Mädchen.«

»Ja, das sagen immer alle über mich.«

»Das ist nicht witzig, Star.«

Wir schwiegen eine Weile.

»Bin ich verhaftet?«, fragte sie schwach.

»Anscheinend nicht. Die Nachbarin erhebt keine Anklage. Sie will nur, dass du ein bisschen für sie arbeitest, wenn du wieder auf den Beinen bist.«

»Welche Art von Arbeit?«

»Du sollst dich um Comet kümmern.«

Sie stieß ein Geräusch aus, als sie lautstark ausatmete. Ich konnte es nicht richtig deuten. »Nur, wenn sie ihn finden«, sagte sie und klang ein bisschen stärker. »Und ich hoffe, dass sie das nie tun.«

»Er ist schon zu Hause. Er ist jetzt wieder in seinem Gehege.«

Zunächst gab sie keine verbale Antwort. Sie öffnete den Mund, dann schloss sie wieder die Augen. Schließlich sagte sie: »Willst. Du. Mich. Ver… eimern.« Jedes Wort war ein eigener individueller Satz und keines davon eine Frage.

Ich fand es irgendwie lobenswert, dass sie selbst in einem Augenblick wie diesem unsere Schimpfwörterregel einhielt.

»Was hast du gedacht, Star? Etwa, dass du in diesem Kanalrohr einfach leise sterben würdest und das Pferd würde in Freiheit leben? Hast du das wirklich geglaubt?«

»Freiheit ist gut.«

»O mein Gott, Star. Du bist so naiv. Kannst du wirklich nicht sehen, wie naiv du bist?«

Etwas verblüfft über meine eigene Heftigkeit hielt ich inne. Ich hatte nicht geglaubt, dass ich dieses arme, kranke Mädchen in einem Ausbruch so angreifen würde.

In mir kam plötzlich eine Erinnerung auf, an die erste Tracht Prügel, die ich je von meiner Mutter bekommen hatte. Weil ich auf die Straße gelaufen war. Ihre Angst, mich nicht beschützen zu können, hatte sich umgehend in Wut verwandelt Natürlich hatte ich es damals nicht verstanden. Star würde es wahrscheinlich auch nicht verstehen.

»Lass mich noch mal beginnen«, sagte ich. »Ruhiger. Du hast gedacht, du könntest allein da draußen überleben – und schau, was passiert ist. Du bist fast gestorben. Und du hast gedacht, du könntest ein zahmes Pferd freilassen und es würde zu einem wilden Pferd werden.«

»Es gibt wilde Pferde.«

»Ja. Aber sie werden so geboren. Wildpferde sind in Herden unterwegs, um sich vor Raubtieren zu schützen. Und trotzdem überleben sie nicht alle, selbst in einer Herde. Was hast du gedacht, wo Comet in Zentralkalifornien eine Herde von Wildpferden finden sollte, denen er sich anschließen kann? Er wurde in Gefangenschaft geboren. Er hat sich noch nie in seinem Leben verteidigen müssen. Seine Überlebenstechniken bestehen darin, zum Futtertrog zu gehen, wenn er frisches Heu bekommen hat.«

Ich machte eine Atempause. Star sagte nichts zu ihrer Verteidigung. Sie lag völlig still da und hielt die Augen geschlossen. Bevor ich weitersprechen konnte, sickerten die ersten Tränen unter ihren Wimpern durch. Ich durfte es nicht zulassen, dass sie mein Herz brachen. Aber sie versuchten es.

»Ich wollte nicht gemein sein, Star. Tut mir leid. Aber ich versuche, dir klarzumachen, dass du nicht so viel weißt, wie du glaubst. Deshalb wurdest du in eine Pflegefamilie gegeben und nicht freigelassen. Ich bin sicher, dass Freiheit für dich besser klingt. Aber es ist eine Tatsache, dass wir Dinge wissen, die du noch nicht weißt. Wir wissen, dass das Pferd von gegenüber nicht in der Wildnis leben kann. Wir wissen, dass es im Gebirge zu kalt sein wird, um im Freien leben zu können. Und dass du kein ungefiltertes Wasser aus diesen Flüssen trinken kannst, ohne krank zu werden, egal wie klar es aussieht. Du wurdest zu uns geschickt, weil du Hilfe brauchst. Du bist ein Kind. Um dich muss man sich kümmern. Wie um das Pferd. Du bist nicht wild. Du brauchst Eltern, die für dich sorgen.«

Ich wagte erneut einen Blick zu ihr. Sie weinte nun, ohne es zurückzuhalten, und die Tränen liefen ihre Wangen hinunter. Die Tränen ergriffen mich, egal wie sehr ich versuchte, mich davor zu schützen. Sie verursachten ein paar Risse in meinem Herz. *Sie ist ein hilfloses Kind,* dachte ich. *Was, wenn die Jungen sagen, es sei nicht fair, sie zurückzunehmen? Wie soll ich damit leben? Sie braucht eine Familie.*

»Okay, ich habe verstanden«, sagte sie. »Ich bin dumm und wertlos. Bist du jetzt zufrieden?«

»Du bist nicht dumm und wertlos, Star. Du bist ein Kind. Es ist nicht so, dass du nicht lernen kannst, niemand wird allwissend geboren. Du bist erst fünfzehn. Du hast noch eine Menge zu lernen, das ist alles.«

Ihre Nase musste geputzt werden. Ich versuchte es und nahm ein Taschentuch aus der Schachtel an ihrem Bett, aber sie zog ihr Gesicht weg. Obwohl sie schwach war und ihr Gesicht nicht weit wegbewegen konnte.

»Nein«, sagte sie. »Lass mich allein.«

»Wir sind erst gerade hier angekommen, Star. Wir sind zwei Stunden gefahren, um dich zu sehen.«

»Ich habe euch nicht gesagt, dass ihr kommen sollt. Bitte. Geh weg. Ich bitte dich. Geh weg und lass mich allein.«

Ich blieb einen Moment starr neben ihrem Bett stehen, mehr als eine Minute lang würde ich sagen. Ich fragte mich, ob sie das wirklich wollte und ob ich es wirklich tun würde. Ob sie es bereuen würde, sobald ich durch die Tür ging.

Ich ging durch die Tür.

Es schmerzte, jeder verdammte Schritt. Aber Star musste lernen, dass Leute auch wirklich gehen, wenn sie ihnen sagte, dass sie gehen sollen.

* * *

Ich traf die Jungen im Krankenhausflur, als sie zurückkamen.

»Seid ihr mit eurer Besprechung fertig?«

Beide nickten.

»Wir fahren nach Hause.«

»Wir sind doch gerade erst hier angekommen«, sagte Quinn.

»Star möchte allein sein. Sie hat darauf bestanden.«

Ich glaubte, dass Mando etwas mit den Augen rollte, aber sie machten beide kehrt und gingen mit mir raus. Wir traten in das helle Sonnenlicht auf dem Verkehrskreisel vor dem Krankenhauseingang. Wir blinzelten alle in das Licht.

»Ich nehme an, ihr wollt warten, bis wir alle zusammen sind, bevor ihr uns sagt, was ihr entschieden habt«, sagte ich.

»Nein«, antwortete Mando. »Wir würden es dir lieber jetzt sagen. Wir können es … Paula erzählen, wenn sie nach Hause kommt.« Es war immer noch schwierig für ihn, uns mit unseren Vornamen anzusprechen, und er musste immer noch die ›Ma'ams‹ zurückhalten, bevor sie ihm herausrutschten.

Gemeinsam gingen wir zum Auto, und Quinn fasste meine Hand, als wir vom Bordstein traten. Keiner der Jungen sagte etwas. Ich erinnere mich daran, dass ich verzweifelt hoffte, dass sie nie etwas sagen würden. Ich fühlte mich empfindlich und nicht in der Lage, ihre Entscheidung zu erfahren.

Immer noch schweigend kamen wir am Auto an und ich schloss die Türen auf. Schweigend setzten wir uns hinein und schweigend legten wir unsere Gurte an.

Als es schließlich schlimmer wurde, ihre Entscheidung nicht zu hören, sagte ich: »Nun legt schon los und sagt es mir.« Ich ließ den Motor an und legte den Rückwärtsgang ein.

»Wir denken, dass Star nach Hause kommen sollte«, sagte Mando.

»Wirklich?«

»Ja«, fügte Quinn vom Rücksitz aus zu.

Ich parkte wieder und sah zu Mando. Er schaute weg.

»Seid ihr euch sicher?«

Mando antwortete nicht.

»Wir haben uns entschieden«, sagte Quinn.

»Warum? Ich meine, falls ich das fragen kann. Ich meine, sagt mir nur, wie viel ihr mir über euer Gespräch erzählen wollt.«

»Weil sie uns braucht«, sagte Mando. »Selbst wenn sie meint, dass es nicht so ist.«

»Wahrere Worte wurden nie gesprochen«, sagte ich leise. Es war nur ein Gedanke in meinem Kopf, doch die Worte kamen aus meinem Mund. Es klang abgedroschen, aber warum sollte das etwas ausmachen?

»Weil das Leben in dieser Familie eine Egal-was-passiert-Sache sein sollte«, fügte Mando hinzu.

Ich grübelte einen Augenblick darüber nach. Ich konnte verstehen, wie die Sicherheit von Stars Stellung in der Familie auch diejenige der Jungen widerspiegelte. Ich hatte mir das schon vorher überlegt.

»Es ist aber nie ganz egal, was passiert«, warf ich ein.

Ich sah im Rückspiegel, wie Quinns Miene sank.

»Es sollte egal sein«, sagte er.

»Stellt euch Folgendes vor. Was wäre, wenn Paula und ich ein Pflegekind nach Hause bringen würden, das wirklich versucht, einem von euch wehzutun? Ich meine, ernsthaft jemanden zu verletzen? Ihr wisst, dass wir keine Gewalt im Haus tolerieren.«

»Okay«, sagte Quinn. »Es sollte egal sein, was passiert, solange niemand verletzt wird.«

*Es gibt mehr als nur eine Art, eine Familie zu verletzen,* dachte ich. *Es ist nicht immer körperlich.* Aber ihre Entscheidung hatte mich so berührt, dass ich mich entschied, das nicht anzusprechen. Außerdem wussten sie es. Die Prämisse war von Anfang an gewesen zu entscheiden, ob es für sie zu schwer sein würde oder nicht. Und sie hatten ihre Entscheidung getroffen.

Ich nahm einen langen, tiefen Atemzug.

»Ihr seid erstaunlich gute Jungs, wisst ihr das?« Quinn strahlte mich an, Mando drehte sich jedoch weg. Ich fasste an sein Kinn und bewegte sein Gesicht zu mir. »Kein Ausweichen, Mando. Du bist ein guter Junge.«

Er wand sich, versuchte aber nicht, sich mir zu entziehen. »Bitte. Du machst mich verlegen.«

»Na und? Was macht das, Mando? Dann bist du halt verlegen. Davon stirbst du nicht.«

»Ich könnte.«

»Du bist ein guter Junge. Ob du es magst oder nicht.«

Er wurde rot, wand sich aber etwas weniger. Einen Augenblick später glaubte ich, den Anflug eines Lächelns zu erkennen.

Ich ließ ihn los, legte wieder den Rückwärtsgang ein und wir begannen unsere lange Heimfahrt.

Wieder fuhren wir zwei Stunden in Stille. Aber diesmal war es eine völlig andere, weitaus angenehmere Stille.

# 32. Clementine

Und ganz plötzlich waren alle und alles verschwunden.

Der kleine Junge blieb auf seiner eigenen Straßenseite. Comet war zurück, meine Krankenhausrechnungen waren bezahlt, also schuldeten mir die beiden Frauen nichts. Das Mädchen kam zwei oder drei Tage später nach Hause, war aber noch zu schwach und zu krank zum Arbeiten. Ich nahm das jedenfalls an … niemand kam vorbei, um mir zu sagen, was ich erwarten konnte und wann.

Vernon rief nicht an, es gab wohl nichts, was er aus dem Haus noch brauchen konnte.

Etwa acht Tage lang war alles nur leer und still. Es gab nur mich.

Es war eine ziemlich große Herausforderung, diese ganze Zeit auszufüllen.

Ich spielte viel Solitär und sah viel fern. Ich machte Sachen sauber, einschließlich der Sachen, die ich erst am Tag zuvor sauber gemacht hatte und die in der Zwischenzeit wahrscheinlich nicht dreckig geworden waren. Ich ging alle zwei Stunden, manchmal häufiger – selbst in der Nacht – ans Fenster, um nach Comet zu schauen, obwohl ich nicht wusste, was passieren sollte, falls ich es nicht tat. Ich fütterte ihn, starrte ihn tagsüber über den Zaun hinweg an und merkte, wie er jeden Augenblick immer unruhiger wurde.

Einmal hatte ich mich blamiert, als ich in die Stadt gefahren war, um Lebensmittel einzukaufen und zu lange in der Kassenschlange beim Scanner geblieben war, als ich die Kassiererin, Geraldine Franklin, nach ihren Rosen, ihrem Mann und ihren Katzen fragte. Der peinliche Teil ist, dass sie mir schließlich mit einer Kopfbewegung zu verstehen geben musste, dass Leute in der Schlange hinter mir warteten. Ich ging ziemlich beschämt weg, spürte aber trotzdem, dass ich irgendwann wieder gezwungen sein würde, es noch mal zu versuchen. Es war mir unangenehm, gelinde gesagt.

Ich habe zwei Dinge gelernt, die ich wahrscheinlich nicht sobald vergessen werde. Erstens, fernzusehen und Solitär zu spielen ist kein richtiges Leben. Es ist nicht das Leben. Es ist das Totschlagen von Zeit, und das ist wohl kaum dasselbe. Man beginnt, sich selbst zu viele Fragen zu stellen, wenn der eigene Tag auf diese Routineaktivitäten reduziert wird, die nichts bewirken. Man beginnt, sich nach dem Sinn von allem zu fragen. Warum bekommt man Stunden und Tage geschenkt, wenn man dann alles tut, damit sie wieder vorbeigehen?

Ich machte mir Gedanken darüber, wie ich mein Leben früher ausgefüllt hatte.

Immerhin hatte ich eine Tochter aufgezogen. Aber das war nicht die richtige Antwort.

Hier ist die Antwort, und das ist die zweite Sache, die ich gelernt habe: Also gut, mein Leben war ausgefüllt gewesen. Es war voller Leute gewesen, mit denen ich nicht ausgekommen bin. Es war voller Abneigungen, schroffer Worte, Missverständnisse, Streitigkeiten und Beschwerden gewesen. Diese Dinge hatten meine Tage ausgefüllt und meinem Leben anscheinend einen Sinn und Zweck gegeben.

Ohne diese Dinge war mein Haus in der Tat ein äußerst ruhiger Ort.

Es hatte sich herausgestellt, dass die gefürchteten Nachbarn von gegenüber mir mehr entsprachen, als ich zunächst realisiert hatte. Sie nervten aber gerade noch so, dass ich sie nicht zu nah an mich heranlassen musste.

\* \* \*

Es könnte der achte Tag gewesen sein oder auch der neunte, als ich bei einem Blick aus dem Fenster den kleinen Jungen auf der einen Seite des Gartens mit einem der Hunde spielen sah ... diesem hyperaktiven Hund, der ein bisschen wie ein Beagle aussieht, aber nicht genug, um ein reinrassiger Beagle zu sein.

Der Junge hielt eins dieser langstieligen Plastikgeräte, mit denen man Bälle besonders weit werfen kann, damit der Hund sie zurückholt. Sie geben dem Wurf viel mehr Schwung. Er stand neben der Einfahrt seines Hauses und ließ den Ball den ganzen Weg zurück zu dem Band aus Bäumen segeln, das beide Seiten des Flüsschens umsäumte. Der Hund fand den Ball jedes Mal und brachte ihn zurück.

Ich beobachtete sie eine Weile. Drei oder vier Runden aus Würfen und Apportieren. Ich wollte hinübergehen und mit ihm reden, wusste aber nicht, ob ich mich trauen würde. Oder ob es schmerzhaft werden könnte. Und ich glaube, ich hatte die Tatsache akzeptiert, dass keiner von diesen Leuten irgendeine Verpflichtung hatte, mich zu unterhalten oder das riesige Loch zu füllen, das mein Leben in diesen Tagen ausmachte. Weder auf eine positive noch auf eine negative Art. Es war einfach nicht ihr Job.

Aber schließlich ging ich doch rüber, um mit ihm zu reden. Es schien so unvermeidlich, als könnte ich es mir zeitweilig verkneifen, aber nicht für immer.

Sie hatten draußen ein paar Gartenmöbel zusammengestellt, ein paar mit Spinnweben überzogene Stühle und zwei Gartenliegen. Ich setzte mich auf die Kante eines Stuhls und wartete darauf, dass er mich bemerkte. Schließlich realisierte ich, dass er mich schon von Anfang an bemerkt haben musste, er hatte es nur nicht gezeigt.

»Ich habe dich vermisst«, sagte ich, was ein außerordentlich schlechter Anfang war. Es klang so, als wollte ich, dass er sich schuldig fühlte. Oder verpflichtet. Und obwohl ich es nicht bewusst so gemeint hatte, musste ich zugeben, dass ich diese Worte gewählt hatte.

»Meine Mütter sagen, dass es Ihnen jetzt viel besser geht und Sie Ihr Pferd wiederhaben.«

»Trotzdem kannst du immer noch rüberkommen und Halma spielen.«

»Ja, vielleicht«, sagte er und schleuderte den Ball. Die heftige Bewegung seines Arms änderte den Tenor des Wortes ›vielleicht‹ und ließ es keuchend und seltsam klingen.

»Du glaubst immer noch, dass ich gemein bin, oder? Selbst wenn ich nicht brülle.«

»Ja. Ein bisschen.« Er ließ seinen Arm und das lange Ballwerfgerät sinken. Er sah mich nicht an, kein einziges Mal. Er schaute nur nach dem Hund. Ich hatte das Gefühl, dass es dieses Mal zu lange dauerte. »Ich meine es nicht böse. Naja, ich glaube, man kann das nicht wirklich gut meinen. Aber ich meine, ich weiß, dass Sie nicht anders können.«

Es war schwierig, darauf eine Antwort zu finden, insbesondere, ohne loszuweinen.

Bevor ich auch nur eine Antwort versuchen konnte, sagte er: »Oh! Oh! Wissen Sie, wer Sie besuchen sollte, wenn Sie einsam sind? Star!« Er schien ziemlich stolz und aufgeregt darüber zu sein, dass er daran gedacht hatte.

»Warum Star?«

»Star ist irgendwie gemein. Und sie brüllt. Und sie kann auch niemanden richtig leiden. Vielleicht wären Sie und Star genau richtig füreinander.« Es war kurz still, dann sagte er: »Verflixt! Peppy kommt nicht zurück. Vielleicht hat er ein Eichhörnchen entdeckt. Ich sehe besser nach.«

Er rannte zu dem Flüsschen und verschwand den Abhang hinunter in den Bäumen.

Und das war es. Ein winziges Satzzeichen auf den endlos leeren Seiten meiner Tage. Schon vorbei.

\* \* \*

In dieser Nacht wachte ich im Dunkeln auf und ging ans Fenster, um nach Comet zu sehen, so wie ich es die ganze Nacht hindurch in Intervallen getan hatte. Aber dieses Mal bot sich mir ein anderes Bild als zuvor, und der Anblick brach mir das Herz. Wenn man darüber nachdenkt, ist es erstaunlich, dass noch ein Teil meines Herzens intakt war, der gebrochen werden konnte. Ich hätte vorher sicher nicht daran geglaubt.

Comet schlief im Stehen, wie Pferde es tun. Über seinen Rücken drapiert lag tief schlafend das Mädchen. Sie lag auf dem Bauch, ihre dünnen Arme hingen hinunter, als wollte sie seinen Halsansatz umarmen, aber natürlich konnten ihre Arme nicht um ihn herumreichen. Ihre Beine baumelten unter ihrer Schlafanzughose hervor, und ihre nackten Füße streiften die Seiten seines Rumpfs. Ihr Gesicht war seitlich an seinen Hals gepresst, gerade vor seinem Rücken. Ein Teil seiner Mähne hing über ihr Gesicht.

Ich beobachtete die Szene einen Augenblick lang und versuchte mutig, das Zerreißen meines Herzens zu unterdrücken. Aber man kann seinem eigenen Herzen nicht viel sagen. Das Herz sagt einem, was los ist, nicht umgekehrt.

Wir hatten Comet am Abend vor Tinas einundzwanzigstem Geburtstag geholt und sie am folgenden Morgen überrascht. Sie war fast den ganzen Tag lang auf ihm geritten, und wenn sie nicht geritten war, dann hatte sie ihn gepflegt und mit Äpfeln und Zucker gefüttert. Als die Sonne untergegangen war, hatte ich darauf bestanden, dass sie ihn verlassen und ins Bett gehen sollte. Aber ich war noch vor Tagesanbruch aufgewacht, und sie war nicht in ihrem Zimmer gewesen, also hatte ich meinen Bademantel übergezogen und war zum Stall gegangen. Zu der Zeit war Comet im Stall geblieben, weil er tagsüber jede Menge Auslauf bekam. Ich hatte gedacht, dass sie vielleicht früh aufgestanden sei und nach ihm schauen wollte. Aber sie hatte tief schlafend auf seinem Rücken gelegen, fast genauso, wie das Mädchen von gegenüber es jetzt tat, nur in einem wärmeren Schlafanzug. Und sie musste eindeutig schon einige Zeit so gelegen haben.

Jetzt, zurück in der Gegenwart, als ich dort am Fenster stand, dachte ich: *Star liebt ihn genauso, wie Tina ihn geliebt hat. Was vielleicht erklärt, warum er sie zurückliebt.*

Ich sagte nichts und ging auch nicht nach unten. Ich störte die Szene nicht und hatte nicht vor, mir anmerken zu lassen, dass ich sie überhaupt gesehen hatte. Ich ging einfach ins Bett zurück.

Ich stand nicht wieder auf, um nach ihm zu sehen, denn er hatte jemanden in der Nähe, der wusste, wenn er etwas brauchte. Es war jemand, der ihm viel mehr geben konnte, als ich ihm je gegeben hatte.

* * *

Ziemlich früh am folgenden Morgen hörte ich ein schwaches Klopfen an der Tür.

Ich öffnete, und dort stand das Mädchen.

Ihr Haar war kurz geschnitten – sehr kurz – was ich von oben und im Dunkeln nicht bemerkt hatte. Aber es sah sauber aus. Sie trug Jeans, ein lose hängendes, hellrotes T-Shirt und schwarze Schnürstiefel. Sie erschien blass und dünn und wirklich nicht gesund. Wäre ich ihr auf der Straße begegnet, hätte ich vielleicht gesagt: »O je. Ist mit dir alles in Ordnung? Du siehst aus, als müsstest du dich hinlegen.«

»Ich komme zum Arbeiten«, sagte sie. Sie wirkte kleinlaut. Falls sie immer noch diese aufmüpfige Einstellung hatte, dann musste diese Einstellung auf der anderen Straßenseite geblieben sein. Vielleicht war sie auch einfach noch zu müde und zu krank.

»Du siehst nicht so aus, als wärst du schon bereit dafür. Es wirkt, als könntest du jeden Moment umkippen.«

»Ich muss es in den ersten Tagen langsam angehen lassen. Aber die beiden Muttertiere haben mir erlaubt, hier rüberzukommen. Ich weiß nicht genau, warum.«

»Hast du schon gefrühstückt?«

»Klar«, sagte sie. »Als würden sie mich ohne Frühstück weggehen lassen.«

Sie verzog etwas ihr Gesicht und beugte sich nach vorn, als könnte sie nicht mehr länger gerade stehen.

»Ist alles in Ordnung?«

»Ich bekomme immer noch diese ... etwas wie Krämpfe. Wie die Krämpfe, die man ein Mal im Monat bekommt, nur schwerer. Und ... nicht das. Aber ich bekomme immer noch diese Schmerzen im Bauch.«

»Vielleicht solltest du wiederkommen, wenn du dich besser fühlst.«

»Sehen Sie, ich bin jetzt hier. Ich habe die Antibiotika zu Ende genommen, und ich werde reiten. Ich bin auf Comet geritten, als ich mich viel schlechter gefühlt habe als jetzt, und er ist nun schon seit Tagen wieder in diesem kleinen Pferch eingesperrt, und ich will nicht, dass er denkt, dass es für ihn jetzt wieder so ist wie vorher. Ich striegele ihn heute vielleicht nicht vollständig, aber ich bekomme die Knoten aus seiner Mähne und seinem Schwanz und reinige seine Hufe. Und dann reite ich mit ihm aus und lasse ihn rennen. Er wird sich dann besser fühlen, und ich auch.«

»In Ordnung. Wenn du dir sicher bist.« Natürlich war ich sehr erleichtert. Ich schwöre, dass ich jeden Ungeduldsschub, den Comet je erfahren hat, auch in meinem eigenen Magen gespürt habe. »Sein Sattel ist im Stall«, fügte ich hinzu und hoffte, dass ich damit klarstellte, dass ich ihn nicht selbst holen würde.

»Ich brauche den Sattel nicht.«

»Es ist aber sicherer mit einem Sattel.«

»Er würde mich nicht abwerfen. Wir reiten, als wären wir eins.«

Und damit drehte sie sich um und ging zu seinem Gehege. Ich fragte mich, wie sie die Schlösser öffnen wollte, also blieb ich an der Tür stehen und beobachtete sie, aber es waren Zahlenschlösser, und sie schien die Codes zu kennen.

Ich hörte, wie Comet mit dieser erdigen Pferdesprache von irgendwo tief in seiner Brust mit ihr redete, als sie die Kabel loswickelte. Offen gesagt machte es mich eifersüchtig. Jedes Mal, wenn ich jemanden sah, der jemanden oder etwas liebte und zurückgeliebt wurde, fühlte ich mich so. Ich hatte es nur vorher noch nicht zugegeben.

Ich ging ins Haus zurück und goss mir eine weitere Tasse Kaffee ein. Dann beobachtete ich vom Wohnzimmerfenster in der Nähe der Haustür aus, wie sie seine Mähne und seinen Schwanz striegelte und seine Hufe reinigte, die er höflich für sie anhob.

Sie nahm Halfter und Strick, die an einem Zaunpfosten hingen. Er hielt den Kopf still, damit sie ihm den Halfter überziehen konnte, dann band sie den Strick an die andere Seite des Halfters und brachte ihn über seinen Hals zurück wie Zügel. Sie führte ihn an den Zaun, damit sie leichter auf seinen Rücken kommen konnte.

Ich stellte die Kaffeetasse ab und trat wieder nach draußen. Ich fürchtete mich vor dem Augenblick, in dem sie beide in die Freiheit reiten würden, und machte mir Sorgen.

Sie schaute zu mir, als sie ein Bein über seinen Rücken schwang. »Vorher konnte ich hochspringen, ich war darin richtig gut. Aber ich glaube, ich muss mich erst wieder besser fühlen, bevor ich es wieder versuchen kann. Könnten Sie das Gatter für uns öffnen?«

Ich joggte über die Erde zum Gehegetor und öffnete die klapprige Verriegelung.

Sie presste ihre Beine gegen seine Seiten, und dann trabten sie aus dem Gehege und an mir vorbei, ihre Hände in seine Mähne geschlungen.

Als sie die Straße erreichten, gingen sie in einen Galopp über.

Ich blieb stehen und schaute ihnen hinterher – sie wurden kleiner und kleiner, und ich beobachtete Comets reizende galoppierende Gangart, besonders diesen Sekundenbruchteil zwischen den Schritten, wenn alle vier Hufe gleichzeitig vom Boden abhoben.

Dann bogen sie in eine Straßenkurve ein und waren verschwunden.

Ich drehte mich wieder zum Gehege um. Ich dachte, es würde mich beunruhigen, es wieder leer und mit dem geöffneten Gatter zu sehen. Aber ich hatte mich geirrt.

Wie sich herausgestellt hat, gibt es zwei Versionen von Leere. Es gibt ›Ich gehe für immer‹ und es gibt ›Ich werde für eine Weile weg sein‹. Die eine Version hatte mich innerlich in Stücke gerissen, und es hatte sich wie eine Ewigkeit angefühlt. Die andere Version war viel angenehmer, als ich sie mir vorgestellt hatte.

# 33. Jackie

Mitten in der Nacht wachte ich auf, weil Paula nicht neben mir im Bett lag. Manchmal schien ich selbst im Schlaf zu wissen, ob sie da war oder nicht. Ich setzte mich auf, rieb mir die Augen und schaute zum Badezimmer, aber die Tür war geöffnet und das Licht nicht angeschaltet.

»Das musst du dir ansehen«, sagte sie. Sie stand mit einem ärmellosen Trägertop und einer Pyjamahose bekleidet am Fenster und hielt den Vorhang zurück.

Ich stand auf und ging zu ihr ans Fenster.

Auf der Straßenseite gegenüber schlief unsere Pflegetochter Star auf dem Rücken des Pferdes, ihre dünnen nackten Arme und Unterschenkel der Nacht ausgesetzt.

»Sie sieht aus, als sei ihr kalt«, sagte ich.

»Es sind etwa fünfzehn Grad da draußen.«

»Oh. Warum bist du eigentlich aufgewacht?«

»Keine Ahnung.«

Sie legte ihren Arm um meine Schultern, und ich rückte näher, bis sich unsere Hüften angenehm berührten. Ich schlang einen Arm um ihre Taille und legte meinen Kopf auf ihre Schulter. Jetzt war die Welt in Ordnung, selbst wenn sich Star auf der anderen Straßenseite befand und wir nicht gewusst hatten, dass sie weggegangen war.

»Ich kann mich nicht entscheiden, ob das das Traurigste oder das Schönste ist, was ich je gesehen habe«, sagte Paula.

Ich dachte darüber nach. »Bist du sicher, dass sich beides gegenseitig ausschließt?«

»Bitte. Ich bin gerade erst aufgewacht. Überfordere mein Hirn jetzt nicht.« Schweigend schauten wir noch einen Moment länger auf die Szene. »Es muss Hoffnung für sie geben«, sagte Paula, »wenn sie etwas so sehr liebt. Wenn sie zu dieser Art von Hingabe fähig ist. Selbst wenn nicht wir es sind, und auch, wenn es kein Mensch ist. Wenn eine Person unfähig ist, etwas zu lieben, sich selbst eingeschlossen, dann wäre ich mir nicht so sicher. Aber das scheint nicht der Fall zu sein.«

»Ich hoffe, du hast recht«, sagte ich und seufzte. »Meinst du, wir sollten sie hereinholen?«

»Ich sehe keinen Grund warum. Es ist nicht wie vorher, als die Nachbarin sie nicht auf ihrem Grundstück haben wollte. Sie wartet darauf, dass Star zu ihr kommen kann und sich um das Pferd kümmert. Ich würde sagen, wir lassen es zu.«

»In Ordnung«, sagte ich.

Aber wir gingen zunächst noch nicht ins Bett zurück. Wir schauten zu Star hinüber, auch wenn es ein bisschen so war, wie Gras beim Wachsen zuzusehen. Nicht gerade eine aktionsgeladene Szene, aber trotzdem wert, gesehen zu werden.

\* \* \*

Star tauchte zum Frühstück auf, als wäre überhaupt nichts passiert. Ich hatte keine Ahnung, wann sie aufgewacht war und sich nach Hause geschlichen hatte.

Paula saß bereits am Tisch und trank Kaffee. »Vielleicht solltest du heute rübergehen und mit Comet ausreiten«, sagte sie zu Star.

Star starrte sie an, als sie sich auf ihren Platz setzte. »Ist das dein Ernst?«

»Wann habe ich je etwas gesagt, das nicht mein Ernst war?«

»Du hast gesagt, ich sei noch zu krank.«

»Ich glaube, dass es vielleicht Zeit ist, da drüben mitzuhelfen. Du solltest es am Anfang möglichst langsam angehen lassen, aber ich nehme an, du könntest mit ihm ausreiten. Oder?«

»Ja! Auf jeden Fall! Er ist ja derjenige, der die ganze Arbeit leistet. Ich muss mich nur festhalten.«

Ich setzte mich. Die Jungen waren noch nicht da, wahrscheinlich waren sie immer noch mit ihrem Morgenritual beschäftigt, sich im Halbschlaf anzuziehen. Also saßen nur wir drei Mädels am Tisch.

»Hast du immer noch Magenkrämpfe?«, fragte ich Star. »Bist du sicher, dass du mit Krämpfen reiten willst?«

»Das wäre nicht das erste Mal«, antwortete sie.

»Ich glaube, es fühlt sich richtig an«, sagte Paula leise zu mir. Und schließlich war sie die Ärztin, nicht ich.

»Gott sei Dank«, sagte Star, »ich bin so unglaublich gelangweilt davon, den ganzen Tag auf der Couch zu sitzen und fernzusehen.«

»Das kann ich mir vorstellen«, sagte ich.

Star schüttete Milch und frische Beeren auf ihr Müsli und vertilgte alles in einem erstaunlichen Tempo. Mando kam herein und setzte sich, er schien kaum wach zu sein. Er sagte »Guten Morgen«, aber ohne den Zusammenhang hätte ich seine Worte wahrscheinlich nicht verstehen können. Er beobachtete Star einen Augenblick lang.

»Ich habe noch nie jemanden so schnell essen sehen«, murmelte er.

Star nahm sich nicht die Zeit für eine Antwort.

»Sie hat es eilig, weil sie gleich mit Comet reiten geht«, berichtete Paula. »Damit er etwas Bewegung bekommt.«

Keine drei Sekunden nach dem letzten Wort war Star, noch immer kauend, aufgesprungen und aus dem Esszimmer geeilt.

\* \* \*

Noch bevor wir alle das Frühstück beendet hatten und Paula auf ihrem Weg zur Arbeit war, klopfte jemand an die Tür.

Paula gab mir zum Abschied einen Kuss.

»Ich muss los«, sagte sie. »Ich öffne die Tür beim Rausgehen sowieso.«

Weil ich neugierig war, ging ich trotzdem mit ihr zur Tür.

Draußen stand Dennis Portman in Straßenkleidung, Jeans und Stiefeln.

»Also Sie sind der letzte Mensch, mit dem ich jetzt gerechnet hätte«, sagte ich.

»Ich hoffe, Sie nehmen das nicht persönlich«, erwiderte er. »Ich bin nicht wegen Ihnen hier, sondern wegen Armando.«

»Oh«, sagte ich. Natürlich wollte ich wissen, weshalb. Aber es schien besser, die Sache zunächst ihren eigenen Gang gehen zu lassen, worum auch immer es sich handelte. »Mando«, rief ich. »Du hast Besuch.«

Sein Gesicht erschien in der Türöffnung und leuchtete auf wie Straßenlichter, die in der Dämmerung plötzlich angehen. »Oh, Sie sind hier! Das ist toll! Kommen Sie mit in die Scheune. Das ist mein Zimmer. Ich hab all meine Sachen dort. Und meinen Computer.«

Dann waren beide verschwunden.

Ich schaute zu Paula, die noch nicht ganz gegangen war. Sie stand zwar vor der Tür, aber die Neugier schien sie zu bannen.

»Sollte ich überhaupt fragen?«, sagte ich.

»Ich würde sie nicht unterbrechen. Mando wird dir später sicher sagen, was los ist, wenn du ihn fragst.«

Sie küsste mich und ging zum Transporter.

Ich schaute über die Straße und mein Herz rutschte mir in die Hose, als ich das leere Gehege sah. Natürlich hatte ich es erwartet, aber es weckte dennoch schlechte Erinnerungen.

Dieses Mal aber würde Star auf jeden Fall zurückkommen. Das war der Unterschied. Sie würde auf jeden Fall zurückkommen. Auf jeden Fall.

Ich ertappte mich dabei, dass ich zu häufig ›auf jeden Fall‹ gedacht hatte und zwang mich, zurück ins Haus zu gehen und an erfreulichere Dinge zu denken.

* * *

Ich hörte nicht, dass Dennis ging. Er kam auf seinem Weg nach draußen nicht wieder durch das Haus. Aber etwa eine halbe Stunde später tauchte Mando auf der Suche nach einem kalten Getränk in der Küche auf.

»Ist Dennis weg?«

»Ja. Er musste gehen. Er hat Dienst.«

»Darf ich fragen, was das alles zu bedeuten hat?«

»Wir versuchen, zum Fall meiner Mutter eine Untersuchung einzuleiten. Um zu sehen, ob die Verurteilung korrekt durchgeführt worden ist oder nicht. Und wir wissen ziemlich sicher, dass sie nicht korrekt war.«

Ich riss die Augen auf. Dann realisierte ich, dass ich mir keine großen Hoffnungen machen wollte, falls am Ende dabei nichts herauskam. »Kann er dir dabei helfen?«

»Ja und nein. Ich meine, vielleicht. Er kann nicht einen anderen Bezirk zwingen, etwas zu tun. Aber er kennt Leute und das Gesetz. Er meint, der ganze Teil mit der Waffe –

also der *fehlenden* Waffe – könnte ein falsches Verhalten der Anklage sein. Ich glaube, er hat es etwas komplizierter ausgedrückt. Ich hatte noch nie von dieser Sache gehört, aber er hat es mir erklärt. Und er hat schon ein paar Anrufe gemacht. Er ist ein schlauer Kerl. Er weiß, wie man Dinge regelt, zum Beispiel, wer die Verurteilung, die bereits geschehen ist, verteidigt und wer sie hinterfragt. Das erkennt er an dem Job, ich meine, an dem Titel der Leute. Und an den ersten paar Sachen, die sie sagen. Ich weiß nicht, ob es funktionieren wird, aber es ist furchtbar nett von ihm.«

»Das ist wahr. Es ist gut, einen Freund zu haben, der im Gesetzesvollzug arbeitet.«

»Ja«, sagte er mit einem schiefen Lächeln. »Wer hätte das gedacht, was?«

\* \* \*

Star war schon seit fast drei Stunden weg, und allmählich machte ich mir Sorgen.

Doch dann hörte ich das bezauberndste Geräusch: das Klappern der Hufe dieses Pferdes. Ich schaute aus dem Fenster und sah sie aus einiger Entfernung die Straße hochreiten. Und zum ersten Mal seit langer Zeit schien ich wieder auszuatmen.

Mir wurde klar, dass ich mich nie ganz entspannen würde, bis Star entweder in eine andere Pflegefamilie kam oder zu alt für eine Pflegefamilie war. Ich könnte nie völlig unachtsam werden.

Aber wenigstens konnte ich diesen Moment genießen und zusehen, wie sie nach Hause geritten kam.

Sie ritt ohne Sattel und es wirkte so natürlich, als sei sie auf dem Rücken des Pferdes geboren. Eine Hand hatte sie in Comets Mähne geschlungen, am Übergang vom Hals zum

Rücken, eher eine geistesabwesende Geste als der Versuch, sich gut festzuhalten. Ihre schwarzen Stiefel schwangen leicht an Comets Seiten.

Quinn, der ziemlich sicher draußen seinen Drachen hatte fliegen lassen, schaute durch die Haustür herein und brüllte: »Star ist zu Hause!«, bevor er gleich wieder verschwand.

Ich fand es vielsagend und interessant, und typisch für Quinn. Ich hatte ihm nicht gesagt, dass ich nervös war. Ich hatte es wahrscheinlich nicht gebraucht.

* * *

Sie sah verschwitzt und erschöpft aus, als sie hereinkam, aber sie blickte mir direkt in die Augen, und ihr Gesicht schien zu leuchten. Es erinnerte mich an jemanden, doch zunächst konnte ich die Erinnerung nicht einordnen.

Dann fiel es mir wieder ein.

Etwa ein Jahr zuvor hatten Paula und ich im Krankenhaus eine Freundin besucht, die gerade erst ein Baby bekommen hatte. Und ich meine wirklich *gerade erst*. Die Wehen waren kaum zwei Stunden vorbei gewesen, und sie hatte mit dem Baby in ihren Armen im Krankenbett gelegen. Ihr Mann hatte neben dem Bett gestanden und ihre freie Hand gehalten. Als sie aufgeschaut und uns angesehen hatte, hatte ein erstaunlicher Ausdruck auf ihrem Gesicht gelegen. Ich dachte, dass ich noch nie zuvor eine Frau gesehen hatte, die so müde, so krank, so ausgelaugt … und so durch und durch glücklich ausgesehen hatte.

Star sah mich neugierig an, als versuchte sie einzuschätzen, was ich dachte. Sie trat ein und ließ die Tür mit einem Schwung hinter sich zufallen.

»Guter Ausritt?«, fragte ich.

»Schlechte Ausritte gibt es nicht.«

Dann kam sie in meine Richtung. Sehr schnell. Ich hatte keine Ahnung weshalb und ich muss zugeben, dass es mich beunruhigte. Plötzlich warf sie ihre Arme um mich und umarmte mich fest. Ich war so verblüfft, dass ich noch nicht mal meine eigenen Arme hob, um die Umarmung zu erwidern. Sie war dünn und ziemlich klein, und ihr Kopf reichte nur etwa bis zu meiner Schulter. Ich bemerkte, dass ich nicht gewusst hatte, wie es sich anfühlen mochte, sie zu umarmen, weil ich es nie zuvor getan hatte. Ich hatte mich nie gewagt.

Nach Kurzem hatte der Schock so weit nachgelassen, dass ich meine Arme um ihre Schultern legen konnte.

»Es tut mir wirklich leid, dass ich so viele Dummheiten gemacht habe«, sagte sie.

Ich öffnete zwar den Mund, aber ich weiß nicht, was ich gesagt hätte. Es war auch egal, weil ich nicht so weit kam.

Sie ließ mich los und weg war sie. Ich hörte, wie ihre Zimmertür zugeschlagen wurde, fast wie früher. Es war beinahe so, als wäre dieses merkwürdige Wunder nie passiert.

# 34. Clementine

Drei oder vier Tage später beobachtete ich sie bei der Arbeit. Ich saß draußen im Schatten der Verandamarkise auf meinem Schaukelstuhl und trank ein Glas Eistee. Star hatte Comet gehalftert, aus seinem Gehege gebracht und seinen Führstrick an das Geländer des Zauns gebunden. Sie harkte mit erstaunlicher Sorgfalt Mist und kleine Steine aus, sodass kein Quadratzentimeter Erde unbehandelt blieb.

Sie hatte ihn gerade aus dem Gehege geführt und angeleint. Es schien so einfach, wenn sie es tat. Aber war es wirklich so einfach?

Jedes Mal, wenn sie hier gearbeitet hatte, war ich in der Nähe geblieben und hatte ihr zugesehen. Ich glaube, sie nahm vielleicht an, ich würde nicht wagen, sie allein zu lassen, aber in diesem Fall hätte ich nie erlaubt, dass die zwei jeden Tag zusammen weggaloppierten.

Tatsächlich war ich mir nicht ganz sicher, warum ich ihr zuschaute. Ich hatte wirklich nicht darüber nachgedacht, abgesehen von der offensichtlichen Tatsache, dass ich in meiner Situation einen Anlass für menschliche Gesellschaft nicht vergeuden konnte.

»Sie starren mich immer an«, sagte sie plötzlich unvermittelt.

»Mir war nicht bewusst, dass ich gestarrt habe.«

»Jedenfalls schauen Sie immer zu mir, wenn Sie denken, dass ich es nicht merke. Das macht mich nervös.«

»Ich glaube, du erinnerst mich manchmal an jemanden.«

Sie hielt inne und stützte sich auf den Rechen. Sie benutzte einen normalen Rechen, mit einem normalen Griff, nicht dieses lächerliche Ding, das Vernon für Leute gebastelt hatte, die panische Angst vor Pferden haben. Sie sah mir direkt ins Gesicht, wenn es auch von einer größeren Entfernung aus war. »An wen?«

Ich blickte sofort weg. Und in diesem Bruchteil einer Sekunde fiel es mir ein. »Ich weiß nicht«, sagte ich aber.

Sie schüttelte den Kopf und harkte weiter.

»Na ja, vielleicht weiß ich es doch«, sagte ich. »Vielleicht hab ich es gerade erst herausgefunden. Manchmal erinnerst du mich ein bisschen an Tina, meine Tochter. Aber es ist ein merkwürdiger Vergleich, weil du in vielerlei Hinsicht fast ihr genaues Gegenteil bist. Sie war sehr schüchtern und still. Sie hat niemals Regeln gebrochen oder ist jemandem gegenüber laut geworden. Das hätte sie sich nicht getraut. Aber ein kleiner Aspekt von dir erinnert mich an sie, und ich kann nicht mal genau sagen, was es ist.«

»Aspekt? Was ist ein Aspekt von einer Person?«

»Das ist wahrscheinlich nicht der richtige Ausdruck, aber mir fällt kein besserer ein.«

Dann war es für sie an der Zeit, das Harken zu beenden, den Schubkarren zum Gehege zu ziehen und mit Mist vollzuladen, der schließlich für die Blumenbeete genutzt werden konnte. Ich dachte: ›Energie‹ ist das Wort, das ich meine. Irgendetwas an ihrer Energie war mir vertraut. Trotzdem wollte ich dieses Wort nicht benutzen, weil es zu exzentrisch und hippiehaft klang, und ich war mir nicht mal sicher, ob ich daran glaubte, dass Leute eine bestimmte Energie hatten. Aber Leute besitzen etwas, das man spüren kann, sodass man schon etwas über sie weiß, bevor sie überhaupt den Mund öffnen. Ich war mir nur nicht sicher, wie ich es nennen sollte.

Ich fragte mich, wo die Ähnlichkeit zwischen dieser gesetzesbrecherischen Wildkatze und einer scheuen, kleinen Maus wie meiner Tina liegen könnte. Seltsamerweise brauchte ich mich das nicht lange zu fragen, denn die Antwort lag auf der Hand wie etwas, das vor einem liegt, während man seine Augen auf alles andere fixiert.

*Innere Unruhe.*

Sie hatten beide diese innere Unruhe. Nicht auf dieselbe Art, aber es fühlte sich gleich an. Die von Tina schien angeboren gewesen zu sein und war von Anfang an in ihr. Dieses Mädchen vor mir war durchschnittlich geboren und dann später misshandelt oder vernachlässigt worden, soweit ich das beurteilen konnte. Aber irgendwie strahlten beide das gleiche Bedürfnis aus.

*Bedürfnis.* Das war ein weiteres wichtiges Wort. Plötzlich verstand ich vollkommen, warum es zwischen dem Mädchen und dem Pferd von Anfang an geklickt hatte. Es war, weil Star sich Comet in der gleichen Weise annäherte, wie Tina es getan hatte, mit diesem tief sitzenden Bedürfnis, als wäre er das Einzige in der Welt, das sie retten könnte. Es war etwas, das er wiedererkannte. Vielleicht sogar etwas, das er vermisst hatte.

Ich schaute auf. Sie lief an der Veranda vorbei und zog den Schubkarren hinter sich her, anstatt ihn vor sich herzuschieben, und bemerkte meine etwas traurige Miene. Plötzlich blieb sie stehen, der Schubkarren stieß ihr in die Kniekehlen.

»Warum haben Sie so einen merkwürdigen Gesichtsausdruck?«

»Ich weiß nicht, welchen Gesichtsausdruck du meinst.«

»Sie sehen aus, als versuchten Sie, die schwierigste Rechenaufgabe der Welt zu lösen. Haben Sie an Ihre Tochter gedacht?«

»Ja.«

»Das tut mir leid. Das mit Ihrer Tochter, meine ich. Das ist wirklich traurig.«

»Danke.«

»Was an mir erinnert Sie an sie?«

»Ich kann es wirklich nicht sagen.«

Und das war ehrlich. Schließlich hatte ich nicht so getan, als wüsste ich es nicht. Ich hatte nur gesagt, dass ich es nicht sagen konnte.

\* \* \*

Als sie von ihrem Ausritt zurückgekommen war, fragte ich sie, ob sie auf ein Glas Eistee und ein paar Kekse hereinkommen wolle. Sie sah mich misstrauisch an. Vielleicht war ich die böse Hexe. Vielleicht hatte ich die Kekse vergiftet.

»Warum?« Sie stand mit Comet an ihrer Seite da und hatte eine Hand leicht auf den Zügel gelegt. Wieder brachte sie es fertig, es leicht und gar nicht beängstigend aussehen zu lassen. Also nicht wie eine Sache, über die man sich zu Tode beunruhigen könnte.

»Das ist eine seltsame Frage. Warum nicht? Es ist heiß in der Sonne, du hast einen langen Ausritt hinter dir, du hast heute hart gearbeitet und siehst verschwitzt und müde aus. Und es schien mir etwas zu sein, das ein guter Nachbar tut.«

Das stimmte zum Teil. Aber ich hatte auch begonnen, mich auf ihre Gesellschaft zu freuen und den Augenblick zu fürchten, wenn sie ihre Arbeit für den Tag erledigt hatte und mich mit dieser tiefen Stille zurückließ.

Sie sah mich weiter an, mit diesem Blick, als würde sie durch mein Gesicht hindurch eine Zeitung lesen, die sich ganz hinten in meinem Gehirn befand.

»Was für Kekse?«, fragte sie schließlich.

»Sie sind aus dem Supermarkt, fürchte ich.«

»Sind nicht alle Kekse aus dem Supermarkt?«

Ich lachte, und sie schien nicht zu verstehen, warum. »Es sind Kekse mit Zitronengeschmack, aber mit dieser dicken Schokoladenschicht in der Mitte.«

»Ooh. Ja. Bitte.«

Sie brachte Comet in sein Gehege und verschloss das Tor mit den Fahrradkabeln. Wir gingen ins Haus, und sie folgte mir in die Küche – etwas zögernd, wie es mir schien.

»Du scheinst dich im Umgang mit Pferden so wohlzufühlen«, sagte ich und bot ihr mit einer Handbewegung an, sich auf einen Stuhl zu setzen. »Hast du bereits Erfahrung mit Pferden?«

Sie lehnte sich so vorsichtig auf dem Stuhl zurück, als hätte ich ihn mit Sprengstoff verdrahtet. »Jede Menge«, sagte sie. Gerade als ich dachte, sie würde das nicht weiter ausführen, sagte sie: »Mein Cousin Jimmy hatte Pferde. Er hat auf einer Ranch in Nordkalifornien gewohnt. Vollblüter. Mein Onkel hat sie gezüchtet und für Rennen trainiert. Sie waren aber nicht sehr gut. Ich meine, es waren gute Pferde, aber sie haben nicht das Kentucky Derby gewonnen oder so was. Ein paar von ihnen hatten ein paar Saisons auf der Rennbahn. Vollblüter sind ziemlich nervöse Pferde. Als Sie mir gesagt haben, Comet sei nervös und ich könnte verletzt werden, wusste ich also, dass mir nichts passieren würde. Ich bin daran total gewöhnt. Man muss nur beruhigend auf sie wirken.«

»Das klingt, als hättest du ziemlich viel Zeit mit ihnen verbracht«, sagte ich. Ich nahm meinen kleinen Schemel, um die Kekse von ihrem Platz oben im Regal zu holen. Ich hatte sie absichtlich außerhalb meiner Reichweite gestellt, damit ich nicht so viele aß. Ich hoffte, sie würde mir ihre Hilfe anbieten, aber sie schien nichts zu bemerken. Sie schaute aus dem Fenster zu Comet, und ich hätte ebenso gut nicht existieren können.

»Ja. Ich mochte Jimmy nie. Oder seine Eltern. Also hab ich fast die ganzen Sommer mit den Pferden verbracht. Ich hab im Haus geschlafen, aber das war so ziemlich alles. Meine Mom hat mich jeden Sommer dorthin geschickt, weil sie es nicht ausstehen konnte, wenn ich zu Hause war. Sie hat immer gesagt, dass es ihr genug Ärger mache, wenn ich nach der Schule bis zur Bettzeit in ihrer Nähe sei. Sie hat mich immer gleich nach dem Abendessen ins Bett gesteckt. Also etwa um sieben. Weil sie es nicht ausstehen konnte, wenn ich in ihrer Nähe war.«

»Das ist furchtbar«, sagte ich und ergriff die Kekspackung. »Es ist furchtbar, wenn man so aufwachsen muss.«

Ich stellte die Packung auf der Arbeitsplatte ab und merkte, wie sie sich innerlich sträubte. Ich konnte es sehen und fühlen. Es knisterte in der Luft, und ich dachte: *Wenn das keine Energie ist, was ist es dann?*

»So war sie einfach. Sie konnte es nicht ändern. Leute urteilen immer so, wenn jemand psychisch krank ist.«

»Ich nicht«, sagte ich.

Sie lachte, und es klang etwas unverschämt. Es war ein Schnauben, wirklich, wie es ein Schwein machen würde. »Ist das ein Witz? Sie urteilen doch über jeden.«

Ich antwortete zunächst nicht. Ich nahm einen Teller, der leichter zu erreichen war, und fächerte ein paar Kekse in einem schönen Muster auf. Ich stellte den Teller vor sie, bemerkte aber, dass ihre Hände von der Arbeit mit Comet schmutzig waren.

»Du solltest erstmal deine Hände waschen.«

Kommentarlos wusch sie die Hände, während ich ihr ein Glas Eistee einschenkte.

Sie setzte sich, und etwa eine oder zwei Minuten lang aßen und tranken wir schweigend.

»Meine Tochter war psychisch krank«, sagte ich. »Also verstehe ich es. Es ist eine Krankheit, wie der Name schon sagt. Kein moralisches Versagen. Es ist komisch, dass Leute nur Mitleid haben, wenn es sich um physische Krankheiten handelt. Sie betrachten sie als ein Unglück und stellen nie infrage, ob man etwas daran ändern kann. Aber psychische Krankheiten behandeln wir immer noch schamhaft.«

»Ich weiß. Komisch, was?«, sagte sie enthusiastisch.

Dann schwiegen wir wieder, und ich fragte mich, ob es falsch gewesen war, das mit ihr zu teilen. Aber ihre Mutter war psychisch krank, also konnte ich mir nicht vorstellen, dass sie diese Information gegen mich verwenden würde.

»Diese Kekse sind gut«, sagte sie.

»Freut mich, dass sie dir schmecken.«

Wir schwiegen wieder.

»Warum tun Sie das?«, fragte sie mich plötzlich.

»Warum tue ich was?«

»Sie wissen ganz genau, dass das für mich keine Strafe ist. Hierherzukommen und mich um ihn zu kümmern und ihn auszureiten. Sie wissen, dass es das ist, was ich am meisten wollte.«

»Dann ist es für uns beide ein Gewinn, weil ich dringend jemanden gebraucht habe, der das tut.«

Sie sah mich wieder auf diese Weise an, die mir Unbehagen einflößte, als wäre die Wahrheit irgendwo in mir und sie könnte sie lesen, wenn sie sich nur konzentrierte.

»Sie benehmen sich viel netter als früher«, sagte sie.

Ich klatschte mit einer Hand auf den Tisch, und sie schien aufzuschrecken. »Ja!«, rief ich. »Du bist die Erste, die das bemerkt. Ich habe immer wieder versucht, freundlicher zu sein, aber niemand hat etwas gesagt, nur eine von deinen Müttern, aber auch erst, nachdem ich darauf hingewiesen hatte. Natürlich sind nicht viele Leute hier, die es bemerken könnten, und diejenigen, die hier sind ... ich finde, Leute glauben nur langsam an Änderungen.«

»Das liegt daran, dass sich nie jemand verändert«, sagte sie.

»Glaubst du das wirklich? Niemals?«

»Na ja. Fast nie. Ich nehme an, Sie könnten eine Ausnahme sein.«

Sie klang immer noch, als wollte sie abwarten, was passierte, aber es war trotzdem ein wunderbarer Fortschritt, der mich glücklich machte.

»Wenn Sie also so viel über psychische Krankheiten wissen«, sagte sie und unterbrach meinen selbstzufriedenen Gedankengang, »warum haben Sie dann gesagt, dass es furchtbar gewesen sein muss, so aufzuwachsen?«

»Weil es so war. Ob sie etwas daran ändern konnte oder nicht.«

\* \* \*

Kurz bevor sie nach Hause ging, sagte sie an der Tür etwas ziemlich Überraschendes.

»Es tut mir wirklich leid, dass ich Ihr Pferd gestohlen habe.«

Ich war zu überrascht, um ihr zu antworten.

»Ich weiß, das klingt blöd«, fügte sie hinzu.

»Es klingt nicht blöd. Eine schlechte Tat zu bereuen ist bewundernswert.«

»Aber es war so eine riesige Sache. Und jetzt sage ich ›Entschuldigung‹, als wäre ich aus Versehen auf Ihren Fuß getreten oder so was. Aber Sie sollen wissen, dass ich es nur getan habe, weil ich gedacht hab, dass es für ihn das Beste sei. Egal, was mit mir passieren würde. Aber eine der Muttertiere hat mir klargemacht, dass ich mir das nicht gut überlegt hatte, weil er nicht wusste, wie er dort draußen überleben konnte. Und deshalb tut es mir leid. Etwas zu tun, das für Comet schlecht ist, war das Letzte, was ich wollte.«

»Ich weiß«, sagte ich. »Ich kann es daran sehen, wie du mit ihm umgehst.«

Dann gingen uns die Themen aus, die uns nicht zu unbehaglich waren, nachdem wir alles zu dem Thema gesagt hatten, und noch ein paar Dinge, die etwas darüber hinausgingen.

Ich öffnete die Tür, und sie trat auf die Veranda hinaus, dann blieb sie auf der Fußmatte stehen, als wollte sie noch etwas sagen. Aber falls es so war, tat sie es nicht.

»Wenn du mal rüberkommen und Karten spielen willst oder …«, sagte ich und brachte den Satz nicht zu Ende.

Ich war mir sicher, dass sie nicht kommen wollte. Und ich konnte es ihr nicht vorwerfen.

# 35. Jackie

Kurz nach dem Abendessen, als wir noch alle am Tisch saßen, unterbrach Star die recht angenehme Stille, die zwischen uns geherrscht hatte.

»Ich gehe zur Nachbarin rüber«, sagte sie.

Ich runzelte die Stirn und schaute Paula an, die genau das Gleiche tat.

»Es ist ein bisschen spät zum Ausreiten«, sagte Paula. »In der Dämmerung können dich Autofahrer auf der Straße nicht gut erkennen.«

»Ich gehe nicht reiten«, sagte Star. Sie hielt den Blick gesenkt, als fasziniere sie der Anblick ihres leeren Tellers.

»Will sie jetzt, dass du im Haus arbeitest?«, fragte ich.

Einerseits hätte ich es als ärgerlich empfunden, falls Clems Forderungen über die ursprüngliche Abmachung hinausgewachsen wären. Andererseits war die ursprüngliche Abmachung ziemlich gut gewesen. Und wie viel war zu viel angesichts dessen, was Star ihr schuldig war? Wir waren mit Sicherheit noch nicht dort angekommen. Also war ich zwiegespalten.

»Es hat nichts mit Arbeit zu tun«, sagte sie und vermied noch immer unsere Blicke. »Ich gehe nur zum Kartenspielen rüber.«

Keiner sagte etwas.

Ich nehme an, ich hätte vieles sagen können. Ich sagte mir das selbst, aber mir kam nichts in den Sinn.

»Ist das so seltsam?«, fragte sie.

»O ja«, antwortete ich.

»Es ist irgendwie seltsam«, sagte Paula.

»Das Merkwürdigste, das ich je gehört habe«, fügte Mando hinzu.

»Ja!«, rief Quinn und riss seine kleine Faust in die Höhe. »Ich hatte recht! Treffer!«

Ich wusste nicht, was er meinte, aber wie es bei einer ziemlich großen Familie so oft der Fall ist, hatte ich keine Zeit, es herauszufinden.

»Ich verstehe, dass du dich etwas schuldig fühlen musst …«, begann ich.

»Es ist keine Schuld!«, brüllte sie. »Es ist auch nicht seltsam! Es ist nur ein Kartenspiel. Warum fragt ihr mich so aus? Mein Gott! Ich wusste, dass ihr mich nicht verstehen würdet.«

»Dann hilf uns, dich zu verstehen, Liebling«, sagte Paula. »Warum hast du Interesse daran, freiwillig Zeit mit Clementine zu verbringen?«

Star war aufgestanden und noch keinen Schritt vom Tisch weggetreten, aber in meinem Kopf konnte ich schon fast die Tür zu ihrem Zimmer zuschlagen hören – eine seltsame Kombination aus Erinnerung und Vorwegnahme.

»Warum nicht? Warum sollte ich das nicht tun? Ihr benehmt euch, als wäre sie furchtbar.«

Wieder war es still.

Jemand musste es sagen, also bot ich mich an. »Sie ist irgendwie furchtbar, Liebling. Alle denken das.«

»Nein, ich denke das nicht. Sie versucht, freundlicher zu sein, und ihr habt das nicht mal bemerkt. Sie wird einfach frustriert und brüllt, genau wie meine Mom. Darauf steht nicht die Todesstrafe, wisst ihr. Also spielen wir Karten. Na und? Mir ist langweilig. Ich brauche was zu tun.«

»Wir können mit dir Karten spielen, wenn dir langweilig ist«, sagte ich.

»Aber das reicht nicht!« Sie schlug fest auf den Tisch, und Quinn fuhr zusammen. »Mit euch ist es anders. Ihr seid so … normal!«

Dann stampfte sie aus dem Esszimmer. Wir hörten das Zuschlagen der Haustür.

Beide Jungen sahen Paula und mich an, als bräuchten sie von uns Hilfe dabei, was sie denken oder wie sie reagieren sollten.

»Ich glaube, das ist das erste Mal, dass ich fürs Normalsein Punkte verloren habe«, sagte ich.

Ich stand auf und ging ins Wohnzimmer, um durchs Fenster zu schauen. Star stapfte über die Straße und blickte nicht zurück.

Paula kam nach einem Moment zu mir.

»Ist das das Seltsamste, was je passiert ist?«, fragte ich sie leise.

»Ich weiß nicht. Ich glaube, es ist gar nicht so seltsam. Sie fühlen sich beide allein.«

»Aber Star ist nicht allein. Sie hat uns.«

»Aber wir sind zu normal.«

Wir mussten beide lachen, wir konnten nicht anders.

»Aber Clem ist so unangenehm und schlecht gelaunt«, sagte ich. Ich jammerte, um ehrlich zu sein.

»Und Star?«

»Oh. Ich glaube, da ist was dran. Aber sie hat Star am meisten von uns allen gehasst.«

»Sie hatten auf jeden Fall einen explosiven Anfang. Wahrscheinlich ist das für die beiden angenehm vertraut. Außerdem vermisst Star ihre Mutter. Die Tatsache, dass das Leben mit ihrer Mutter schwer war, bedeutet nicht, dass sie sie nicht vermisst.«

»Sie hat aber zwei Mütter auf dieser Straßenseite.«

»Aber wir sind überhaupt nicht wie die Mutter, mit der sie aufgewachsen ist.«

»Und Clem ist es?«

»Sie hat es gerade gesagt. Sie hat gerade gesagt: ›Sie wird frustriert und brüllt, wie meine Mom.‹ Von zwei Übeln wählt man besser das, was man kennt.«

»Das hab ich verpasst. Warum bekommst du diese Sachen mit, die völlig an mir vorbeigehen?«

»Wir haben einfach zwei verschiedene Arten von Fokus«, antwortete sie.

Sie nahm meine Hand, und wir gingen wieder zurück ins Esszimmer.

Die beiden Jungen hatten sich inzwischen verdrückt.

\* \* \*

Quinn lag von den Hunden umgeben auf dem Bett und spielte ein mobiles Videospiel. Ich konnte nie ganz begreifen, wie vier Hunde und Quinn auf dieses winzige Einzelbett passten, aber sie fanden immer einen Weg, den Platz vollständig auszunutzen.

»Alles in Ordnung?«, fragte ich. Ich setzte mich nicht hin, weil kein Platz mehr frei war.

»Klar. Warum nicht? Sie kann so viel da drüben sein wie sie will. Dann ist es hier besser. Siehst du? Ich hatte recht mit dem, was ich über sie gesagt habe.«

»Ja. Was hast du damit gemeint, mein Schatz?«

»Ich habe zu unserer Nachbarin gesagt, falls sie sich einsam fühlt, dann sollte Star sie besuchen. Nicht ich. Weil Star auch gemein ist. Und sie brüllt. Und sie kann auch niemanden leiden. Und deshalb verstehen sie sich.«

Ich nehme an, das hätte mir irgendwie einleuchten sollen. Aber wenn man davon ausging, womit wir miteinander begonnen hatten, schien jede Art von Freundschaft zwischen den beiden unvorstellbar seltsam zu sein.

∗ ∗ ∗

Als ich in die Scheune kam, war Dennis dort. Er saß im Schneidersitz mit Mando auf dem Betonboden. Beide hatten die Köpfe über ein paar sorgfältig angeordnete Unterlagen gebeugt.

»Entschuldigung«, sagte er. »Sie müssen denken, ich wäre gerade hier eingezogen. Ich habe an der Hausseite gehalten und nicht angeklopft, weil ich dachte, Sie müssten genug von meinem Anblick haben.«

»Das stimmt nicht«, sagte ich. »Und Sie brauchen sich nicht zu entschuldigen.«

»Er hat das Verfahrensprotokoll«, schrie Mando beinahe.

»Ja«, sagte Dennis, als sei es keine große Sache. »Ich habe ein paar Fäden gezogen.«

»So …« Ich kam näher und schaute auf die Unterlagen, als könnten sie mir etwas mitteilen – oder als könnten sie plötzlich aufspringen und ›Buh!‹ rufen, um mich zu erschrecken. »Glauben Sie, dass es ein Fehlverhalten der Anklage war?«

»Ich kann es im Moment noch nicht sagen. Ich kann es noch nicht ganz verstehen. Ich weiß nur, dass das Vorhandenoder Nichtvorhandensein einer Waffe während des Verfahrens nie aufgekommen ist. Das ist eine ziemlich offenkundige Auslassung. So wie ich es verstehe, ist da etwas sehr falsch gelaufen. Aber was auch immer passiert ist, es ist nicht während des Verfahrens passiert. Wahrscheinlich davor. Wenn der Staatsanwalt diese Information verheimlicht hat, ist es ein Fehlverhalten der Anklage. Wenn nicht, dann hätte es der Job des Pflichtverteidigers sein müssen, es öffentlich zu machen. In diesem Fall haben wir eine inkompetente Verteidigung. Beides würde zum selben Ergebnis führen. In jedem Fall ist es eine Art Fehlverhalten.«

»Welches Ergebnis? Sie haben gesagt, es würde zum selben Ergebnis führen. Was würde das bedeuten?«

»Erstens muss es bewiesen werden. Es geht vor einen Richter, der entscheidet. Dann entscheidet der Richter über die Abhilfe. Er könnte das Urteil aufheben oder das Strafmaß verringern. Was gut für uns wäre, denn es ist ziemlich wahrscheinlich, dass er es auf die abgesessene Strafe reduziert. Drei Jahre ist viel für einen erstmaligen Verstoß wegen Drogen, insbesondere wenn die Drogen anscheinend jemand anderem gehören.«

Ich bemerkte, dass ich auf die Fersen gekauert auf dem Boden hockte, um die Unterlagen besser sehen zu können, die in sauberen Stapeln angeordnet waren und sich teilweise absichtlich überlappten. Aber ich könnte schwören, dass ich mich nicht daran erinnerte, mich hingehockt zu haben.

»Wie kann man so etwas beweisen?«

»Die schlechte Nachricht ist, dass ich mir nicht sicher bin. Es ist nicht ganz mein Kompetenzfeld. Ich habe das noch nie gemacht, und es ist außerhalb meines Zuständigkeitsbereichs passiert. Die gute Nachricht ist, dass ich es nicht genau beweisen muss. Ich meine, jedenfalls nicht persönlich. Ich muss jemanden in Napa County überzeugen, eine Untersuchung über den Fall einzuleiten. Ich glaube, ich habe ein paar gute Verbündete, aber man kann sich nie ganz sicher sein, wenn es hart auf hart kommt.«

Ich schaute in Mandos schönes Gesicht. Er erwiderte meinen Blick und schien vor Aufregung gleich zu platzen.

Ich konnte nicht entscheiden, ob er eher glücklich oder hoffnungsvoll wirkte oder ob er sich davor fürchtete, glücklich und hoffnungsvoll zu sein. Wahrscheinlich war es ein Unentschieden zwischen beidem.

Was ich fühlte, war schändlich, aber wahrscheinlich letztlich menschlich. Ich dachte: *Wir werden ihn verlieren.* Und der Gedanke machte mich unglaublich traurig. Na gut, glücklich und traurig gleichzeitig. Wahrscheinlich war es ein weiteres Unentschieden.

Ich dachte an den Tag zurück, an dem Star gefunden worden war. An diesen Moment, in dem Dennis den steilen Abhang heraufgekommen und ich hinuntergegangen war. Und eine Minute später hatte ich zugestimmt, Mando mit einem Mann in Uniform zurückzulassen. Ich dachte, das sei das Schlimmste gewesen, was ich ihm je angetan hatte. Und nun hatte sich herausgestellt, dass es vielleicht das Beste gewesen war.

Das heißt, falls es funktionieren würde. Wenn dies nicht eine weitere herzzerreißende Sackgasse war.

»Was meinst du, Jackie?«, fragte Mando. Es war eines der wenigen Male, in denen er meinen Namen nannte, und wahrscheinlich das erste Mal, dass er es ganz ohne Zögern oder sichtbares Unbehagen tat.

Ich drückte beide Daumen. Unter den gegebenen Umständen war das alles, zu dem ich mich überwinden konnte.

»Was hast du denn gebraucht?«

»Gebraucht?«

»Du bist doch aus einem Grund hierhergekommen.«

»Oh. Das. Ich wollte nur hören, wie es dir nach diesem kleinen Zank beim Abendessen geht. Und ich wollte erfahren, was du über diese Sache mit Star und Clementine denkst.«

»Meiner Meinung nach ist es in Ordnung.« Er unterstrich seine Aussage mit einem Achselzucken. »Sie kann so viel da rübergehen, wie sie will. Besser sie geht als ich.«

Ich bemerkte Dennis' erstaunten Blick. »Star und Clementine?«, fragte er. Dann fügte er schnell hinzu: »Nein, schon gut. Das geht mich nichts an.«

»Das ist okay, wir reden direkt vor Ihnen. Star ist jetzt da drüben. Zum Kartenspielen.«

»Weil …«

»Ich habe keine Ahnung. Sie hat nur gesagt, dass sie hingehen wollte.«

Er schüttelte den Kopf, blieb einen Sekundenbruchteil still, schüttelte wieder den Kopf und lachte dann kurz auf. »Die gemeinste Frau im ganzen Landkreis spielt Karten mit dem Mädchen, das ihr Pferd gestohlen hat.«

»Ich weiß. Ich habe so ziemlich dasselbe gedacht.«

»Leute hören nie auf, mich zu überraschen«, sagte er. »Gerade als ich dachte, ich hätte schon alles gehört.«

# 36. Clementine

»Ich frage mich Folgendes«, sagte ich zu dem Mädchen. »Ich weiß, du wirst sagen, es geht mich nichts an, aber ich kann genauso gut das Risiko eingehen und trotzdem fragen.«

Sie starrte angespannt mit gerunzelter Stirn auf ihre Karten. Ich wusste nicht, ob sie ein sehr schlechtes Pokerface hatte – außerdem spielten wir nicht Poker, sondern Gin Rommé – oder ob sie nur wollte, dass ich das dachte.

Ich erwartete, dass sie zur Erwiderung aufschauen würde, aber ich hatte mich geirrt.

Sie ließ mich lange auf eine Antwort warten.

Schließlich sagte sie: »Wenn Sie fragen wollen, warum machen Sie es dann nicht?«

»Ich weiß, dass du deiner Mutter nicht weggenommen worden bist, weil sie dich zu früh ins Bett gesteckt und dich im Sommer weggeschickt hat.«

»Das ist keine Frage.« Sie nahm eine weitere Karte und fächerte ihr Blatt mit der Bildseite nach oben auf dem Tisch auf. »Gin.«

Ich runzelte die Stirn und machte eine Markierung auf dem linierten gelben Papier, auf dem ich die Punktzahl notierte. Sie war viel schwerer zu schlagen als Vern, was mich leicht irritierte.

»Du gibst«, sagte ich.

Ich beobachtete, wie sie die Karten mischte, und erkannte, dass sie damit auch schon Erfahrung hatte. Für jemanden, der so jung war, wusste sie schon alle möglichen Sachen.

»Sie fragen also«, sagte sie und verteilte die Karten mit einem scharfen Schnippen jeder einzelnen auf dem Tisch, »warum meine Mom weggeschlossen worden ist und was sie mir angetan hat, das so schrecklich war, dass ich in das Pflegesystem gekommen und zu jemandem geworden bin, der ein Pferd stiehlt.«

»Du weißt mit Sicherheit, wie man eine Frage schlimmer klingen lässt als sie beabsichtigt war.«

»Egal, wie Sie es sagen, es ist eine ziemlich persönliche Frage.« Sie fächerte die Karten in ihren Händen auf, arrangierte sie um, legte eine Karte ab und zog eine neue vom Stapel.

»Ja, wahrscheinlich. Tut mir leid, falls ich nicht hätte fragen sollen. Ich mag es selbst auch nicht, wenn Leute mir persönliche Fragen stellen.«

Schweigend spielten wir ein paar Minuten weiter, es könnten drei Minuten gewesen sein oder auch fünf.

Schließlich sagte sie: »Ich mache Ihnen einen Vorschlag. Ich erzähle, was mit meiner Mutter passiert ist, wenn Sie mir erzählen, was mit Ihrer Tochter passiert ist.«

Ich gab keine Antwort.

Ich hatte nicht die Absicht, diesen Vorschlag zu akzeptieren. Und trotzdem, so verwirrend es erscheinen mag, konnte ich der Versuchung kaum widerstehen. Ich konnte nicht sagen, ob der Grund dafür war, dass ich ihre Geschichte hören oder dass ich meine erzählen wollte. Wie auch immer, ich hatte nicht die Absicht zu tun, was mein Gefühl mir sagte. Ich hatte nicht so lange überlebt, indem ich den Launen jedes zufälligen Gefühls nachgegeben hatte.

»Okay«, sagte sie. »Ich fange an, und dann sind Sie an der Reihe. Sie haben keine Wahl. Hin und wieder … na, eigentlich ziemlich oft, hat sie diese echt psychotischen Stimmungen bekommen. Und dann dachte sie, ich sei ein Dämon. Nun, nicht genau, dass ich einer sei, sondern eher, dass ich einen besitzen würde. Sie dachte, ein Dämon würde sie fangen wollen, aber er würde durch mich an sie gelangen. Also hat sie mich manchmal für ein paar Tage aus dem Haus ausgesperrt. Oder etwas angezündet, um mich damit zu vertreiben. Und zwei Mal hat sie auf mich geschossen.«

»Mit einer Pistole?«

»Ja, natürlich mit einer Pistole. Mit was schießen Leute aufeinander? Mit Pfeil und Bogen? Einer Steinschleuder?«

»Hat sie dich getroffen?«

»Nein, ich war ziemlich schnell.«

»Ich bin überrascht, dass deine Nachbarn nichts bemerkt und unternommen haben.«

»Also, das haben sie doch offenbar, oder? Irgendwann. Sonst wäre ich jetzt nicht hier.«

Ich schüttelte den Kopf, als könnte ich damit mein Weltbild wieder zurechtrücken. Ich fühlte eine plötzliche Wertschätzung für meine eigene Mutter. Sie hat nicht alles getan, was sie für mich hätte tun sollen, wie ich fand, aber zumindest hat sie nichts gegen mich getan.

»Schade, dass sie nicht euch beide vor dem Dämon schützen wollte, anstatt sich nur vor dir zu schützen.«

»Ja, das habe ich auch manchmal gedacht. Mehr als manchmal. Aber Sie zögern Ihre Geschichte heraus. Sie sind jetzt dran.«

»Ich habe dieser Abmachung nie zugestimmt«, sagte ich und spürte, wie mir innerlich kalt wurde.

»Oh, Betrügerin!« Sie warf ihre Karten mit der Bildseite nach unten auf den Tisch. »Sind Sie wirklich so eine Betrügerin? Sie hätten mich aufhalten sollen, wenn es keine Abmachung gab.«

»Ich weiß wirklich nicht, warum sich die Dinge mit Tina so entwickelt haben.«

»Das ist ein großer Betrug. Totaler Mist.«

»Tut mir leid, aber es ist wahr. Ich habe nie verstanden, warum sich jemand sein eigenes Leben nehmen will«, sagte ich und ignorierte sorgfältig meinen kleinen Zwischenfall mit den Beruhigungstabletten. »Ich bezweifle, dass ich es je verstehen werde. Was ist mit dir? Kannst du mir helfen, es zu verstehen? Als du in dieses Kanalrohr gekrochen bist und dich zugedeckt hast, was hast du da gedacht? Du musst gewusst haben, dass du gerettet werden könntest, wenn du in der Nähe der Straße geblieben wärst.«

Vorsichtig sah ich von meinen Karten auf. Ihr Blick fixierte mich.

»Wer hat Ihnen das gesagt?«

»Darauf kommt es nicht an. Es ist eine kleine Stadt.«

Bobby hatte es mir gesagt. Wahrscheinlich in der Hoffnung, dass es mich dazu bewegen würde, sie zu schonen.

»Ich weiß nicht, was ich gedacht habe. Falls ich überhaupt etwas gedacht habe. Hatten Sie nie das Gefühl, dass es die Sache nicht wert ist? Wenn es für Sie nichts gibt auf der Welt?«

»Oft«, antwortete ich. »Aber ich habe mich einfach weitergeschleppt.«

»Vielleicht sind Sie tapferer als ich.«

»Oder genau das Gegenteil. Vielleicht habe ich das Gefühl, dass es die Sache nicht wert ist zu bleiben, aber ich habe nicht den Mut, etwas zu tun. Ich habe mich so aber erst in den letzten zwei Jahren gefühlt. Erst, nachdem Tina gestorben ist.«

Ich war erleichtert, als sie nicht antwortete. Sie schien mich nicht mehr zum Reden zu drängen, zum Erzählen. Leise nahm ich einen tiefen Atemzug. Wir spielten ein paar Minuten lang schweigend weiter.

»Ich gebe mir selbst die Schuld«, sagte ich. Ich schwöre, dass ich nicht gewusst hatte, dass ich das sagen würde. Aber ich hatte schon immer gewusst, dass es die Wahrheit war.

»An was? Oh, Ihre Tochter. Aber Sie haben gesagt, dass sie psychisch krank war. Also war es vielleicht nicht Ihre Schuld.«

»Es gab so vieles, was ich hätte besser machen können.«

»Was würden Sie dann anderes versuchen? Falls Sie es noch mal von vorn machen müssten, meine ich.«

»Ich muss es nicht noch mal von vorn machen und ich werde es nie tun. Welchen Unterschied macht es also?«

»Aber wenn Sie es tun müssten.«

»Ich würde die Stille nicht ausdehnen.«

»Ich habe keine Ahnung, was das bedeutet.«

»Als ich bei euch gewesen bin und mit deiner Familie zu Abend gegessen habe, sagte deine Pflegemutter – diejenige, die mit ›J‹ anfängt – dass sie in einem stillen Haus aufgewachsen sei, und ich sagte, dass es bei mir genauso gewesen ist. Sie sagte, dass wir unbeabsichtigt manchmal wie unsere Eltern werden und dass wir manchmal genau das Gegenteil von dem tun, was unsere Eltern getan haben. Sie ist aufgewachsen und hat die Stille gebrochen, ich nicht.«

»Wann waren Sie je zum Abendessen bei uns?«

Ich sah sie an, als hätte sie etwas Dummes gesagt, aber ich war diejenige, die dumm gewesen war. »Okay, stimmt. Das war in der Zeit, als du weg warst.«

Die Minuten zogen sich dahin, und ich dachte, unsere Unterhaltung wäre vorbei, worüber ich ziemlich froh war.

Dann sagte sie: »Es könnte sein, dass Sie noch mal von vorn anfangen müssten. Nicht mit derselben Tochter, aber trotzdem.«

Ich lachte schnaubend. »Ich bin über sechzig Jahre alt. Meinst du nicht, es ist ein bisschen zu spät für Kinder?«

Sie wandte den Kopf in die Richtung ihres Zuhauses. »Sie können so viele haben, wie Sie wollen.«

»Oh, du meinst, ich könnte eine Pflegemutter sein oder adoptieren. Alle haben mir damals geraten, dass ich adoptieren sollte, aber ich habe nicht auf sie gehört.«

»Ja. Nichts für ungut, aber Sie kommen mir nicht wie die weltbeste Zuhörerin vor.«

»Nun, wer im Glashaus sitzt, sollte nicht mit Steinen werfen.«

»In Ordnung«, sagte sie. »Ich nehme an, das stimmt.«

Es schien eine lächerliche Idee zu sein. Einem Fremden mit all seinen Problemen die Tür öffnen? Warum würde das jemand tun wollen? Dann realisierte ich, dass ich es bereits tat, ziemlich freiwillig sogar, in der Hoffnung, dass es besser war, als allein mit der tiefen Stille zu sein.

Und das war es.

\* \* \*

Es war spät und dunkel, und klar, dass sie nach Hause gehen musste. Ich begleitete sie zur Tür und als ich öffnete, sah ich das geparkte Auto von Denny Portman auf der gegenüberliegenden Straßenseite. Der Anblick reizte mich. Ich hatte in diesem Städtchen schon gelebt, bevor er geboren wurde, und plötzlich waren die dort drüben seine Freunde?

Er stand in Straßenkleidung neben seinem Auto – dem außerdienstlichen – und sprach mit den beiden Frauen.

»Ich begleite dich rüber«, sagte ich zu dem Mädchen.

»Ich bin keine fünf mehr.«

»Das habe ich auch nicht gedacht. Ich muss mit dem Hilfssheriff reden.«

Leider sah er mich kommen und versuchte zu flüchten. Er sprang in sein Auto, ließ den Motor an und fuhr in einem weiten Bogen auf die Straße zurück.

»Dennis Randal Portman!«, rief ich. »Du weißt sehr gut, dass ich mit dir reden will, junger Mann! Bleib stehen! Ich bin immer noch älter als du!«

Schon halb auf der Straße trat er auf die Bremse, weil … na, welchen Unterschied machte es? Wir hatten nicht gerade viel Straßenverkehr.

Ich eilte zu ihm, etwas amüsiert darüber, dass ich mit einem großen, klotzigen Mann in diesem Ton reden konnte, wie eine Mutter oder Lehrerin, und im Gegenzug Gehorsamkeit erhielt.

Über sein Autodach hinweg konnte ich sehen, wie das Mädchen mit seinen Pflegemüttern ins Haus ging.

Dennis hatte das Fenster heruntergelassen und schien zu schmollen, als er hinter dem Steuerrad saß und seinen riesigen Arm aus der Seitentür baumeln ließ. »Du schuldest mir eine Entschuldigung, Clem.«

»Ja, natürlich. Warum würde ich sonst brüllen, dass du anhalten sollst?«

»Oh«, sagte er jetzt schüchterner. »Ich wusste nicht, dass dir das bewusst war.«

»Natürlich war mir das bewusst. Sei still und lass mich das machen. Es war unfair von mir anzudeuten, ihr würdet nicht richtig nach Comet suchen, vor allem, da ihr ihn gefunden habt. Ich war in einer furchtbaren Laune und hätte meine Laune nie an dir auslassen sollen. Es tut mir leid.«

Er sagte einen Augenblick nichts, dann nahm er den Gang seines Autos raus.

»Ich weiß nicht, ob ich dich je zuvor so etwas sagen gehört habe, Clem.«

»Ich versuche zu lernen, ein freundlicherer Mensch zu sein.«

»Lobenswert«, sagte er. »Und was hat das mit dir und der Pferdediebin zu bedeuten?«

»Sie ist keine Pferdediebin.«

»Da bin ich anderer Ansicht. Um sich den Titel Pferdedieb zu verdienen, braucht man nur ein Pferd zu stehlen.«

»Trotzdem solltest du sie nicht so nennen.«

»Na ja, ich würde es ihr nicht ins Gesicht sagen. Oder ihren Müttern. Aber ich versuche, etwas herauszufinden.«

»Ich weiß mit Sicherheit nicht, was das ist.«

»Warum bist du nicht wütend, Clem? Das ist mein Punkt. Beantworte mir das. Es geht mich wirklich nichts an, aber ich frage trotzdem, und wir haben festgestellt, dass du mir nach deinem kürzlichen Wutausbruch etwas schuldig bist. Also erklär es mir. Alles macht dich wütend. Alles hat dich immer wütend gemacht. Du warst wütend auf mich, weil du dachtest, ich würde mir nicht genug Mühe geben, dein Pferd zurückzuholen, aber mit dem Mädchen, das dein Pferd gestohlen hat, spielst du Karten. In meinem Kopf ergibt das alles keinen Sinn. Also erklär es mir.«

Ich seufzte. Es war dunkel, zumindest außerhalb des Lichts von seinen Scheinwerfern. Ich konnte sein Gesicht nicht gut erkennen und er nicht meins, und dafür war ich dankbar.

»Sie liebt ihn«, sagte ich. »Sie liebt ihn genauso, wie Tina ihn geliebt hat. Das ist keine Kleinigkeit.«

»Nein«, sagte er. »Das ist es sicher nicht.«

Dann legte er den Gang ein, fuhr davon und ließ mich mitten auf der Straße stehen, wieder mal allein.

# 37. Jackie

Ich kann nicht genau sagen, wie viel später meine Gefühle über die Clem-Star-Situation ausgebrochen sind. Es war mindestens zwei Wochen danach, vielleicht sogar beinahe drei.

Star hatte fast jeden wachen Moment im Haus gegenüber verbracht und nur, weil ich darauf bestanden hatte, war sie widerwillig zu den Familienmahlzeiten aufgetaucht. Und ich hatte nichts dazu gesagt. Aber im Stillen hatte ich mit den Zähnen geknirscht und wusste noch nicht mal, warum.

Eines Abends kam sie zu mir ins Schlafzimmer und kündigte an, dass sie doch ebenso gut die Nacht dort drüben verbringen könnte.

»Sie hat ein Gästezimmer«, sagte sie. »Es ist einfach leichter.«

»Inwiefern leichter?« Ich versuchte nicht, meine Gereiztheit zu verbergen. »Wie viel Mühe erspart es dir? Man übernachtet im Haus von jemandem, um sich den langen Weg nach Hause zu sparen. Wie viele Schritte sind es von hier nach da? Wie viele Sekunden brauchst du, um für die Nacht zurück in dein eigenes Zimmer zu gehen?«

»Du machst das immer. Du verstehst nie etwas. Ich hätte Paula fragen sollen.«

»Du solltest wissen, dass Paula und ich keine Entscheidungen treffen, ohne sie miteinander abzusprechen.«

Ihre Hände ballten sich zu Fäusten. Ihre Haare hatten eine schwierige Länge erreicht, wo sie an manchen Stellen glatt liegen wollten, aber an anderen nicht. Ihr Gesicht lief rot an, und ich dachte, dass sie in diesem Moment eine ziemlich unattraktive Verpackung abgab. Nun, in den meisten Momenten. Es unterstrich nur noch, wie seltsam mein Versuch war, sie mehr an unser Zuhause zu binden.

Trotzdem, wir hatten uns dazu verpflichtet, für sie zu sorgen. Es war eine rechtliche Vereinbarung, die mit Verantwortung einherging. Wir konnten sie nicht einfach an jemand anderen weitervermieten.

»Warum bist du so?«, kreischte sie, und ich hörte sofort Paula die Treppe hochrennen.

»Du lebst hier, Star«, sagte ich und blieb ruhig. Aber das ist eine Lüge. Meine Stimme klang lediglich ruhig. Vorgetäuscht ruhig. »Du lebst hier mit uns. Nicht dort drüben mit ihr.«

»Ich kann hier nicht ich selbst sein!«

»Warum nicht?«

»Ich hab es euch schon gesagt. Ihr seid zu normal. Ihr alle. Ich hasse es! Ich fühle mich furchtbar dabei! Ich gehöre nicht hierher, und das wisst ihr! Alle wissen es!«

Paula kam etwa nach der Hälfte dieser gebrüllten Sätze herein und blieb neben Star stehen. Sie wusste, dass es besser war, in diesem Moment nicht zu mir herüberzukommen und sich dadurch optisch auf meine Seite zu stellen. Das hätte nur dazu geführt, dass Star sich noch mehr wie eine Außenseiterin gefühlt hätte.

»Ich kann diesen Spruch langsam nicht mehr hören«, sagte ich. »Ich habe keine Ahnung, was du unter ›zu normal‹ verstehst. Du musst bessere Ausdrücke verwenden.«

»Ich weiß nicht, wie ich es sonst sagen soll«, jammerte sie.

»Atme lang und tief ein, Star«, sagte Paula, »und erzähl uns, warum du meinst, dass du hier nicht reinpasst.«

»Es ist so offensichtlich.«

»Nicht für uns«, sagte ich.

Ich musste Star anrechnen, dass sie das mit dem tiefen Einatmen tatsächlich zu versuchen schien. Ihre Fäuste lockerten sich ein wenig. »Ihr gehört alle zueinander, und ich bin anders. Und ich hasse es. Und ich fühle mich nicht so, wenn ich dort drüben bin. Ich fühle, dass ich bei ihr ich selbst sein kann.«

»Was sind wir, das du nicht bist?«, fragte Paula.

Ich merkte, dass meine Ungeduld mit Paula zunahm, weil sie so unerschütterlich war. Ich hätte mich so viel besser gefühlt, wenn sie ebenso wie ich wütend geworden und ihre Stimme erhoben hätte. Niemand kann pausenlos vernünftig sein.

»Normal«, sagte Star.

»Das Wort funktioniert nicht. Versuch es mit einem anderen.«

Lange Zeit sprach niemand. Paula trat etwas näher an mich heran, wodurch ich mich besser fühlte. Auch große, erwachsene Eltern brauchen Unterstützung.

»Glücklich«, sagte Star. »Da habt ihr's. Versteht ihr es jetzt? Ihr seid alle glücklich. Selbst Mando ist glücklich, jetzt da diese Untersuchungssache mit seiner Mom stattfindet. Oder stattfinden wird. Oder was auch immer. Und ich hasse es, weil ich es nicht bin, und ich fühle mich schrecklich deswegen. Ich gehe jetzt da rüber und bleibe die Nacht über in ihrem Gästezimmer, und wenn ihr mich zurückhaben wollt, dann müsst ihr rüberkommen und mich zurückschleppen, und glaubt bloß nicht, dass ich mich nicht wehre.«

Sie stampfte aus dem Zimmer und die Treppe hinunter.

Ich wollte ihr nachlaufen, aber Paula berührte meinen Arm.

»Lass sie gehen«, sagte sie.

»Aber sie gehört *uns.*«

»Bist du deswegen so wütend? Besitz? Wir besitzen sie nicht.«

»Ich bin nicht wütend!«

»Sagte sie wütend.« Diese Bemerkung war ein seltenes Aufblitzen von Sarkasmus für Paula.

Ich drehte zwei Runden durch das kleine Zimmer. »Okay, ich bin wütend. Ich würde am liebsten etwas zerbrechen.« Ich blieb tatsächlich stehen und schaute mich nach etwas um, aber alles, was mir in die Augen fiel, war entweder nützlich, kostbar oder ärgerlicherweise unzerbrechlich.

»Bitte mach das nicht. Ich glaube, wir müssen herausfinden, warum das bei dir so eine Reaktion auslöst.«

»Verdammt, Paula!«, brüllte ich. »Würdest du bitte nur ein Mal aufhören, so verdammt ruhig und vernünftig zu sein? Kannst du mich hier nicht unterstützen? Kannst du zur Abwechslung nicht mal ein paar Gefühle zeigen?«

Quinn streckte seinen Kopf zur Tür herein, die Augen weit aufgerissen. »Wo ist Star?«

»Im Haus gegenüber«, antwortete Paula.

Wir hatten nach meinem Wutausbruch immer noch keinen Blickkontakt gehabt.

»Warum brüllst du dann? Du brüllst nie, wenn Star nicht da ist.«

»Wir arbeiten nur gerade etwas aus«, sagte ich.

»Geh zurück in dein Zimmer, mein Schatz«, sagte Paula. »Ich verspreche, dass wir in einer Minute da sind.«

Er machte sich ohne ein weiteres Wort davon, aber es war klar, dass er Angst bekommen hatte. Und das nahm mir all den Willen weiterzustreiten.

Paula setzte sich auf die Bettkante. »Wirklich? Du willst mir dafür ernsthaft die Schuld zuschieben?« Sie klang angespannt und kratzig, vielleicht sogar verletzt, was einer der Emotionen nahekam, die ich von ihr bekommen wollte. Ich musste das hören. Es half mir.

Ich seufzte und ließ mich neben sie sinken. »Nein. Natürlich nicht. Es tut mir leid. Ich werde nur frustriert, wenn ich die Einzige bin, die frustriert ist.«

»Hör zu, Jackie. Erinnerst du dich noch, warum wir dieses riesige Familienproblem darüber hatten, ob wir Star zurücknehmen sollten? Weil es so schwer war, sie hier zu haben. Weil sie den Frieden in diesem Haus auseinandergerissen hat. Und sie macht es immer noch. Nur nicht, wenn sie nicht hier ist, und das ist die meiste Zeit. Also frage ich mich, warum du nicht glücklich darüber bist, dass sie woanders hingehen kann und das Haus wieder ruhig und friedlich ist.«

»Gerade eben war es nicht sehr ruhig und friedlich.«

»Weil du versucht hast, sie aufzuhalten. Warum?«

»Sie hat gesagt, dass sie heute Nacht dort bleibt. Es ist so, als würde sie gar nicht mehr hier wohnen.«

»Ich warte immer noch auf die schlechte Nachricht«, sagte Paula.

Wir mussten beide lachen.

Ich lehnte mich vor und immer noch lachend stützte ich mich mit den Ellenbogen auf meinen Knien ab und vergrub mein Gesicht in den Händen. »Oh, Mist, Paula. Ich weiß es nicht.«

»Sag mir jetzt die Wahrheit. Warum bist du so wütend?«

»Weil wir so viel für sie getan und mit ihr so viel durchgemacht haben, und sie erkennt das überhaupt nicht an. Sie mag oder will uns nicht mal.«

»Falls du es noch nicht bemerkt hast, der Umgang mit verkorksten Kindern bringt nicht immer eine unmittelbare

Erfüllung. Vielleicht finden wir in ein paar Jahren heraus, dass es sie wirklich gekümmert hat. Oder auch nicht. Ich weiß es nicht. Ich bin nicht sicher, ob sie überhaupt wüsste, wie sie es zeigen könnte, selbst wenn sie uns dankbar wäre. In der Zwischenzeit hat sie etwas gefunden, das ihr mehr entspricht. Sie will zusammen mit der Nachbarin unglücklich sein. Dann lassen wir sie doch.«

»Was ist mit ihrer Sozialarbeiterin? Was, wenn Janet herausfindet, dass sie kaum noch die Kriterien dafür erfüllt, hier zu leben? Clem ist keine Pflegemutter. Es ist keine offizielle Vereinbarung.«

»Soll ich Janet am Montag anrufen und hören, was sie meint?«

»Das wäre gut, ja. Danke. Es tut mir leid, dass ich …«

»Es tut mir leid, dass ich …«, sagte Paula genau zur gleichen Zeit.

Wir lachten wieder. Welche andere Wahl hatten wir auch?

»Es tut mir leid, dass ich nicht wütend werden kann, wenn du wütend wirst«, sagte sie. »Ich weiß, dass es für dich manchmal frustrierend ist, dass ich nicht mehr …«

»Nein, es liegt an mir. Ich bin diejenige, die sich entschuldigen sollte. Du brauchst nicht anders zu sein, als du bist. Es war falsch, das zu sagen.«

Wir blieben noch kurz sitzen und stießen einen tiefen Seufzer aus. Na ja, ich stieß einen tiefen Seufzer aus. Sie seufzte auch, aber verhaltener.

Schließlich standen wir auf, seufzten wieder und gingen in Quinns Zimmer, um ihm zu versichern, dass jetzt niemand mehr brüllte.

# 38. Clementine

Da es schon dunkel war, als ich sie zurückkommen hörte, hatte ich gedacht, wir würden unseren Plan fallen lassen oder vielleicht auf den nächsten Tag verschieben. Ich konnte mich nicht entscheiden, ob es im Dunkeln besser oder schlechter sein würde. Aber ehrlich gesagt hatte ich wahrscheinlich nur nach einem Ausweg gesucht und war begeistert darüber, vielleicht sogar einen gefunden zu haben.

Als sie ins Haus zurückkehrte, sagte sie jedoch: »Okay. Gehen wir.«

»Wir brauchen eine Taschenlampe.« Ich hatte gedacht, meine Stimme würde zittern, aber sie klang fest. Ich hörte mich auf jeden Fall gelassener an, als ich mich fühlte.

»Du hast da drinnen kein Licht?«

»Wir hatten Licht. Aber es ist schon so lange nicht mehr eingeschaltet worden, dass ich nicht weiß, ob die Glühbirnen noch etwas taugen. Außerdem musst du etwas sehen können, wenn du da rausgehst. Du musst den Lichtschalter finden können.«

»Hast du eine?«

»Eine Taschenlampe?«

»Ja, eine Taschenlampe. Worüber reden wir sonst, wenn nicht über eine Taschenlampe?«

»Ich glaube, ich habe eine in dieser Küchenschublade, wo der ganze Kram ist, von dem ich nie weiß, wo ich ihn aufbewahren soll.«

»Ich gehe nachschauen«, sagte sie.

Ich ließ mich auf den Rand von Verns Sessel sinken, den ich immer noch nicht zur Müllhalde gebracht hatte. Ich dachte, dass ich ihr einfach sagen sollte, dass es zu spät am Abend sei, um das zu versuchen. Ich würde es ganz beiläufig sagen, als wäre alles in Ordnung.

Aber dann dachte ich, dass dies vielleicht die beste Nacht war, es zu tun, weil sie hierbleiben würde. Ich hoffte natürlich, dass sie in Zukunft wieder hierbleiben würde, aber das war noch nicht sicher, und es erschien beängstigend, so etwas zu tun und dann die ganze Nacht mit meinen Träumen alleingelassen zu werden. Ich konnte es mir einfach nicht vorstellen. Oder zumindest wollte ich es mir nicht vorstellen.

»Okay«, rief sie mir von der Küche aus zu, »ich hab sie gefunden.«

Sie nahm mich mit zur Tür, indem sie einen meiner Ellenbogen ergriff und daran zog. Vielleicht wusste sie, dass ich gezogen werden musste. Ich war so starr, dass ich nicht widerstrebte. Ich glaube, das klingt wie ein Widerspruch in sich, da man sich normalerweise nicht bewegen kann, wenn man starr ist. Aber in diesem Fall bedeutete es, dass ich nicht in der Lage war, irgendeine Art von Abwehr aufzubringen.

Wir traten in die kaum kühle Nacht hinaus. Es war noch nicht vollkommen dunkel, aber zu dunkel, um ohne eine Lichtquelle in der Hand herumzulaufen. Es war bereits August, und die Nächte waren nicht mehr die kürzesten des Jahres. Ich dachte daran, dass sie in ein paar Wochen wieder zur Schule gehen musste. Würde sie dann immer noch Zeit mit mir verbringen können? Und falls nicht, was würde ich tun?

Wir liefen so vorsichtig zusammen durch die Dunkelheit, als würden wir mit Landminen auf unserem Weg rechnen. Sie hielt in einer Hand die Taschenlampe und mit der anderen führte sie mich an meinem Ellenbogen, als wäre ich nicht in der Lage zu laufen. Oder als helfe sie einer schwachen alten Frau über die Straße. Nichts von dem schien auf meinen Fall zuzutreffen, aber es fühlte sich wie eine Art von Unterstützung an, also sagte ich nichts und ließ es zu.

Als ich die geöffnete Stalltür sah, blieb ich ruckartig stehen, während sie noch einen oder zwei Schritte weiterging, bevor sie zurückprallte. Die Dunkelheit auf der anderen Seite des Eingangs war tiefschwarz. Sie war wie die Art von Dunkelheit, die einen Menschen lebendig verschlucken konnte.

Nun, das war eigentlich schon geschehen. Sie hatte bereits eine von uns genommen.

»Nicht stehen bleiben«, sagte sie. »Wenn du anhältst, gehst du vielleicht nie weiter.«

Dann zog sie fest an mir. Zunächst bewegte ich meine Füße überhaupt nicht. Ganz im Gegenteil, ich versuchte, meine Füße wie verwurzelt auf den Boden zu setzen. Aber sie zog meinen Oberkörper nach vorn. Ich machte keinen einzigen Schritt mit Absicht, sondern bewegte meine Füße einfach nur aus Notwendigkeit, damit ich nicht hinfiel.

Sie leuchtete mit dem Licht in den Stall, und dort stand Comet geduldig. Sie hatte ihn drinnen gelassen, seit er jeden Tag geritten wurde. Sie meinte, dass er dort glücklicher sei und dass es ihn an bessere Tage erinnern würde.

Er grüßte uns mit einem Brummen aus einer Stelle tief in seiner Brust. Naja, er grüßte wahrscheinlich nur sie, aber es half trotzdem.

Sie schaltete das Deckenlicht ein, ich zuckte zusammen und kniff die Augen zu. Dann zog sie mich ein paar weitere Schritte in den Stall hinein. Ich verstand nicht, warum, aber vielleicht würde sie mich so leichter einfangen können, falls ich versuchen sollte, wie ein verängstigter Hase wegzurennen.

Ich blinzelte, bis sich meine Augen an das Licht gewöhnt hatten. Dann schaute ich mich um. Nein, ich schaute mich nicht wirklich um. Das ist nicht ganz korrekt. Ich schaute dorthin. Ich erwartete, dass sie fragen würde, wo es passiert war, aber das brauchte sie nicht. Sie brauchte nur in die Richtung zu sehen, in die ich blickte.

Da war nichts. Nur ein verstaubter Holzbalken über der leeren Stallmitte. Was hatte ich erwartet? Natürlich würde nichts dort sein.

Mein Inneres fühlte sich aufgeregt und schockiert an, als würde eine leichte elektrische Energie mitten durch mich hindurchfließen, aber wir blieben still stehen, und mit der Zeit ließ die Energie nach. Sie hielt immer noch meinen Ellenbogen umfasst.

»Rede mit mir«, sagte sie.

»Ich hasse es«, sagte ich. »Ich glaube, ich hasse es so sehr, wie ich es mir vorgestellt habe, aber es hat sich gezeigt, dass ich es nur ein klein wenig mehr hasse als alles andere. Weil ich mich immer noch daran erinnere, selbst wenn ich nicht hier bin. Ich wache immer noch jeden Morgen mit diesem Bild in meinem Kopf auf, und das hier ist nur ein klein wenig schlimmer, und obwohl es schlimm ist, ist es merkwürdig, dass ich es so lange vermieden habe.«

»Es ist, wie ich es dir gesagt habe. Vertrau nicht zu sehr darauf, wo Sachen passiert sind. Das Wo ist nicht wirklich das Problem. Das Wo hat keine Schuld an dem, was passiert ist.«

Ich sah wieder zu Comet hinüber, der frisch gestriegelt und ruhig dastand, sein Kiefer arbeitete an einem Bissen Heu. Er hatte mit Sicherheit kein Problem mit dem Ort. Es erschien mir erbärmlich, gerade erst etwas zu lernen, das mein Pferd schon die ganze Zeit gewusst hatte.

»Du bereust also nicht, dass wir das getan haben?«, fragte Star etwas schüchtern.

»Nein. Es gibt Dinge, die man nicht gern macht, aber es sollte keine Dinge geben, die man überhaupt nicht machen kann. Es gibt der Welt zu viel Macht über einen.«

»Willst du jetzt zurückgehen?«

»Noch eine Minute.«

Ich schloss die Augen und erforschte den furchterregendsten Gedanken von allen: Dass ein Aspekt von Tina – ›Aspekt‹ war dieses Mal wieder nicht ganz das richtige Wort – immer noch hier sein könnte und sie mir meine Fehler anlasten würde, falls es so wäre. Aber ich spürte nichts Böswilliges in der Atmosphäre um mich herum, überhaupt nichts.

Dann realisierte ich, dass es albern war zu denken, Tina könnte einen Groll gegen mich hegen, denn sie hatte mich doch geliebt. Sie hatte mich geliebt, so gut sie konnte, und ich hatte sie geliebt, so gut ich konnte, und die Tatsache, dass unsere besten Anstrengungen noch nicht gut genug gewesen waren, bedeutete keinen Anlass für Ressentiments, da wir im gleichen Boot gesessen hatten.

Ich hörte mich selbst tief ausatmen.

»Ich hasse diese Momente, die wir nie rückgängig machen können«, sagte ich.

»Wer tut das nicht?«

»Wie oft bin ich schon in Gedanken zurück zu diesem Moment gegangen und habe mich wegen der Tatsache blutig gegeißelt, dass nichts in der Vergangenheit rückgängig gemacht werden kann.«

»Jeder macht das«, sagte sie.

»Wirklich?«

»Ja. Natürlich. Wusstest du das nicht?«

»Nein. Ich dachte, nur ich wäre so.«

Und das, realisierte ich, war der schlimmste Preis, den wir dafür zu zahlen haben, dass wir mit einem Mangel an richtiger Kommunikation leben. Wir gehen durch unser Leben und denken, es wären nur wir. Und genau das musste die tiefste, schreckenerregendste Definition des Wortes ›allein‹ sein. Man kann sich mitten in einer Menschenmenge befinden, einem ganzen Zirkus, aber die Menschen können einen vor dieser Art von Einsamkeit nicht bewahren.

* * *

Ich bereitete das Gästezimmer für sie vor, weil Tinas Zimmer unberührt war und auch so bleiben würde.

Vielleicht war das unser nächstes großes Projekt, unsere nächste Exkursion mit einer Taschenlampe und einem fest umfassten Ellenbogen. Aber für eine Nacht hatte ich genug.

Ihre Schulter an den Türrahmen gelehnt, stand sie da und beobachtete, wie ich das Bett frisch bezog, eine Arbeit, die sich viel besser für zwei Leute eignete. Als ich gereizt wurde, weil sie mir keine Hilfe anbot, blickte ich über die Schulter zu ihr. Ich wollte ihr keinen wütenden Blick zuwerfen, aber es hatte vielleicht so ausgesehen.

Sie rannte zu mir, ergriff das andere Ende der Bettdecke, und wir schüttelten die Decke gemeinsam aus. Dann fragte ich mich, ob Leute sich nicht vielleicht nur unsicher waren und Angst hatten, auf mich zuzugehen, während ich sie häufig für unhöflich hielt, wenn sie nicht halfen.

»Du musst irgendwann in deinem Leben so einen Ort gehabt haben«, sagte ich. »Deinen eigenen Stall.« Ich wusste es, weil wir nicht mit unseren Köpfen lernen, oder durch die Fantasie. Wir lernen, wenn uns das Leben eine Steinmauer in den Weg stellt und wir so fest dagegenschlagen, dass wir blutige Fäuste bekommen.

»Ja, hatte ich«, sagte sie. »Aber ich bin darüber weggekommen.«

»Wie bist du darüber weggekommen?«

»Ich hatte keine Wahl. Die Stelle war die Küche. Wäre ich nicht darüber weggekommen, dann wäre ich verhungert.«

»Ist deine Mutter nicht in die Küche gegangen und hat Essen gekocht?«

Sie schaute, als hätte ich gerade vorgeschlagen, ohne ein Flugzeug nach Afrika zu fliegen. »Ähm. Nein. Ich hatte Glück, wenn sie etwas für mich in den Kühlschrank getan hat.«

Ich gab ihr mit einer Handbewegung zu verstehen, die Kissen zu bringen, und wir nahmen jeweils ein Kissen und überzogen es.

»Was hatte es mit diesem Ort auf sich?«, fragte ich. »Wenn es dir nichts ausmacht, dass ich frage.«

»Einmal hat sie eine Zeitung angezündet und das Linoleum angebrannt. Sie hatte Zeitungen zusammengerollt und als Fackeln benutzt, um mich von sich wegzuhalten. Du hast nicht gelebt, wenn du nicht aus deiner Küche verjagt worden bist wie Frankensteins Monster. Ein großes Stück brennendes Papier war auf den Boden gefallen und hatte dieses schwarze Brandmal auf dem Linoleum hinterlassen. Jahrelang wollte ich nicht auf diese Stelle treten. Ich bin drübergesprungen oder drumherumgelaufen. Aber dann wurde ich älter und mir wurde klar, dass meine Mutter das Problem war. Nicht der Fußboden.«

»Dann warst du mir um Jahre voraus«, sagte ich.

\* \* \*

Ich dachte, ich würde nie einschlafen können, aber ich schlief schnell ein und schlief tief, wahrscheinlich weil ich nicht allein im Haus war. Ich wusste, dass sie im Falle eines schrecklichen

Traums, der mich aufschreien lassen würde, sofort angerannt kommen würde.

Ich hatte keinen einzigen Traum in dieser Nacht. Zumindest keinen, an den ich mich am Morgen erinnern konnte.

\* \* \*

Am Morgen musste sie zum Frühstück nach Hause gehen. Es gab Abmachungen, unausgesprochene Abmachungen, und es schien das Beste zu sein, sie einzuhalten.

Ich schaute ihr aus dem Fenster nach, wie sie über meinen Vorgarten schlurfte und mit ihren kantigen, nicht gerade weiblich wirkenden Stiefeln Staubwolken aufwirbelte. Ich dachte, wie seltsam es war, dass sie mir nicht mehr fremd erschien. Ich versuchte mich daran zu erinnern, wann sie zum ersten Mal zum Arbeiten bei mir erschienen war, aber es fühlte sich nur wie etwas an, das schon immer so existiert hatte. Mein Kopf sagte mir, dass es sich nur um ein paar Wochen handelte, aber mein Bauchgefühl hatte es ganz und gar akzeptiert.

Sie blieb am Briefkasten stehen, öffnete die kleine Vordertür, und es erschütterte mein Vertrauen in sie, als ich plötzlich dachte, sie würde in meine Privatsphäre eindringen oder durch meine Sachen gehen. Oder mich sogar bestehlen! Vielleicht suchte sie nach meinem monatlichen Scheck.

Sie zog einen riesigen Stapel Kataloge, Umschläge und Werbepost aus dem Briefkasten und trug ihn ungeprüft an meine Tür. Als ich das sah, schämte ich mich.

Ich öffnete die Tür.

»Du hast deine Post nicht reingeholt«, sagte sie. »Wie es aussieht, hast du den Briefkasten tagelang nicht geöffnet. Die Sachen haben schon aus dem Briefkasten herausgeragt.«

Sie lud den Stapel in meine ausgestreckten Arme.

»Ich bekomme nur Rechnungen, und die kann ich nicht zahlen, bevor mein Scheck kommt. Wenn ein Dieb meine Rechnungen stehlen will, kann er das gerne tun. Er kann sie dann auch begleichen.« Ich legte den Stapel auf den Tisch und ging ihn durch. Sie stand im Türrahmen und schaute mir zu. Ich weiß nicht warum. »Ich bekomme diese Kataloge, weil ich den Fehler gemacht habe, bei einem Versand zwei Kleider und ein Paar Schuhe zu bestellen. Es schien mir sinnvoller, als zum Einkaufen in eine der Städte zu fahren. Jetzt tun sie so, als hätte ich genug Geld, um alle zwei Wochen neue …«

Mir fiel ein großer brauner Umschlag ins Auge. Ich erhielt nie etwas in großen braunen Briefumschlägen. Ich zog den Umschlag unter dem Stapel hervor. Es war keine Absenderadresse angegeben. Ich riss ihn zu hastig auf, mein Herz hämmerte.

Im Umschlag befanden sich juristische Unterlagen, mit einer gelben Haftnotiz versehen, auf der in einer vertrauten Handschrift stand: *Clementine, bitte unterschreibe die Unterlagen und schick sie zurück. Danke. Vernon.*

Ich ließ mich in den nächstbesten Sessel sinken, es war seiner.

»Was ist das?«, fragte Star.

Ich glaube nicht, dass sie neugierig war oder mich ausspionieren wollte. Eher hatte sie meine panische Reaktion gesehen und blieb aus einer Art Mitleid. Oder vielleicht wollte ich die Situation auch so gut wie möglich beschönigen.

»Mein Mann hat das Scheidungsverfahren eingeleitet.«

»Ich wusste gar nicht, dass du noch einen Mann hast.«

»Ja, es erscheint nicht so.«

Sie blieb einen Augenblick schweigend in der Tür stehen und starrte mich nur an. Dann sagte sie: »Ist das so ziemlich die schlimmste Sache überhaupt?«

»Nein. Ich kann mit Sicherheit sagen, dass ich bereits die schlimmste Sache von allen durchlebt habe, das ist das einzig Gute an dem, was mit meiner Tochter passiert ist. Das hier fühlt sich aber trotzdem schlecht an, nur nicht aus den Gründen, an die ich gedacht hatte.« Ich erwartete, dass sie mich danach fragen würde, und als sie nichts sagte, fuhr ich fort. »Ich habe ihn nicht so sehr vermisst, wie ich es erwartet hatte. Ich habe definitiv vermisst, ein anderes menschliches Lebewesen in meiner Nähe zu haben, aber wenn ich an ihn denke, dann denke ich vor allem an die Dinge, die uns aneinander gestört haben, und dann frage ich mich, warum wir so lange so weitergelebt haben, als sei es die normalste Sache auf der Welt. Also fühle ich mich nicht direkt so, als hätte ich die größte Liebe meines Lebens verloren, aber es ist schlecht, dass es sich nicht so anfühlt. Und weil ich jetzt weiß, dass er es nicht war. Wenn das einen Sinn ergibt.«

»Vielleicht«, sagte sie. »Ich bin mir nicht sicher.«

Ich schob die Unterlagen in den Umschlag zurück, um mich ein anderes Mal darum zu kümmern. Um eine zivilisiertere Uhrzeit, wenn ich zumindest einen Kaffee getrunken und gefrühstückt hatte.

»Es scheint einfach so, dass all diese Jahrzehnte, die die Ehe gedauert hat, einen größeren Verlust für mich bedeuten sollten. Ich bin mir nicht sicher, was wir verloren haben. Etwas, ja, aber nicht alles, was eine Ehe ausmachen sollte. Es fühlt sich nicht richtig an, dass sich all diese Jahre in Staub auflösen können, als wären sie nie das gewesen, was man gedacht hatte. Verstehst du, was ich meine?«

»Ja«, sagte sie. »Hast du gedacht, er würde zurückkommen? Oder hast du erwartet, dass du diese Unterlagen bekommst?«

»Weder noch. Ich wusste, dass er nicht zurückkommen würde, und trotzdem hatte ich nie über diesen nächsten

Schritt nachgedacht. Ich hätte es tun sollen. Manchmal scheint es mir, als würde ich mich an einem anderen Ort befinden und nicht dort, wo die reale Welt stattfindet. Ist das einleuchtend?«

»O ja«, sagte sie.

»Du musst nicht bleiben. Wirklich. Geh frühstücken. Ich komme schon zurecht.«

Sie nahm mich beim Wort und ging nach Hause. Und es war in Ordnung, weil es nur zum Frühstücken war. Wenn das nicht der Fall gewesen wäre, dann wäre es allerdings nicht im Geringsten in Ordnung gewesen.

# 39. Jackie

Paula sprach am Telefon mit Janet, Stars Sozialarbeiterin. Quinn saß am Frühstückstisch und ließ seine Beine so schwingen, dass die Fersen seiner Turnschuhe bei jedem Schwung mit einem irritierenden Aufprallgeräusch gegen die Stuhlbeine stießen. Wendy, der Pudelmischling, bettelte Quinn um sein Toastbrot an, was streng gegen die Regeln verstieß. Aber um den perfekten Augenblick zum Wenden der Spiegeleier nicht zu verpassen, wollte ich meinen Platz am Herd nicht verlassen, um das zu regeln.

Mit anderen Worten: Es war ein typischer Morgen.

»Quinn!«, rief ich. »Erlaub ihr das nicht!«

Paula presste eine Handfläche über ihr freies Ohr.

Star trat in dem Augenblick in die Küche, als Quinn seine Toastscheibe ablegte und Wendy an ihrem Halsband aus der Küche führte. Im gleichen Moment ging Paula mit dem Telefon in ein ruhigeres Zimmer.

»Mit wem spricht sie über mich?«, fragte Star.

»Mit Janet.«

»Warum?«

»Keine Panik. Wir teilen ihr nur mit, dass du die meiste Zeit woanders verbringst.«

»Damit sie das verbieten kann?«, fragte sie, und ihre Stimme wurde fast zu einem schrillen Schrei.

»Star. Ich hab doch gesagt, keine Panik. Janet kann dir nicht verbieten, deine Zeit mit einer Nachbarin zu verbringen, und sie wird es auch nicht versuchen.«

»Warum sagt ihr es ihr dann überhaupt?«

»Weil wir eine rechtliche Verpflichtung haben, uns um dich zu kümmern, und jetzt tun wir das irgendwie … kaum.«

»Ich mag das überhaupt nicht«, sagte sie und ließ sich unnötig laut auf den Küchenstuhl plumpsen.

Ich war äußerst versucht, sie zu fragen, was sie überhaupt mochte, da ich noch nicht viele Einträge in dieser Liste bemerkt hatte, aber ich behielt den Gedanken für mich.

Paula erschien wieder, nicht mehr am Telefon. Sie legte den Hörer wieder auf das Basisgerät und setzte sich zum Frühstück hin.

»Was hat sie gesagt?«, fragte Star sofort.

»Sie macht sich nicht allzu viele Sorgen deswegen. Sie mag es, wenn Kinder eine Verbindung zu jemandem aufbauen. Sie hat uns mehr oder weniger zwei Möglichkeiten gegeben. Wir stellen jeden Tag sicher, dass es dir gut geht, oder wir schauen, ob ihr, du und Clem, ein offizielles Pflegeübereinkommen eingehen wollt.«

»Ja!«, brüllte Star. »Das wollen wir!«

»Hast du mit ihr darüber gesprochen, Star?«, fragte ich und gab die erste Portion Eier an Quinn und Paula.

»Ich will Rührei, kein Spiegelei«, sagte Star.

»Ich weiß«, sagte ich. »Ich kenn dich schon ein bisschen.«

Mando kam in die Küche geschlendert, schweigend und noch fast schlafend, wie immer.

»Ich hab sie nicht gefragt, aber ich weiß, dass sie Ja sagen würde. Ich meine … ich glaube jedenfalls, dass sie Ja sagen würde.«

»Wir sollten mit ihr reden«, sagte Paula.

»Was hab ich verpasst?«, murmelte Mando.

»Stars Sozialarbeiterin meint, wir sollten mit der Nachbarin darüber reden, ob sie legal Stars Pflegemutter sein will«, sagte ich. »Da sie ja praktisch zusammenwohnen. Wie willst du deine Eier, mein Schatz?«

»Wie auch immer du sie machst, ist mir recht«, sagte er und lehnte sich zurück.

Ich ging zu ihm und küsste ihn auf die Schläfe.

»Wofür war das?«, fragte er.

»Schon gut. Es ging nur um Grundprinzipien.«

»Warum willst du lieber dort leben als hier?«, fragte Mando Star.

Sie hielt ihren Blick auf den Tisch gesenkt. »Schlimm genug, dass ich es *denen* erklären musste«, sagte sie und fuhr mit ihrem Daumennagel über einen natürlichen Riss im Holz.

Mando sah zu mir.

»Sie meint, wir seien zu glücklich«, sagte ich.

Ich merkte, dass es wie eine Kritik klang, aber das war keine Absicht gewesen. Ich hatte nur wiederholt, was sie zu uns gesagt hatte, ohne der Aussage noch eine zusätzliche Lächerlichkeit zu geben. Diese war bereits in die Aussage eingebaut.

»Wenn du Unglücklichsein suchst«, sagte Mando vage in Stars Richtung, »dann hast du da drüben das große Los gezogen.«

»Halt die Klappe, Mando«, bellte sie. »Hört auf damit, auf mir rumzuhacken.«

»Wir wollen nicht auf dir rumhacken«, sagte ich.

»Ich kann einfach nicht so gut sein wie ihr. Wenn ich da drüben bin, fühle ich mich zumindest so, als sei ich gut genug.«

Das traf mich ins Herz, dieses empfindlichste aller Körperteile. Ich wusste eine Menge darüber, wie es sich anfühlte, wenn man dachte, man sei nicht gut genug. Ich hatte mir nie vorgestellt, dass ich selbst mal auf der anderen Seite der Gleichung stehen würde. Und noch schlimmer, ich wusste nicht, wie ich ihr Problem lösen könnte.

»Vielleicht sollten wir über etwas anderes reden«, sagte Paula.

»Wartet«, rief Star. »Ich bin mit diesem Thema noch nicht fertig. Wenn ihr also mit ihr darüber reden sollt, wann wollt ihr das machen?«

»Wir werden uns nach meinen Terminen richten müssen«, antwortete Paula. »Um halb sieben oder später.«

Star murrte, sagte aber nichts akustisch Vernehmbares.

Und ich begann, für Star vier Eier zu verrühren.

\* \* \*

Kurz nachdem Paula zur Arbeit gegangen war, zog mich Star zur Seite in den Hausflur, um mich ungestört etwas zu fragen.

»Also …«, begann sie und hielt inne. Sie erschien jetzt definitiv bescheidener als sonst. Oder vielleicht wäre ›furchtsam‹ ein besserer Begriff als ›bescheiden‹. »Ich gehe jetzt wieder zurück nach drüben.«

»Und …?«

»Soll ich mit ihr gar nicht darüber sprechen?«

»Das haben wir nicht gesagt. Wir müssen nur hören, was sie von der Sache hält. Nicht nur, was du sagst. Wir müssen es mit unseren eigenen Ohren hören.«

»Das verwirrt mich nur noch mehr. Sage ich es ihr oder nicht?«

Ja. ›Furchtsam‹ war der richtige Begriff. Star war furchtsam. Ich hatte sie noch nie furchtsam gesehen, war aber sicher, dass sie es schon gewesen ist. Tatsächlich vermutete ich sogar, dass sie es immer gewesen ist. Aber ich hatte es nicht gesehen.

Ich wollte ihr helfen, sie vielleicht sogar in den Arm nehmen, aber ich war mir sicher, dass sie diese Geste ablehnen würde. Also tat ich es nicht. Und dann fühlte ich mich schuldig, weil ich es einfach trotzdem hätte tun sollen.

»Wir können nicht kontrollieren, über was du da drüben redest, und wir versuchen das auch nicht. Ich glaube, das musst du selbst entscheiden.«

Sie blieb im Hausflur stehen und schien zu wünschen, dass ich noch mehr sagte. Aber mir fiel nichts mehr ein, und so ging sie.

Ich trat zum Fenster und sah, wie sie die Straße überquerte. Sie blieb genau mitten in Clems Vorgarten stehen. Sie schaute zu Clems Haustür, dann in Richtung Stall. Dann wieder zurück zur Tür. Sie machte zwei Schritte in Richtung des Hauses, dann kehrte sie um und stapfte zum Stall.

Keine Minute später kam sie auf Comets unbesatteltem Rücken angeritten und sie galoppierten davon.

\* \* \*

»Ich hatte so gehofft, dass wir nie mehr diese Straße überqueren müssten«, sagte ich, als Paula und ich die Straße zu ihrem Haus überquerten. »Warum habe ich das geglaubt? Warte. Hier ist eine bessere Frage: Warum sind wir so an diese Frau gebunden und wie können wir uns von ihr lösen?«

»Ich nehme an, wir ziehen irgendwann in eine neue Stadt mit einer anderen Praxis.«

»Ich bin froh, dass du das sagst. Können wir uns beeilen?« Ich blickte sie an. Sie schien nicht verstimmt oder verletzt zu sein, aber ich sagte es trotzdem. »Tut mir leid.«

Paula klopfte an die Tür, und Star öffnete, was mich etwas überraschte.

»Gott sei Dank seid ihr hier«, sagte sie. »Endlich.«

»Wir sind eine Stunde früher, als ich dir heute Morgen gesagt habe«, sagte Paula.

»Oh. Es kam mir nicht so vor.«

»Wer ist da?«, rief Clementine von der Küche.

»Es sind die Muttertiere, rief Star zurück. »Sie wollen mit dir reden.«

Clem kam aus der Küche geeilt und trocknete ihre Hände mit einem Küchenhandtuch ab, ihre Stirn war in Sorgenfalten gelegt. »Worüber?«

»Über diese Regelung«, sagte ich. »Über Star und wo sie wohnen wird.«

Die Sorgenfalten vertieften sich noch, was ich nicht für möglich gehalten hätte. »Star, geh noch mal mit Comet reiten«, sagte sie.

»Aber …«

»Tu bitte, was ich dir sage.«

Star ließ den Kopf sinken und schlurfte zur Tür. Sie trug ihren Unmut offen zur Schau und zeigte ihn für uns sogar extra deutlich, aber sie begann keinen Streit. Was schon mal mehr war, als wir sonst je von ihr bekamen.

Sie schlug die Tür mit einem lauten Krachen hinter sich zu. Zumindest das war schmerzlich vertraut.

»Setzen Sie sich«, sagte Clem.

Wir setzten uns.

Bevor wir uns auch nur auf unsere ersten Worte vorbereiten konnten, sagte Clementine: »Ich weiß, worum es geht. Ich weiß genau, wie Sie sich fühlen, aber ich will Ihnen dankbar sein, wenn Sie gründlich darüber nachdenken, bevor Sie nach diesen Empfindungen handeln. Mir ist es genauso gegangen, als sie anfing, hier rüberzukommen und Zeit mit dem Pferd zu verbringen. Bevor ich sie überhaupt gekannt habe. Bevor ich überhaupt jemanden von Ihnen gekannt habe. Ich hatte deutlich gespürt, dass etwas mir gehörte und jemand es behandelte, als sei es nicht so. Aber Star ist kein ›es‹ und keine Sache. Sie ist ein Mädchen. Ich will Ihnen etwas sagen, und es ist aufrichtig – in der Vergangenheit habe ich nicht immer aufrichtig mit Ihnen gesprochen. Aber ich tue es jetzt. Seit Sie hierhergezogen sind, bin ich ziemlich verstimmt gewesen, und ich hätte zwar nie zugegeben, dass es Eifersucht war, aber das war es. Ich konnte nicht verstehen, wie Sie eine glückliche Familie mit glücklichen Kindern sein konnten. Es ist nicht so alltäglich, wie ich früher immer gedacht habe, und es ist nicht so einfach, wie es die Fernsehprogramme zu Weihnachten aussehen lassen. Aber jetzt habe ich einen Trost: dass nicht jeder Elternteil für jedes Kind geeignet ist. Ich würde so etwas nicht zu Ihnen sagen, wenn sie Ihr eigenes Kind wäre, durch Geburt oder Adoption. Aber sie gehört dem Staat oder dem Land oder was auch immer, und sie ist hier glücklicher. Ich möchte, dass Sie daran denken, bevor Sie etwas tun, um das auseinanderzureißen.«

Paula und ich wechselten einen Blick. Keine von uns fand die Antwort, die wir suchten.

»Ich dachte, Sie wüssten, worum es ging«, sagte ich.

Sie gab keine Antwort, saß nur da und blinzelte zu schnell.

»Star hat es Ihnen nicht gesagt?«

»Nein. Sie hat gar nichts gesagt.«

Aus irgendeinem Grund war ich diejenige, die mit der Erklärung begann. »Paula hat heute Morgen ein Gespräch mit Stars Sozialarbeiterin geführt. Wir wollten sie darüber informieren, dass Star sich mehr hier aufhält als zu Hause, weil wir uns dazu verpflichtet haben, uns um sie zu kümmern. Deshalb muss sie über solche Änderungen Bescheid wissen. Sie hat gefragt, ob Sie hinsichtlich der Idee eines offiziellen Übereinkommens als Stars Vormund aufgeschlossen wären, aber wir wussten natürlich nicht, was wir antworten sollten. Darüber wollten wir mit Ihnen sprechen.«

»Ja!«, sagte sie. »Aber ich müsste zu diesem Pflegeprogramm gehören, oder? Was ist, wenn sie mich nicht akzeptieren?«

»Das ist nicht sehr wahrscheinlich«, sagte Paula, »aber es ist so oder so nicht ausschlaggebend, weil ihre Sozialarbeiterin einverstanden ist, dass Star hier inoffiziell Zeit verbringt, vorausgesetzt, dass wir ihr Wohlergehen überwachen.«

Clementine wirkte zunächst erleichtert, dann misstrauisch. »Warum tun Sie das?«

Ich zuckte mit den Schultern.

»Wir verstehen die Frage nicht«, sagte Paula.

»Hat es Sie nicht wütend gemacht, dass ich sie irgendwie … übernommen habe?«

»Es hat *sie* wütend gemacht«, antwortete Paula und zeigte von der Seite auf mich.

»Aber nicht genug, um für sie das Falsche zu wollen«, fügte ich hinzu.

Clementine runzelte ein wenig die Stirn. Es war nicht einfach zu deuten, was in ihr vorging. *Habe ich gerade dafür gesorgt, dass sie sich nicht gut genug fühlt?*, dachte ich.

»Was muss ich tun?«, fragte sie.

»Jede Menge«, antwortete Paula. »Machen Sie sich darauf gefasst, dass Ihnen viele Fragen gestellt werden. Es wird Hausbesuche geben und Gespräche, und wahrscheinlich wird Ihr Hintergrund überprüft. Es muss Ihnen wirklich ernst sein, denn es ist kein einfacher Prozess.«

»Welche Art von Fragen werden sie stellen?«

Paula sah zu mir. »Was haben sie uns gefragt? Es ist schon so lange her.«

»Woran ich mich am besten erinnern kann, ist dass sie eine Menge Fragen stellen, warum man die Entscheidung trifft, Pflegekinder anzunehmen. Was man meint, einem Kind geben zu können und was man von der Erfahrung erwartet. Diese Art von Fragen.«

Clementine schlang ihre Hände im Schoß umeinander und konnte nicht still halten. Sie ließ den Kopf sinken und blickte auf ihre Hände.

»Was meinen Sie dazu?«, fragte Paula. »Sie müssen es uns nicht sagen, aber wenn Sie möchten, können Sie etwas mit uns besprechen.«

Sie sah sofort auf und blickte erst Paula an, dann mich.

»Ich will noch eine Chance. Ich weiß, man kann nicht noch mal von vorn beginnen, aber man kann es mit jemand anderem noch mal versuchen und es besser machen als zuvor. Und ich weiß, was ich dieses Mal anders machen will. Na ja, eigentlich alles. Aber ich weiß nicht, ob es das ist, was die Sozialarbeiterin hören will.«

»Ich glaube, sie möchte die Wahrheit hören«, sagte Paula. »Also würde ich mich dafür entscheiden, was Ihr Bauchgefühl Ihnen sagt.«

\* \* \*

Als wir nach Hause kamen, sagte Quinn, dass wir einen Telefonanruf verpasst hatten.

»Ich habe nicht abgehoben. Ich habe Mando gerufen, aber er ist nicht rechtzeitig vom Schuppen reingekommen.«

Er tappte in sein Zimmer zurück, gefolgt von einem kleinen Meer aus Hunden.

Paula rief unseren Anrufbeantworter ab.

»Das Gefängnis«, sagte sie, ihr Ohr noch an den Hörer gepresst.

Ich schaute auf meine Armbanduhr. Es war nach sechs Uhr abends. »R-Gespräch?«

»Ja. R-Gespräch. Wir haben nur die Nachricht bekommen, dass ein Häftling angerufen hat und wurden gefragt, ob wir die Kosten übernehmen würden, aber sonst nichts.«

»Das ist eine seltsame Tageszeit, um anzurufen.«

»Ich weiß. Das habe ich auch gedacht.«

»Ich dachte, sie dürfte nach fünf keine Anrufe mehr machen.«

»Was mich an mildernde Umstände denken lässt.«

Wir wechselten einen Blick.

»Mando!«, riefen wir beide genau gleichzeitig.

Quinn und Mando kamen aus verschiedenen Richtungen in die Küche geschlittert und wirkten beide ziemlich erschrocken.

»Was? Was ist passiert?«

»Deine Mom hat versucht anzurufen«, sagte Paula.

»Das war der Anruf, den du verpasst hast, als wir weg waren.«

»Nein. Das kann nicht sein. Es war fast sechs.«

»Ich weiß«, sagte ich. »Aber sie war es trotzdem.«

»Hat sie eine Nachricht hinterlassen?«

»Du weißt, sie kann keine Nachricht hinterlassen, wenn wir die Kosten nicht übernehmen. Du denkst nicht ganz klar, glaube ich. Aber – nicht schlimm.« Ich fügte dies hinzu, damit er nicht dachte, ich würde ihn kritisieren. Armer Kerl. Wie konnte er klar denken? »Wir denken auch nicht klar.«

Zwei Herzschläge lang blieb er wacklig, aber still stehen. Er sah aus, als wäre er gerade zufällig auf ein Drahtseil getreten. »Was hat das zu bedeuten?«

»Das wissen wir nicht«, sagte Paula.

»Wie kann ich es herausfinden? Ich muss es wissen. Ich kann nicht bis zum Morgen warten. Ich werde sterben. Ich werde explodieren und sterben.«

»Vielleicht weiß Dennis etwas«, sagte ich.

»Dennis! Natürlich!« Er griff sich das Telefon und gab die Nummer ein, ohne nachschauen zu müssen. Ich fragte mich, ob sie viel miteinander telefoniert hatten oder ob Mando die Nummer extra auswendig gelernt hatte.

Paula fasste an meinen Arm. »Geben wir ihm ein bisschen Freiraum.«

Ich hakte Quinn unter, und wir gingen ins Wohnzimmer, wo wir zuhören konnten, ohne Mando auf die Pelle zu rücken.

»Was könnte das bedeuten?«, fragte Quinn. Er sah ein bisschen seekrank aus.

»Es könnte bedeuten, dass sie etwas über die Untersuchung erfahren hat«, antwortete Paula.

»Etwas Gutes?«

»Das wissen wir nicht.«

»Geht Mando jetzt nach Hause?«

»Das wissen wir nicht, mein Schatz«, sagte ich.

»Dennis«, sagte Mando. »Weißt du etwas?« Kurze Stille. »Meine Mom hat angerufen, und es war schon spät. Sie ruft nie so spät an. Ich dachte, sie dürfte das nicht.« Stille. »Okay. Ich bin hier.« Er legte auf und starrte den Hörer an. »Er weiß nichts.« Der Klang seiner Stimme war eine Kombination aus zittrig und ernüchtert. Er kam zu uns und setzte sich an den Tisch. »Er will ein paar Anrufe machen und versuchen, es herauszufinden. Wie kann er es nicht wissen?«

»Nur weil er jemanden gebeten hat, eine Untersuchung einzuleiten, bedeutet das noch nicht, dass sie ihm notwendigerweise als Erstes die Ergebnisse mitteilen«, sagte Paula.

»Aber *sie* hätte es gewusst«, sagte er, und der Klang seiner Stimme neigte mehr zur Ernüchterung. »Wenn es zu einem Richter gegangen wäre, hätte sie das gewusst, bevor es passiert wäre.«

»Nicht unbedingt«, sagte ich. »Jemand hätte eine Untersuchung einleiten und etwas sehen können, das ihm oder ihr nicht gefiel, und einem Richter für eine Art Ermittlung

Unterlagen zusenden können. Ich bin keine juristische Expertin, aber ...«

»Oder vielleicht wusste sie es«, sagte Paula, »wollte aber nicht, dass du dir Hoffnungen machst, bevor sie sich sicher war.«

Das Telefon klingelte, und Mando sprang auf. Im wahrsten Sinn des Wortes. In einem Moment hatte er gesessen und im nächsten stand er schon, ohne einen Schritt dazwischen. Er nahm den Hörer noch vor dem zweiten Klingelton ab.

»Dennis?«

Stille. Mando sank auf die Knie, als wären seine Beine direkt unter ihm weggeschmolzen. Dann weinte er, aber seine Tränen waren alles andere als traurige Tränen. Er schien vor Erleichterung auseinanderzufallen. »O mein Gott! Wann?« Während er auf die Antwort wartete, wischte er mit einem Ärmel über seine Augen. »O mein Gott. Dennis, ich kann nicht glauben, dass du es geschafft hast! Wie viele Tage, weißt du das?«

Ich schaute zu Paula, dann zu Quinn.

»Mando geht nach Hause«, sagte ich.

\* \* \*

»Ich gehe eine Runde rennen«, kündigte Mando an.

»Jetzt?«, fragte Paula. »Es ist schon fast dunkel.«

»Ich kann nicht anders. Ich kann nicht stillstehen. Ich muss was tun.«

»Okay, aber zieh etwas Weißes an. Oder nimm eine Taschenlampe mit. Oder beides.«

Ich legte einen Arm um Quinns Schultern und brachte ihn für sein abendliches Bad ins Badezimmer. Ich ließ das Wasser ein, legte ihm einen Waschlappen und ein Handtuch zurecht und ging raus. Er war kein Kleinkind mehr.

Bevor ich die Tür schloss, sagte er: »Ich werde Mando vermissen.«

»Oh, mein Schatz. Das werden wir beide.«

Ich ließ mich zu Paula auf die Couch fallen, und sie legte einen Arm um meine Schultern.

»Ich habe das Leere-Nest-Syndrom«, sagte ich.

»Wir haben immer noch Quinn.«

»Ich habe das Halbleere-Nest-Syndrom.«

»Das Ziel war immer, sie zurückzugeben.«

»Das ist wahr, hilft aber nicht weiter.«

Mando streckte den Kopf ins Zimmer. Er trug ein weißes T-Shirt. »Ich möchte, dass ihr mir etwas versprecht. Ich will, dass ihr ein anderes Kind annehmt, wenn ich weg bin.«

»Äh«, sagte ich. Nicht gerade eine sehr wortgewandte Antwort. »Paula und ich müssen das vielleicht erst besprechen.«

»Nein«, sagte er. Es war das festeste und bestimmteste Nein, das er in unserer Gegenwart je gesagt hatte. »Ihr müsst es versprechen.«

Paula und ich wechselten einen Blick. Ohne ein Wort gab ich an sie weiter. Ich war müde und fühlte mich mehr als überwältigt.

»Warum ist es dir so wichtig, dass wir ein anderes Kind annehmen?«

»Ihr habt das freie Zimmer. Stars Zimmer. Aber das ist gar nicht der Grund. Stellt euch vor, ihr hättet euch entschieden, nach Katie keine Kinder mehr anzunehmen. Ich hätte euch nie getroffen, und ihr hättet mich nie getroffen.«

Paula und ich wechselten wieder einen Blick.

»Ein gutes Argument«, sagte ich.

Wir nickten ihm beide zu.

»Okay«, sagte Paula. »Wir versprechen es.«

Er grinste bis zu den Ohren. »Ich wusste, dass ihr es tun würdet.« Dann ging er raus, um zu rennen.

Ich atmete tief ein und seufzte. »Ist es möglich, dass wir gerade innerhalb einer Stunde von drei Kindern auf nur noch Quinn geschrumpft sind?«

»Mach dir keine Sorgen. Wir bekommen wieder ein neues. Wir haben es versprochen.«

»Vielleicht dieses Mal ein Kind, das weniger schwierig ist. Nein, streich das ›vielleicht‹.«

»Amen«, sagte Paula.

# 40. Clementine

Es war schon fast dunkel, als sie von ihrem zweiten Ausritt zurückkam. Ich hatte gewartet und aus dem Fenster geschaut. Ich trat auf die Veranda hinaus, als sie gerade ihre Beine über Comets Rumpf schwang und auf den Boden glitt.

»Warum hast du mir nicht gesagt, worüber sie mit mir reden wollten?«

»Ich weiß nicht«, sagte sie und führte Comet zum Gehege. »Ich dachte, dass sie es dir einfach sagen würden.«

»Das klingt nicht wie eine ehrliche Antwort. Ich dachte, sie wären gekommen, um mir vorzuwerfen, ich würde dich ihnen wegnehmen. Ich muss zugeben, dass ich ihnen die Leviten gelesen habe. Es war sehr peinlich. Na ja, ich habe ihnen nicht so die Leviten gelesen, wie ich es früher getan hätte. Aber es war trotzdem peinlich. Warum hast du es mir nicht gesagt?«

Ich versuchte, in der Dämmerung ihre Miene zu erkennen, aber ich konnte ihr Gesicht nicht gut sehen. Aber ihre Energie – ja, ›Energie‹ war der richtige Begriff – war angespannt und defensiv.

»Ich hatte Angst, okay? Bist du jetzt glücklich?«

»Angst vor was?«

»Ach, komm schon. Vor was? Soll ich einfach hier rüberkommen und sagen: ›Oh, übrigens, willst du mich als Tochter?‹ Was, wenn du abgelehnt hättest? Es ist eine Sache, wenn ich hier bin, um mich um Comet zu kümmern oder auch Karten zu spielen und zu reden. Oder die Nacht über hierzubleiben, um etwas zu tun, vor dem du dich gefürchtet hast. Aber dich zu fragen, ob du meine Pflegemutter sein willst, das ist etwas ganz anderes, meinst du nicht?«

»Du musst gewusst haben, dass ich mich mittlerweile auf deine Gesellschaft verlasse.«

»Ich war mir nicht sicher genug«, sagte sie. »Ich meine, ich war es schon. Bis es an der Zeit war, dich zu fragen. Dann war ich mir nicht mehr sicher.«

»Aber du hättest dir sicher sein sollen.«

»Komm hier runter«, sagte sie.

»Warum?«

»Vertrau mir. Du wirst gleich einen weiteren großen Schritt machen.«

»Welche Art von Schritt?«

»Nennst du das ›mir vertrauen‹?«

Ich zögerte einen Moment, dann trat ich von der Veranda.

Sie band den Zügel von der einen Seite von Comets Halfter los und machte ihn zu einem Führstrick. Dann hielt sie mir das Ende des Stricks hin. »Es ist Zeit, dass du aufhörst, so viel Angst vor ihm zu haben.«

Schweigend starrte ich mehrere Sekunden lang den Strick an.

»Er wird nichts tun«, sagte sie. »Was glaubst du, was er tun wird?«

Ich nahm den Strick in meine Hände.

»Führ ihn herum.«

»Ich weiß nicht …«

»Es ist nicht so kompliziert. Du gehst, und er folgt dir.«

Ich machte ein paar Schritte, und er flanierte sozusagen hinter mir her, seine Hufe machten dieses klappernde Geräusch, das ich mittlerweile mochte. In der zunehmenden Dunkelheit blickte ich über die Schulter zu ihm hin. Dann gingen wir in einem Kreis und kamen an die Stelle zurück, wo sie stand.

»Siehst du, wie leicht es ist?«

»Es ging nicht so sehr darum, dass ich Angst vor ihm hatte«, sagte ich. »Ich behaupte zwar nicht, dass ich keine Angst hatte, aber das war nicht das größte Problem zwischen uns. Ich war wütend auf ihn.«

»Warum?«

Ich räusperte mich und wusste nicht warum. »Ich glaube, ich hatte das Gefühl, dass er hätte genug sein sollen.«

»Genug?«

»Für Tina.«

»Oh. Er ist doch nur ein Pferd. Wie kannst du auf ein Pferd wütend sein? Er kann nur das sein, was er ist.«

»Ich habe nicht behauptet, dass es logisch sei oder dass ich stolz darauf wäre. Ich habe nur gesagt, dass es so war.«

»In der Vergangenheit?«

Ich sah wieder zu ihm hin, und er erwiderte meinen Blick ruhig. Natürlich war er nur ein Pferd. »Ja. In der Vergangenheit.«

# 41. Jackie, drei Monate später

In unserer Familie ist Paula die geborene Köchin. Ich weiß, dass es nicht so erscheint, da sie so viel arbeitet und die Aufgabe mir zufällt. Aber sie ist die Expertin. Also kochte sie an diesem Thanksgiving wie an jedem anderen großen Feiertag, wenn sie nicht arbeitete.

Aber ich saß nicht nur herum und roch den Truthahnbraten im Ofen. Ich fuhr über dreißig Kilometer zum nächsten Bahnhof, um Mando und seine Mutter abzuholen.

Ihr Zug war ein paar Minuten früher angekommen, und sie standen bereits am Bahnsteig, als ich ankam. Ich parkte das Auto neben einem Bordstein, der deutlich gekennzeichnet war, um genau dieses Verhalten zu verbieten, und sprang aus dem Wagen. Mando umarmte mich und lachte. Ja, er lachte. Es war ein fröhlicher Augenblick.

»Ich könnte schwören, dass du gewachsen bist«, sagte ich. »Ist das möglich?«

»J-Mom. Es ist erst drei Monate her.«

Ich hielt ihn an den Schultern eine Armlänge von mir weg. »Wie hast du mich gerade genannt?«

»J-Mom?«, fragte er schüchtern, als könnte er sich geirrt haben. »Nachdem ich weg war, habe ich entschieden, dass ich euch zwei wirklich J-Mom und P-Mom hätte nennen sollen. Weil es nicht dasselbe ist wie einfach nur Mom. Tut mir leid, dass ich das zu der Zeit nicht gesehen hab.«

»Wir ignorieren dein ›einfach nur Mom‹«, sagte ich.

Gabriela und ich gaben uns eine kürzere und reserviertere Umarmung. Wir setzten uns ins Auto, und Mando schwang eine Reisetasche auf den Rücksitz. Er nahm den Beifahrersitz und überließ es seiner Mutter, hinten zu sitzen.

Ich legte den Gang ein und fuhr los.

»Du weißt, dass du deiner eigenen Mutter gerade den Beifahrersitz weggenommen hast«, sagte ich.

Sein Mund verzog sich. »Ups! Tut mir leid, Mom. Ich bin so daran gewöhnt, diesen Sitz zu nehmen, damit die anderen Kinder sich nicht dort hinsetzen. Es hat mich wohl mitgerissen.«

»Ich werde mich auf dem Rückweg daran erinnern«, sagte sie. »Ich muss mich dann wohl behaupten.«

Mando drehte sich wieder zu mir um. »Ich kann nicht mehr abwarten, Rose zu treffen.«

»Sie freut sich auch schon riesig darauf, dich zu sehen. Wirklich. Du bist eine Berühmtheit in unserem Haus. Wir sagen immer ›Mando hier‹ und ›Mando da‹. Sie betrachtet dich wahrscheinlich als eine Art Mythengestalt.«

»O je. Da wird sie enttäuscht sein. Kommen Star und die Nachbarin zum Essen?«

Ich rollte mit den Augen. Ich hätte es nicht tun sollen, tat es aber trotzdem. »Leider ja. Mando, erzähl es keiner Menschenseele, dass ich das gesagt habe.«

Er hielt seine rechte Hand wie ein Geschworener in die Höhe.

Mein Blick traf im Rückspiegel den von Gabriela. »Bitte.«

Sie machte eine Bewegung, als verschließe sie ihren Mund mit einem Reißverschluss.

»Sie haben sich also nicht verändert«, sagte Mando. Es war nicht wirklich eine Frage.

»Na ja, teils, teils. Ich glaube ehrlich, dass Clem sich darin gebessert hat, nicht ausgesprochen garstig zu sein. Aber sie ist immer noch nicht direkt jemand, den ich gerne um mich habe. Und sie lassen sich gegenseitig nie in Ruhe. Sie sind wie ein altes verheiratetes Ehepaar. Sie reden manchmal so respektlos miteinander. Aber ich nehme an, es ist gut, dass sie zumindest miteinander sprechen.«

»Aber sind sie glücklich?«

»Das ist eine verdammt gute Frage. Ich würde sagen, aus ihrer Sicht sind sie glücklich. Sie scheinen eine merkwürdige Version von Glück gefunden zu haben, die für sie funktioniert. Was schön ist. Aber sei nicht zu überrascht, wenn es nicht wie eine Art von Glück aussieht, die du für dich selbst wählen würdest.«

\* \* \*

Als wir ins Haus kamen, rannte Rose weg und versteckte sich. Die Hunde wedelten wild mit den Schwänzen, als sie Mando erkannten und sprangen hoch, was sie zwar nicht durften, aber unter den gegebenen Umständen ignorierte ich das.

Quinn spielte den Gastgeber und brachte ihnen Getränke. Soda für Mando und Wein für seine Mutter, den ich ausschenkte. Ich deckte den Tisch. Rose schlich sich in den Flur zurück und spähte von dort aus zu unseren Gästen hinüber.

»Mando ist da, Rose«, sagte ich. »Du hast doch darauf gewartet, ihn zu treffen.«

Nicht gerade schnurstracks kam sie ins Wohnzimmer und blieb vor den beiden Gästen auf der Couch stehen, wobei sie etwa einen Meter Sicherheitsabstand hielt.

»Ich kenne dich«, sagte sie zu Mando.

»Aber wir haben uns noch nicht direkt getroffen.«

»Aber du bist Mando. Jeder redet über Mando.«

»Na, das ist gut, glaube ich. Ich meine, ich hoffe es. Wie alt bist du?«

Er wusste es, aber Leute mögen es immer, wenn die Kinder es selbst sagen.

Sie schaute auf ihre rechte Hand, winkelte den Daumen an und hielt die übrigen vier Finger hoch.

»Ein gutes Alter«, sagte er. »Du bist das einzige Familienmitglied, das ich noch nicht zur Begrüßung umarmt habe.« Er streckte seine Arme aus.

Ich zuckte zusammen und machte mich auf etwas gefasst.

Rose stieß ihren charakteristischen gellenden, schrillen Schrei aus, rannte ins Esszimmer und versteckte sich hinter meinen Beinen. Sie ließ einen Freiraum von mehreren Zentimetern, sodass wir uns nicht versehentlich berührten.

»Das ist vollkommen meine Schuld, Mando. Ich wollte dich während der Fahrt vorwarnen, aber ich hatte mich so gefreut, dich zu sehen, dass ich es völlig vergessen habe. Rose mag es nicht, angefasst zu werden.« Ich drehte mich um und sah in ihre riesigen braunen Augen. »Mando wusste das nicht.«

Paula lehnte sich aus der Küche, ihre Hände steckten in langen Backhandschuhen. »Alles okay da draußen?«

»Meine Schuld«, sagte ich. »Ich hatte vergessen, ihn wegen ihrem … Problem vorzuwarnen.«

Sie nickte und verschwand wieder. Keine drei Sekunden später hörte ich ein Türklopfen, das nur von Star und Clementine stammen konnte.

»Ich gehe hin«, sagte Mando.

Ich versuchte so zu tun, als würde sich der Stresspegel im Haus nicht um zehn Stufen erhöhen, als sie hereinkamen. Mando streckte seiner ehemaligen Pflegeschwester die geöffneten Arme entgegen, aber sie rollte nur mit den Augen und ging an ihm vorbei.

Ich seufzte.

Mando kam zu mir. »Ich hab das mit Rose völlig vergeigt«, sagte er.

Er schaute sich nach ihr um, aber sie war in die Küche zu Paula gerannt.

»Es war meine Schuld. Aber es wird in Ordnung kommen, wirklich. Leute machen diesen Fehler ständig mit ihr. Sie kommt darüber hinweg. Sobald sie sieht, dass du dich von ihr fernhältst, wird sie dir eine zweite Chance geben.«

»Soll ich überhaupt fragen, was es mit dieser Sache mit dem Berühren auf sich hat?«

»Nein. Lieber nicht. Es würde dir den ganzen Urlaub verderben. Hast du Dennis erreicht?«

»Ja. Er hat gesagt, ich soll nach dem Abendessen zu ihm in sein Haus kommen. Ich habe gehofft, dass du oder P-Mom mich hinfahren könntet.«

Ich spürte, wie sich mein Gesicht zu einem Lächeln verzog. »Geh in die Küche und sag ihr das. Gleich jetzt. Sag ihr: ›Ich habe gehofft, dass du oder J-Mom mich hinfahren könntet.‹«

Gerade als er in der Küche verschwunden war, begannen Clem und Star, aneinander herumzunörgeln.

»Es ist sehr unhöflich, wenn du mich Leuten, die ich nicht kenne, nicht vorstellst.«

»Du kennst doch Mando!«, sagte Star und hob bereits ihre Stimme.

Clem wies mit einer Kopfbewegung auf Gabriela. »Aber ich kenne *sie* nicht.«

»Ich kenne sie auch nicht«, kreischte Star. »Mein Gott! Mach doch alles zu meinem Problem!«

Ich eilte ins Wohnzimmer, um sie sich einander vorzustellen.

»Star, Clementine, das ist Armandos Mutter, Gabriela.«

»Schön, Sie kennenzulernen«, sagte Gabriela.

Sie hielt ihnen ihre Hand zur Begrüßung hin. Einen unangenehmen Zeitraum lang gab ihr keine der beiden die Hand. Dann streckte Clem ihre Hand gerade in dem Moment aus, als Gabriela aufgab und sich abwandte. Mich schmerzte es für beide.

Mando kam zu uns zurück.

»Entschuldigt mich bitte«, sagte ich.

Ich ging zu Paula in die Küche. Sie blickte mich nur an, legte den großen Löffel ab, den sie in der Hand gehalten hatte und bot mir eine Umarmung an, die ich dankbar annahm. Ich ließ ein paar vorher unterdrückte Atemzüge raus.

»Du wirkst ziemlich erschöpft«, sagte sie. »Und der Tag hat noch kaum begonnen.«

»Vielen Dank für die Erinnerung.«

»Star und Clem?«

»Wer sonst?«

»Sie sind eben so, wie sie sind, Jackie.«

»Ich mag es trotzdem lieber, wenn sie in ihrem Haus so sind, wie sie sind.« Ich entzog mich ihren Armen und schaute mich um. »Wo ist Rose?«

»Quinn ist mit ihr und den Hunden nach draußen zum Spielen gegangen, damit ich einen Augenblick Ruhe haben kann.«

»Ich sollte dasselbe machen. Dir einen Augenblick Ruhe geben, meine ich. Ich wollte dir nur eine Frage stellen. Weißt du noch, dass ich immer gesagt habe, ich würde eine große, lebhafte Familie haben wollen? Kann ich das jetzt zurücknehmen?«

Sie stieß einen schnaubenden Lacher aus. »Du kannst doch einen Zauberstock schwingen und sehen, ob wir alle verschwinden«, sagte sie. »Aber offen gesagt glaube ich, dass du an uns hängen bleibst.«

»Ich gehe besser wieder da raus und spiele den Kampf-richter.«

»Hey. Bevor du gehst – du wirst nicht glauben, wie Mando mich gerade genannt hat.«

»Eigentlich kann ich mir das ziemlich gut vorstellen«, sagte ich.

* * *

Eine Weile nach dem Essen, etwa zu der Zeit, als ich hoffte, die Menge würde sich ausdünnen, fiel mir auf, dass Star nicht da war.

Rose gab Mando nach seinem Versprechen, mit ihr auf einer Nicht-umarmen-Ebene zu bleiben zögernd eine zweite Chance. Clementine beobachtete die scheue Annäherung des Kindes und machte immer wieder unpassende Kommentare wie »Große Güte, sie ist vielleicht ein schreckhaftes, kleines Ding«, obwohl ich ihrem Blick begegnet war und stumm den Kopf geschüttelt hatte, um ihre Kommentare zu verhindern.

Ich dachte, Star könnte vielleicht im Badezimmer sein, und wartete.

Als sie aber nicht wiederkam, fragte ich in die Runde: »Wo ist Star?«

»Oh, wer weiß das jemals?«, sagte Clem. »Sie ist so ein schlüpfriger Teufel. Jedes Mal, wenn ich mich umdrehe, ist sie schon irgendwohin gegangen, ohne es zu sagen. Normalerweise schaue ich zuerst im Stall nach und da finde ich sie dann. Sie haut einfach gern ab, um bei Comet zu sein.«

»Entschuldigt mich bitte«, sagte ich.

Ich trat in die kühle Dunkelheit hinaus. Ich blieb kurz stehen und atmete tief ein. Dann betrachtete ich die Wolken, die mein dampfender Atem bildete, und blickte zu den vielen hellen Sternen auf – glücklich, nicht mehr all das Geschnatter in meinen Ohren zu haben. Obwohl ich die meisten der Schnatternden mochte oder sogar liebte, war es angenehm, einen seltenen Moment der Ruhe zu genießen.

Im Stall gegenüber schien Licht, also ging ich hin.

Es war wenig überraschend, dass Star mit dem Pferd im Stall war. Sie lehnte an seiner Schulter und fütterte ihn mit Karotten, an denen noch das Grün war.

Sie hörte mich und schaute auf. »Sag es nicht, lass mich raten. Du bist wütend, weil ich gegangen bin.«

»Nein, nein. Ich habe mich nur gefragt, ob mit dir alles in Ordnung ist.«

»Warum sollte es das nicht sein?«

»Nur weil ihr, du und Clementine, diesen kleinen Streit hattet …«

»Welchen Streit?« Als ich nicht antwortete, sagte sie: »Wir hatten keinen Streit. So sind wir einfach. Ich wollte nur hier rüberkommen und bei der Person sein, der ich am meisten danke. Ja, okay, ich weiß, dass du sagen wirst, dass er keine Person ist.«

»Ich habe kein Wort gesagt. Ich lasse dich jetzt mit deinem Pferd allein.«

»J-Mom«, sagte sie, bevor ich durch die geöffnete Stalltür nach draußen gehen konnte.

Ich lachte laut auf.

»Was ist so lustig?«

»Nichts«, sagte ich. »Was denn?«

»Denk nicht, ich hätte nicht mitbekommen, dass ihr eine Menge für mich getan habt, du und Paula. Ihr habt viel Mist ertragen. Du weißt, dass ich das wusste, oder?«

»Ich glaube, ich wusste es. Aber danke.«

»Es ist nur schwer zu …«

»Ich weiß«, sagte ich. »Ich versteh schon.«

Ich ging wieder in die Kälte hinaus. ›Kalt‹ traf es wirklich besser als ›kühl‹. *Warum sind alle Orte, an denen es im Sommer scheußlich heiß ist, im Winter so scheußlich kalt?*, dachte ich.

Ich blieb einen Augenblick unter den Sternen stehen und kostete dieses seltene Alleinsein aus.

Schließlich ging ich in das lärmige Chaos zurück. Und ich bereute es wirklich nicht.

FSC
www.fsc.org
MIX
Papier | Fördert
gute Waldnutzung
FSC® C083411

Zeitfracht Medien GmbH
Ferdinand-Jühlke-Straße 7
99095 Erfurt, Deutschland
produktsicherheit@kolibri360.de

Druck:
CPI Druckdienstleistungen GmbH
im Auftrag der
Zeitfracht Medien GmbH
Ein Unternehmen der Zeitfracht - Gruppe
Ferdinand-Jühlke-Str. 7
99095 Erfurt